Qui étaient nos ancêtres ?

Du même auteur
aux Éditions J'ai lu

Trésors et secrets de la généalogie, *J'ai lu* 5753

Jean-Louis Beaucarnot

Qui étaient nos ancêtres ?

De leur histoire à la nôtre

J'AI LU

La généalogie explose !

Les dernières études, et notamment un sondage réalisé récemment par la SOFRES[1] *ont révélé que des millions de Français s'intéressent à leurs origines. Un foyer sur douze compterait aujourd'hui son « petit généalogiste », et c'est par centaines de milliers que l'on peut dénombrer ceux qui travaillent régulièrement à la recherche de leurs racines.*

Phénomène de société et de génération, unique au monde – ou du moins pionnier, en ce qu'il suscite une incontestable émulation dans les pays voisins –, cette recherche des origines touche désormais tout le monde, d'abord des urbains et des suburbains certes, mais aussi de plus en plus de jeunes, à la faveur d'Internet, où les sites généalogiques ne cessent de se multiplier...

Outre son principe identitaire, que sociologues et psychologues commencent à étudier, cet engouement s'affirme comme l'expression moderne de la vieille passion pour l'Histoire. Les Français du XXIe *siècle jettent aux orties les ferrets de la reine et tournent le dos aux princes, aux maréchaux et aux cardinaux, pour partir, via la généalogie, à la découverte de la foule immense de ceux qu'Edmond Rostand nommait « les petits, les sans-grade ».*

Désormais, ce sont ces hommes et ces femmes, humbles et anonymes, qui les interpellent et les émeuvent, ces hommes et ces femmes qui sont... leurs ancêtres.

Les généalogistes ne se contentent donc plus de recueillir

1. Octobre 2001.

des noms et des prénoms, d'aligner des dates et des lieux et de collectionner des actes d'état civil. Ils se ruent sur les archives, afin d'y découvrir le vrai visage de leurs aïeux et la vie qui était la leur, empruntant les couloirs du temps et revisitant ainsi les siècles passés à la faveur d'un éclairage nouveau.

C'est essentiellement à travers ces sources documentaires nouvelles, à travers ces archives authentiques et séculaires longtemps boudées par les historiens et aujourd'hui patiemment dépouillées par ces légions de « chasseurs d'ancêtres », que j'ai mené mon enquête et construit ce livre, pour essayer de répondre à cette question aussi simple que fondamentale : « Qui étaient nos ancêtres ? »

Introduction

La grande fresque de nos aïeux : laissez tomber Ramsès II !

Avant de vous demander qui étaient vos ancêtres, vous êtes-vous d'abord posé la question de savoir combien vous en aviez ? Cette première question est essentielle. Sa réponse modifiera singulièrement le sens de cette interrogation.

En vérité, nous avons tous, vous avez, des milliers, des millions, des milliards, des milliards de milliards d'ancêtres...

Vous avez deux parents et quatre grands-parents. Ces quatre grands-parents en avaient eux-mêmes quatre, qui en avaient autant... Vous avez compris : le nombre de vos ancêtres double à chaque génération : 2, 4, 8, 16, 32, 64, 128, 256, 512, 1 024, 2 048, 4 096... ce qui veut dire, qu'un homme ou une femme de quarante ans est pourvu de quelque 256 ancêtres adultes sous la Révolution et de plus de 4 000 aïeux vivant sous le règne de Louis XIII, époque moyenne jusqu'à laquelle, en France, un amateur de généalogie peut espérer pouvoir remonter sa filiation.

À ce rythme, vous allez vous retrouver pourvu de 134 217 728 ancêtres à la 27e génération, sous le règne de Saint Louis, et de plus de seize mille milliards d'ancêtres contemporains de Charlemagne ! Autrement dit, vous aviez alors plus d'ancêtres que la terre ne portait d'habitants...

Aberrant ? Non ! Seulement théorique... Disons, pour

relativiser les choses, qu'à cette époque vous ne deviez compter, tout au plus, qu'un ou deux millions d'ancêtres différents, parce que des mariages entre cousins (à des degrés éloignés et évidemment ignorés des intéressés) font que certains couples d'aïeux se retrouvent fatalement plusieurs fois (parfois des centaines) dans votre arbre généalogique. Cela signifie aussi que vous descendez de quasiment tous les couples féconds ayant vécu à ces époques. C'est ainsi que l'on peut dire que neuf Français sur dix descendent de Charlemagne lui-même, ce que nombre de généalogistes arrivent à établir, y compris pour des familles des milieux les plus modestes. Si un jour votre barbe se met à fleurir, ne vous étonnez donc pas !

La barbe de Charlemagne fleurissait-elle vraiment ?

La très longue durée de son règne (quarante-six ans) et son couronnement comme empereur d'Occident ont contribué à faire de Charlemagne un véritable mythe : soixante-dix ans après sa mort, un moine de Saint-Gall écrivant sa biographie affirmera que ses yeux lançaient de tels éclairs qu'en sa présence les gens s'évanouissaient.

De là à le doter de barbe, le pas fut vite franchi... En avait-il une ? Il est impossible de le savoir, étant donné qu'il n'existe aucun portrait du grand empereur, pas plus, d'ailleurs, que de nos anciens rois : le premier dont les traits nous sont connus est Jean II le Bon, peint vers 1359.

Mais qu'importe, la barbe s'est vite imposée aux biographes de Charlemagne comme aux auteurs des nombreuses chansons de geste dont il est le héros. Entouré de ses douze pairs, il trône en vieux roi invincible et plusieurs fois centenaire, et ne peut donc être que barbu. La barbe n'a-t-elle pas en effet toujours été considérée comme symbole de virilité, de courage et de sagesse ? Dans l'Antiquité, les dieux comme les guerriers étaient barbus, et qui était imberbe portait des postiches, comme le faisaient les rois et les dieux de l'Égypte. Au Moyen Âge, les neuf preux portent une barbe d'or en témoignage de leur héroïsme et de leur inspiration... La *Chanson de Roland* parle donc de « barbe fleurie », pour mieux évoquer l'image d'une barbe blanche et longue. On retrouve ici un autre symbole, celui des nattes et des tresses – les barbes postiches égyptiennes étaient tressées –, symbole du lien avec le ciel et le divin.

En 1165, les Allemands firent canoniser Charlemagne. Bien qu'effectuée par un antipape, cette « promotion » a été respectée par l'Église et sa fête, le 28 janvier, était autrefois célébrée dans toutes les écoles, à commencer par l'Université de Paris, dont il était le patron. On a seulement oublié que cet homme ne savait ni très bien lire ni très bien écrire et qu'il ne parlait ni latin, ni grec, mais le tudesque, un ancien idiome allemand de sa région natale, puisqu'il serait né à La Préalle-les-Herstall, en 742.

Tout cela est d'autant plus plausible que cette formidable multitude d'aïeux était largement dispersée, tant à travers la société que l'espace.

Une dispersion qui confirme pleinement l'affirmation de La Bruyère selon laquelle « tout homme descend d'un roi et d'un pendu ». Mille circonstances de l'histoire des familles, où les réussites sociales ont toujours alterné avec les ruines et les régressions, vous donneront en effet des ancêtres très divers.

Toute personne vivant aujourd'hui compte forcément parmi sa généalogie quelques ancêtres ayant appartenu aux classes dominantes. Une aïeule née à la fin du XVIIIe siècle et fille de petit notable, notaire, juge ou propriétaire terrien, se révélera avoir eu elle-même une grand-mère ou une arrière-grand-mère issue de la petite noblesse bretonne ou limousine, laquelle avait à son tour une aïeule de plus haute naissance qui vous permettra, au fil des générations, de rencontrer de puissantes lignées. Dès lors, par les anciens comtes d'Aubusson, par les sires d'Avaugour ou par les branches cadettes des anciennes maisons de Foix, de Bretagne ou de Bourgogne, le généalogiste contemporain verra Saint Louis, Louis VI le Gros ou un petit-fils de Charlemagne constituer bel et bien un des maillons de la longue chaîne des générations qui l'ont précédé.

Voilà pour le roi. Reste à trouver le pendu ! Les glorieuses figures que nous venons d'évoquer se détachent d'autant plus nettement de l'inextricable ramure de votre arbre généalogique que celle-ci reste majoritairement composée d'une foule d'aïeux beaucoup plus obscurs et humbles, d'hommes déshérités au point de compter sûrement sinon ce pendu, du moins un bagnard ou quelque ancien condamné. La justice était sévère. Si Jean Valjean alla au bagne pour avoir volé un pain, nombre de nos ancêtres, qui n'ont été les héros d'aucune « légende des siècles », s'étaient vus condamner pour un forfait à peine plus grave. Et si leur souvenir a été longtemps effacé de la mémoire familiale, les bagnards, au bénéfice de l'engouement pour la recherche généalogique, sont aujourd'hui considérés par les « chasseurs d'ancêtres » comme les « pièces les plus originales » des collections d'aïeux qu'ils s'efforcent de rassembler... Trois siècles et demi après La Bruyère, les hommes et les femmes du XXIe siècle continuent donc à bel et bien descendre à la fois de rois et de pendus.

Du pilori au bagne

De tout temps, les condamnations des criminels ont été publiques, pour avoir valeur d'exemple. C'est ainsi qu'à Bourges, en 1576, Gilbert Thibault, qui avait dérobé un sac de blé, se vit condamné à être exposé au carcan sur la place du Marché au Blé. On ne pouvait être plus logique...

Érigés dans un lieu public, carcan et pilori exposaient donc les condamnés à la colère. Le supplice, qui durait des heures, était aussi violent moralement que physiquement, puisqu'il livrait sans aucune limite le coupable à la populace. De quoi rêver d'être envoyé aux galères, sauf que l'on n'y était pas expédié avant que l'« exécuteur des œuvres de la justice », autrement dit le bourreau, ne l'ait copieusement fustigé et marqué au fer rouge, « à l'épaule dextre » des trois lettres G A L, autre mesure de « publicité » destinée aussi bien à prévenir la fuite qu'à mettre la population en garde. C'est le cas de Jean Jacob, condamné en avril 1737, pour un vol de vaisselle, à servir durant trois ans dans les galères, où il dut se rendre à pied, attaché par les chevilles à une de ces horribles « chaînes de forçats » que l'on rencontrait parfois le long des routes. C'est le passage dans sa paroisse d'une de ces chaînes qui avait donné, en mai 1710, au curé de Saint-Oustrille-du-Château, dans le Cher, l'occasion d'inhumer le même jour huit forçats ainsi reliés, huit hommes dont les âges allaient de dix-neuf à soixante-dix ans...

Cette sévérité de la justice se maintint jusqu'à une époque relativement récente, comme le montrent les condamnations prononcées par la cour de justice criminelle de l'Oise, à Beauvais, en 1806. Ce ne sont parfois que des peines de prison, comme pour le charretier Jean-François Flamant, pourtant surnommé « le Sage », condamné à deux ans pour le vol d'une montre à boîtier en or, pour Jean-Louis Mouret, corroyeur, âgé de trente et un ans, écopant de la même peine pour vol de volailles, et Geneviève Sezille, journalière à Noyon, condamnée à un an pour vol de pommes. Mais ce sont aussi des années de « fers », comme pour Claude Delmet, vigneron et cabaretier âgé de cinquante-cinq ans, condamné cette même année à huit ans de fers pour recel de farine volée, alors que Pierre Marie Cotte, compagnon charron à Roussy, dans l'Aisne, l'était à dix ans pour tentative de vol dans la maison de son patron.

Mais, si cela peut vous rassurer, sachez que les quelques princes qu'il nous reste sont tous ici logés à la même enseigne...

« En l'an 2000, avait prédit le roi d'Égypte Farouk, il ne restera plus que cinq rois sur la terre : le roi de pique, le roi de cœur, le roi de carreau, le roi de trèfle et... la reine d'Angleterre. » Cette prévision, spirituelle et désabusée, ne s'est pas réalisée puisqu'au début du troisième millénaire, on compte encore une bonne douzaine de trônes dans le monde, dont dix rois, reines, princes ou grands-ducs régnant sur des pays d'Europe de tailles diverses, allant de l'Angleterre et de l'Espagne au Liechtenstein et à Monaco, en passant par la Suède et la Norvège, la Belgique et les Pays-Bas, le Danemark et le Luxembourg. Dix rois, reines, princes ou grands-ducs, à la tête de fortunes diverses, dépassant le milliard et demi d'euros pour la reine Béatrix des Pays-Bas, la plus riche, ou se limitant à un seul petit million, pour le roi de Norvège, le plus « pauvre » d'entre eux.

Mais ces millions d'euros ne sauraient empêcher que parmi leurs millions d'ancêtres, chacun de ces prestigieux personnages ne compte, à côté d'une immense majorité d'aïeux couronnés, quelques ancêtres insolites et plus fréquemment encore, sinon des pendus, du moins des gens très modestes. Louis XV, issu de toutes les plus glorieuses dynasties d'Europe, ne manquait pas de rappeler à ses trop fiers vassaux, lorsqu'il voulait les exhorter à faire preuve d'humilité, qu'il descendait lui-même par sa mère du duc de Vendôme, fils d'Henri IV et de la belle Gabrielle d'Estrée, ce qui lui valait de compter parmi ses ancêtres un bien modeste barbier de Bourges nommé Babou.

Il en va de même, aujourd'hui, des princes et princesses ayant conservé leur trône. L'actuel prince de Monaco n'a-t-il pas pour arrière-grand-mère une certaine Joséphine Piedefer épouse Louvet, simple blanchisseuse née dans un obscur village du pays de Bray ? L'actuel prince consort du Danemark, Henri de Laborde de Montpezat, n'avait-il pas, en Dordogne, un grand-père employé des chemins de fer et un arrière-grand-père plombier-zingueur ? Les actuels souverains de Suède, de Norvège, de Danemark, de Belgique et du Luxembourg ne descendent-ils pas tous – en ligne masculine pour les premiers et féminine pour les autres – du maréchal français Bernadotte, devenu roi de Suède en 1810 ? Ce fougueux militaire, originaire de Pau, surnommé au début de sa carrière le « sergent Belle-Jambe » et qui s'était fait tatouer sur la poitrine le slogan « Mort aux rois ! », était le petit-fils d'un simple journalier devenu tailleur et l'arrière-petit-fils d'un tisserand. Mieux ! Sa Gracieuse Majesté elle-même n'échappe pas à la règle : la reine Elisabeth II compte en effet parmi ses ancêtres maternels une arrière-arrière-arrière-grand-mère nommée Hyacinthe Gabrielle Roland, jeune modiste d'origine française et issue d'une très modeste famille marseillaise.

Bref, que vous soyez prince ou simple fonctionnaire des Postes, à la question « qui étaient nos ancêtres ? » la réponse est multiple. Nos ancêtres, vos ancêtres étaient aussi nombreux que variés. En 1789, tous n'étaient peut-être pas du même côté de la guillotine...

Dispersés au plan social, ces innombrables aïeux l'étaient souvent tout autant au plan géographique.

Autrefois, cet aspect était surtout caractéristique des généalogies urbaines. Le « Parisien de Paris » est un mythe, un leurre ! Prenons le cas d'un enfant né en 1880, en plein cœur de la capitale, où ses parents et les deux couples de ses grands-parents s'étaient mariés. Était-il pour autant un « vrai » Parisien ? Pas du tout : si, en remontant sa généalogie, on voit que trois de ses grands-parents sur quatre étaient nés dans la capitale, trois seulement de ses huit arrière-grands-parents y avaient vu le jour à l'époque de la Révolution, trois aussi de ses seize arrière-arrière-grands-parents et cinq de ses trente-deux ancêtres de la génération précédente (soit à peine plus de 15 % !). Ses autres ancêtres étaient nés pour quatre d'entre eux en Lorraine, quatre en Orléanais, deux en Picardie, deux en Franche-Comté, deux en Normandie, huit en Anjou, quatre en Champagne et même une... en Angleterre.

Cette disparité était en revanche nettement moindre en province et surtout dans les lignées campagnardes, fortement attachées à leur terroir d'origine – et l'on verra que cela tenait pour partie à des habitudes datant du monde féodal. Si l'on considère ainsi celui des quatre grands-parents de notre Parisien qui était natif de province (en l'occurrence de la banlieue nantaise), on s'aperçoit vite que ses trente-deux arrière-arrière-arrière-grands-parents étaient tous nés et avaient tous vécu dans un rayon de quelques kilomètres.

Il en allait ainsi presque partout. Hormis l'apport de quelques rares migrants (maçon creusois, scieur de long forézien, colporteur venu du Dauphiné...), nos grands-parents nés à la campagne avaient presque toujours des ancêtres très concentrés au plan géographique. Bien des enfants nés en 1900 dans un village de la France profonde avaient leurs huit arrière-grands-parents nés dans ce même village. Une situation qui fait aujourd'hui figure d'exception, tant les brassages ont été nombreux et profonds depuis la révolution industrielle et l'exode rural.

Le profil généalogique du petit Francilien du troisième millénaire ne ressemblera en rien à celui de son arrière-grand-père gascon ou bourguignon. Voici un enfant né dans le Val-de-Marne en janvier 2001 : son père est algérien, son grand-père maternel est d'origine italienne et sa grand-mère maternelle native de Lille. Celle-ci est fille d'un Auvergnat natif de Clermont-Ferrand, et d'une Artésienne. Ses seize arrière-arrière-grands-parents sont dispersés entre deux continents, quatre pays et quatre départements français. De quoi lui donner pour le moins le don des langues et l'esprit de mobilité...

Toutefois, si les généalogies de nos grands-parents étaient moins cosmopolites que celles de nos enfants, il ne faut pas pour autant conclure à l'absence totale de mélanges ou à la pureté des sangs. Si les archives sur lesquelles travaillent les généalogistes leur permettaient de dépasser l'an mille, ils ne manqueraient pas d'être surpris de se découvrir des origines aussi variées que bigarrées.

Déjà, les quelques branches nobles de nos généalogies nous livreraient souvent des ancêtres venus de régions diverses. Un châtelain périgourdin du siècle de Louis XIII aura souvent, par le jeu des alliances qui avaient cours dans son milieu, des aïeux en Limousin, en Quercy, voire en Saintonge... Si Charlemagne est celui de nos lointains ancêtres inévitables le plus généralement cité, le roi Charles Constantin de Provence, qui vécut un siècle plus tard, a lui aussi, selon les mêmes principes arithmétiques, neuf chances sur dix d'être notre ancêtre. La mère de celui-ci, Anne de Macédoine, était la fille de l'empereur d'Orient Léon VI. Qui peut se rattacher à ce personnage se verra donc issu non seulement des empereurs byzantins, mais, par leurs femmes, des rois d'Arménie, de Parthie, de Médie, de Syrie, de Perse... et d'Égypte. Il n'en faudra pas davantage pour que le généalogiste de 2001 voie apparaître dans son arbre le pharaon Ramsès II, vivant au XIIIe siècle avant Jésus-Christ et dont il sera le descendant à la 114e ou 115e génération.

Louis XIV, qui n'échappait pas à cette règle, avait des ancêtres aux trois quarts latins (français, espagnols, portugais ou italiens), à 12 % germaniques et à 7 % slaves. Il descendait de pas moins de 45 fois du roi de France Jean le Bon, 156 fois d'Henri III d'Angleterre, 430 fois de Ferdinand III de Castille, 597 de Jacques Ier d'Aragon, 969 de l'empereur Frédéric Barberousse, et – seulement ! – 368 fois de Saint Louis. Descendant par sa mère des rois d'Espagne, le Roi-Soleil descendait par ailleurs d'une fille du roi Alphonse VI de Castille et d'une certaine Zaïda, arrière-arrière-petite-fille du cadi de Séville, qui était lui-même considéré comme l'un des descendants directs... du prophète Mahomet.

Nos ancêtres deviennent donc bigarrés : même sans passer par des têtes couronnées, si nous pouvions remonter beaucoup plus avant dans le temps que ne nous le permettent les archives, nous ne manquerions pas de rencontrer dans notre ascendance des représentants des divers peuples qui ont vécu voilà des siècles à travers l'hexagone, notamment de ceux qui ont traversé la Gaule ou s'y sont fixés au temps des grandes invasions, comme en témoignent encore bien des noms de lieux, et dont les descendants ont tôt ou tard mêlé leur sang à celui des autochtones gallo-romains. Les Gaulois n'étaient pas nos seuls ancêtres. Pas plus que l'on ne saurait soutenir, comme le faisaient les érudits des siècles passés, que les nobles descendaient des Francs et les roturiers des Celtes... Les rangs de nos ancêtres des premiers siècles de notre ère étaient sans nul doute composés autant de Gaulois que de Wisigoths, de Burgondes, d'Alamans, de Vandales, ou même de Maures – que Charles Martel n'avaient évidemment pas tous repoussés au-delà des Pyrénées.

Connaissez-vous les Taifales ?
Des ancêtres qui s'attachaient aux sols

De l'an 400, qui vit l'arrivée des Wisigoths, à la victoire de Charles Martel sur les Arabes, en 732, à Poitiers, la Gaule vit déferler sur son sol des vagues d'étrangers. Peuples venus des steppes d'Europe centrale, d'Asie ou du Caucase, comme les Huns d'Attila, mais aussi des pays Baltes, comme les Saxons ou les terribles Vandales, à l'origine de notre « vandalisme ». Peuples qui étaient tous indifféremment désignés par les Grecs et les Romains sous le vocable unique de *barbar*, selon ce qu'évoquaient à leurs oreilles les sons incompréhensibles de leur langage. Si certains ne firent que passer, comme les Wisigoths qui se dirigeaient vers l'Aquitaine et l'Espagne, il leur arriva fréquemment de laisser çà et là de petites colonies qui furent alors désignées par le nom de leur peuple :

— les *Alamans*, peuple né d'un regroupement de tribus (dont le nom signifie « tous les hommes » (*all-mann*), vaincus par Clovis à Tolbiac en 495, ont donné des Allemagne, Allemanche, Almenèches...,

— les *Bretons*, venus de notre Grande-Bretagne, se sont établis à Bretenoux, Bretignolles, Breteniere, Brétigny, Bretagne, La Bretonne...,

— les *Burgondes*, originaires de l'île danoise de Borgundarhom, ont fondé la Burgondie et ont laissé leur nom à plusieurs lieux nommés Bourgogne...,

— les *Goths* ont laissé Gouts, Villegoudou...,

— les *Marcomans*, venus de Bohême, ont donné trois communes appelées Marmagne,

— les *Sarmates*, venus d'Iran par la Russie, se sont établis en des lieux nommés Sermages, Sermesse, Salmaise, Charmasse...,

— les *Saxons*, venus du Jutland, ont laissé Saisseval, Soissons, Sissonne...,

— les *Suèves*, à l'origine de la Souabe (et non pas de la Suède)

nous ont laissé Wissous, comme les *Vascons*, qui s'établirent en Gascogne, ont laissé des Vaucogne, les *Écossais* des Escot, comme plus tard les *Anglais* seront à l'origine de tant de villages nommés Les Angles. Jusqu'à nos actuelles communes de Tiffauges et Touffalles qui doivent leur nom à un peuple gothique, les *Taifales*, sans rapport avec la poêle inventée, elle, en 1954 par Marc Grégoire à partir du téflon, nom vulgaire du polytétrafluoro-éthylène.

Qui étaient nos ancêtres ? La réponse, on le voit, devient de moins en moins simple. Bien que nés sur le vieux continent, dans une maternité parisienne ou dans un village tapi au fond du Poitou ou perché sur un éperon alpin, nous sommes tous issus de multiples brassages auxquels le fameux *melting pot* américain n'a rien à envier. Mais dites-vous bien aussi que si, comme Louis XIV, vous descendez de Ramsès II, vous descendez également du roi David, et donc de la lignée des rois d'Israël et des patriarches de la Bible, avec le père Adam pour terminus obligé... Seuls varient, finalement, les chemins conduisant à ce vénéré patriarche.

« Ni d'Ève ni d'Adam » :
Savez-vous qu'ils auraient eu 28 enfants ?

Dire que l'on ne connaît quelqu'un « ni d'Ève ni d'Adam » signifie qu'il vous est aussi étranger que s'il n'avait même pas avec vous ce couple pour ancêtres communs. Car, dans le monde judéo-chrétien, Adam est le père incontestable de l'humanité, l'ancêtre suprême, celui auquel des généalogies largement mythiques arrivent à relier non seulement les rois d'Israël et le Christ, mais encore Alexandre, César, Mérovée, Charlemagne et donc, finalement, l'ensemble de la planète...

Mais que sait-on de lui ? Bien peu de chose, en fait.

Rien, au plan physique. Certains de nos généticiens ne firent-ils pas scandale en émettant très sérieusement l'hypothèse, voilà quelques années, qu'il aurait bien pu avoir la peau noire...

Presque rien au plan biographique, sinon qu'il vécut 930 ans ! Mais attention : il s'agirait ici d'années lunaires et non solaires.

Enfin, combien Adam eut-il d'enfants ? La Bible semble n'en citer que trois : Caïn, Abel et Seth. Pourtant, il dut bien, logiquement, avoir des filles, sinon Seth, pour avoir laissé des descendants, aurait dû « connaître »... sa propre mère, Ève, qui aurait été l'unique représentante du beau sexe au Paradis terrestre !

En fait, une lecture minutieuse de l'Ancien Testament permet de rectifier : « Le temps que vécut Adam après la naissance de Seth fut de huit cents ans et il engendra des fils et des filles. » Seth n'est vraisemblablement seul nommé que parce qu'il est l'ancêtre de la lignée principale, celle d'Abraham, d'où sortiront tous les grands héros bibliques, du roi David à Jésus... Adam et Ève eurent donc bel et bien d'autres enfants. Mais combien ?

En analysant les structures de l'ADN de sujets choisis un peu partout à travers le monde, des généticiens américains ont pu récemment dénombrer dix lignées différentes issues de dix fils d'un « Adam génétique » et dix-huit issues d'une « Ève génétique ». Dès lors, outre d'éventuels enfants décédés prématurément ou sans descendance, comme le malheureux Abel, on pourrait conclure que le premier couple humain aurait eu... vingt-huit enfants !

Savoir qui étaient nos ancêtres devient donc vite extrêmement complexe.

Pour répondre à cette question de façon constructive, je vous proposerai tout d'abord d'oublier Louis XIV, Charles Constantin de Provence et Charlemagne et de laisser les rois, comme les bourreaux, se marier entre eux... Délaissant encore Mahomet, Ramsès II et Adam, je vous inviterai à aller chercher la réponse auprès d'hommes et de femmes moins illustres, des « anti-héros » qui n'en seront pas moins attachants et émouvants. Je vous proposerai de chercher à savoir qui étaient Antoine Montcharmont, garde champêtre à Saint-Prix, dans le Morvan, en 1822 ; Julien Foulonneau, farinier à Vertou, aux confins de l'Anjou et de la Bretagne, en 1784 ; Françoise Charlotte Picard, couverturière à Paris, en 1760 ; Annet Galland, maçon marchois du début du XVIIIe siècle

Martial Beyronie, apothicaire à Tulle en 1708 ; Humbert Banvoy « l'aîné », laboureur à Punerot, dans les Vosges, et Anne Olry, son épouse... et de chercher à comprendre comment vivait l'immense foule se cachant sous ces milliers de noms fleurant souvent bon le terroir, comme Percepuce, Mauvoisin, Le Trouadec, Hoffmeyer ou Escoubeyroux...

Pour approcher ces acteurs principaux, mais passifs, de l'Histoire, je vous proposerai de prendre pour témoins ceux d'entre eux, rares, qui se sont racontés. Au XVIe siècle, nous aurons les écrits du sire de Gouberville, un gentilhomme du Cotentin qui, treize ans durant, décrivit dans un journal son univers quotidien et ceux qui le peuplaient. Sous Louis XIV, nous aurons, dans la campagne de l'Yonne, le fermier Pierre Restif et, dans le Nord, Messire Alexandre Dubois, curé de Rumegies, dont nous possédons les Mémoires. Au siècle des Lumières, trois témoins privilégiés s'offriront : Pierre Bordier, laboureur en Vendômois, Louis Simon, *étaminier* dans le Maine, et Jacques-Louis Ménétra, compagnon vitrier parisien. Au XIXe, nous fréquenterons le calicot parisien Xavier-Edouard Lejeune, le paysan auvergnat Antoine Sylvère, son voisin Tiennot, héros bourbonnais d'Émile Guillaumin, et leur homologue bas-breton Jean-Marie Déguignet, rejoints, au début du XXe siècle, par les Étienne Lamazou, Louis Lebourdais, Annette Blain ou, pour ne citer que les plus célèbres, Pierre Jakez Hélias et Henri Vincenot. Leurs souvenirs, la façon dont ces quelques témoins ont vécu, compris et décrit leur époque et leur monde, nous éclaireront sur les personnalités de tous les anonymes silencieux, que nous rencontrerons à travers des centaines de documents d'archives, contrats de mariage, rôles d'impôts, inventaires après décès, testaments, et bien d'autres encore, qui nous placeront véritablement au cœur des mentalités.

Pour savoir « qui étaient nos ancêtres », je ne vous conduirai donc ni dans les couloirs du Louvre ni dans les antichambres de Versailles, mais au cœur de villages inconnus dont des historiens ont su prendre le pouls : à Haveluy, dans le Hainaut, exploré par Guy Tassin, à Saint-André-des-Alpes, en Haute-Provence, étudié par Alain Collomp, à Cheylade, en Haute-Auvergne, que Louis Baritou a minutieusement radiographiée au fil des âges, à Gaillargues, en Languedoc, dont Anny Herrmann a si bien su faire parler les archives consulaires pendant que Rémi Marcel écumait celles des notaires du Berry. Nous suivrons encore Pierre Lamaison et Élisabeth Claverie à Ribennes, en Gévaudan, Michelle Pollet dans la montagne grassoise, Martine Segalen à Saint-Jean-Trolimont, en pays bigouden, ou Simone Chamoux dans les Baronnies. Avec Jean-Pierre Bardet, nous traverserons Rouen ; avec Michel Vernus, nous arpenterons les ruelles des villages franc-comtois. Nous entrerons avec Guy Cabourdin dans les maisons lorraines, et avec Gabriel Audisio et Paul Delsalle, nous verrons s'ouvrir les portes des paysans de Provence ou d'ailleurs. Et, comme l'a magistralement fait Alain Corbin avec le sabotier percheron Louis-François Pinagot, parfait prototype de ces obscurs et de ces anonymes, nous essaierons de retrouver le monde oublié de nos ancêtres, ce monde qui s'est maintenu jusqu'au début du XXe siècle, ce monde d'avant l'électricité, l'alphabétisation, l'urbanisation et la télévision, d'avant les guerres et d'avant la vitesse, ce monde – en un mot – fondamentalement différent du nôtre.

Enfin, plutôt que de proposer une ou des réponses fermes et définitives – ce qui serait aussi absurde qu'impossible –, ce livre vous invite à vous forger vous-même une opinion, au terme d'un périple à la fois dans le temps et dans l'espace, au cours duquel vous croiserez quelque part entre Lille et Marseille ou entre Strasbourg et Pau, entre le XVe et le XXe siècle, ces hommes et ces femmes qui ont pour point commun (et souvent pour seul point commun) d'avoir été vos ancêtres. À ce titre, ils ont été à la fois les bâtisseurs de votre personnalité, les auteurs de vos jours, les responsables de votre identité.

I.

OÙ ÉTAIENT-ILS ?

UNE PLACE POUR CHACUN ET CHACUN À SA PLACE

1

Ancêtres des villes ou ancêtres des champs ?

Les magasins des généalogistes et des historiens sont de vrais hypermarchés. On y trouve des ancêtres de tout genre, de toutes conditions, de toutes mœurs et de toutes professions.

Il sera pourtant facile d'en explorer les rayons, car pour divers qu'aient été ces ancêtres, ils n'en appartenaient pas moins à des milieux profondément structurés. Dans le monde d'autrefois, chaque individu avait sa place, qu'il devait d'abord à sa naissance et qu'il avait ensuite bien du mal à quitter. La naissance fut longtemps pour nos aïeux une véritable marque de prédestination, puisque la « case » qui revenait au nouveau-né dépendait presque uniquement de celle qu'occupaient ses parents. Si les reines de France devaient accoucher en public, les paysannes, les femmes d'artisans, les domestiques le faisaient également, à l'exception de la fille séduite qui allait abandonner le fruit de ses amours coupables, auquel, justement, aucune place ne serait jamais réservée. Sa vie durant, l'enfant abandonné allait lutter pour s'en faire une, bien souvent sans pouvoir y parvenir.

Mais en dehors de ce cas exceptionnel, sur lequel on reviendra, chacun de nos aïeux s'inscrivait bien dans ce monde compartimenté à l'infini, mais dont certains compartiments étaient bondés à l'extrême. Tant au plan géographique que social, la majorité de nos ancêtres évoluait en effet dans les mêmes sphères, où l'on trouvait des positions et des profils types.

De ce fait, pour savoir qui étaient nos ancêtres, les catalogues et les fichiers des généalogistes et des historiens parleront d'eux-mêmes, et les principales démarcations sauteront immédiatement aux yeux, posant des premières questions simples, nous conduisant d'abord à nous demander si nos ancêtres étaient des urbains ou des ruraux, des dominants ou des dominés, des acteurs passifs ou actifs.

Non seulement nos ancêtres étaient, dans leur immense majorité, des ruraux, mais cela se traduit de manière disproportionnée dans nos lignages. Ainsi, si l'on peut estimer qu'au début du XVIIIe siècle, pour quelque vingt-trois millions de Français, les quatre millions d'urbains représentaient moins de 18 % de l'ensemble (contre plus de 82 % de ruraux), la proportion de ruraux parmi nos ancêtres de cette époque dépassera facilement 95 % ! L'explication tient au fait que jusqu'à la révolution industrielle, les populations des villes n'augmentaient pratiquement pas. Si les campagnes déversaient régulièrement leurs trop-plein entre leurs murs, la plupart de ces nouveaux citadins – essentiellement des hommes – s'y marginalisaient, ou du moins ne s'y mariaient pas et n'engendraient pas d'enfants. Les historiens démographes l'ont montré : la ville a longtemps joué un rôle de régulateur. Ajoutons à cela que dès le XIXe siècle, la petite bourgeoisie urbaine – autrement dit les employés et les petits commerçants – va opter pour une politique familiale et patrimoniale de limitation des naissances et souvent d'enfant unique. Les recettes anticonceptionnelles, que l'on a appelées les « funestes secrets », condamnées et combattues par l'Église comme allant à l'encontre du fameux « Croissez et multipliez » de l'Évangile, se sont rapidement répandues. À l'exception de quelques cités-champignons, comme Bordeaux, Nantes ou Nîmes, la plupart se contentent de taux d'augmentation modérés (15 à 20 %), beaucoup continuant à afficher une stabilité à toute épreuve, comme Angers, Toulon ou Avignon... Ce n'est qu'au XIXe siècle que, selon leur situation – enclavée ou non – et leurs possibilités d'industrialisation, le différentiel s'accentuera, consacrant la prééminence de certaines villes et confirmant l'inéluctable régression d'autres : ainsi, en Auvergne, la montée de Clermont-Ferrand au détriment de Thiers et d'Aurillac...

Le paysage qui nous attend est donc un paysage rural.

Faubourgs et banlieues : quand les villes étaient à la campagne...

Chaque ville abrite un certain nombre d'agriculteurs cultivant les champs situés à l'ombre de ses murailles – quand ce n'est pas à l'intérieur même de celles-ci – ou dans ses faubourgs.

Il ne faut pas oublier que ces faubourgs ne sont à l'origine que des excroissances poussées par la ville en direction de la campagne, développées originellement « fors burg », c'est-à-dire « hors du burg », hors de l'ancienne cité fortifiée qui avait grandi auprès de la citadelle ou du château fort (que les peuples germaniques nommaient *burg*, comme le font encore les Allemands d'aujourd'hui). Jusqu'au XIXe siècle, ces faubourgs sont donc restés à l'état d'écarts champêtres et ont été, en dehors des jours de foire ou de marché, les premiers fournisseurs de la ville en denrées diverses. C'étaient les chevriers des faubourgs qui promenaient leurs troupeaux par les rues pour ravitailler en lait, évitant ainsi aux habitants de devoir aller l'acheter dans les étables et vacheries souvent établies au cœur même de la cité (la dernière étable de Paris, rue Fondary, dans le XVe arrondissement, ne sera fermée qu'en 1925 !). C'était encore dans les faubourgs que travaillaient beaucoup d'artisans. Les tanneurs étaient établis près des ruisseaux et y faisaient sécher leurs peaux qui empuantissaient l'atmosphère. En amont, sur les rives de ces mêmes ruisseaux travaillaient les maîtres blanchisseurs, qui excellaient dans la technique du blanchiment sur pré en étalant le linge sur l'herbe des coteaux. Très vite, ces agglomérations nouvelles avaient grossi et acquis une certaine autonomie. Beaucoup s'étaient vu doter d'un oratoire ou d'une chapelle et avaient été placées sous la protection d'un saint, fréquemment à l'origine de leur appellation. Ainsi, à Limoges, le Bourg Saint-Martial, qui s'était développé au Moyen Âge à quelque cinq cents mètres de la cité, devait dès le XIIe siècle lui être intégré par la construction d'une nouvelle enceinte, ce qui ne l'empêchera pas de s'attacher à conserver son autonomie jusqu'en 1792.

On ne saurait trop parler de « banlieue ». Ce mot, que l'on redécouvrira au XIXe siècle, avait désigné au Moyen Âge l'espace d'une lieue, tout autour d'une ville, où les autorités de celle-ci pouvaient faire valoir leur droit de *ban*, autrement dit de légiférer. La banlieue était l'espace sur lequel la ville exerçait un pouvoir politique, après s'être protégée de l'extérieur par des murailles, des portes, des ponts, tout cela fortifié à l'envi et doublé d'un service de guet draconien... La banlieue était une sorte de zone-tampon, de périmètre de sécurité, en même temps qu'un espace directement placé sous l'influence économique de la ville. Une lieue représentait environ quatre à cinq de nos kilomètres. C'était en gros la distance permettant à un paysan de transporter, en une journée, son blé à dos d'âne jusqu'au moulin pour aller l'y faire moudre. Et la ville possédait justement, dans ce périmètre, ses moulins bien à elle, auxquels ses habitants étaient tenus de réserver leur clientèle.

... et quand les fermes étaient des villes

Si l'on peut dire que nombre de nos ancêtres urbains, faubouriens ou banlieusards restaient cependant des ruraux, on peut encore aller plus loin et dire que les villes étaient bel et bien... à la campagne !

Dans les années 30, Ferdinand Lot avait beaucoup amusé l'opinion avec deux grands projets : celui de prolonger le fameux Boul'Mich parisien jusqu'à la Canebière et celui de transférer les villes à la campagne. Avait-il imaginé notre autoroute A6 et nos villes-nouvelles ? Il n'empêche que tout le monde s'en gaussa très fort. Mettre les villes à la campagne, n'était-ce pas le summum de la bêtise ? Et pourtant, nos villes, à l'origine, non seulement étaient nées à la campagne, mais leur nom même ne désignait pas autre chose... qu'une ferme !

Nos villes sont nées en rase campagne, dans cette campagne dont le nom (venu du latin *campania*) désignait la terre fertile située en plaine. La « campagne », en réalité, nous arrive de « champagne » et était donc, à l'origine, plate et « rase », ce qui fait de notre « rase campagne » un parfait pléonasme.

Mais la campagne était surtout riche. N'oublions pas que la Gaule était la province agricole la plus prospère de l'Empire romain. Très vite, une fois pacifiée et romanisée, de grands domaines y avaient fleuri, au milieu des *pagi*, divisions géographiques dont le nom est à l'origine de nos mots « pays » et « paysan », comme de l'occitan *pagès*, désignant le cultivateur. De façon plus inattendue, il est aussi à l'origine de nos « païens » du fait que les habitants des *pagi* avaient été plus tardivement christianisés que leurs homologues citadins.

Ces domaines qui se sont alors développés un peu partout, plus ou moins vastes et complexes, sortes de grandes fermes-pilotes, sont appelés des *villae*, des « villes » sans aucun rapport donc avec les vraies agglomérations urbaines, alors rarissimes et quant à elles nommées *urbes*.

Centres d'émulation économique en milieu rural, ces *villae* gallo-romaines sont comme autant d'oasis, émaillant çà et là de vastes paysages de terres incultes, de friches, de landes et de forêts. Elles sont des centres d'exploitation regroupant généralement des champs et des vignes, et nombre d'entre elles sauront subsister durant des siècles, en régnant sur la nature qui les entoure.

Vous êtes environnés de *villae* !

La toponymie, science qui recherche l'étymologie des noms de lieux, montre que sur quantité d'appellations témoignant de l'histoire du peuplement, nombre d'entre elles évoquent d'anciennes *villae*.

Les *villae* de l'époque gallo-romaines étaient traditionnellement désignées par le nom de leur propriétaire, suivi du suffixe *-acum* ou *-anum*. Le domaine d'Aurelius était ainsi appelé Aureliacum (il a donné Aurillac) ou Aurelianum (il a donné Aureilhan). L'évolution et la « francisation » de ces noms a ensuite varié selon les régions, donnant des terminaisons très variées. Ainsi Martiniacum, autrement dit Martiniacum Villa (le domaine de Martinius), a donné Martigney en Franche-Comté, Martignieu en Lyonnais et Bugey, Martigny en Picardie et en Savoie, Martignies dans le Hainaut, Martigné en Anjou, Martignat en Auvergne et Martignac en pays de langue d'oc...

À la période suivante, le phénomène a continué. Les envahisseurs germains ont inspiré des terminaisons nouvelles en *-ingen* ou *-ingue* en Flandres, en *-ange* en Lorraine et en *-ans* en Bourgogne, comme Bertringen, Bertrange. Mais on a surtout fabriqué des noms en *-cour* et en *-ville* (ou en *-hof* et en *-dorf* en Alsace et en Lorraine).

Les premiers terminés en *-cour* étaient construits sur la bas latin *curtis*, désignant à l'origine la cour de ferme puis la ferme elle-même, ou le hameau qui s'était développé autour d'elle. Parfois sans autre précision, ils ont donné des Courcelles et des Courseul, et sont extrêmement fréquents en Lorraine, en Artois ou en Picardie, où ils intègrent généralement le nom du propriétaire, ainsi Brandicourt ou Azincourt (noms des domaines de Brando et d'Aizo).

Les seconds, continuant à être construits sur notre *villa*, de plus en plus liée à l'idée de « village », nous ont donné des Velle, Vielle (devenant Bielle en Béarn), de nombreux Villard, Villers et Villiers et de très fréquents toponymes intégrant pareillement des noms propres, comme Romainville, Charleville, particulièrement fréquents en Normandie (comme Tourville, construit sur le nom viking Thordr).

L'histoire de nos campagnes a aussi longtemps été celle du combat contre la végétation. Au fil des siècles, ce fut une alternance entre des périodes fastes, engendrant de grands mouvements de défrichage afin d'assurer la subsistance d'une population en pleine croissance, et des périodes moins favorables, durant lesquelles les friches et la forêt regagnaient du terrain sur les espaces cultivés. Ainsi, l'époque sombre et troublée des grandes invasions verra les broussailles recouvrir les champs et de nombreuses *villae* disparaître, alors que les barbares se fixaient çà et là pour se livrer eux aussi aux joies de l'agriculture.

Les défrichages n'ont donc jamais cessé. Sous les Mérovingiens et surtout sous Charlemagne, aux côtés des *villae* apparurent de petits groupements de population épars que l'on nomma des *vicis* – mot que l'on retrouve à l'origine de notre chemin « vicinal » et aussi de notre « voisin » – parallèlement à tout un éventail de petits centres de peuplement, qui n'avaient cessé d'émailler le paysage des constructions les plus diverses, allant au fil des siècles de la simple « cabane », « chaise », « borde » ou « loge » au hameau et à la maison, qui tous subsistent dans des noms que nous ne savons plus identifier. Ces défrichements ont été de plus en plus menés à l'initiative des religieux, donnant le jour à de nombreux monastères, souvent placés sous le commandement de supérieurs appelés des « abbés », d'où leur nom d'abbaye. À la faveur du grand courant mystique du XIIe siècle des terres seront également défrichées par des ermites. Mais on verra surtout de nouvelles générations de *villae*. Charmoy, minuscule commune de Saône-et-Loire, compte ainsi aujourd'hui un hameau composé de deux fermes, du nom de Charmoy-la-Ville, qui fait sourire le passant non initié. Il s'agissait pourtant à l'origine d'une ferme en pleine campagne, que l'on entendait bien distinguer du centre de la paroisse, que les textes anciens nomment, quant à elle, Charmoy-le-Moutier, en référence à l'église qui y avait été construite au cœur d'un ancien vicus.

De la cabane au bordel

Nos noms de lieux continuent à témoigner des très anciens noyaux d'habitation dont la toponymie permet souvent de dater l'appartition :

— de l'époque gauloise datent les noms formés sur *bona* = village (Boulogne), et sur *attegia*, désignant la cabane (Athis, Athée, Les Autels...) ;

— de l'époque gallo-romaine datent à la fois ceux formés sur *capanna*, désignant en bas latin une hutte, mot qui a donné notre « cabane » (d'où Chabannes, Chavannes et Chevannes), et ceux formés sur *casa*, désignant une petite maison (d'où Cazal, Cazaux, Chazal, Chazelles et de nombreuses Chèze et Chaise, sans rapport avec notre moderne siège, venu quant à lui de la « chaire », désignant un siège à dossier et directement à l'origine de la chaire d'église). Également les noms formés sur *vicus*, désignant le village (d'où Vicq, Longvic et Longwy, Neuvic ; ou encore Voisins, Le Vesinet...) ;

— de la période des grandes invasions viennent les noms formés sur *bord*, désignant une cabane en planches (Borde, Bordas, Bordeau, Bourdeau et jusqu'à... notre bordel !), et tous ceux formés sur *burg*, désignant initialement la place forte, puis le bourg, comme, en Languedoc, les toponymes formés sur *fara*, désignant le domaine (La Farre, La Fère). Dans le Nord et en Alsace, on trouve des noms formés sur Ham et Heim, mots ayant le sens de maison, plus exactement du *home* anglais, qui en dérive lui aussi, d'où Ouistreham ou Molsheim, noms proches de tous les Hamel, parfaits équivalents de nos actuels hameaux. De cette époque datent encore les noms formés sur *laubja*, venu de l'allemand *Laube*, désignant la tonnelle, donc la cabane de bois, qui a donné notre « loge » et notre « logis » (d'où La Loge, Loyettes...) et ceux construits sur *saal*, désignant une grande maison, à l'origine de notre mot « salle » et de noms de lieux comme La Salle, La Salette, Selles... ;

— plus tardivement, en Normandie, les Vikings ont laissé

leurs propres appellations avec *both*, signifiant « abri », qui a évolué en *beuf* et se retrouve dans Elbeuf (abri près d'une fontaine) ; *tot*, qui signifie « ferme » et qu'on retrouve dans Yvetot ; *fljot*, désignant un espace plat, à l'origine des toponymes terminés en *-fleur*, comme Honfleur, ou encore *thveit*, nommant la pièce de terre, et à l'origine de nombreux Thuit.

Ce mouvement d'alternance dans la lutte contre l'arbre se poursuivra quasiment jusqu'à la Renaissance. Après l'immense vague de déboisements génératrice de milliers de hameaux qui émailleront le paysage de l'Europe florissante des XIe, XIIe et XIIIe siècles, les deux derniers siècles du Moyen Âge, avec la guerre de Cent Ans et son cortège de fléaux, verront l'abandon de nombreuses surfaces cultivées, que les hommes de la Renaissance, au sortir de ce tunnel, devront reconquérir à la force de leurs bras. De ces générations successives de défricheurs nous viennent une foule de noms de lieux qui, lorsque l'on sait les lire, sont les témoins de cette histoire. Plus que des noms de communes – car la plupart des paroisses leur étaient antérieures –, ce sont surtout des noms de fermes isolées, de hameaux, de lieux-dits et d'écarts.

Témoins des grands défrichements

De cette longue lutte de nos ancêtres contre la nature témoignent maints noms de lieux, parfois de générations différentes, mais se rapportant aux arbres qui ont été éliminés pour faire place aux nouvelles cultures.

Beaucoup s'appuient sur de vieux mots d'origine gauloise, comme *broglio*, « petit bois », qui a donné quantité de Breuil, ou comme *nauda*, « marécage » (d'où des Nœud, Noailles et Nouailles...), comme *broccia*, désignant un taillis souvent épineux (à l'origine de Brosses, Labrousse, et même de notre « brousse » et de nos « broussailles »), comme *cassanos*, nom du chêne (d'où tant de Chassaing, Chassagne, Cassagne...), comme *betua*, nom du bouleau (d'où des Bez, Besse, Boulaye...), *vernos*, nom de l'aulne, longtemps appelé un « verne » (à l'origine des Vernay, La Vergne, Vergnolles, Vernoux...) ou encore *varenna*, qui désignait une lande (à l'origine de nombreuses Varennes et... de la « garenne » de nos lapins).

D'autres s'appuient sur des noms d'origine gallo-romaine, comme ceux tirés de *fagus*, le hêtre, qui a souvent longtemps été appelé un « foyard » (d'où des Fay et des Fayette) ou de *buxus*, désignant le buis (d'où Buxy, Buxerolles, Bussière...).

D'autres ont encore été donnés par les Francs, comme les Houssaye, terres recouvertes à l'origine de houx.

Que ce soient les fougères (avec Feugères, Faugerolles...), la bruyère (avec Brugère), les charmes (avec Charmoy, Charmée...), tous ces noms de végétaux évoquent ce que les défricheurs ont éliminé pour obtenir des terres fertiles. Toutes ces surfaces sont devenues des cultures ou « coutures » (les Coutures-Saint-Gervais) patiemment gagnées sur la nature, essartées le plus souvent à la seule force du poignet, à la houe ou au sarcloir, et ce qui a donné des appellations comme Les Essarts, Essertenne ou Certines, ou comme Artigue (d'après un mot d'origine gauloise) d'où des Artiguenave, autrement dit « artigue neuve »...

D'autres évoquent au contraire les cultures que l'on y a développées, comme Avesnes ou Avanne, l'avoine ; Lignières, les champs de lin ; Chennevières, les plantations de chanvre, ce chanvre avec lequel on tissait des cordes et des vêtements, et qui n'était autre que notre cannabis ! Les prairies ont de même donné des Pradel et des Presles, les vergers des Verger, mais aussi des Pommier, Poirier et Prunier, comme les jardins des Orts (venus du latin « hortus »).

Autant de noms qui sont souvent devenus des noms de famille, pour avoir été donnés comme surnoms – surtout dans les régions d'habitat dispersé – aux hommes qui les habitaient. Signe de l'évolution, ces noms de lieux montrent peu à peu la maison l'emporter sur le hameau, autrement dit un habitat plus individuel, ou du moins plus familial, l'emporter sur un habitat de groupe : la famille, comme on va le voir, s'impose davantage en tant que cadre de vie.

Des maisons en tous genres

À nouveaux hameaux, nouvelles constructions (Maisonneuve, Chazenove ou Cazenove), les habitations construites par les « essarteurs » étaient volontiers protégées par des palissades (Palisse, Plessis) ou des haies vives (La Haye).

Beaucoup, pourtant, rappelaient davantage le statut personnel : la *colonica,* cultivée par le colon, est à l'origine de nos Collonge et Coulanges ; les *abergements* étaient les lieux où l'on « hébergeait » ou « abritait » des paysans.

Les infrastructures de protection sont à l'origine de nombreux toponymes : *firmitas* (la forteresse) a donné des Ferté ; *mirador* (le poste avancé fortifié) a donné des Mirande, tout comme les châteaux ont généré nombre de noms de lieux, de Chateauroux à Castelsarrazin*. Alors qu'en Bretagne, les paroisses donnaient des *Plou-* et des *Pleu-* (Pleuric ou Plougastel) et qu'ailleurs les sanctuaires donnaient des Chapelle ou des Capelle, des Égliseneuve ou des Moustiers.

Mais ce sont surtout les agglomérations nouvellement fondées sous la protection des seigneurs qui alimentèrent la liste des toponymes, avec des légions de Villeneuve, Villenave, Neuville, de Bastide, de Villefranche (ville dont les habitants jouissaient de franchises et de libertés), de *sauvetés* donnant des Salvetat ou des Sauvement... On imagine mal, enfin, le nombre de toponymes dérivés de l'ancien *manse,* principale unité d'exploitation de l'univers féodal. Non seulement, on trouve les Meix, May et certains Metz du Nord, les Mas du

* On remarquera enfin une concurrence entre *ch* et *c,* faisant passer de cabane à chabane, de château à cateau, de cassagne à chassagne, comme on passera pareillement de charpentier à carpentier. Tout vient des mots latins commençant par *ca,* comme *ca*strum (château), ou par *que,* comme *que*rcus (le chêne) dont le son initial a été conservé à la fois dans les dialectes du Nord (Normandie, Picardie, Artois, Thiérarche, Hainaut) et dans les dialectes languedociens (gascon, béarnais, provençal), alors qu'il a été altéré et adouci en *ch* dans les autres régions. Ainsi, le métier de charron était exercé tant par les aïeux des Charron du Centre que par ceux des Caron de la région normando-picarde ; celui de chareton (conducteur de charrettes), tant par ceux des Charton du Centre que par ceux des Carton du Nord, lesquels ne doivent donc rien au « carton », venu, comme la carte, du latin *charta,* qui signifiait « papier », et était à l'origine de nos anciennes « chartes »...

Sud, les Magny, Ménils (fréquents en Normandie, et à l'origine de Ménilmontant), sans oublier pour autant que c'est encore directement à lui que nous devons notre moderne et si banale *maison*.

Mais ces siècles restent durs. La nature est hostile. Les loups terrorisent les populations, brigands et pillards – essentiellement des mercenaires –, sèment à tout moment la panique. Le paysage s'est donc très vite doté d'un système défensif. Les anciennes *villae* se sont entourées de palissades et de tours de bois, se transformant en forteresses auxquelles on donnait le nom germanique de *burg*, très voisin de *berg*, désignant la montagne. Et ces *burgs*, où les marchands itinérants faisaient volontiers étape, faute d'auberges, où les paysans venaient se « retraire » avec leurs animaux en cas d'attaque, ont très tôt vu se développer – d'abord dans leurs enceintes, désormais construites en pierres, puis à leurs abords – des habitations qui formèrent ces « bourgs », où résidaient des *burgenses*, ancêtres de nos bourgeois.

Mais alors que ces bourgs grandissent et se multiplient, on va bientôt assister à la création de nouvelles agglomérations.

Entre les XIe et XIIIe siècle, le pays connaîtra une formidable croissance. Favorisée par la paix relative précisément rendue possible et étayée par la propagation de ces *burgs* et châteaux, cette croissance se fera sentir tant au plan démographique (elle sera ainsi la cause du dégagement de nos noms de famille) qu'au plan économique.

La naissance de nos noms de famille

Nos ancêtres des temps mérovingiens et carolingiens, – comme, d'ailleurs, les Gaulois et les Francs – portaient tous un nom unique, disons un nom de baptême, soit l'équivalent de notre actuel prénom. Ce nom n'était donc pas fixe et aucun élément de l'identité ne se maintenait d'une génération à l'autre. Dans les univers très étroits dans lesquels ils vivaient – petites agglomérations de quelques feux – ce système fonctionnait cependant parfaitement.

Tout changea au lendemain de l'an mille, avec un grand *boom* démographique et des agglomérations toujours plus peuplées, qui en vinrent bientôt à compter chacune plusieurs Jean, plusieurs Jacques, plusieurs Guillaume ou plusieurs Hugues, que l'on avait de plus en plus de mal à distinguer les uns des autres.

Sans qu'aucune loi intervînt, on prit donc l'habitude de résoudre ces homonymes en utilisant des surnoms. De trois Hugues, on fit Hugues Charpentier, ainsi nommé parce qu'il exerçait ce métier, Hugues Legrand, parce qu'il était de haute taille, et Hugues Martin, ellipse de Hugues « de » Martin, du fait que son père était ainsi nommé.

Ces surnoms, encore ni fixes ni héréditaires, liés tantôt au physique, au caractère ou à la personnalité, au métier, aux origines ou encore à quelque mésaventure parfois cocasse (comme Percepuce, Réveilchien, Aimelafille ou Croquevieille), se sont dégagés dans la France des XIe et XIIe siècles, et d'abord, bien sûr, en milieu urbain, là où les homonymies étaient les plus fréquentes, sans prendre pour autant un caractère définitif. Le Champenois Jean dit « Pâtissier » pouvait, en quittant sa région, devenir Jean dit « Dereims », Jean dit « Champenois » ou tout simplement Jean dit « Nouveau » (au sens de nouveau venu). Hugues dit « Levaillant » pouvait avoir pour fils Thibaud dit « Hugues » ou « Hugon » (fils de Hugues), ou Thibaud dit « Barbier », s'il avait appris ce métier. Peu à peu aussi, les habitants des fermes et des hameaux dans les régions d'habitat dispersé furent désignés par la simple indication du nom de leur ferme, ainsi Mathieu dit « de Grosbois ».

Rapidement – aux environs du XIIIe siècle –, tous ces surnoms devinrent héréditaires, et se maintinrent tant bien que mal jusqu'à nous, qui les portons donc aujourd'hui comme noms de famille, souvent il est vrai quelque peu altérés au fil du temps, puisque, nés du langage oral, ces noms n'ont guère reçu d'orthographe avant la fin du XIXe siècle ou le début du XXe. Levaillant put ainsi devenir Vaillant, Barbier Barbey, comme « de Vaussanvin » Vaussanvin, ou même, Voissanvin et Boissanvin...

Les seigneurs de nos châteaux, se muant en entrepreneurs, emboîtent le pas aux religieux pour lancer de vastes opérations d'essartages, défrichements aboutissant à la création de nouveaux centres de peuplement que l'on a généralement nommés Villeneuve, Neuville ou Bourgneuf, agglomérations parfois fortifiées et désignées, dans les régions du Sud, sous le nom de « bastides ». Ils créent aussi des « villes franches », où ils ont soin d'attirer des paysans qui se chargeront de défricher de vastes étendues de terres, tout en bénéficiant de diverses garanties.

Toutes ces agglomérations connaîtront au fil des siècles des destinées diverses, variant selon la force du château qui les protège, la puissance de son seigneur et de sa famille, la richesse et l'importance de l'administration qu'il y développe, ou selon celles de l'église et de la paroisse qui s'y est implantée. La dynamique féodale a en effet amené entre leurs murs différents agents travaillant soit pour le seigneur-châtalain – qui est notamment chargé de rendre la justice – soit, peu à peu, pour le compte de l'administration royale. Voici le prévôt ou le viguier, qui, à l'origine, assiste le seigneur, et le gruyer, surveillant les bois et les étangs. Voici tout un petit monde judiciaire : juges, capitaines-châtelains, procureurs fiscaux, huissiers, avocats, rapidement grossi de tabellions et de notaires. Voici des fonctionnaires royaux, avec le bailli (dans le cas où l'agglomération devient le chef-lieu d'un bailliage) et ses représentants, les « lieutenants », « tenant lieu » de bailli lorsque celui-ci est absent. Voici encore le grenetier, chargé du grenier à sel, le service chargé de veiller à la distribution et à la taxation du sel, les officiers des Eaux et Forêts. Et puis les gens d'Église : prêtres, curés, sacristains, marguilliers, bedeaux... Avec le développement de l'artisanat s'installent tanneurs, taillandiers (fabricant les outils), tonneliers, drapiers, tailleurs d'habits (par opposition aux tailleurs de pierre), cordonniers, serruriers, puis chirurgiens, apothicaires, sans oublier les ciriers qui fabriquent ces cierges dont l'Église fait alors si grande consommation...

Voici enfin que se développent les commerces, avec les épiciers, les cabaretiers et les taverniers, parfois aussi les maîtres de postes, ancêtres de nos entrepreneurs de voyages. À maints égards, ces agglomérations ne cessent de s'affirmer comme dominant le « plat pays ».

Foires et « châteaux gaillards » : des villes déjà bruyantes et polluées...

Mais si la ville ancienne produit longtemps entre ou sous ses murs, dans ses jardins et ses « courts », la plus grande partie des denrées alimentaires dont ses habitants ont besoin, elle n'en constitue pas moins un centre où viennent s'écouler les produits des campagnes voisines. En sens inverse, elle est le lieu où les ruraux peuvent s'approvisionner en articles manufacturés. Dès lors, ses foires et ses marchés sont à l'échelle de son importance et participent à son influence. Il n'est quasiment pas de bourg ni de bourgade qui n'ait eu autrefois son ou ses jours de foire, une ou plusieurs fois l'an, et c'est par elles que s'établit le contact entre ces deux univers au demeurant nettement séparés qu'étaient la ville et la campagne.

En effet, rares sont les gens des villes et des bourgs qui fréquentent les campagnes : quelques artisans qui vont s'y approvisonner en matières premières, comme le tanneur allant y acheter ses peaux ; quelques commerçants allant y vendre leurs produits et les taillandiers leurs outils ; le notaire pour y recevoir les actes de ses pratiques, et quelques bourgeois, ayant acheté des terres et qui vont visiter leurs fermiers. Au XVIIIe siècle, quelques notables prendront l'habitude d'y mettre leurs enfants en nourrice, pour les faire profiter du bon air et du bon lait crémeux des paysannes.

En sens inverse, hormis quelques marchands et maquignons fréquentant les foires, les notaires ou les curés des villages que leurs affaires y conduisent, l'immense majorité des hommes des campagnes ne franchit jamais les portes des villes, et moins encore les femmes, excepté celles en situation de détresse qui iront y abandonner leur enfant.

De façon générale, les familles des villes et des champs se fréquentent fort peu. Certes, des notaires ou des avocats des villes accordent parfois leurs filles à leurs jeunes confrères des campagnes, comme il arrive que tel fils de bourgeois épouse la fille d'un laboureur aisé, qu'un cabaretier du bourg se marie avec la fille d'un tonnelier du voisinage. Certes encore, la plupart des bourgeois et des artisans des villes et des bourgs ont leurs origines directes dans la campagne voisine : ils n'entretiennent pas pour autant des rapports avec elle. Ville et campagne restent deux milieux différents qui ne se mélangent guère. Le citadin, déjà, passe volontiers pour un peu trop sûr de soi ; le villageois, pour naïf et facile à duper. Ils se défient les uns des autres et le fossé qui les sépare est aussi profond au plan des mentalités que des réalités.

Longtemps d'ailleurs, la ville reste coupée de l'extérieur par un fleuve ou une rivière que peu de ponts traversent, par une muraille aux portes rares et bien gardées, situation qui se prolongera longtemps – souvent jusqu'à la Seconde Guerre mondiale – par les octrois, véritables barrières douanières intérieures, où étaient perçues des taxes sur les marchandises transportées et qui matérialisaient donc bien le passage d'un monde à l'autre.

Aux yeux des ruraux, la ville était tout à la fois un lieu de convoitise et de crainte, de rêve et de perdition. Il faut dire que le campagnard y débarquant, outre qu'il resta longtemps repérable à ses vêtements, était pour le moins désorienté. Son milieu habituel était calme et silencieux : on n'y entendait évidemment ni tracteur ni voiture et le chant du laboureur conduisant ses bœufs rompait seul parfois le silence. Arrivant en ville, il était assailli par la rumeur, par les cris de batteleurs et de marchands en tout genre : marchands de lait, de salades ou de marrons, vitriers, rémouleurs ou porteurs d'eau vantant leurs marchandises. Dans les villes de quelque importance, il se retrouvait dans un tohu-bohu général avec – déjà ! – une circulation intense, au point de connaître des embouteillages. La population, très dense, s'entassait dans des maisons à étages qui s'élevaient partout, y compris, à Paris, sur les ponts que leur poids menaçait d'effondrement. La nuit, les rues de ces cités étaient mal éclairées et toute une faune s'y répandait. Bien des gars qui étaient venus y tenter leur chance s'y marginalisaient, lorsqu'ils ne tombaient pas dans la délinquance, et bien des quartiers étaient peu recommandables, notamment aux alentours du château-gaillard, qui n'était autre que... notre bordel.

Entre ville et campagne, le fossé était donc profond et ressenti comme tel. D'un côté, un monde agité et trépidant, et de l'autre un paysage calme, sinon immobile, un milieu où les repères étaient plus évidents. Jean-Jacques Rousseau ne considérait-il pas les villes comme « contre nature » ? « Les hommes, disait-il, ne sont pas faits pour être entassés en fourmilières, mais pour vivre épars sur la terre qu'ils doivent cultiver. »

... et des forêts où l'effervescence est continuelle

Le paysage de nos ancêtres est non seulement un paysage rural, mais aussi un paysage forestier. Car la forêt n'est pas seulement très présente, – les essarteurs du Moyen Âge n'ont guère fait que l'entamer –, elle est aussi très peuplée et apparaît partout et à tout niveau comme étroitement liée aux villages et aux hameaux, dont les habitants y trouvent mille ressources. Ils y cueillent des fruits secs et sauvages, y ramassent les mousses dont certains font des litières, vont y chercher le bois mort ou s'y procurer le charbon de bois qu'ils utilisent pour se chauffer et pour faire cuire leurs aliments ; les seigneurs y chassent le gibier ; de nombreux artisans y trouvent leurs matières premières et des matériaux de construction : manches de charrues, pieux des palissades, poutres et sabots en proviennent directement. Mais le rôle économique de la forêt passe alors d'abord par ses feuilles fraîches et ses jeunes pousses, comme par l'herbe de ses sous-bois, qui fournissent une large partie de la nourriture des animaux, vaches et chèvres y paissant constamment, pendant que les cochons s'y gavent de glands et de faînes.

De tout cela, il résulte que la forêt est un élément d'autant plus essentiel du paysage et de la vie de nos ancêtres qu'elle abrite tout un monde de petites gens et d'artisans : bûcherons, sabotiers, charbonniers... Ce sont des familles entières, et souvent nombreuses, qui y vivent dans de pauvres cabanes, des huttes ou de minuscules chaumines.

Qui étaient donc nos ancêtres ? Rarement des urbains. Parfois des gens de la forêt – sans doute aussi nombreux alors que les urbains –, mais surtout une foule de ruraux, appartenant aux diverses couches du monde campagnard : artisans, notables ou paysans.

2

Dominants ou dominés ? Chanoines, sacristains, nobles, gros bonnets et les autres...

Si la proportion de nos ancêtres ruraux était de quelque 95 % aux XVIIe et XVIIIe siècles, on peut estimer qu'elle avait représenté quasiment 100 % à l'aube du deuxième millénaire. Jusqu'au renouveau urbain généré par la croissance des siècles suivant l'an mille, nos ancêtres vivaient en effet tous à la campagne, et essentiellement au sein des seigneuries. Ils étaient attachés à la terre et intégrés à une société fondée sur les liens d'homme à homme, société qui resta longtemps très hiérarchisée, stratifiée et cloisonnée.

Nos livres d'histoire nous ont appris que la population française de 1789 était composée de trois ordres : le clergé, qui assurait la prière et la vie intellectuelle, la noblesse, qui assurait la défense militaire et la vie politique, et le tiers état, qui devait à lui seul assurer la subsistance et la vie matérielle des trois. Sachant que ces trois ordres étaient fort inégalement représentés, on comprendra que l'on a peu de chance de trouver nos ancêtres parmi les deux premiers, sauf parfois par un bâtard, car membres du clergé comme de la noblesse ne se privaient pas, comme on le verra, d'en engendrer de la façon la plus officielle.

Du chanoine gros et gras au bedeau « porte-verge » : une armée de curés...

De l'évêque au vicaire, le clergé forme une véritable armée. Il est extrêmement fourni, et il est omniprésent. En ville comme à la campagne, on croise à tout moment une religieuse ou un curé ; dans les ermitages, les monastères et les abbayes – sans oublier les nombreux prieurés –, les ermites et les moines sont légion. De plus, au sein même des paroisses, prêtres, curés, chanoines sont secondés par des cohortes de laïcs, gravitant autour de la sacristie.

Les trésors des sacristies

À l'origine destinée à tenir « secrets » les trésors et le patrimoine de l'église et de la paroisse, la sacristie hébergeait d'abord les vases « sacrés » : le *calice* et la *patène* (soucoupe destinée à recevoir les hosties), la *custode* (boîte à hosties, servant notamment à leur transport au domicile des malades auxquels le prêtre portait l'extrême-onction) et le *ciboire* (contenant les hosties consacrées), *l'ostensoir*, presque toujours en or et représentant généralement un soleil.

On y trouvait aussi toute une panoplie d'ornements que le prêtre devait porter lors des cérémonies, et qui formaient autant de couches au-dessus de sa soutane : l'*amict*, rectangle de toile passé autour du cou, *l'aube*, *l'étole*, longue bande d'étoffe, symbole de son pouvoir spirituel, *le manipule*, petite bande d'étoffe passée au bras gauche et destinée, en été, à éponger la sueur perlant sur le front, enfin la *chasuble*, sorte de manteau sans manche. Toutes ces pièces d'étoffes existaient en autant d'exemplaires que de couleurs requises, ces couleurs variant en effet selon les fêtes, les cérémonies ou les temps liturgiques (noir pour les cérémonies mortuaires, vert pour le temps d'après Pentecôte...). On trouvait encore le *surplis*, vêtement blanc à manche large, utilisé lors des cérémonies « intimes », et la *chape*, long manteau décoré et agrafé sur le devant, revêtu lors des grandes cérémonies. Puis les ornements des chapelles et de l'autel, brodés ou tissés de fil d'argent ou d'or, et l'abondant linge de messe, comme le *pavillon* recouvrant le ciboire ou le *caporal*, déplié sur l'autel.

La sacristie contenait également les lampes, chandeliers et candélabres, l'encensoir et la « navette » (petit vase à encens en forme de bateau, d'où son nom), les burettes (petites fioles de verre contenant le vin et l'eau), sans oublier les bénitiers, les goupillons et les reliquaires, censés contenir quelques fragments du squelette d'un saint ou quelque microscopique morceau de la vraie croix du Christ ou de l'éponge vinaigrée qu'on lui tendit sur la croix. À quoi s'ajoutaient bannières, croix de procession, draps mortuaires..., tout cela fabriqué dans des matériaux plus ou moins précieux, selon les moyens de la paroisse ou de ses bienfaiteurs.

On y trouvait enfin les livres liturgiques – missels, graduels..., – sans oublier le bréviaire, rédigé en latin, qui était un « abrégé » de l'office divin ne contenant que la partie que chaque prêtre devait lire chaque jour ; sans oublier les registres paroissiaux, si précieux aujourd'hui pour les généalogistes.

Les religieux et religieuses sont d'autant plus nombreux que, du fait de leur vœu de pauvreté, les anciennes lois les rendaient incapables de recueillir une succession : une aubaine pour toutes les familles aisées qui ignoraient évidemment le planning familial ! En casant des fils à la Trappe et en envoyant des filles au couvent, on évitait le morcellement des fortunes qui se serait répété à chaque génération. Au début du XVIe siècle, la France comptera environ 880 établissements religieux, qu'il s'agisse des couvents des ordres mendiants vivant, en ville, de l'aumône, des monastères des ordres contemplatifs, enfermés dans une clôture et implantés à la campagne, ou des abbayes, dont le supérieur était un abbé autonome, parfois directement nommé par le roi. Ajoutez à cela plus de 6 000 prieurés, qui étaient à l'origine de petites abbayes détachées des grandes pour gérer des terres à l'écart, 60 chartreuses, plus de 500 commanderies..., chiffres qui augmenteront considérablement au cours du XVIIe siècle, avec une énorme floraison d'ordres nouveaux. Essayons d'additionner : entre tous ces murs, on recensait quelque 100 000 personnes, auxquelles on devait ajouter sans doute à peu près autant de « séculiers » : quelque

60 000 curés et vicaires et plusieurs milliers de chanoines, formant à eux seuls une catégorie particulièrement puissante.

On sait le fossé qu'il y avait entre l'évêque recruté dans la noblesse, détenteur d'une fortune personnelle et menant une existence fastueuse, et le bas clergé, issu du peuple. Les chanoines en formaient le « gratin », l'aristocratie. S'ils devaient à l'origine leur nom aux règles ou « canons », dont les chapitres devaient être régulièrement lus devant leur assemblée – le « chapitre » –, les chanoines tirent le principal de leur influence du fait que, dans chaque diocèse, c'est à leur assemblée qu'incombe l'administration de l'évêché. Jusqu'au XVIe siècle, ce sont même leurs chapitres qui ont nommé et choisi les évêques, qu'ils plaçaient alors symboliquement, dans l'église la plus proche du bâtiment de l'évêché, sur un siège haut que l'on appelait selon un terme grec une *kathèdre*, meuble qui, de l'église propre à l'évêque a fait notre cathédrale.

Pour toutes ces raisons, le chapitre « cathédral » est donc une assemblée puissante et riche, possédant parfois des milliers d'hectares et des dizaines de seigneuries. Celui de Chartres eut ainsi jusqu'à sept mille hectares, cent treize maisons dans la ville et des terres rapportant des droits et des revenus énormes, réparties à travers cent vingt-quatre paroisses de la région. Les chanoines qui les composent sont eux-mêmes riches, en ce qu'ils sont bénéficiaires d'une « prébende », sorte de rente tirée des revenus du diocèse, et dont le montant est particulièrement confortable. Sous Louis XIII, le revenu annuel minimum d'une prébende de chanoine représentait près de six années de travail d'un journalier ! Tout cela pour gérer les finances de l'évêque et assurer surtout la lourde tâche de chanter lors des offices...

L'image du chanoine gros et gras, « vermeil et brillant de santé », confirme celle de ces « pieux fainéants » qui n'hésitaient pas à payer des « chantres-gagés » pour chanter les matines et les laudes pendant qu'ils faisaient la grasse matinée. Dodus et replets, souvent perclus de goutte sur leurs vieux jours, ils n'en portaient pas moins hautement leur aumusse de fourrure au bras pour se rendre aux offices et l'on mesure aisément combien la lutte pour le canonicat pouvait exciter les rivalités. Si, depuis 1606, on devait, pour y accéder, être gradué en théologie ou en droit canon, de nombreux chapitres restaient souvent largement ouverts, notamment dès l'âge de onze ans, et plusieurs d'entre eux, comme ceux de Lyon, de Brioude ou de Marseille, exigeaient que l'on eût seize quartiers de noblesse (autrement dit que ses seize arrière-arrière-grands-parents aient tous appartenu à des familles nobles). Il en allait de même dans les chapitres des couvents, ainsi chez les chanoinesses de Remiremont, dont l'Abbesse, qui était princesse du Saint-Empire et suzeraine d'immenses domaines, menait un train royal, portant une crosse d'or et ne se déplaçant qu'en carrosse à six chevaux. Ces sièges si convoités étaient souvent possédés de façon héréditaire par de très grandes familles. Les rois de France eux-mêmes étaient ainsi chanoines héréditaires de Saint-Martin de Tours, et les comtes de Beauvoir-Chastelux, en Bourgogne, chanoines héréditaires du chapitre cathédral de l'église d'Auxerre, en récompense de services rendus, ce qui donnait au chef de leur Maison le droit d'entrer dans la salle du chapitre avec bottes et éperons, baudrier et épée, ganté des deux mains, l'aumusse sur le bras gauche et un oiseau de proie sur le poing.

À l'intérieur d'un chapitre, tous les chanoines n'étaient donc pas égaux et l'on notait toute une hiérarchie, allant du doyen qui le présidait et bénéficiait de nombreux privilèges jusqu'à des archidiacres et à de petits chanoines « semi-prébendés », en passant par le trésorier, le chantre, et bien d'autres, comme l'écôlatre, chargé des écoles, ou le théologal, chargé de l'enseignement religieux...

Le bas clergé constituait évidemment la partie de loin la plus nombreuse de cette armée ecclésiastique, avec quelque quarante mille curés – dont le nom attestait qu'ils avaient reçu la *curia animarum*, autrement dit le soin des âmes – et davantage encore de vicaires. Tous étaient indifféremment confondus sous la dénomination de prêtres, sachant que l'accès à la prêtrise, autrefois laissé à la discrétion des seigneurs locaux, choisissant et nommant à leur guise les curés, avait peu à peu été règlementé. L'âge minimum fut fixé à vingt-cinq ans et soumis à des études longues et coûteuses (dont deux à trois années orientées vers la pratique pastorale) pour lesquelles le XVIIIe siècle vit s'ouvrir des séminaires. Il fallait ensuite passer par différents degrés d'intégration : le clerc tonsuré, qui n'a pas prononcé de vœux ; le diacre, qui a autrefois fait vœu de célibat ; le prêtre, enfin, qui a reçu le sacrement d'ordination.

Mais pour devenir « prêtre-curé », on devait encore être titulaire de revenus ou d'une rente, que la famille assurait généralement, comme la garantie d'une vie décente. Cette rente variait selon les diocèses, pouvant aller de soixante livres en Haute-Bretagne à plusieurs centaines ailleurs. Dès lors, les prêtres devaient presque toujours accomplir un temps de vicariat, qui pouvait durer de dix à quinze ans, avant de pouvoir, généralement la quarantaine passée, parfois au terme d'un véritable concours mais le plus souvent grâce aux appuis et influences de leur famille, obtenir enfin une « cure », qui était bien sûr le rêve et l'ambition de tous. Cette « cure » consistait en l'administration du temporel d'une paroisse ou d'une église, administration qui était évidemment source de revenus, sauf à devoir, dans certaines paroisses, se contenter de la « portion congrue ». Cela était généralement le cas de paroisses et d'églises qui avaient été fondées par un couvent ou qui dépendaient directement de l'évêque. C'était alors à eux – couvent ou évêque – que les paroissiens devaient payer leur dîme dont une partie seulement était reversée, en guise de traitement, au vicaire desservant la paroisse.

Au bas de l'échelle, on trouvait enfin des chapelains, chargés du service des chapelles, que ce soient celles des châteaux, des hameaux ou des nombreuses chapelles latérales ajoutées aux églises et aux cathédrales, et dont le nombre n'avait cessé d'augmenter, pour pouvoir assurer le nombre exhorbitant de messes à dire chaque jour, que le moindre croyant avait soin de fonder par testament.

Ce sont évidemment ces chapelains et les curés vivant de la « portion congrue » qui forment la couche la plus misérable de ce premier ordre, couche à laquelle appartient Michel Touraine, curé de Margency, dans le Val-d'Oise, lequel précise dans son testament, daté de 1704, que, ses bénéfices et revenus étant « trop petits », il n'a pu, durant des années, payer sa servante, laquelle a par ailleurs « consommé son propre bien » pour lui. Il lui doit non seulement 396 livres, représentant douze années de gages, mais encore 200 livres qu'elle lui a prêtées...

Riches ou pauvres, tous ces ecclésiastiques étaient en outre entourés de plusieurs cercles « satellites ».

Il y avait, d'abord, ceux qui avaient reçu les ordres dits « mineurs », comme les diacres, mais aussi des individus détenteurs d'anciennes fonctions qui avaient peu à peu perdu de leur réalité, comme les lecteurs, les acolytes, assistant le prêtre à l'autel, et les exorcistes chargés de chasser les démons.

1698 : un exorcisme en terre bourguignonne

« Dieu a permis qu'une fille de cette paroisse de Quemigny-sur-Seine, nommée Claudine Rotti, âgée de 38 ans, a été délivrée le 18 décembre 1698, d'un démon qui la possédait depuis le 16 mars 1688, lequel démon luy avoit été donné en mangeant avec une femme étrange. Elle avoit de très grands mouvements de son corps, se frappant elle-même jusqu'à se meurtrir. Ce mal la prenoit lorsqu'elle entendoit les cloches et quand on prioit pour elle ou qu'on luy donoit de l'eau bénite. Les médecins de Châtillon-sur-Seine et d'autres lieux luy ont donné souvent des remèdes sans l'avoir guérie.

(...) Elle ne pouvoit coucher que dans l'écurie, entre les vaches et les pourceaux. (...) »

La famille de cette possédée ayant tout tenté (neuvaines, pèlerinages, etc.), le curé du lieu reçut la visite d'un père capucin, qui eut *« l'idée de dire, pendant neuf jours, l'Évangile de saint Jean et l'Oraison contre les maléfices ».*

« À la fin de la messe, le père capucin commença. La fille étant à genoux sur le marchepied du grand autel, elle fit de grands mouvements et soupirs, ne pouvant rester à genoux. Il luy fallut trois personnes pour la tenir sous les bras. Le deuxième jour, il en fallut quatre, qui ne pouvoient la tenir. Le troisième, six personnes avoient bien de la peine à l'arrêter. Ses jupes tornaoent sur elle. Le quatrième jour, quand le père capucin voulut luy jeter de l'eau bénite, le diable commença à parler par sa bouche et dit « je n'ay que faire de cette eau. (...) Je ne sortirai pas ».

Au fil des jours, la scène va crescendo : Claudine Rotti connaît des syncopes, pousse de terribles hurlements lorsqu'elle assiste à l'élévation, délire. Par sa bouche, le malin agonit le religieux d'injures.

« Le neuvième jour, qui étoit un mercredi, l'église étant toute pleine, on ferma la porte ». Solennellement, au moment de la communion, le capucin ordonna au démon de quitter le corps de la possédée, qui *« fit un cri épouvantable, ouvrant la bouche avec une très mauvaise odeur et tomba comme morte. (...). Depuis ce temps-là, Claudine Rotti n'a eu aucune incommodité jusqu'à présent, ce 15 mars 1713.*

On trouvait ensuite une ribambelle d'employés d'église, non intégrés au clergé, mais vivant à l'ombre des clochers, quand ce n'était pas sous le toit même des bâtiments du sanctuaire ou autour du cloître adjacent. Dans les paroisses urbaines, on dénombrait facilement plusieurs bedeaux, avec toute une hiérarchie, allant du *premier bedeau* en passant par le bedeau-*consort* et le *porte-verges*.

Puis on avait les chantres, gagne-petits que les chanoines prenaient volontiers pour souffre-douleur. Chahutés également par les enfants des maîtrises qui les accompagnaient en chorale, ces chantres qui, s'ils étaient mariés, devaient souvent préserver leurs femmes des avances des chanoines libidineux, noyaient volontiers leur dépit dans le vin. Boileau en conclut que « de chantres beuvant, les cabarets sont pleins » et Béranger fit chanter : « *Gloria tibi domine.* Que tout chantre boive à plein ventre »... Bon chantre, alors, était presque toujours « bon entonneur », autrement dit meilleur entonneur de tonneau que de cantiques, art et qualité qui leur avaient pourtant valu au Moyen Âge des surnoms que l'on retrouve au nombre de nos patronymes (comme Dominus, Laudate, Oremus...). Il faut dire que cet art se compliquait pour eux du fait de leur ignorance de latin, ignorance dont ils s'accommodaient en recourant à de petits subterfuges, chantant par exemple, au lieu de *In labore requies, In aestu temperies, Infletu solatium : A laboureur qui qui-y est ? Y es-tu, ton père y est ; Il fait la collation* ».

Il y avait enfin le marguillier, nom habituellement donné au sacristain.

En ville, cette fonction est un honneur très recherché ; à Saint-Germain-en-Laye, on voit marchands, bourgeois et officiers se la disputer. À la campagne, où la faune satellite de l'église se réduit à sa personne, il est l'homme orchestre assurant à la fois les tâches de chantre, de sonneur et de secrétaire-intendant général, chargé aussi bien de louer les bancs aux fidèles que de chasser les chiens de l'église et les vaches du cimetière, et même de faire l'école aux gamins de la paroisse. Ces sacristains n'arrivent pas pour autant à la cheville du moindre chanoine demi-prébendé, même s'ils font figure de petits notables et sont censés avoir la garde des modestes trésors de nos églises de campagne et des anciens vases « sacrés » auxquels ils devaient leur nom.

L'Église était donc fort riche, et même si elles étaient très inégalement réparties, les richesses des chapitres, des monastères, des abbayes et du clergé en général étaient immenses, et ce d'autant plus qu'ils recueillaient continuellement des legs souvent substantiels que nos aïeux leur abandonnaient par testament, afin de mieux s'assurer des faveurs de la cour céleste lorsqu'ils comparaîtraient devant le tribunal divin.

Des nobles bien armés : épées et armoiries

La noblesse est issue de l'ancienne classe militaire chargée d'assurer la sécurité et la défense du pays. À ses débuts, elle était composée de chevaliers, qui n'étaient que des hommes courageux, combattant à cheval. Peu importait leur naissance. Quiconque, dès lors qu'il possédait un cheval et savait porter les armes, pouvait se faire « adouber » par un autre chevalier. Mais comme toute autre institution, ce mode d'investiture s'était peu à peu compliqué de nombreuses exigences, pour se voir finalement réserver aux seuls fils de chevaliers.

Progressivement s'était par ailleurs superposée à cette qualité la possession d'un fief ou d'une seigneurie, territoires que les premiers rois avaient pris l'habitude de confier aux militaires et que ces derniers avaient divisés pour les répartir entre des vassaux, auxquels ils déléguaient à la fois leurs droits et leurs devoirs. Ces vassaux les avaient à leur tour repartagés entre des arrière-vassaux, et ainsi de suite. De là était né un ordre solide, dont certains membres étaient parfois devenus plus puissants que le roi lui-même, et où l'on n'hésitait pas à se livrer des guerres incessantes pour des questions d'intérêt. Investis au départ d'un simple droit de jouissance sur le territoire qui leur avait été confié, ces hommes s'en étaient, au fil des siècles, octroyé la propriété, obligeant les souverains à déployer maints stratagèmes pour freiner leur soif de pouvoir et leurs ambitions territoriales. À cette fin, les rois de la dynastie des Valois s'efforceront d'ouvrir largement le système aux bourgeois enrichis et aux serviteurs de l'État, avant que les Bourbons ne finissent par « parquer » cette noblesse au sein de la Cour, idée géniale de Louis XIV consistant à les réunir tous autour de lui afin de mieux les surveiller, en les occupant d'inoccupation et en les faisant courir après de vains honneurs.

Comme les rangs du clergé, ceux de la noblesse s'étaient hiérarchisés au fil des siècles, avec le dégagement progressif de différentes générations, dont la grande différence résidait dans l'antériorité de l'anoblissement, et nullement dans la particule.

La particule n'est pas un signe extérieur de noblesse...

Les plus anciennes familles nobles étant nées avant que ne se dégagent les noms de famille, elles se sont assez rapidement vu donner le nom de leurs terres ou de leur château ; on parlait ainsi des « Maisons » de Noailles ou de Rochechouart. Lorsqu'à partir des XIIe-XIIIe siècles, les patronymes roturiers sont apparus, les nouveaux anoblis, déjà munis d'un de ces noms, lui ont ajouté celui de leurs terres, devenant ainsi Durand de Chalas ou Thomas de La Vesvre, quitte à jeter parfois rapidement le premier, peu utilisé, aux orties.

Très vite, dans les esprits, particule rima donc avec noblesse. Les bourgeois propriétaires d'une terre allongèrent systématiquement leur nom, et curés et hommes de loi, lorsqu'ils voulaient leur témoigner leur respect, n'hésitaient à les doter d'une « particule de courtoisie », faisant de M. Lambert « M. de Lambert ».

Il est d'autant plus délicat de distinguer particule et préposition que beaucoup de noms des familles roturières, formés à leur origine sur les noms des lieux qu'elles avaient habités, intégraient déjà une préposition – tels Delaunay, Dumarais ou Delamotte.

L'analphabétisme ambiant ignorant toute orthographe acheva de changer Delamotte en Motte, Lamotte ou de La Motte. Jusqu'à la moitié du XIXe siècle, le fait que cette préposition soit ou non détachée du nom n'a donc jamais rien signifié.

Ajoutons que bien des familles nobles n'ont jamais eu de préposition ni de particule, à commencer par la plupart des quelque trois mille anoblies sous l'Empire, comme les Murat ou les Suchet.

Cette particule fut cependant considérée comme le principal « signe extérieur de noblesse » et à ce titre recherchée par tous les moyens, y compris par l'acquisition, à prix d'or, des titres de comte romain décernés au XIXe siècle par le pape. Il en résulta une noblesse d'apparence, parfois qualifiée de « fausse noblesse », faisant que pour quelque 17 000 noms de famille authentiquement nobles sous Louis XVI, et alors qu'il en subsiste à peine 4 000 aujourd'hui (dont moins d'un sur dix remontant à l'an 1400), on recense plus de 15 000 noms de famille présentant ce prétendu signe extérieur de noblesse.

La particule nobiliaire n'a donc jamais existé et n'est qu'un mythe engendré par la République. Sous l'Ancien Régime, tout était très clair. Les nobles se distinguaient, dans les actes, par des qualifications propres : « écuyer » et « chevalier », « noble », « noble homme »... Et si des prépositions ont été « recollées » à l'époque de la Révolution, cela ne saurait nullement autoriser à y voir le moindre indice d'une origine noble.

Les nobles plus respectés et les plus enviés appartenaient à ce que l'on appelait la *noblesse d'extraction*, dite aussi *immémoriale* ou *de race*, à laquelle appartenaient les familles dont les lignées étaient les plus anciennes, comme les Gramont, les Choiseul, les Rohan, et toutes les grandes maisons du royaume, parfois connues depuis le Xe siècle, comme les d'Harcourt ou les La Rochefoucauld. Leur appartenance à cet ordre n'était étayée par aucune preuve : aussi loin que l'on pouvait remonter leur filiation, leurs ancêtres étaient considérés comme tels. Cette catégorie se divisera en plusieurs strates : la *noblesse d'extraction chevaleresque*, dont l'origine était effectivement antérieure au XIVe siècle, celle *d'extraction ancienne*, remontant au XVe, et celle *d'extraction simple*, dont la filiation prouvée ne dépassait pas le XVIe.

On trouvait ensuite les familles de *noblesse par anoblissement* qui, contrairement aux précédentes, pouvaient fournir un acte formel attestant leur qualité, avec, là aussi, plusieurs sous-catégories selon qu'elles avaient été anoblies *par lettres patentes*, par *charges* ou par *fonctions*.

Les lettres patentes étaient des actes émanant des rois, qui avaient développé cette pratique après que Philippe le

Hardi eut anobli son argentier et son barbier. Ils l'utilisèrent d'autant plus souvent qu'ils en retiraient de substantiels avantages pécuniaires et l'on passa de douze anoblissements de ce type octroyés en 1564 à plus de mille en 1576-77, à l'heure où les guerres de Religion épuisaient le Trésor. Sous Louis XIV, on enverra même des lettres « en blanc » aux intendants, qui les revendaient 6 000 livres (une fortune !) à qui voulait en bénéficier...

On entendait par *charges anoblissantes* les hauts emplois vénaux et patrimoniaux, qu'un homme aisé pouvait acheter et transmettre à ses descendants, quelles que soient leurs compétences et leur valeur. Selon qu'elles étaient exercées durant un certain temps ou par un certain nombre de générations, ces fonctions conféraient la noblesse. Il fallait en général deux générations, – parfois une seule dans certaines régions – et vingt années d'exercice, sauf cas de mort en charge qui en dispensait. On appelait la noblesse ainsi obtenue *noblesse de robe*, parce que l'exercice de ces fonctions obligeait le plus souvent à porter la robe : robe des magistrats, des membres des Parlements, robe des membres de la Cour des Comptes ou des Bureaux des Finances, volontiers accompagnée d'un bonnet – d'où l'expression de « gros bonnet » par laquelle nous avons gardé l'habitude de désigner des gens importants. Toujours pour des raisons financières, le pouvoir royal n'avait pas hésité à multiplier le nombre de ces « offices », que Necker évaluait à plus de quatre mille à la fin de l'Ancien Régime, et que l'on appelait « savonnettes à vilains », parce qu'ils permettaient aux gens du commun de changer de peau et de position dans la société. Au XVIIIe siècle, des charges instaurées dans ce seul but pécuniaire, comme celles de *conseiller du roi, maison et couronne de France*, qui seront de simples sinécures honorifiques anoblissant en une seule génération, seront vendues à prix d'or.

La *noblesse par fonction*, aussi appelée *noblesse de cloche*, en référence à la cloche des beffrois et des hôtels de ville, s'obtenait enfin par l'exercice de magistratures municipales, essentiellement celles de maire et d'échevin. La *noblesse d'épée* fut conférée à partir de 1750 aux officiers généraux et à la troisième génération de chevaliers de Saint-Louis.

Sous l'Ancien Régime, les membres de toutes ces « familles » composaient donc ensemble le deuxième ordre, celui de la noblesse qui, pour avoir hérité de l'ancien devoir d'assurer la sécurité et la défense et pour continuer à fournir les cadres de l'armée (comme les chanoines, les officiers devaient pouvoir prouver leurs quartiers de noblesse), étaient dispensés de certains impôts comme la taille et ne payaient les autres (capitation et vingtième) qu'à taux réduit. Ils échappaient par ailleurs à la justice traditionnelle, n'étant justiciables que de certaines cours qui leur étaient propres.

Ces privilèges étaient suffisamment importants pour pousser bien des familles à se prétendre nobles, puisque la naissance était suffisante pour acquérir cette qualité. Toute usurpation était donc sévèrement réprimée par de très lourdes amendes, avec remboursement majoré des sommes injustement impayées. L'inflation des nobles ayant évidemment des conséquences négatives pour le Trésor, Louis XIV décida, en 1666, de vérifier les droits et les prétentions de chacun quant à ces exemptions. Il initia donc de grandes recherches, expliquant que *Sa Majesté voulait que pour les distinguer des usurpateurs, il soit fait un catalogue contenant les noms, surnoms, armes et demeures des véritables gentilhommes.* Les intendants furent chargés de passer au crible, et sans la moindre exception, toutes les familles du royaume, en les obligeant à produire soit un titre écrit soit une preuve de la possession incontestée de leur état nobiliaire depuis plus de cent ans. Qui ne pouvait le faire était lourdement taxé, et qui passait l'épreuve avec succès, déclaré *maintenu*, ne l'était pas moins, d'une autre façon, puisque contraint d'acquitter un droit de confirmation. Les archives de ces enquêtes ont été conservées et suffisent généralement à faire foi de la qualité des actuels descendants des familles qui y sont nommées. Les coffres du Trésor se remplirent si bien que trente ans plus tard, en pleine guerre de la Ligue d'Augsbourg, Louis XIV usa de la même recette, appliquée cette fois-ci au niveau du blason, sur lequel la noblesse avait très tôt représenté ses « armes ».

... pas davantage que le blason !

Né sur les champs de bataille de l'époque des Croisades, le blason était destiné à faciliter l'identification des chevaliers, tout caparaçonnés de leurs armures. Il s'agissait ni plus ni moins d'un « logo » personnalisé, représenté sur le bouclier ou *écu* (d'où notre mot *écusson*).

Chacun s'en confectionna donc, à partir de métaux (l'or, l'argent), d'émaux (bleu, rouge, vert ou noir) et éventuellement de fourrures (vair ou hermine), en représentant des *meubles* (c'est-à-dire des objets mobiles), liés à sa vie quotidienne ou à l'histoire de sa famille : animaux, armes, croix et quantité d'autres éléments plus ou moins symboliques. Il se dégagea peu à peu des règles, énoncées dans un vocabulaire propre (*l'héraldique*, langage des « hérauts d'armes »), qui appelait le rouge *gueules*, le bleu *azur*, le vert *sinople*, l'oiseau sans bec une *merlette* et parlait de *lions passants* ou *rampants*.

Ces blasons étant personnels, nul n'aurait su porter le même que son voisin. À l'origine, un fils cadet devait prendre ses propres armes ou *briser*, par une modification ou adjonction quelconque, celles de son aîné. De ce fait, plus un blason est sobre, plus il a de chances d'être ancien.

Mais pas plus que la particule le blason ne saurait être considéré comme un signe extérieur de noblesse. À la fin du Moyen Âge, des laboureurs ou des artisans en arboraient parfois. Cependant, toutes les familles nobles ayant le leur, il fut vite aussi recherché que la « particule ».

Cette vanité fournit à Louis XIV une autre occasion de remplir ses caisses toujours vides en instaurant, en 1696, un droit d'enregistrement de vingt livres (en gros, le prix moyen d'un bœuf, équivalent de notre tracteur). Toute personne d'un certain rang était même tenue d'en faire enregistrer un, histoire d'augmenter encore la rentabilité de l'opération, et des fonctionnaires royaux étaient chargés d'en pourvoir d'office ceux qui oubliaient d'en réclamer. Des blasons furent alors fabriqués en série, blasons peu originaux, fréquemment à base de chevrons accompagnés d'objets divers, formule offrant suffisamment de variantes pour éviter les risques de doublons. On créa aussi, par des rébus, de nombreuses « armes parlantes », donnant ainsi à M. Douhéret, « un mouton dans un filet » (parce que « doux ez rets ») ou à M. Martin d'Ayguevives un martin pêcheur pêchant dans une rivière (les eaux vives).

Qu'elle ait été acquise par la naissance, par une charge ou par une fonction, la noblesse – qui se transmettait sauf exception rarissime exclusivement par les mâles –, pouvait se perdre.

Elle se perdait non seulement par le non-acquittement de ces droits de confirmation, mais aussi suite à une condamnation infamante ou par dérogeance. Bien plus que la mésalliance (le noble était en fait parfaitement libre d'épouser qui bon lui semblait), l'exercice de certaines professions était en effet jugé incompatible avec son état. Lui étaient donc interdites toutes les professions mercantiles ou manuelles – à l'exception de celles de maître de forges ou de verrier –, mais non pas une activité agricole, et l'on pouvait voir certains petits nobles bretons pousser eux-mêmes leur charrue. En revanche, on ne plaisantait pas avec les « bas offices dégradants », non-anoblissants, comme ceux de procureur ou d'huissier, qui entraînaient la dérogeance sans appel. C'était aussi le cas pour la profession de notaire – sauf pour les notaires au Châtelet de Paris.

Dans certaines provinces, comme en Bretagne et en Artois, on estimait cependant que cette dérogeance n'était jamais définitive et n'avait pour conséquence que de faire « dormir » la noblesse, celle-ci restant récupérable ou plutôt rachetable, à tout moment, moyennant des lettres de réhabilitation, naturellement payantes.

Le système, à tous les niveaux, se révélait une invention aussi géniale que rentable. Au fil des siècles, l'évolution avait été considérable et les nobles de 1789 n'avaient plus guère de points communs avec ceux des châteaux forts des Xe ou XIe siècles, quand bien même ils en descendaient, ce qui était finalement assez rare. Aux temps féodaux, le contrat tacite selon lequel le roturier travaillait la terre pour nourrir à la fois le curé qui priait et le noble qui assurait sa sécurité avait bien fonctionné. Mais dès le XVe siècle, la récession économique et l'inflation avaient très nettement entamé et diminué le pouvoir d'achat du noble, qui avait vu son revenu à ce point dévalorisé qu'il avait dû augmenter le tribut qu'il exigeait des paysans. Il s'était souvent vu contraint à vendre ses terres, que s'étaient empressés d'acheter des bourgeois et des commerçants enrichis. Bien souvent, ces derniers en prenant possession de ces terres en avaient également pris le nom, et avaient, quelques années ou générations plus tard, rejoint à leur tour les rangs de la noblesse par le biais d'un lettre patente ou d'une de ces charges anoblissantes achetées à prix d'or.

C'est ainsi que l'on arriva à la Révolution avec une noblesse des plus disparates, dont Louis XVI, devenu roi des Français, signa en 1790 le décret d'abolition, et que son frère Louis XVIII, sans lui rendre ses privilèges, réinvestit officiellement, après que Napoléon en eut à son tour, au passage, augmenté les rangs en anoblissant les grands militaires et dignitaires de son régime. « La noblesse ancienne (d'Ancien Régime) reprend ses titres, la nouvelle (d'Empire) conserve les siens ; le roi fait des nobles à volonté, mais il ne leur accorde que des rangs et des honneurs », déclarera donc, en 1814, le monarque restauré, quelques décennies avant que la République ne développe le mythe de la particule et que les titres eux-mêmes ne prennent tout à coup plus d'importance qu'ils n'en avaient jamais eu sous la monarchie.

Les titres de noblesse

De bas en haut, la hiérarchie des titres en France était la suivante :

— *écuyer* (à l'origine, le porteur de l'écu, aidant le chevalier, en attendant d'être lui-même adoubé) ou *damoiseau* (de *domicellus*, « domestique »).

— *chevalier* (à l'origine, homme suffisamment riche pour s'équiper en armes, armure et entretenir des chevaux) et *chevalier-banneret* (chevalier assez riche pour en grouper plusieurs autres sous sa bannière).

Ces chevaliers avaient le droit de « timbrer » leur blason par l'adjonction d'un casque, alors que les suivants les « timbraient » de couronnes :

— *baron*, quelquefois rehaussé du titre de *vidame*,

— *vicomte*,

— *comte*,

— *marquis*,

— *duc*, parmi lesquels on distingua les *ducs et pairs* (titre héréditaire) et les *ducs à brevets* (non héréditaire). Tous avaient droit à l'appellation honorifique de *Cousins du roi*,

— *prince*, titre quasiment réservé, sous l'Ancien Régime, au *princes du sang*, descendant par les mâles des rois capétiens, avant que Napoléon n'en créât, en leur donnant souvent, comme aux ducs, les noms de grandes victoires militaires. Berthier fut ainsi duc, puis prince de Wagram...

En fait, il semble bien que sous l'Ancien Régime, cette hiérarchie des titres ait été peu ressentie et que les titres eux-mêmes étaient considérés comme insignifiants. On en prendra pour preuve les *Honneurs de la Cour*, distinction purement honorifique qu'ont accordée Louis XV et Louis XVI aux représentants de quelques grandes familles du royaume, et qui consistait à monter dans le carrosse du roi en sa compagnie et à aller à la chasse à ses côtés. Les familles ainsi honorées étaient inscrites sur des listes, et le plus souvent sous un titre quelconque que leur chef semblait choisir à sa guise.

... et des légions de désarmés : des petits qui pouvaient grandir

Qui étaient donc nos ancêtres ?

En principe, pas des membres du clergé, non seulement parce qu'ils n'ont jamais représenté beaucoup plus de 1 % de la population du pays, mais parce qu'ils avaient prononcé des vœux de célibat et de chasteté... Pourtant, ne jurons de rien. Nombreux étaient en effet les ecclésiastiques qui succombaient à la tentation de la chair ! De « l'évachesse » qu'un certain évêque du Mans entretint au sein même de son évêché jusqu'au fils naturel du cardinal Rolin et de la moniale Raymonde de Rossy, auquel le roi Charles VIII donnera des lettres de légitimation en mars 1485, les cas ne manqueront pas, pour ne rien dire des nombreux papes qui ont engendré, tels les Médicis, des lignées de bâtards. Barthélémy Tronchet, vicaire de La Tour-d'Aigues, dans le diocèse d'Aix-en-Provence, n'est-il pas réputé « entretenir une femme en sa maison » et vivre avec elle « mangeant et beuvant ensemble » ?

Rarement aussi nos ancêtres étaient des gens de la noblesse, sauf à se trouver soi-même, de façon directe ou proche, issu de ces familles, qui ne représentèrent jamais, avec environ 17 000 familles et 68 000 foyers, que moins de 1,5 % de la société.

Reste le Tiers état, dont on doit soustraire, comme on l'a expliqué, la plupart des urbains, pour ne conserver que quelques bourgeois et artisans et le monde immense des gens de la terre. La quasi-totalité de nos ancêtres sont issus de la *roture*, en ce qu'ils travaillaient à la « rupture » de la motte de terre, action qui avait représenté le plus clair du travail du défricheur et du laboureur. Ici encore, tout s'était joué à l'époque féodale, lorsque les religieux priaient et que les seigneurs guerroyaient.

Tout près des églises et des murailles des châteaux et des bourgs, nos ancêtres vivaient dans les fameuses *villae*, d'où leur nom de *vilains*, auquel se référait, à son origine, l'expression « jeu de mains, jeu de vilain ». Un vilain pouvait être soit « serf », soit libre. Dans le premier cas, il était totalement lié au seigneur qui lui avait fait concession d'un « manse », autrement dit d'une terre sur laquelle il habitait et travaillait, concession au terme de laquelle il était soumis à des charges, essentiellement des corvées et des redevances. Le seigneur propriétaire pouvait exiger de lui autant d'impôts et de corvées que bon lui semblait ; le vilain était alors réputé « taillable et corvéable à merci ». Dans le second cas, les liens qui l'unissaient au seigneur étant moins forts, il n'était que « taillable et corvéable *a bone* », c'est-à-dire dans une « bonne mesure », suite au rachat qu'il avait pu faire du solde : c'est de là que nous vient notre formule de l'« abonnement ».

La plupart des vilains avaient acquis ce statut pour avoir été « affranchis » après avoir versé une contre partie. D'autres, appelés des « colons » ou des « hôtes », le devaient au fait d'avoir défriché une terre. Pour favoriser des défrichages, ou pour différentes autres raisons, bien des seigneurs avaient, en effet, été amenés à procéder à des affranchissements massifs – ne serait-ce, bien souvent, que pour y trouver une source de revenus. Dès le XIIIe siècle, hormis dans quelques régions comme la Bourgogne, presque tous les serfs avaient donc été affranchis, même si nos noms de famille, dégagés antérieurement, conservent pour certains d'entre eux le souvenir de ces anciens liens.

Les Lecomte descendent-ils d'un comte ?

Que les *Roi, Roy* et *Leroy* ne rêvent pas trop : ils ne descendent pas plus d'un roi que les *Lempereur* d'un empereur ! Et pas plus du bras droit que du gauche... Ils se contentent d'avoir pour ancêtre un homme qui avait été le vainqueur d'un de ces anciens jeux d'adresse que nos aïeux inscrivaient volontiers à leurs calendriers après le temps pascal ; jeu de tir à l'arc ou à l'arbalète, à l'issue duquel le gagnant se voyait sacré, pour l'année durant, « roi du jeu », et « empereur » s'il remportait à nouveau le concours l'année suivante.

Qu'en est-il en revanche des Baron, Comte, Lecomte, Marquis, Duc, Leduc, des Prince et des Leprince ? La réponse est délicate, du fait que l'on peut se trouver en face de surnoms empreints d'ironie, ayant désigné des hommes qui se donnaient des airs importants, ou de noms expliqués par la dénomination elliptique liée aux liens de dépendance, faisant que Lecomte et Leduc avaient pu désigner respectivement « l'homme-le-comte » et « l'homme-le-duc ».

Une seule réserve pour *Baron*, qui, au Moyen Âge, avait aussi désigné un homme de guerre et, de façon générale, le « mari », en tant que chef de famille vénéré et tout-puissant.

Ces mêmes explications vaudront pour des appellations rappelant des états ou des fonctions, comme Prévost (donnant aussi Pruvost, Provost, Prouvost, et par contraction Prost et Proust), Bailli (ou Bally, Bayle, Beyle...), Sénéchal, Viguier ou Voyer, Maire et Lemaire, ou encore Bourgeois ou Lebourgeois, Maître ou Lemaître. La liste est longue, qui comprend aussi les Sergent, Capitaine, Châtelain, Vassal et Vasseur (ou Vavasseur, Levassor...), Chevalier ou Chevallier, les Page et Lepage... Nul ne pourra jamais dire si ces surnoms se sont rapportés à l'état ou à la position occupés, à la fonction exercée, à l'attitude affichée ou au caractère de l'ancêtre. Pas plus, en fait, qu'on ne pourra savoir si Boucher fut le surnom donné en référence au métier ou à des mœurs sanguinaires. Il est des cas où nos patronymes gardent leur secret...

Parallèlement, au fur et à mesure que s'étaient développés les bourgs et les villes, l'artisanat et ce que nous appelons aujourd'hui le « secteur tertiaire » avaient beaucoup prospéré. Marchands et bourgeois s'étaient enrichis et un nouveau monde s'était mis en place. L'ancienne société, avec ses trois ordres, s'était transformée en une société de classes, ce qui était totalement différent. L'ordre est une réalité juridique, liée au statut personnel, une réalité à laquelle on appartient davantage par sa fonction que par sa naissance. Rien, en théorie, n'y est définitif et aucun seuil n'est infranchissable. La classe, au contraire, est une réalité économique liée à l'habitat, au niveau de vie, au genre de travail ; une réalité qui va progresser, s'imposer et s'immiscer partout, aussi bien au sein du clergé, entre évêques, chanoines, curés et vicaires, qu'entre les nobles, comme on l'a vu, selon leur degré d'ancienneté. Le tiers état ne pouvait échapper à ce phénomène, avec ses artisans, bourgeois et laboureurs, relativement autonomes, et ses manouvriers et journaliers nettement plus dépendants.

Voilà comment ces strates ont constitué autant d'étapes, de marches et de degrés, que pouvaient escalader nos ancêtres de bas en haut de l'échelle sociale. Si les plus petits – manouvriers et journaliers, encore nommés *brasseurs* ou *brassiers* – car vivant au jour le jour du labeur de leurs bras – n'ont guère de possibilité de promotion, il en va déjà différemment pour les métayers, volontiers nommés *ménagers, bordiers, bordagers* ou *grangers*, et tout devient possible aux laboureurs, plus indépendants, dès lors qu'ils savent se montrer un peu entreprenants.

Sous l'Ancien Régime, le laboureur, qui possédait généralement non pas le sol, mais les instruments de production (selon les régions la charrue ou l'araire et un attelage de bœufs, de chevaux ou de mulets), fait nettement figure de « Français moyen ». Son statut économique a bien sûr varié selon les époques, les lieux et les cas. Si l'on rencontrait des laboureurs « à bras », ne possédant pas d'attelage, des laboureurs « à demi-charrue », partageant avec un frère ou un voisin la propriété des instruments aratoires, et qui exerçaient volontiers une petite activité artisanale parallèle, comme celle de vannier ou de tisserand, on trouvait à l'opposé des « fermiers laboureurs », qui n'étaient donc plus métayers des terres qu'ils cultivaient et qui gagnaient en autonomie et en aisance, mais aussi des « marchands laboureurs », le plus souvent nommés tout bonnement « marchands ». Ancêtres de nos maquignons, ces derniers représentaient la première étape du processus d'ascension sociale. Arrivés à ce stade, nos ancêtres devenaient quasiment des notables ; on leur donnait le qualificatif de courtoisie d'« honorable » ou de « maître ». Ils étaient en fait des entrepreneurs.

D'honorables ancêtres, pas chinois du tout

La plupart des documents d'Ancien Régime donnent aux personnes des titres et qualificatifs divers, se référant à leur statut, qualificatifs nobiliaires ou autres, dits « de courtoisie », dont voici une liste non exhaustive :

— *bourgeois* : appellation donnée au citadin vivant de ses rentes ou à celui bénéficiant de la qualité de « bourgeois » d'une ville. Très recherchée, notamment à Paris, car assortie de privilèges ;

— *honorable* : appellation marquant le respect dû à un homme estimable, aisé et influent (équivalent féminin : *honnête*) ;

— *maître* : hors de l'artisanat, appellation donnée à l'homme aisé et indépendant, ayant une domesticité (meunier, fermier...).

Aux échelons supérieurs, on a *Monsieur* et *Demoiselle* (même pour une femme mariée) et parfois la « particule de courtoisie ».

Les termes suivants, en revanche, prouvent en principe l'appartenance à la noblesse :

— *écuyer* ou *chevalier*, dans toutes les régions ;

— *noble* (*noble Pierre Untel*), en Artois, Dauphiné, Flandre, Franche-Comté, Hainaut, Languedoc, Lyonnais, Provence, Roussillon ;

— *noble homme* (*noble homme Pierre Untel*), en Béarn, Guyenne, Normandie et Languedoc toulousain.

Les nobles sont volontiers dénommés *Messire* et *Dame*, leur nom étant parfois aussi précédé de la formule *Haut et puissant*.

Attention : la mention *sieur* de tel endroit n'avait pas plus de valeur qu'une particule détachée du nom et *Messire* était aussi l'appellation officielle des hommes d'Église.

Le livre de comptes de Pierre Bordier, laboureur à Lancé, près de Vendôme, au milieu du XVIIIe siècle, le montre allant régulièrement vendre son blé sur les marchés d'alentour, comme d'autres vont y vendre des animaux, et ne dédaignant pas d'arrondir son patrimoine en acquérant, çà et là, quelques ouvrées de terre. Cela quitte à emprunter de l'argent – ou aussi à en prêter lui-même... Un tel homme est par ailleurs générateur d'embauche, puisqu'il entretient une domesticité permanente, à laquelle s'ajoute chaque été une brochette de travailleurs saisonniers, engagés le temps des gros travaux.

Le laboureur, et plus encore le « marchand-laboureur », est donc bien un capitaliste. Il n'hésite pas à prendre des risques. Sa fortune restant longtemps mobilière (attelages, troupeaux, récoltes...), il n'est jamais à l'abri d'une conjoncture difficile ou d'une catastrophe naturelle, comme une mauvaise récolte, une plante parasite, le gel ou la sécheresse. Qu'il tombe malade ou qu'il meure avant que ses fils puissent assurer la relève, et voilà sa femme et ses enfants dégringolant l'échelle sociale, à moins que sa veuve ne puisse se remarier très vite, avec un veuf de son milieu ou, ce qui est plus rare, avec quelque journalier courageux, prêt à payer de son travail et de son indépendance cette promotion inespérée. C'est le cas, en Champagne, d'Henry Magitot. Au début de son mariage, il est dit laboureur, dans le gros bourg de Fismes, où, à force de travail, il deviendra marchand de chevaux. Père de quatorze enfants, entre 1718 et 1741, il décède en janvier 1743, à l'âge de quarante-sept ans, alors que le dernier n'a qu'un an et demi. L'aîné des fils n'a que neuf ans, la fille aînée vient d'épouser un serrurier ; toute la famille s'expatrie alors pour Paris, où l'on aura bien du mal à s'adapter et à survivre.

En mai 1753, c'est Michel Leboul, laboureur de la ferme du Maurier, dans le Maine, qui meurt en laissant une veuve et deux enfants, majeurs mais malades, incapables en tout cas d'assurer le travail de leur père. L'inventaire des biens révèle des conditions difficiles : pas de réserve de fourrage, ni d'argent. On commence par congédier les deux domestiques et, quelques jours après, on vend le train de culture : la charrette, les bœufs, les chevaux, les harnais...

pour pouvoir s'acquitter des contributions exigées pour la construction du grand chemin royal (la future Nationale 23) qui reliera Le Mans à La Flèche. La propriétaire, apprenant cela, charge son régisseur de demander une saisie des sommes pour les arriérés qui lui sont dus et nos paysans, devenus soudainement « pauvres », se voient bien incapables de trouver la moindre caution.

D'autres fois, notre homme est victime de l'évolution générale. Ainsi, lorsque l'ouverture des grandes routes au roulage, au début du XVIIIe siècle, mettra le bourg de Cheylade, en Haute-Auvergne, à l'écart des circuits économiques, les Baritou, marchands encore qualifiés de « messires » en 1734, seront retrouvés simples voituriers une quinzaine d'années plus tard...

En revanche, lorsque la chance lui souriait, le laboureur pouvait placer sa famille sur les rails. À ce titre, cette profession apparaît donc comme un passage quasiment obligé, par lequel sont passées toutes les familles ayant alors gravi les échelons de la société.

Car notre gros laboureur, ou notre marchand, donnait généralement le jour à une famille nombreuse. Il se retrouvait avec des filles à marier et des fils à établir, qu'il n'hésitait pas à disperser à travers le monde dans lequel il évoluait, les mariant ou les plaçant en apprentissage auprès de ceux avec lesquels il était en relation de travail. Il donnait volontiers ses gars pour gendres au meunier ou au cabaretier du coin. Il en laissait un chez le maréchal-ferrant, qui lui ferrait ses animaux et qui occupait, au village ou dans le bourg voisin, une place de choix. Il en plaçait un chez un marchand-tanneur de la ville voisine, à qui il avait l'habitude de vendre les peaux de ses animaux. Il ne dédaignait pas non plus d'en laisser un chez monsieur le Curé, comme sacristain ou comme marguillier, en attendant mieux... On mesure tout ce que cet éventail d'alliances avait de réfléchi et de stratégique pour notre homme et pour ceux de ses fils qui allaient lui succéder sur sa terre. Cette brochette de parents fermiers, cabaretiers, maréchaux-ferrants ou sacristains réunira les positions les plus stratégiques du monde agricole d'alors, positions qui sont aussi ces lieux d'échanges et de rencontres, où nos agents familiaux pourront glaner ou répercuter toute information utile : le voisin qui veut vendre sa jument, le bourgeois à la recherche d'un bon troupeau pour son métayer, le châtelain en quête de régisseur...

Le laboureur, le marchand étaient volontiers ambitieux. Son rêve était de placer un de ses rejetons chez le notaire, qui était le moteur essentiel des rouages économiques, en ce que toutes les tractations importantes passaient par lui. Aucune terre, aucune régie de ferme ne changeait de mains sans qu'il ait été appelé à instrumenter. Pour le paysan comme pour le commerçant et l'artisan, le notaire incarne donc la réussite sociale. Malheureusement, pour apprendre ce métier, il faut savoir lire et écrire, ce que notre laboureur lui-même est souvent loin de faire. S'il sait compter et à peu près lire, il n'a souvent pas dépassé, en écriture, le stade de la signature malhabilement tracée à l'aide de lettres-bâtons. À la campagne, le savoir reste avant tout celui des gens d'Église, et c'est là qu'intervient un personnage essentiel dans ce processus d'ascension sociale : le curé. Chaque fois qu'il le pourra, le laboureur va offrir un de ses fils à l'Église. C'est là un sacrifice auquel l'a justement préparé son curé, s'il a remarqué les dons que semblait présenter l'un des enfants – sacrifice qui ressemble beaucoup à un investissement.

Une fois vicaire, ou mieux curé pourvu d'une cure, le fils de notre laboureur va en effet presque toujours exercer son ministère dans les environs. Dès lors, il devenait simple, pour lui, d'user de ses relations ou de son influence sur quelque bourgeois vieillissant ou quelque rentière dévote pour faire obtenir à un sien parent un nouveau bail à un prix intéressant, de profiter de la mauvaise conscience d'un commerçant pécheur pour favoriser telle ou telle affaire, d'aider tel de ses frères cadets à faire un beau mariage, ou de le placer en apprentissage chez le notaire du bourg voisin. Mieux, si ses jeunes frères étaient illettrés, il allait souvent se charger de leur éducation. À tous points de vue, un curé dans la famille est une pièce maîtresse sur l'échiquier de la réussite. Il est l'incontestable promoteur, l'accélérateur de la plupart des progressions sociales.

C'est grâce aux efforts conjugués d'un de ces curés et d'un laboureur devenu marchand que la plupart des familles ont pu, sous l'Ancien Régime, transformer leur essai d'ascension sociale. Aux générations suivantes, tout devenait alors possible à qui savait poursuivre sur la voie tracée. La prochaine étape était celle des professions qui pouvaient être exercées dans le chef-lieu voisin : huissier, procureur, mais surtout notaire. C'est cette voie que choisit en 1688 Jean Monge, marchand à Die, lorsqu'il place son fils en apprentissage chez le procureur Pierre Gueymar. C'est celle de l'accès à la vie bourgeoise, la fréquentation d'un monde plus lettré et influent, avec lequel on s'alliait pour voir ses enfants embrasser la profession d'avocat.

Apprentissage et nourrissage

Le passage de la campagne à la ville et de la paysannerie au monde des affaires se faisait souvent par le biais de l'artisanat.

Les paysans plaçaient leurs fils en apprentissage, selon des contrats passés devant notaire, qui parlent souvent d'« accueillage », puisque le maître va non seulement apprendre à l'adolescent son métier, mais encore l'accueillir chez lui, en sa demeure, d'où l'habitude, pour le jeune homme, d'offrir un cadeau à l'épouse de l'artisan, généralement un coupon d'étoffe ou des épingles, dont la valeur variait selon ses moyens. Ainsi, Charles Lestuillier, entrant en 1683 en apprentissage pour deux ans chez Hyacinthe Nicolas, toilier et tailleur d'habits à Bourges, dut payer à son entrée la somme de soixante livres, « plus dix livres d'épingles pour la femme de Nicolas, qui le reblanchira pendant tout ce temps ». En 1647, Etienne Gaillard, entrant comme clerc chez un notaire de la même ville, dut verser quatre-vingts livres tournois et fournir deux aunes de toile de

Hollande ou de batiste, au choix de la femme du notaire ; en 1694, à Nyons, une mère mettant son fils en apprentissage chez son beau-frère apothicaire ajoute à la somme de soixante-quinze livres qu'elle devait payer en quatre termes un louis d'or « pour les épingles ».

Voici encore, le 3 février 1660, devant Me Pataud, notaire royal à La Vernelle, dans l'Indre, le contrat d'accueillage passé par Sylvain Airault, maître drapier et cardeur, qui « a promis et s'est obligé montrer à François Janvier bien et duement sondict mestier de drapier et cardeur, pendant le temps et espace de dix-huit mois à compter de cejourd'hui. Pendant lequel temps ledit Airault sera tenu iceluy nourrir, coucher et reblanchir de la manière accoustumée ». L'apprenti promet d'obéir à son maître et de « faire le service d'iceluy selon son possible ». Aux termes de ces contrats, le ménage du maître se substitue en effet pleinement aux parents pour éduquer l'apprenti, qui doit avoir dix ans révolus et être un enfant légitime. Il le forme et l'aguerrit au physique comme au moral, veillant notamment à ses comportements tant au plan des mœurs que de la religion. Il n'en reste pas moins qu'en bons ruraux, les pères « laboureurs » plaçant leur fils prennent le plus souvent soin d'ajouter au contrat une clause prévoyant une interruption de l'apprentissage durant les travaux d'été, afin de retrouver les bras qu'ils ont abandonnés à un autre.

L'avocat, à son tour, bénéficiait d'autres ouvertures. En relation avec le monde des parlements, il a bientôt envie de s'y agréger ou d'y voir siéger ses enfants. Dès lors, comme son aïeul laboureur s'était saigné aux quatre veines pour acheter une cure à son fils, l'avocat sera prêt à tout sacrifier pour acheter une de ces nombreuses charges, qui permettra un jour à ses descendants de parfaire le vieux rêve familial en accédant à la noblesse. C'est ainsi qu'en quelques générations, à force de travail et d'opiniâtreté, des familles ont réussi à gravir un à un les échelons. Cette réussite aurait dû les satisfaire ; beaucoup pourtant restaient frustrés.

Pour mieux se protéger et protéger leurs acquis et leurs privilèges, toutes ces strates et ces classes sociales s'étaient en effet refermées sur elles-mêmes. Une fois arrivé à la noblesse de robe, le bourgeois craignait de se voir rejoindre par le petit-fils de son ancien notaire, qu'il prenait pour menu fretin, comme il se voyait lui-même toisé avec dédain par les aristocrates issus des anciennes lignées, qui n'oubliaient pas que la plupart de ces bourgeois enrichis avaient profité de leur propre régression pour racheter leurs terres avant de se faire anoblir. Il n'était pas question qu'une de leurs filles puisse épouser un de ces nouveaux riches, et ils faisaient tout pour que les Honneurs de la Cour, dernier pré carré de leur caste, ne soient jamais ouverts à ces légions de prétentieux. Ce fut sans doute là leur erreur, et fatale, car si nos bourgeois avaient pu poursuivre leur irrésistible progression, ils n'auraient sans doute pas cherché à faire exploser le système, en 1789. Mais l'ancienne société d'ordres était devenue une société de classes, sclérosée et fermée, ou la mobilité était limitée, et qui n'avait plus de soupape de sûreté. Ce seront donc les bourgeois, frustrés et ambitieux, qui se chargeront de provoquer l'explosion.

Les cas de parcours complets, du laboureur au noble, ont cependant été nombreux, la plupart ayant été amorcés au XVIe siècle, période qui vit un déplacement des fortunes de la noblesse vers la bourgeoisie, et où nombre de petits-enfants de laboureurs et d'enfants de notaires reconstituèrent patiemment, par achats successifs, les grands domaines fonciers que les anciennes familles nobles avaient dû vendre peu à peu au cours des cent dernières années.

Un exemple parmi des milliers d'autres sera fourni, dans le Cantal, par les familles de Cheylade. Si deux des sept anciennes maisons seigneuriales ont réussi à résister à l'érosion du vieux monde féodal, les autres ont entamé une régression qui va profiter à des lignées nouvelles, notamment aux Labroha, qui s'y sont établis comme notaires au siècle précédent et qui attendent leur heure. En une vingtaine d'années, deux frères, Messire François Labroha, notaire et procureur fiscal, et son frère Jacques, rachèteront massivement terres et droits seigneuriaux, au point que, dès 1585, les terriers du village montrent que les deux frères se sont substitués aux anciens propriétaires qu'ils ont évincés. Ils en prennent alors les titres, devenant « seigneurs de la Buge », et le cadet franchit l'étape capitale en apparaisant dans les actes, dès 1612, sous la mention de « noble homme Jacques de Labroha, écuyer, seigneur du Chauvier et du Foulhoux ». Ses enfants s'allieront bientôt aux descendants des vieilles familles d'origine chevaleresque. Les Labroha, à Cheylade, ont en un siècle gravi l'échelle sociale d'un seul et magistral élan...

Au XVIe siècle, les conditions ont été à ce point favorables que le mouvement a pu être rapide et qu'une seule génération put parfois accomplir un ouvrage définitif... Plus tard, il faudra travailler durement, sur plusieurs générations, et développer un réseau solide. À La Borde, dans les Pyrénées, le clan des Duplan réussira ainsi, à la fin du XVIIIe siècle, à concentrer les professions de médecin, de pharmacien, de notaire et de curé, positions qu'il consolidera par la construction de belles maisons et par les inévitables achats massifs de terres que la Révolution va bientôt favoriser.

Quand les armes changent : les petits-enfants de l'instituteur

Après 1789, d'autres voies de progression sociale se dessineront. La vente des biens du clergé et la confiscation de ceux des émigrés, sous la Révolution, feront le jeu de bien des familles bourgeoises. La plupart des laboureurs vont se transformer en « propriétaires », appellation qui ne renseigne nullement sur l'importance de la surface possédée, qui, souvent, ne dépassera guère un ou deux hectares. Mais c'est un début, et chaque centiare de terre est ensemencé et rentabilisé.

Les ateliers engendrés par la révolution industrielle permettront également d'éclatantes réussites. Les descendants de Baltazar Schneider, modeste laboureur lorrain du village de Honskirch qui à son décès, en 1678, n'avait laissé qu'une petite maison entourée d'un jardin clos et de quelques maigres arpents de terre, se retrouveront ainsi à la tête de l'empire industriel qu'ils ont bâti à partir des usines ruinées du Creusot...

Le développement du secteur tertiaire, et avec lui des employés, donnera naissance à une nouvelle classe moyenne, entreprenante et ambitieuse. Enfin, grâce à Jules Ferry, des professions comme celle d'instituteur permettront de gravir, en trois générations, toute l'échelle sociale. Des paysans verront leurs petits-enfants sortir de Polytechnique, et c'est ainsi que Jean Pompidou, maître bouvier et cultivateur à Vernols, dans le Cantal, en 1887, sera, par son fils instituteur, le grand-père d'un président de la République. Dans les années 1950-60, le système des bourses scolaires accélérera le processus : nombre de familles d'ouvriers et d'agriculteurs connaîtront des réussites plus fulgurantes encore, en deux générations, avec le fils devenu médecin.

Pourtant, les descendants du médecin d'hier, comme ceux du noble d'autrefois, qui vivent souvent dans de grandes villes, très loin du monde rustique de leurs ancêtres, n'en garderont pas moins, solidement ancré, le souvenir de ces temps où la terre était la valeur de référence. Nantis ou non de châteaux en Espagne, ces nouveaux « gros bonnets » continueront à parler de « terrain favorable », de « préparer le terrain » et se garderont de « mettre la charrue avant les bœufs », autrement dit de faire les choses à l'envers.

Sang bleu, gros bonnets et châteaux en Espagne

De nombreuses expressions courantes ont trait aux degrés de la réussite sociale.

On notera d'abord celle de *coq de village*, ou *de paroisse*, née au XVIIe siècle, et donnée en référence directe au coq perché au sommet du clocher, qui dominait tout le village, image d'autant plus utilisée que le coq symbolisait aussi la puissance sexuelle. Nos coqs de village étaient à la fois *la crème* et *dans les huiles*, du fait que ces deux substances surnagent lorsqu'on les mélange à d'autres. Ils occupaient le *dessus du panier*, position retrouvée avec le *gratin*. Ces coqs de village étaient par ailleurs réputés *tenir le haut du pavé*, en souvenir du temps où les rues et ruelles des villes étaient légèrement concaves, pour laisser s'écouler en leur centre le « ruisseau » tenant lieu d'égout. Mieux valait donc marcher dans la partie plus élevée de ces rues, en bordure des maisons, et les gens humbles lorsqu'ils croisaient une personnalité se devaient de lui céder la partie haute.

Qui voulait s'élever prenait des risques. Si la réussite ne venait pas, il pouvait alors se retrouver *dans le ruisseau*, ou encore *dans la mouise* selon un mot d'argot désignant les excréments – l'image est la même. Mais il pouvait aussi gagner son pari, et rien ne l'empêchait de rêver de *châteaux en Espagne*. Le château symbolisait l'entreprise chimérique. Au XIIIe siècle, on parla de « chastiaux en Brie », et au XVIe siècle, « en Asye ». La localisation changea à nouveau, sans doute au temps du Siècle d'or espagnol ou de la guerre de Succession d'Espagne, mais avait déjà eu cours à l'époque des chansons de geste, à la faveur, sans doute, de l'épopée de Charlemagne dans la péninsule.

Si ces rêves se réalisaient, on pouvait alors devenir un *gros bonnet*, expression se référant aux bonnets « cassés » des anciens magistrats et docteurs. On pouvait, pourquoi pas, finir, comme les nobles, avec du *sang bleu* dont l'origine tiendrait aux jurons que l'Église avait interdits sous peine d'être accusé de blasphème : « Sacré Dieu » aurait alors été atténué en « Sacrebleu » ; « Par le sang de Dieu ! » en « Palsambleu ! » Et comme les gens de la noblesse auraient continué à prononcer ces jurons à tout instant, les valets auraient dit « C'est un sang bleu », pour distinguer un noble d'un roturier.

Nous sommes tous, en effet, « des enfants de la terre », avec, comme on l'a vu, près de 95 % d'ancêtres ruraux, dont une immense majorité de laboureurs. Le laboureur, « Français moyen » d'Ancien Régime, est ainsi l'« ancêtre type », et l'est d'autant plus que les plus aisés d'entre eux se sont retrouvés à l'origine de familles-champignons. Dans toutes les régions, dans tous les cantons, les généalogistes peuvent ainsi repérer des « ancêtres souches », que quiconque originaire du secteur et faisant sa généalogie trouvera au nombre de ses aïeux. Que ce soit Yvon Troboul, de Querrien, dans le Finistère, ou son voisin Louis Renouvel, de Trédias ; que ce soit Emiland Saclier, à Marmagne, en Saône-et-Loire, ou Léonard Fixot, à Saint Laurent-sur-Gorre, en Haute-Vienne, les laboureurs les plus riches de la première moitié du XVIIe siècle s'affirment fréquemment comme des clés de voûte généalogiques, au même titre que d'autres personnages influents vivant à la même époque : un meunier, comme Simon Deslorieux, à Saint-Symphorien-de-Marmagne, un riche vigneron, comme Jacques Thauvin, à Prunay, dans le Loir-et-Cher, et des milliers d'autres encore.

ve, c'est-à-dire [illegible], que [illegible] plus [illegible]
[illegible]
[illegible]
[illegible]
comme organes de sécrétion [illegible]
[illegible]
Quercus dans le Limousin, [illegible]
[illegible]
[illegible]
[illegible] plus [illegible]
la [illegible]
[illegible]
[illegible]
[illegible]
[illegible]
[illegible]
Tunisie, [illegible] dans le [illegible] et des [illegible]
d'autres encore.

3

Actifs ou passifs ? Des acteurs hauts en couleur

Parmi cette population de ruraux et de gens de la terre, le monde de nos ancêtres est également peuplé de figures particulières proposant une galerie de portraits bien reconnaissables. Notables respectés et influents, acteurs importants de la vie économique, il y a là une poignée d'hommes qui constituent le noyau dur et actif de la société et qui doivent leur image et leur position au fait de se trouver au carrefour des deux mondes : de la ville et de la campagne, du monde des affaires et du monde de la terre. Beaucoup sont à la fois fils de paysans et gendres de citadins. Aisés, pères de familles généralement nombreuses, ils figurent très souvent au nombre de nos ancêtres.

Aussi influent qu'incontournable : le notaire

Attesté dans certaines régions dès le XIe siècle, le notaire a très rapidement occupé une place à part, se voyant notamment dispensé des corvées et des services de guet. Il s'agit alors d'un travailleur itinérant, allant par les routes, sur une mule ou un cheval, de maison en maison et de ferme en ferme, tantôt pour y rédiger un testament sous la dictée d'un homme « gisant dans son lict, malade », y dresser un inventaire après décès ou pour établir un contrat de mariage, chez les parents de la future épousée.

Sous divers noms et diverses formules, du simple « garde-note » au « notaire royal », il a vu sa profession sans cesse davantage réglementée, tant le pouvoir royal en mesurait l'importance. Seule sa formation pouvait laisser à désirer. Si, à l'origine, il lui avait suffi d'être investi par une autorité quelconque – le plus souvent par le seigneur du lieu – le fait que son « office », comme tout autre, s'acquérait contre monnaie ne lui garantissait aucune compétence particulière. Un édit de 1682 exigea cependant qu'il professe la religion catholique, apostolique et romaine, qu'il puisse fournir une attestation de bonne vie et mœurs, que le curé de sa paroisse – souvent son parent – lui délivrait volontiers, et qu'il ait passé un examen d'aptitude devant ses futurs confrères. De cette dernière exigence découlèrent des contrats d'apprentissage classiques, comme ceux rencontrés dans les métiers de l'artisanat. Enfin, si notre notaire devait par ailleurs avoir vingt-cinq ans révolus pour obtenir ses lettres de provision, il en était dispensé dès lors qu'il était fils de notaire, ce qui était fréquemment le cas, puisqu'il était alors censé avoir appris le métier aux côtés de son père.

Notaires, garde-notes, tabellions et autres

À l'origine, le notaire, comme son nom en témoigne, se contentait de prendre des notes. Il les prenait sur des feuilles volantes, d'une petite écriture fine et serrée, afin d'économiser le papier, pour les passer ensuite aux *tabellions* qui travaillaient sur des « tablettes » au sein du *tabellionnage*, sorte de bureau d'écriture, qui les faisaient authentifier par le sceau de l'autorité compétente et les « grossoyaient », en les réécrivant d'une écriture plus lisible et plus « grosse ». Ces actes devant être ensuite conservés et archivés, on créa des « garde-notes », mais rapidement les choses évoluèrent. Les notaires purent authentifier eux-mêmes leurs actes en y apposant leur seing (leur signature) et les *tabellions* se contentèrent d'en délivrer des copies, que l'on continua à appeler des « grosses » ou des « expéditions ». L'ordonnance de Villers-Cotterêts, en 1539, exigea que ces actes fussent signés par deux notaires, ce que des textes postérieurs supprimeront en introduisant les personnages des deux témoins instrumentaires. En 1597, enfin, les trois professions furent officiellement réunies en une seule : celle de *notaire garde-note et tabellion héréditaire* (auquel s'ajoutait parfois la fonction de garde scel, autrement dit garde-sceau).

Il existait cependant plusieurs sortes de notaires, variant selon l'autorité qui les avait investis. Les plus nombreux étaient les *notaires royaux*, instrumentant près les justices royales, dans le ressort desquelles ils étaient seuls compétents, à l'exception des notaires du Châtelet de Paris, compétents dans l'ensemble du royaume. À leurs côtés, on trouvait des *notaires apostoliques*, à la solde des évêques, dont la vocation était limitée à la passation des actes concernant les biens de l'Église et qui disparurent presque tous à partir de 1693 au profit des précédents. Il y avait enfin des *notaires seigneuriaux*, ne pouvant instrumenter en dehors du cadre précis d'une seigneurie, et qui restaient des tabellions « privés », quitte à se trouver de plus en plus fréquemment en concurrence avec leurs homologues royaux.

Avec la multiplication des charges, les notaires devinrent si nombreux au XVIIe siècle que l'on s'efforcera d'en limiter le nombre – ce qui contraignit certains d'entre eux à excercer d'autres activités parallèles et donna lieu à des charges secondaires, empiétant souvent l'une sur l'autre, telles celles de *notaires-syndics* (cosignant les contrats les plus importants), de notaires des greniers à sel ou de notaires arpenteurs de terres...

Rédigeant facilement cinq à six cents actes par an, le notaire a longtemps travaillé seul. Ce n'est qu'au XVIe siècle, à la suite de la réunion des trois anciennes professions, que son étude, avec clercs et archives, a fait son apparition. Mais tout cela reste encore réduit à de petites dimensions : dans l'unique pièce de travail, on ne trouve guère qu'un bureau ou plus souvent un pupitre, une règle, un encrier et de gros cahiers de papier, un fauteuil et deux chaises paillées... Chaque jour, il emporte avec lui son écritoire de campagne, petit « kit » du parfait notaire, contenant plumes, encre, poudre à sécher et papier, pour rentrer le soir, souvent crotté et fourbu, chargé d'œufs, de lard, de poulets, de lapins ou de jambons, qui constituent souvent l'essentiel de ses honoraires : « J'ai reçu deux poulets. J'en aurai un autre à Noël », note couramment en marge de ses actes un notaire provençal.

Il n'empêche que toutes les tractations du secteur, tant mobilières qu'immobilières, passent entre ses mains, qu'il est au courant des affaires de famille et de tous les projets de mariage, qu'il préside aux entrées en apprentissage et à celles des fermiers, aux ventes de terres et aux achats de cure. Outre ces actes traditionnels, il intervient à plusieurs niveaux et on trouvera au nombre de ses minutes les actes les plus divers : celui régissant l'embauche d'un maître d'école ; un acte de notoriété, permettant à quelqu'un qui ne peut fournir d'extrait baptistaire en bonne et due forme de prouver son identité ; un acte d'émancipation, ou un certificat d'honorabilité, délivré à un garçon désireux de s'engager dans l'armée ; une sommation respectueuse établie pour un fils majeur, contrarié par ses parents dans ses projets matrimoniaux et tenu, avant de passer outre leur refus, à leur demander, par principe et une dernière fois, leur bénédiction. C'est chez lui que se règle le sort d'un enfant « faible d'esprict et incommodé », auquel on attribuera une pension. C'est chez lui que l'on vient se porter caution pour garantir un prêt d'argent ou d'outillage. C'est chez lui que l'on verra les filles séduites venir déclarer leur grossesse. Faute de pouvoir divorcer, c'est encore à lui que recourent des époux pour organiser une séparation de fait. Arpentages, quittances et reconnaissances de dettes, ventes aux enchères, baux en tout genre... ; rien ne lui échappe, sans oublier des actes au contenu plus grave et politique, telles les abjurations d'hérésie, dont beaucoup ont été témoins, au XVIIe siècle, dans les provinces du Sud. Au XIXe siècle, l'âge d'or de la conscription et du tirage au sort, qui contraignait celui tirant un « mauvais numéro » à sept longues années de service militaire, lui donnera une nouvelle occasion d'instrumenter, par la rédaction de contrats dit « de remplacement », aux termes desquels, moyennant des sommes rondelettes, des gars qui avaient tiré de « bons » numéros acceptaient de partir à la place des fils de famille malchanceux. Ces tractations étaient parfois organisées et gérées par le notaire lui-même, qui se transformait alors en recruteur pour mettre en relation les contractants.

L'encre, la grosse et la minute

Le tabellion écrivant ses « tablettes » et le notaire prenant ses « notes », en un temps où tout était cher, non seulement usaient de divers artifices, dignes de notre moderne sténographie, pour économiser l'encre, mais s'efforçaient également d'économiser au maximum le papier en rédigeant leurs actes originaux d'une écriture aussi serrée que menue et minutieuse, d'où l'appellation de « minutes » donnée aux documents dont ils devaient assurer la conservation.

Pour ce qui était des exemplaires destinés aux parties concernées, il s'agissait d'actes rapidement recopiés, d'où leur nom « d'expédition » et, faute de papier carbone et de photocopieuse, d'actes écrits – là encore pour gagner du temps – d'une écriture plus grossière, d'où leur nom de « grosse ».

Aujourd'hui encore, on parle de la « grosse » d'un jugement, qui est le texte délivré au gagnant d'un procès et revêtu de la formule exécutoire, par laquelle « la République française mande et ordonne... » à toute personne requise de prêter main-forte pour faire exécuter le jugement en question.

L'encre, elle aussi, était précieuse, souvent fabriquée directement par ses utilisateurs, comme elle le sera plus tard par l'instituteur. Chaque curé, chaque notaire avait donc sa recette, qu'ils s'échangeaient parfois et prenaient toujours beaucoup de soin à noter par écrit, quitte à le faire parfois au beau milieu d'un registre baptismal. Pour obtenir de « l'ancre perpétuel », tel notaire de la Drôme conseille ainsi de prendre « deux pots de vin blanc ou claret, une livre de galle à l'espine romaine, quatre onces de vitriol bleu Romain, deux onces d'alun de roche, un demy-quart de bonne gomme "darabie", pour ensuite "concasser la galle en gros morceaux et mettre toutes les drogues dans un pot de terre vernissé et le brouiller plusieurs fois pendant quatre ou cinq jours, sans l'exposer au feu ny au soleil". Si l'encre obtenue n'est pas assez noire, ajouter du vitriol. Si elle n'est pas assez fluide, y mettre de l'alun. Si elle l'est trop, l'épaissir de sucre candi ».

La galle, ou noix de galle, était le nom d'une tumeur végétale provoquée sur des écorces d'arbre par des piqûres d'insectes et secrétant une substance parfois utilisée comme tanin.

On mesure, à l'énoncé de ce catalogue, la position stratégique et l'influence qui sont les siennes, et qui peuvent parfois conduire ce notaire à de véritables délits d'initié, comme ceux qui, au XVIe siècle permirent à certains de racheter les terres des vieilles familles ruinées ou de prendre à ferme les amendes que le seigneur n'avait plus les moyens de percevoir lui-même, ou tout simplement de prendre en leur nom le bail d'un riche domaine, où ils allaient ensuite placer un métayer.

Du fait de ces situations, le notariat se conserve donc précieusement dans les familles, comme celle des Veux, notaires à La Roche-sur-le-Buis tout au long des XVIIe et XVIIIe siècles et étudiés par Simone Chamoux.

Le notaire est toujours un personnage considéré, un notable, qui ne fraie pas avec n'importe qui. Sous l'Ancien Régime, lorsqu'il n'épouse pas une fille de notaire, il s'allie avec des familles d'artisans enrichis, de meuniers, de gros laboureurs, de marchands ou d'aubergistes, mais plus volontiers avec des bourgeois, des maîtres de postes, des chirurgiens et des commerçants (drapiers, apothicaires, bouchers...). S'il le peut, il leur préfère les filles de son monde, filles d'huissiers, de procureurs, et mieux encore d'avocats ou de juges, voire de conseillers du roi, recherchant et convoitant par-dessus tout l'alliance avec des familles de robins récemment anoblies ou en cours d'anoblissement. Autour de lui, qui réside habituellement en ville ou dans les gros bourgs, on trouvera donc tout ce monde des petits officiers, qui, à son image, détiennent à la fois les terres, l'argent et le savoir. Une aisance durable, nettement moins précaire, en tout cas, que celle du marchand.

Aisance, pouvoir, influence : le notaire réunit ce que peu de gens peuvent alors prétendre avait en mains – hormis, bien sûr, le curé et, plus tard, le maire.

Un trio de choc : le curé, le maire et l'instituteur

La religion est omniprésente dans le monde d'autrefois et tous nos ancêtres, sans exception, en sont véritablement pétris. De ce fait, les curés s'immiscent partout, à tous les niveaux de leur vie. Par leur prône, à la messe, ils influencent et dictent les conduites de leurs paroissiens, qu'ils dirigent et conditionnent ainsi depuis leur plus tendre enfance, par le catéchisme – quelquefois par l'école –, et qu'ils contrôlent en permanence par le biais de la confession. La traque du péché les conduit à intervenir aussi bien dans la vie sexuelle que dans la vie familiale et économique de leurs ouailles, et il est d'autant plus difficile de leur échapper que ces curés disposent d'atouts multiples et d'armes redoutables, comme le pouvoir de refuser la communion ou l'inhumation au cimetière.

L'influence du curé n'a pas de limites. Convaincre un fidèle qui voit la mort approcher de faire un legs important à sa paroisse sera pour lui un jeu d'enfant, tout comme favoriser des affaires plus temporelles, par exemple celles de son propre frère marchand-fermier, ou comme faire accepter un mariage à des parents réticents, aider à la vente d'un pré ou, plus tard, orienter les votes de ses paroissiens vers le candidat le plus respectueux de la morale chrétienne.

D'une manière générale, ce pouvoir est plus fort encore en milieu rural, où le prêtre règne sans partage sur l'ensemble de ses paroissiens et où il est souvent le seul à savoir lire et écrire. Jusqu'où peut-il aller ? Jusqu'où le laisse-t-on aller ? On ne peut taire les cas de ministres de Dieu qui glissaient sur de mauvaises pentes, tel Armand Forcet, curé de Plaimpied, en Berry, condamné en 1604 pour avoir débauché la femme d'un de des paroissiens, tandis que d'autres abusaient parfois « charnellement » de leur ascendant sur les jeunes filles...

Vous avez un nom de curé ?

Vous vous appelez Lemoine, Labbé, Leprêtre, Lévêque (ou Larchevêque), Chapelain (ou Capelain), Doyen, Chanoine, Curé, Cardinal (ou Cardinaux)... Devez-vous pour autant en conclure que vous descendez d'un ecclésiastique qui ne s'embarrassait pas de son vœu de chasteté ?

Il y eut, certes, beaucoup de prêtres paillards et d'évêques débauchés. À l'époque où nos noms de famille se sont dégagés, on savait que l'évêque du Mans, Sifroi, logeait une « évachesse » et bien des prêtres avaient des compagnes, voire des enfants, qui devenaient parfois prêtres à leur tour... Pourtant, la plupart de ces patronymes ont une autre explication.

Beaucoup s'expliquent par les mentalités de l'époque : avec, d'un côté, la réputation des ecclésiastiques qui passaient volontiers pour de fervents épicuriens, à la fois gourmands, curieux et paresseux, et d'un autre l'ironie de nos ancêtres, qui, lorsqu'ils donnaient un surnom à leur voisin, s'attachaient en priorité à ses travers. Dès lors Lemoine ou Labbé a toutes les chances d'avoir été le surnom d'un homme gros et gras, en même temps que gourmand ou sérieux...

D'autres proviennent des liens très forts unissant alors les hommes entre eux. Comme le chevalier était le vassal du suzerain dont il tenait son fief, le paysan était l'homme du seigneur qui lui concédait la terre qu'il exploitait. C'est ainsi que l'on avait appelé des lieux Fontenay-*le-Comte*, Villeneuve-*l'Archevêque* (89), Villeneuve-*la-Comtesse* (17) ou encore Villeneuve-*le-Roi* (94), Arnay-*le-Duc* (21) ou Châteauneuf-*du-Pape*. De la même façon, on parlait de « l'homme-l'abbé » ou de « l'homme-l'évêque » pour désigner ceux qui cultivaient les terres concédées par un abbé ou un évêque.

Quant aux patronymes comme Léglise ou Deléglise (ou Gleize en Languedoc), Labbaye (ou Abbadie et Dabbadie dans le Sud-Ouest), Moustier ou Monestier, Chapelle, tous proviennent du nom du domaine où travaillait la famille, proche ou dépendant d'une église, d'une abbaye, d'un monastère ou d'une chapelle.

Mais oublions ces excès. Le plus gros défaut des curés semble bien avoir été la gourmandise, peut-être à l'imitation des chanoines que l'on a vu nettement mieux lotis qu'eux. En revanche, cette formidable influence était d'autant plus fréquemment utilisée à des fins familiales que le curé, qui a longtemps été plus ou moins choisi et nommé par le seigneur du lieu, continuait à être recruté dans la région même où il exerçait son ministère, quitte à rester dans sa paroisse natale comme curé « familier » ou « habitué », non titulaire de la cure, mais chargé d'y célébrer des offices. Longtemps issu du monde urbain, fils de bourgeois, d'artisans aisés, il est de plus en plus souvent enfant de gros laboureurs, et si les familles de la noblesse méprisent volontiers le bénéfice curial, qui ne représente, en moyenne, vers 1750, qu'une somme de 500 à 600 livres, celles des milieux intermédiaires savent parfaitement l'apprécier...

Le poids de ces curés sur les anciens mécanismes d'ascension sociale et de réussite économique est si fort que, faute de pouvoir être curé de père en fils, on l'est volontiers d'oncle à neveu. Dans la Somme, deux siècles durant, les Brandicourt s'appuient ainsi sur des « oncles curés ». En Amienois, d'abord, dans le bourg de Saint-Sauveur, où l'oncle et le neveu, qui se succéderont à la cure au début du XVIe siècle, favoriseront l'accès de leur neveu et cousin, Pierre, à la fonction de « receveur du prieuré de Domart », dans la campagne proche du Ponthieu, où les bonnes habitudes continueront. Un fils et un petit-fils de Pierre se succéderont au XVIIIe siècle à la cure du bourg voisin d'Ailly-le-Haut-Clocher, avant que la génération suivante ne donne un vicaire épiscopal d'Amiens, qui favorisera à son tour l'implantation des siens dans la bourgeoisie de cette ville. Un de ses petits-neveux, en effet, s'y établira comme médecin au début du XIXe siècle, en quittant le bourg de Domart, dont ses ancêtres tenaient la mairie depuis plusieurs générations... En Franche-Comté, on comptera quatorze prêtres dans la famille Munier, et l'exemple le plus frappant sera celui de la famille Bachot, qui conservera la cure de Maynal, dans le Jura, de 1672 à 1774, soit durant plus d'un siècle, en s'y succédant d'oncles à neveux, tout en étant par ailleurs régulièrement frères ou fils d'avocats et de notaires.

Cette influence est d'autant plus solide que, dès la fin du XVIIe siècle, le curé a été déclaré inamovible. Pour que ce dernier ait bien cure de ses ouailles, on estime en effet qu'il doit y avoir, entre lui et son église, comme « un mariage spirituel ». Mariage qui le conduira notamment, en 1789, a être bien souvent le rédacteur et même l'inspirateur des cahiers de doléances.

Ce curé, reconnaissable à sa soutane, son chapeau ou sa barrette (tirant son nom, comme le béret, d'une sorte d'étoffe de velours communément nommée la « birette ») se maintiendra au fil des temps, tout en se voyant confronté à la laïcisation républicaine, puis à la déchristianisation et à la crise des vocations, qui le rend aujourd'hui singulièrement absent de la vie quotidienne.

Mais le grand virage, ici, remonte naturellement à la Révolution.

Même si, avant 1789, bien des paroisses avaient des maires (parfois appelés « syndics » ou, dans le Sud, « consuls ») élus par leurs habitants, ceux-ci n'étaient investis que de pouvoirs limités, chargés notamment de surveiller les prix et les mesures ou de réglementer l'usage du four à pain. Ils étaient éventuellement secondés par un « clavier », autrefois détenteur des clés de la cité, et parfois d'un « escrivain », qui tenait lieu de secrétaire.

La Révolution, en systématisant la mairie, dota chaque commune d'institutions définitives, considérées par les « ci-devant » comme l'arsenal de Satan. Condamnés à cohabiter, curés et maires, tels don Camillo et Peponne, seront souvent comme chiens et chats. À tout le moins, la rivalité sera forte entre le ministre de Dieu et le représentant du peuple devenu l'interlocuteur de l'État. Elle sera même souvent impitoyable, et connaîtra son apogée lorsque Jules Ferry fera perdre à l'Église son emprise sur les jeunes pour envoyer dans chaque village son « hussard noir » : l'instituteur, presque toujours soumis à la mairie et prêt à se retrouver avec le maire pour « bouffer du curé ».

Longtemps, le maire appartient au milieu des nobles et des grands propriétaires, qui sont généralement les seuls à savoir écrire. Bénéficiant alors de l'appui inconditionnel du curé comme agent électoral, ils ont longtemps « tenu » les mairies, quitte à se les disputer entre eux. C'est le style du notable, qu'incarne en Brie Gilbert Martin-Clain, maire de Gesvres-le-Chapitre, en 1834, qui déclare dans ses Mémoires être avant tout « ennemi du désordre qui empoisonne la société » et qui n'hésite pas à débourser ses propres deniers pour financer les réparations de l'église. Ailleurs, là où aucun notable n'est présent ou intéressé par cette tâche, c'est généralement le plus instruit ou le plus disponible qui est investi de la fonction, sans pour autant être insensible à l'honneur et à la position qu'elle lui vaut : ce sont souvent des aubergistes et des maréchaux-ferrants, hommes presque illettrés, mais généralement établis au chef-lieu même de la commune. Ils nomment un garde champêtre pour représenter « la loi », qu'incarne au chef-lieu de canton et de façon plus officielle le gendarme, bien évidemment à cheval, tricorne sur la tête et sabre au côté. À l'échelon communal, le garde champêtre, homme-lige de la mairie, est pour elle ce que le sacristain est pour l'église – tout comme la bonne du curé trouve, côté mairie, sa réplique en la personne du secrétaire. Ce dernier rôle sera le plus souvent assuré par l'instituteur, qui va apporter au maire les moyens d'exister et de s'affranchir définitivement, notamment, de l'influence du curé.

Très différent du « recteur » ou du « maître d'école » d'Ancien Régime, si souvent en même temps sacristain, ou même de celui du temps de Guizot, on peut dire que l'instituteur laïc de Jules Ferry arrivera généralement au village avec autant de handicaps que le curé avait d'atouts. Rarement « enfant du pays », il ne représente pas Dieu, mais que la République, dont on se méfie encore, et a surtout le tort de priver les agriculteurs des bras dont ils ont besoin. On hésite donc à se confier à ce monsieur en cravate, parlant le français des livres, comme on le fait à l'homme en soutane qui, lui, parle le patois et qui est si proche du justicier suprême. Ce n'est donc que lorsqu'il ajoutera à son métier celui de secrétaire de mairie que l'instituteur gagnera peu à peu en influence, d'autant qu'il aura l'avantage de la permanence, alors que le maire devra, lui, être confirmé à chaque élection.

Blanchisseur et sonneur : l'instituteur est un cumulard !

Le « recteur » d'école, comme son nom l'indique, était autrefois l'homme chargé de diriger l'école, comme le curé dirigeait les âmes – ce qui valait souvent à ce dernier de porter lui aussi le titre de recteur dans bien des régions, notamment en Bretagne.

Le 2 octobre 1712, les paroissiens de Fontaine, dans l'actuel Territoire de Belfort, passent ainsi un accord avec Pierre Henryot qui s'engage à assurer la fonction de « recteur d'école » pour une durée de trois ans. Le contrat, qui précise ses obligations, est assez étonnant. Pierre Henryot « s'oblige de bien et dehument servir ladite paroisse comme recteur d'école, à la satisfaction entière desdits paroissiens. Il sera tenu de résider audit Fontaine, de chanter et répondre les grandes messes et vespres, et tous autres offices les jours de festes et dimanches, et autres jours en cas de besoin. Il sonnera les offices aux heures accoutumées, et pour le temps lors des nuages et orages qui paraîtront, toutes et quantes fois que le cas le requerra ; de mesme que les angelus deux fois par jour ; ce faisant, il aura soin d'allumer la lampe de ladite église.

Il enseignera bien et duhement la jeunesse de ladite paroisse à lire, escrire et le plain-chant à ceux qui voudront estudier, et à la satisfaction aussi desdits paroissiens. Sera tenu encore de lessiver et blanchir les linges de ladite église à ses frais et dépens, sauf toutefois que lesdits paroissiens lui fourniront le savon et l'indique* nécessaires à cet effet.

Il enseignera les principes de la religion et le catéchisme à la jeunesse une fois la semaine à tout le moins, suivant qu'il est accoutumé. Il desservira les offices des morts et trépassés, de mesme que les grandes messes qui se célébreront pour leurs âmes ».

Dernière mission : « Il a été aussi convenu que ledit Henryot sera obligé d'avoir le soin nécessaire de l'horloge paroissiale, et le (*sic*) remonter quand il sera besoin, en telle sorte qu'il n'y ait sujet de plainte de la part dudit sieur Curé et des paroissiens. »

**Sans doute s'agit-il ici du sel indigotique, qui serait en quelque sorte l'ancêtre de nos petites billes ou petites perles bleues...*

Un tandem classique : châtelain et régisseur

Le châtelain, tout en comprenant à la fois le patois de l'homme du peuple et le latin du curé, dont il est le parent ou l'ami, comme il est aussi volontiers celui du notaire, est avec ceux-ci le seul lettré capable de conseiller – gratuitement, bien sûr – dans une affaire délicate. Voici le Corrézien Paul Toinet, décrit par son neveu comme « jouant » parfaitement ce personnage à la messe du dimanche : « Il en avait toutes les qualités : rondeur, jovialité, le parler gaulois lorsqu'il seyait, le compliment à la fille, la main généreuse, sans cependant s'en laisser conter. Il pratiquait le patois dans toutes ses finesses ; et la visite impromptue, qu'il faisait à sa fantaisie dans telle ou telle demeure, était toujours appréciée. »

Souvent investi de la charge de maire, ce châtelain a d'autant plus d'influence qu'il est aussi presque toujours le propriétaire auquel il faut payer son loyer et apporter ses redevances. Il est le seul à employer, sur place, une main-d'œuvre, tant masculine que féminine, allant du palefrenier à la cuisinière en passant par le jardinier et la femme de chambre. Il est le mieux placé pour procurer un travail, ou lorsqu'il ne peut en proposer lui-même, pour recommander un « demandeur d'emploi » à l'un de ses amis. Au début du XXe siècle, c'est chez lui qu'on trouvera le premier téléphone, lui amenant les paysans qui veulent appeler le vétérinaire. Ce téléphone, en effet, n'arrivera souvent à la mairie que vers 1960 voire plus tard, pour pénétrer dans tous les foyers dans les années 70-80. C'est donc au château que l'on viendra demander de l'aide, aussi bien pour remplir la déclaration d'impôt que pour constituer les dossiers de demande de retraite...

Dans ce château (ou sa maison dite « de maître »), le propriétaire est proche de ses fermiers et métayers. La visite qu'on lui fait, généralement à la tombée de la nuit, une fois les travaux terminés à l'étable et à l'écurie, en prenant la précaution d'ôter ses sabots sur le seuil – comme on le fait pour entrer chez soi –, mais sans pour autant quitter ses vêtements de travail imprégnés des odeurs d'étable, a un caractère « bon enfant » et est empreinte à la fois de confiance et d'estime.

Il en va tout différemment à l'égard du régisseur, considéré avec beaucoup plus de défiance, généralement perçu comme un homme dur et avide, dont l'ambition première serait de profiter à la fois du faible, qu'il asservit, et du fort dont il cherche à abuser de la confiance par tous les moyens. « J'ay commencé de faire valoir le domaine de Martigny à la saint Martin 1757, note dans ses livres de comptes l'Autunois Jacques Desplaces, avec pour fermier Lazare Chevalier, un des plus grands coquins que j'ai connus. »

Lorsque le maître est absent ou vit au loin, ou encore lorsqu'il est « faible » ou dépendant, notamment lorsque c'est d'une femme (souvent une veuve) que notre régisseur tient son mandat, une de ses tactiques favorites sera le sabotage. De mauvais résultats réduiront peu à peu les revenus de la terre et pousseront son employeur à la vente. Notre homme se proposera alors comme acquéreur, à bas prix, allant parfois jusqu'à proposer une aide matérielle ou, mieux, un mariage, par exemple entre sa propre fille et le fils du propriétaire, pour sortir l'infortunée famille de la mauvaise passe où sa perverse stratégie l'aura placée.

Tel un curé sondant les âmes, le régisseur inspectait inlassablement intérieurs et extérieurs, cours et basses-cours, étables et terres, débarquant à tout moment, aux labours comme aux moissons, exigeant des explications, dépliant, le jour dit, un relevé de comptes rarement équilibré et présenté si rapidement que les malheureux métayers illettrés et lents au calcul mental ne pouvaient que l'approuver. Emile Guillaumin nous dresse ainsi le portrait sans complaisance d'un certain Fauconnet qui, au moindre désaccord, se piquait de susceptibilité, et se disait toujours prêt à poursuivre en justice pour « injures et atteintes à l'honneur », menace alors plus redoutée que celle d'un congé.

Cette fonction de régisseur s'est dégagée dès le XVIIe siècle, consécutivement à la reconstitution, par les bourgeois des villes, des grands ensembles fonciers qui s'étaient effrités à la fin du Moyen Âge. Elle est alors généralement tombée entre les mains des « marchands-fermiers » et des laboureurs aisés, dont les familles, solidement unies par des liens de parenté et d'alliance, se sont partagé le monopole des régies. Dans les arbres généalogiques de ces lignées, on va naturellement rencontrer nombre de curés, de maires, de notaires ainsi que d'autres notables et coqs de villages, s'entendant tous pour tisser les savantes et épaisses toiles d'araignées quadrillant l'ancien monde.

Autres notables : les héritiers de Diafoirus

À ceux qui s'attendraient à trouver le médecin au rang de nos notables, disons tout de suite que le cas était rare. Ce n'est qu'au milieu du XXe siècle, à la faveur du remboursement de ses visites et des médicaments par la Sécurité sociale, que s'est développée l'habitude du recours au médecin et que l'on a vu les médecins de campagne faire fortune. Des siècles durant, l'héritier du *mire* du Moyen Âge et du Diafoirus de Molière, la tête pleine d'une science souvent aussi vaine qu'impuissante, n'a occupé qu'une place très discrète, ce qui ne saurait étonner quand on lit sous la plume de Montesquieu que « ce ne sont pas les médecins qui manquent, mais la médecine ». À la science et au latin du serviteur d'Hippocrate, que l'on appelle à la fin du XVIIIe siècle « officier de santé », on a longtemps préféré les intercessions du curé et des saints, les prières des rebouteux pour conjurer les maladies, comme les herbes magiques des sorciers ou les drogues proposées par les colporteurs.

La « bouteille magique » qu'utilisaient les « herboristes » ambulants pour établir leurs diagnostics faisait merveille. L'éther et l'eau qu'elle contenait étant séparés par leur différence de densité, ce flacon permettait de verser, au choix, l'une ou l'autre de ces substances sur la main du consultant et de rendre un diagnostic le déclarant ou non guéri en fonction de la rapidité ou de la lenteur de l'évaporation obtenue.

L'interminable liste des recettes de « bonne fame », dont on reparlera, faisait le reste et dans le pire des cas on en appelait au chirurgien, qui ne manquait pas de prescrire la saignée, thérapie souveraine et automatique qui a longtemps été la seule pratiquée.

Cette obsession de la saignée, le chirurgien la devait avant tout à ses origines professionnelles. N'était-il pas l'héritier du barbier, longtemps méprisé par les médecins du fait qu'au Moyen Âge ces derniers étaient issus des rangs des clercs, auxquels l'Église avait rigoureusement interdit de verser le sang. Une interdiction qui avait fait le bonheur du barbier, lequel avait assez tôt cumulé ces deux activités, cumul entériné par la loi. Peu à peu, les chirurgiens s'étaient pourtant efforcés de se démarquer de la « barberie », et l'on avait vu la vieille profession se scinder en plusieurs branches : celle des « barbiers barbant », à la fois coiffeurs et barbiers, d'où sortira ensuite la corporation des perruquiers ; celle des « barbiers-étuvistes », exploitant les établissements de bains, enfin celle des « barbiers-chirurgiens », appelés également « maîtres-opérateurs », profession officielle et reconnue, bien distincte de celle des « opérateurs » ambulants, francs charlatans quadrillant le territoire à la recherche de candidats aux coups de lancette. Les uns et les autres – faut-il le rappeler – ignoraient tout autant l'anesthésie que les désinfectants.

Au bon vieux temps des chaircuitiers

Comme le barbier et le chirurgien, bien des métiers ne sont plus ce qu'ils étaient à l'origine, et qui leur a valu les noms sous lesquels nous continuons à les désigner aujourd'hui, plusieurs siècles après. Pourtant, tous ces noms étaient initialement limpides, au point qu'il suffit de bien les observer, de bien les écouter, pour les laisser nous raconter l'histoire de ces professions...

Le *cordouanier*, avant d'être le fabricant et le réparateur de chaussures, et alors que nos ancêtres, lorsqu'ils n'allaient pas pieds nus, portaient des savates, des sabots, était à l'origine l'artisan travaillant le cuir de Cordoue.

Alors que l'*espicier* avait le quasi-monopole des rares et chères épices, la plupart des métiers de « bouche » commençaient à peine à se dégager. Si le pain était cuit au four banal sous le contrôle du *fournier*, le *boulanger* n'apparaîtra que plus tard et devrait son nom au fait que ses premiers pains auraient eu la forme d'une boule. Parce qu'il saignait et abattait les bêtes, celui qui vendait de la viande a d'abord été appelé *saigner* ou *massacrier*, ou encore, d'après un mot latin, *maiselier* ou *mazelier*. Ce n'est que plus tard, et parce qu'il ne vendait quasiment pas de viande de bœuf, de mouton, de porc et moins encore de cheval, mais débitait essentiellement des rôtis et gigots de chèvre ou de bouc, qu'on l'appellera un *boucher*. Le *saucissier*, dont le nom était formé sur le mot « sault » (le sel), produisait à l'origine des salaisons, et, alors qu'on l'avait parfois appelé *baconnier* parce qu'il vendait notre lard et le bacon anglais, le *charcuitier* ne pouvait quant à lui vendre que... de la chair cuite !

C'était le temps où les *huissiers* fabriquaient les « huis », autrement dit les portes (penser à nos « huis-clos », toutes portes fermées), où les *parementiers* produisaient des parements (de vêtements), où les *droguistes* vendaient des drogues, comme plus tard, les *quincailliers* vendront des objets « clinquant » ou « cliquant », c'est-à-dire faisant du bruit, et les *patenôtriers* des chapelets, permettant de réciter des *Pater noster*...

Autant de noms de métiers qui subsistent parfois aujourd'hui dans nos noms de famille.

Nos « barbiers-chirugiens » se rencontraient donc un peu partout. Voici Michel Aupetit, opérateur et chirurgien à Bourges, qui promet, en 1588, à un tailleur d'habits de sa ville « de le tailler et guérir d'un de ses génytoires qu'il dit avoir de gasté (...) et le rendre guérit dudit mal, sauf cas fortuit, dedans quinze jours au plaisir de Dieu ». C'est Yves Brunet, son confrère, qui, en 1606, aux termes d'un contrat retrouvé par Rémi Marcel, s'engage, moyennant 180 livres (une fortune !), à panser et médicamenter un charpentier « d'un grand ulcère qu'il a sur le croupion, de largeur et rondeur du fond d'une assiette ». Gageons que ces traitements passèrent par la fameuse saignée, immortalisée par Molière et recette universellement admise à travers le pays. Dépourvus de diplômes jusqu'à la fin du XVIIIe siècle, entrés dans la profession par un classique apprentissage comme le fait tout artisan, nos barbiers-chirurgiens, notables incontestés, étaient autrefois nombreux, nettement plus en tous les cas qu'officiers de santé et médecins.

L'exercice de la médecine a longtemps ressemblé à celui du notariat. Au début du XIXe siècle, Flaubert nous décrit Charles Bovary, « officier de santé » à Yonville-l'Abbaye, aux confins du Pays de Caux et du Beauvaisis, arrivant sur son bidet avec un hétéroclite fourniment, après avoir fait quatre lieues, pour partie de nuit, par les chemins de traverse. Il le montre ensuite soignant le fermier Rouault, son futur beau-père, qui s'est cassé la jambe, en improvisant une attelle avec des lattes de bois récupérées dans la cour de la ferme. Comme le notaire, notre homme sera encore longtemps payé d'œufs ou, au mieux, d'un poulet maigrelet ou d'un garenne braconné. Il aura souvent bien du mal à joindre les deux bouts, même avec le poulailler installé au fond du jardin, où sa femme s'efforçait d'engraisser tant bien que mal ses « honoraires » à plumes. Ce n'est qu'avec les changements déjà signalés, les progrès de l'hygiène et surtout de l'instruction et des mentalités, qu'il se mettra, dans les années 50, à sillonner la campagne du matin au soir en effectuant de désormais lucratives visites à domicile, prolongeant des vies de patients qui ne demandent par ailleurs souvent pas mieux que de devenir des électeurs reconnaissants. On n'a jamais autant compté de médecins à l'Assemblée nationale que dans les années 60, où ils avoisinaient les vétérinaires, si populaires en zone rurale, et les pharmaciens, plus volontiers élus dans les villes.

Le vétérinaire est également resté longtemps absent des campagnes. Aux XVIIe et XVIIIe siècles, on vit apparaître des « artistes vétérinaires », dits aussi « artistes » tout court, qui ne sont que des « maréchaux experts », sachant soigner les chevaux en maniant la lancette et le trocart, et sachant surtout les castrer. Si, peu à peu, des écoles se sont ouvertes dans la mouvance de celle fondée à Lyon en 1761, les vétérinaires ont longtemps continué à manquer cruellement de diplômes comme de compétences, et se sont d'ailleurs souvent vus remplacer par le médecin, en vertu du bon vieux principe selon lequel qui peut le plus peut le moins.

Le pharmacien était autrefois appelé « apothicaire » parce qu'il avait été le premier, au Moyen Âge, à tenir une

« apothèque », autrement dit une « boutique », dans laquelle il exerçait à l'origine des activités généralement liées à l'épicerie.

L'« espicier » était le marchand d'épices, vendant ces précieuses denrées rapportées de l'Orient lointain et qui servaient à l'origine de présents : on offrait volontiers des dragées ou de la confiture ou encore des « épices de chambre » – amandes, anis, dattes, réglisse, souvent enrobées de miel. On avait aussi les « épices », sorte de cadeau obligatoire, de pourboire ou de taxe, imposée dans bien des cas par les juges et les parlements et qui furent un des plus grands scandales de l'Ancien Régime.

Ces épices étaient si rares et si coûteuses qu'on les pesait, pour les vendre, sur des trébuchets, ce qui avait valu aux premiers épiciers les surnoms de « pesant » ou de « marchands du poids ». Le plus souvent réduites à l'état de poudres, ce sont le poivre, le cumin, la girofle, la cannelle, le gingembre, aussi appelé « graine de Paradis », ou le sucre, vendu en pains que l'on cassait, produit extrêmement rare et considéré alors plus comme un remède que comme un aliment. Les amoureux furent les premiers à en acheter comme friandise pour en offrir quelques éclats à leur belle.

Poudres de toutes sortes et « sucre en pierre » furent rejoints par la moutarde (en principe spécialement vendue par les moutardiers) et par des fruits, comme la fameuse « pomme orange », servie pour la première fois au mariage de Charles VI et d'Isabeau de Bavière. Venue du Portugal elle était aussi amère que le citron, mais bénéficiait d'une solide réputation d'aphrodisiaque. Ce n'est qu'au XVIIe siècle qu'apparaîtront les oranges de Chine que l'on appellera des mandarines..., mais dont le prix restera si élevé qu'Harpagon entrera dans une fureur noire lorsque son fils envisagera d'en faire servir à sa table.

Longtemps donc, l'épicier sera lié à l'apothicaire, et ce n'est qu'en 1777 que le divorce officiel entre ces deux professions sera prononcé. L'épicier se verra alors de plus en plus nommé *regrattier*, parce qu'il regrattait pains de sucre et autres denrées, avant de se lancer dans des tournées, à cheval puis en camion. Le pharmacien, quant à lui, est volontiers surnommé « potard », en référence aux pots dans lesquels il conserve les drogues et les herbes à partir desquelles il compose ses préparations. Longtemps il ne propose autre chose que des onguents et diverses mixtures à la pulpe de fruit (le plus souvent de pommes, d'où leur nom de pommades) puisqu'il lui est interdit de débiter « aucun remède pour entrer dans le corps humain ». Destinées principalement à la cure des plaies, des tumeurs et des fractures, ses préparations doivent donc agir par la voie externe, et les poudres à avaler, qui inquiètent énormément, resteront longtemps la solution extrême, prescrite uniquement par les sorciers.

Chez l'apothicaire, chacun peut enfin aller s'approvisionner sans ordonnance ni diagnostic, et choisir dans un inventaire aussi divers qu'étonnant. Il y trouvera des sangsues, ramassées à la mare polluée par le purin des chevaux, et qu'il s'appliquera seul pour économiser l'intervention du chirurgien et éviter ainsi de voir le sang couler et de se retrouver avec une plaie à cicatriser.

Le défaut de l'apothicaire est d'être cher et rare, souvent à plusieurs lieues à pied ou à cheval, ce qui fait qu'on a longtemps préféré s'en remettre au savoir du curé, lequel collectionnait volontiers les recettes de médicaments, ou à celui de la châtelaine, qui jusqu'au milieu du siècle dernier a bien souvent fait, à ses heures, fonction d'infirmière à domicile.

Un bon attelage : maître de postes et aubergiste

Au nombre des notables figure incontestablement le *maître de postes*.

Autant son employé, le postillon, est rustre, insolent,

mal embouché et peu recommandable, autant le maître de postes appartient à la bonne société. Riche et influent, il est un acteur de premier plan de la vie économique et des échanges locaux, un homme chez qui l'argent circule, bref, un entrepreneur.

En effet, dès leur création par Louis XI, les chevaux « courant la poste » destinés à acheminer le courrier royal avaient été confiés à des maîtres de postes, chargés d'organiser les relais et les changements de monture des « chevaucheurs du roi ». Assez mal rémunérés pour ces services, ces hommes s'étaient vus attribuer en compensation le monopole de la fourniture des chevaux. Ils étaient les ancêtres de nos actuels loueurs de voiture, une activité qui les obligeait à employer non seulement les rudes et verts postillons, mais aussi des palefreniers, un maréchal-ferrant, un charron, voire un de nos « artistes » vétérinaires.

Vêtus d'un uniforme prestigieux et clinquant, un des plus colorés de cette époque, les maîtres de postes appartiennent donc à l'élite sociale et s'allient évidemment d'abord avec leurs semblables, fondant quelques dynasties qui se partageront les relais. Ils ne dédaignent pas, pour autant, de s'allier également aux familles de notaires, de bourgeois et de châtelains (certains de leurs descendants finiront parfois par accéder à la noblesse), à celles où l'on recrute les curés où les maires, ou aux familles de riches laboureurs, de maréchaux-ferrants et d'aubergistes, profession que beaucoup d'entre eux avaient d'ailleurs ajoutée à leur activité.

Chez eux, en effet, « on loge à pied et à cheval », et le voyageur, s'il en a les moyens, peut s'y offrir un lit et un bon repas au terme de son étape. Si le petit migrant couche à la grange, le bourgeois, et plus tard le « roulier » (transporteur professionnel), le « voyageur de commerce » ou le colporteur aisé préféreront loger à l'auberge. Soit dit en passant, notre auberge fonctionna longtemps sur le fameux modèle « espagnol ». Lorsque l'on suit le sire de Gouberville dans ses petits voyages en Cotentin, au milieu du XVIe siècle, on le voit régulièrement arriver à l'auberge avec son « manger ». À l'auberge du Vey, il débale ainsi deux lapins ; ailleurs du boudin, ailleurs encore « un flacon de deux pots » (vraisemblablement de vin) et « trois quartiers d'un gros cochon, un chaponneau, du mouton, du lard », que le tenancier lui prépare. Un règlement de l'époque ne prévoyait-il pas que « le passant pourra apporter (des viandes) ou en envoyer quérir par la ville au marché ou ailleurs », ajoutant que « l'hostellier sera tenu de les faire cuire, en faisant payer raisonnablement la cuisson et l'appareil », autrement dit la préparation. Le tenancier devait de même fournir au passant « bois et chandelle », mais encore « linge, paille et avoine et aussi du foin de première herbe et non de seconde », cela bien évidemment pour la monture.

Comment le « lion d'argent » avait tout faux !

Nos ancêtres, ne sachant ni lire ni écrire, usaient énormément de pictogrammes et de logos, seules façons pour eux de faire passer une idée de façon simple et efficace.

En ville, les enseignes, de bois ou de fer forgé, émaillaient ainsi les rues, se balançant et grinçant au gré des vents.

Enseignes dans leur majorité simples et parlantes, telle la botte du bottier ou du cordonnier, la paire de lunettes du lunettier, le cercle de tonneau pour indiquer l'atelier du tonnelier. La taverne était ainsi indiquée par un bouchon (à l'origine des petits « bouchons » lyonnais) dont le nom était le frère de celui de notre « buisson », désignant une touffe de végétation. Le bouchon de la bouteille avait été à l'origine une petite touffe d'herbe très serrée, utilisée avant l'exploitation du liège, pour boucher les fûts et les tonneaux. Il avait ensuite trouvé sa place à l'extrémité des bouteilles, dans lesquelles le vin avait longtemps été recouvert d'une couche d'huile surnageant. Ce bouchon d'herbes et cette couche d'huile sont l'un et l'autre à l'origine de l'habitude des quelques gouttes que l'on verse ostensiblement dans son verre, avant de servir les invités.

Enseignes parfois plus sophistiquées, liées à la religion, souvent par le biais du saint protecteur, dont la boutique arborait l'image, et ce qui lui valait d'être dénommée « À l'image de saint Crépin » (de saint Honoré, de saint Joseph...), ou passant par une saynète amusante, elle aussi reproduite comme une image de bande dessinée, avec des enseignes « Au chien qui rit » ou « qui fume », « À la pie qui boit », « À l'âne qui veille », « Au veau qui tète », « À la truie qui file », ou comme chez Balzac « Au chat qui pelote ».

Beaucoup enfin usaient de jeux de mots ou de rébus, comme la consonne K, traversée d'une barre, indiquant le *cabaret*, et pour plus d'une auberge la classique enseigne du « Lion d'or », signifiant *ici lits, on dort*, qui se vit ensuite déclinée en des « Lions d'argent » ne rimant plus à rien. Beaucoup de ces établissements arboraient encore une croix, en signe de l'asile charitable, ou un cheval blanc, voire une botte de paille, très prosaïquement évocatrice de la paillasse sur laquelle on pourrait passer la nuit, comme le suggéraient encore la laine du « Grand mouton » ou le duvet du « Cygne » ou de la « Poule blanche ».

Auberge, taverne, cabaret, café : autant de lieux de sociabilité, dont les tenanciers seront des personnages influents, issus d'une profession qui évolua lentement.

Dans les villes du Moyen Âge, on avait eu d'un côté les *queux*, autrement dit les cuisiniers, et les *maîtres-sauciers*, puis les *cuisiniers-oyers*, spécialisés dans la préparation des oies, qu'ils ne vendirent d'abord que bouillies, avant de se voir autoriser à les rôtir et à devenir *rôtisseurs*. C'est alors qu'ils prirent l'habitude de les livrer à domicile, – en plats préparés – tels les actuels coursiers de « Pizza Hut », et ce sous des chopes de fil blanc qui les firent nommer *queux-porte-chope*, avant de donner nos actuels *traiteurs*.

En face d'eux, on trouvait les cabaretiers, tenanciers d'un *cabaret* (mot venu de l'ancien picard et désignant une « petite chambrette »), qui étaient autorisés à vendre de la viande, mais non à la préparer et à la rôtir eux-mêmes (ils l'achetaient donc aux rôtisseurs ou aux charcutiers) et qui ne pouvaient vendre du vin autrement qu'« à l'assiette », c'est-à-dire accompagné d'un plat. Seul le *tavernier* était autorisé à le vendre « à pot », ce qui fait de lui l'ancêtre de notre cafetier, qui se verra longtemps, de son côté, appelé *marchand de vin*, et chez qui nos ancêtres les plus modestes allèrent d'abord boire de l'eau-de-vie...

Ce cafetier deviendra rapidement un personnage omniprésent des campagnes du XIXe siècle, émaillées d'une quantité infinie de cafés, le moindre hameau ayant le sien, ou du moins voyant un de ses habitants vendre un verre de vin à l'homme de passage. Dans les bourgs, l'établissement était évidemment plus important, notamment en tant que lieu de rencontre et d'échanges, et plus particulièrement les jours de foire, de marché, d'enterrement. Le dimanche, en revanche, le curé avait souvent obtenu qu'il reste fermé durant l'office.

Au café, on refait ses forces d'un verre de gnaule ou d'un canon de gros rouge. On joue aux cartes. On paye chopine et on discute. C'est le lieu où éclatent les bagarres, un lieu souvent suspect, mal contrôlé par les autorités, et que les notables se gardent bien de fréquenter en dehors des occasions officielles. Mais c'est ici aussi que le notaire, le barbier, le coiffeur, le dentiste même, viennent régulièrement rencontrer leur clientèle. C'est le lieu où se préparent les élections, où se rassemblent les conscrits, où le vielleux vient faire danser, et où les affaires vont bon train. Au fil des siècles, taverniers, cabaretiers, aubergistes ont donc tous été des acteurs importants sur la scène de nos ancêtres.

Du café au picolage

En fait, le mot argot *caoua* est, pour une fois, le bon. Car notre *cahvé* ou *cafeh* fut ainsi nommé au XVIIe siècle en référence au nom de cette liqueur introduite par les Turcs et nommée en arabe *qahwa*, nom qui est revenu dans le langage de la rue par l'intermédiaire de l'armée d'Afrique du Nord, à la fin du XIXe siècle.

Débarqué pour la première fois dans le port de Marseille vers 1650, le café avait été rapidement mis à la mode par les Parisiens, suite à la « turcomanie » générale provoquée par la visite officielle à

Versailles de l'ambassadeur de la Sublime Porte, lequel en avait justement offert au Roi-Soleil dans des serviettes à franges d'or.

Comme toute nouveauté, le café avait été long à s'imposer. Les uns y voyaient un remède fortifiant l'estomac et arrêtant le cours des fluxions et des catarrhes ; les autres l'accusaient d'être un poison aux effets nocifs sur le cerveau, les nerfs et même sur la virilité... Et la marquise de Sévigné, se rangeant dans le camp de ses adversaires, de proclamer haut et fort que l'on se dégoûtera du café comme on se dégoûtera des tragédies de Racine !

La marquise se trompait, et plus le café a été contesté, plus sa mode a progressé. Dans les rues de Paris, il a d'abord été vendu à la tasse, avant qu'en 1702 l'Italien Procopio n'ait l'idée de fonder un débit de café ouvert à la société chic et élégante. Cinquante ans après, on dénombre quelque six cents « cafés » dans la capitale, dont les tenanciers commencent à proposer également sirop d'orgeat, glaces, thé et *chocolate* – ainsi prononce-t-on le mot à l'époque –, pendant que se répand la mode des miroirs et des tables de marbre.

En ville, ces « cafés » se voudront longtemps distincts des boutiques de « marchands de vins », vendant le vin à la bouteille, au pot ou au verre, et ce sera surtout à la campagne que le « café » évoluera dans le sens qu'on lui a connu. On y vendra le vin sous diverses appellations correspondant à autant d'unités de mesure : non plus « à la pinte » (valant en général un litre à un litre et demi) mais à la « chopine » (d'après le gobelet de bière appelé une « chope », faisant un tiers de litre), avant de passer au « canon », la rasade individuelle donnant au soldat un bon coup de canon – toutes façons de « picoler », autrement dit de boire de ce vin léger que les Italiens des troupes de Garibaldi appelaient le *piccolo*.

Deux grands absents : le boucher et le boulanger !

Au nombre des autres acteurs incontournables, nous trouvons le meunier et le forgeron, tous deux influents et qui s'enrichissent facilement. Autour du second gravitent de plus modestes charrons, fabricants de chars, de charrettes, de chariots et de carrosses, bref de tous équipements munis de ces roues à rayons que fabriquaient à l'origine les *royers* et dont les charpentiers leur avaient un temps disputé la pratique.

Chez ces derniers, on distingue les charpentiers « en bateaux », spécialisés dans la fabrication des mâts de navire, et ceux « en place », eux-mêmes divisés en charpentiers « de grande ou de petite cognée » ou « de haute ou de petite futaie », selon qu'ils travaillent les gros ou les petits bois. On retrouve ici la classique distinction faite entre les *grossiers* et les *menusiers*, devenus nos menuisiers, ainsi nommés selon qu'ils fabriquent de gros ou de menus ouvrages. Les menuisiers, il faut le dire, étaient assez rares, du fait de la longue pénurie en meubles, longtemps limités au coffre et à son ancêtre la « huche », fabriquée, quant à elle, par des *huchiers*.

La plupart de ces artisans occupent une place sinon enviée, du moins respectée, car tout est relatif et il ne faut pas oublier qu'au XVIIIe siècle, le maître d'hôtel d'un noble parisien est déjà un notable, comme le jardinier ou le concierge d'un grand propriétaire-châtelain, qui sait personnellement lire et écrire, n'a aucun mal à marier ses enfants à ceux des aubergistes, des marchands, voire à ceux des notaires.

Absents de nos campagnes jusqu'à la fin du XIXe siècle, bouchers et boulangers ne se rencontrent quasiment qu'en ville. Les premiers y sont longtemps restés groupés dans des rues qui leur étaient réservées, et qui étaient extrêmement sales, à cause du sang des bêtes qu'ils y tuaient – opération que l'on se contentait généralement d'interdire les dimanches et jours des fêtes religieuses.

Sous l'Ancien Régime, les *bouchiers* des grandes villes se répartissaient souvent par spécialité, entre *chevrettiers*, vendant exclusivement de la viande de chèvre, *vesliers*, limités à celle de veau... Les viandes étaient présentées sur des étals où les acheteurs devaient en principe les désigner en utilisant une baguette, que de très stricts règlements d'hygiène destinaient spécifiquement à cet usage.

Les boulangers étaient eux aussi installés dans les grandes villes, où ils occupaient, jusqu'au XIXe siècle, des positions assez en vue – sauf les *brenassiers*, fabriquant un vulgaire pain de son à l'intention des pauvres. Longtemps distincts des *pastissiers* et des *confiseurs*, ils étaient encore plus contrôlés que les bouchers, moins par souci d'hygiène que pour vérifier leurs instruments de mesure, les forcer à travailler avec certain moulin plutôt que d'autres et les obliger à apposer une marque particulière sur chacun de leurs pains, le plus souvent leurs initiales. Sans doute du fait du caractère sacré du pain, on ne plaisantait pas avec le règlement : le boulanger malhonnête risquait non seulement une amende, mais encore, au XVIIe siècle, des coups de fouet en public.

On n'en finirait pas d'énumérer tous ceux qui jouissaient d'une parcelle d'influence, de pouvoir ou d'une aura de notabilité. Étaient ainsi influents, dans les villes et les bourgs, les riches marchands-tanneurs, les maîtres drapiers et même les cordonniers, de même que les tailleurs d'habits, alors itinérants, et donc assez proches des colporteurs.

Longtemps, le monde de nos ancêtres semble avoir été un monde essentiellement immobile, complexe et à l'organisation lourde. Des siècles durant, l'Ancien Régime n'avait rien supprimé ni réformé, empilant et superposant les règlements, les coutumes et les lois, les impôts et les taxes. En quelque cent cinquante ans, cet univers s'effondrera et disparaîtra à jamais, à la faveur du progrès technique et de l'exode rural. Le monde nouveau qui en sortira sera tout autre, et la grande différence sera la place qu'il offrira à chacun. Si dans le monde traditionnel, structures et hiérarchies attribuaient à chaque individu une place précise qu'il avait du mal à quitter, le nouveau lui permettra en effet de mieux surfer sur les vagues de la société. Il lui offrira la *mobilité*.

II.

COMMENT VIVAIENT-ILS ?

QUAND NOS ANCÊTRES VIVAIENT *LOFT STORY*

1

Sédentaires ou voyageurs ?

Après avoir retrouvé ses ancêtres, après les avoir identifiés par leurs noms et leurs dates de naissance et de décès, le généalogiste, dans les documents d'archives séculaires et poussiéreux qu'il va dépouiller, découvrira peu à peu leur vie et leur univers. Il va finalement réaliser le vieux rêve de l'homme et voyager à travers le temps, pour visiter le monde de ses aïeux ayant vécu sous la Restauration, à la fin du Moyen Âge ou sous le règne du Roi-Soleil. Ce faisant, il ira de surprise en surprise, car qui pourrait se transporter de la sorte dans le monde d'autrefois se retrouverait incontestablement plus dépaysé, en entrant chez ses ancêtres, que s'il avait pris un billet d'avion pour un club de vacances sur une île de l'océan Indien où s'il était parti faire du treking en Alaska. Le décor dans lequel il débarquerait lui serait complètement étranger, il n'y trouverait aucun repère ; il aurait vraiment l'impression d'avoir changé de planète.

L'horizon de nos ancêtres est extrêmement limité, et cela à un point qu'il nous est difficile d'appréhender, tant nous sommes habitués, par la télévision, le téléphone et aujourd'hui Internet, à vivre dans un décor internationalisé. Si nous sommes informés, heure par heure, des conséquences du passage d'un cyclone en Floride ou du déroulement d'une guerre en Indonésie, la quasi-totalité des habitants du royaume de France au XVIIe siècle ont ignoré les guerres d'Espagne, comme ceux du XIVe siècle les événements qui ponctuaient ce que nous appelons la guerre de Cent Ans. Nul n'a été au courant de la défaite de Poitiers, où notre bon roi Jean a été fait prisonnier par les Anglais. Mieux : neuf habitants du royaume sur dix ignoraient le nom du souverain ; ils ne savaient même pas qu'ils étaient des Français !

Le roi, la France, étaient, en effet, à ces époques, des réalités aussi lointaines qu'abstraites. Nos ancêtres ne connaissaient guère que leur seigneur et leur curé. Ils n'avaient pour horizon que leur seigneurie et leur paroisse et cette situation s'est prolongée longtemps. Des siècles durant, plus du tiers des hommes et les trois quarts des femmes de nos campagnes n'ont jamais, un seul jour de leur vie, dépassé les limites de leur village. Du berceau à la tombe, les vies s'écoulaient à l'ombre du clocher... Personne ne songeait à en souffrir : on avait toujours vécu ainsi, au point d'ailleurs que l'« estranger », et de façon générale tout apport extérieur, de quelque nature qu'il soit, inspirait automatiquement crainte et défiance. Les villes passaient pour être des lieux de perdition, où nos ruraux manquaient de repères et ne se rendaient qu'avec une sorte de complexe d'infériorité. L'inconnu de passage était toujours soupçonné de pouvoirs maléfiques. Que le lait d'une vache tarisse et l'on se souvenait qu'un vagabond était passé la veille...

L'évolution sera lente. Ces pesanteurs n'en finiront pas de perdurer, tout comme les habitudes et les comportements qu'elles ont, des siècles durant, gravés dans les mentalités populaires. On a vu qu'après la vente des biens nationaux, le sol a, pendant tout le XIXe siècle, conservé toute son importance. La terre reste la référence économique et la valeur refuge. Les mariages à l'extérieur continuent d'être exceptionnels. L'influence des curés et des gros propriétaires garde toute sa force, aussi bien économique que sociale. On reste toujours plus à l'écoute des querelles de clocher que des événements qui se déroulent sur la scène nationale ou internationale. Mais nos ancêtres, tressaillant au moindre soubresaut de la vie du village, choisissant à tout instant un camp plutôt qu'un autre en fonction des réseaux de solidarités en place, n'avaient pas pour autant une vie morne et monotone. Pour étroit qu'il soit, leur univers ne manque ni de héros, ni de sujets passionnant les foules. Les frasques de leur sacristain ou du fils de leur propriétaire les occupent de la même manière que les aventures amoureuses de Stéphanie de Monaco ou de Johnny Hallyday passionnent aujourd'hui leurs descendants. Des siècles durant nos ancêtres ont vécu dans un univers clos – disons-le, dans un loft !

La seigneurie : un cadre souvent trop « banal », où « l'on ne va pas de mainmorte »

Dès que les hommes préhistoriques ont commencé à avoir une activité agricole, ils sont devenus sédentaires et attachés au sol qu'ils cultivaient et devaient sans cesse défendre. Ces attitudes ont perduré, pour se voir plus tard accentuées, à l'âge féodal, avec l'organisation de la seigneurie.

La seigneurie n'a que peu de rapports avec l'image d'Épinal qu'en donnent trop souvent les livres d'histoire. En vérité, peu de réalités anciennes nous sont sans doute aussi étrangères qu'elle.

Le seigneur, on l'a vu, a reçu des territoires dont il assure la protection, et qu'il divise en plusieurs lots. Il s'en réserve une partie – que l'on nomme la *réserve* ou *garenne* – et partage le solde en *tenures*, qu'il concède à des paysans, appelés les *tenanciers*, qui les cultiveront moyennant des contreparties, dont ils s'acquittent à la fois par des redevances, en argent et en nature (principalement sous forme de volailles) et par des *corvées* : journées de travaux d'intérêt collectif permettant notamment d'entretenir la forteresse ou les chemins, heures de guet pour assurer les rondes et les veilles, journées de travail dans la réserve du seigneur, dont il faut assurer la culture et les récoltes.

Que le paysan n'espère pas pouvoir un jour posséder sa terre ; le système lui retire en effet tout droit et toute espérance de droit sur elle. Rien ne garantit au fils du tenancier que le seigneur continuera à mettre à sa disposition celle qu'il avait concédée à son père en lui remettant symboliquement une motte de terre. À la mort du paysan, sa main, qui avait reçu cette terre, est considérée comme bel et bien morte, au point que tout ce qu'elle était réputée tenir lui échappe. C'est le principe de la *mainmorte*, qui a donné naissance à nos premiers droits de succession, que devaient acquitter au seigneur les héritiers de ce tenancier. Le seigneur fixant ces droits à un taux généralement très élevé, ils sont à l'origine de notre expression « ne pas y aller de main-morte », qui continue à faire allusion à un prix élevé ou à des exigences exhorbitantes.

Pleinement responsable de ses terres, le seigneur a reçu la charge d'y assurer non seulement la sécurité mais encore la justice, pouvoirs plus ou moins étendus, en fonction de l'importance et de l'autonomie de sa seigneurie au sein de la pyramide féodale. Il a, selon les cas, le droit de *haute* ou de *basse justice*, lui donnant des compétences plus ou moins larges en fonction des causes jugées. Seuls les seigneurs « hauts justiciers » peuvent juger les crimes. Seuls, ils peuvent installer sur leurs terres des *fourches patibulaires*, auxquelles ils pourront *pendre haut et court* les criminels.

Pendre haut et court :
n'y mettons pas « la main au feu » !

Tout homme résidant sur ses terres, de même que tout individu y passant, était justiciable du seigneur, dès lors qu'il y avait été « couchant et levant », c'est-à-dire qu'il y avait séjourné vingt-quatre heures.

Le seigneur rendait à l'origine la justice aidé d'un *préposé* ou *proposé* (en bas latin *prepositus* ou *propositus*), que l'on appelait de ce fait un *prévôt*, ou ailleurs un *bailli*, un *sénéchal*, un *viguier*, un *voyer*, ou tout simplement un *maire*.

Le seigneur jugeait les causes qui lui étaient soumises en fonction de leur gravité et selon qu'il détenait le pouvoir de *basse*, de *moyenne* ou de *haute justice*. Si le « bas-justicier » ne pouvait condamner qu'à des amendes, le « moyen-justicier » pouvait juger des délits et de certains crimes. Seul le seigneur « haut-justicier » pouvait connaître des affaires où il y avait eu effusion de sang, des crimes passibles de la peine de mort et des affaires où l'on recourait au duel judiciaire et, autrefois, aux ordalies.

Le duel judiciaire, qui eut cours jusqu'au début du XIIIe siècle, obligeait les adversaires à se combattre à mort. Dieu, estimait-on, se chargeait de faire perdre l'homme en tort.

Les ordalies, disparues plus tôt et appelées également « jugements de Dieu », consistaient à infliger à l'accusé une blessure ou une brûlure. Le fait que celle-ci guérissait correctement prouvait son innocence, alors que le fait qu'elle s'envenime le désignait comme coupable. De là nous vient l'expression « ne pas y mettre la main au feu ».

Le seigneur « haut-justicier » jugeait parfois entouré de *bons hommes* ou de *prud'hommes*, sages et prudents (eux-aussi à l'origine de patronymes comme Bonhomme, Prudhomme, Prud'hon, Proudhon...). Il pouvait prononcer des peines corporelles, directement liées, à l'origine, au méfait commis : le voleur se voyait amputé d'une main. Tout seigneur « haut-justicier » avait le droit de posséder une prison avec gardien ainsi que piloris, échelles et carcans, tous instruments de torture où l'on exposait le coupable, des heures durant, à la vindicte du peuple, qui pouvait librement lui envoyer à la figure des fruits pourris, des crachats, voire – pour les hommes – des jets d'urine. Enfin, signe visuel de la haute justice par excellence, le « haut-justicier » pouvait avoir des fourches patibulaires, où les criminels se voyaient « pendus haut et court », autrement dit à une haute potence et avec une corde courte : le plus sûr moyen de ne pas rater le grand saut.

Pour parachever le système, notre seigneur a soin de doter ses terres de ce que nous appellerions aujourd'hui des biens d'équipements collectifs : un moulin, où chacun peut aller faire moudre son blé en toute sécurité, sans devoir faire des kilomètres et traverser des landes et des forêts infestées de loups et de brigands ; un four, où chacun pourra faire cuire son pain ; un pressoir, où il pourra presser les raisins de sa vendange – le plus souvent pour obtenir une vulgaire piquette – mais où il pourra aussi faire écraser des noix qui lui fourniront de l'huile. S'y ajoutent parfois une forge et une brasserie, permettant de brasser la bière ou la cervoise. Le seigneur pense à tout pour le plus grand confort des habitants de sa seigneurie, et ce sont là les fameuses *banalités.*

Des noms de famille très « banaux » ou très « banals » ?

L'autorité du seigneur s'exprimait par le droit de *ban*, autrement dit celui de publier des règlements, d'ordonner, de contraindre et de punir, qui est à l'origine de notre *publication de bans*, de notre *arrière-ban* (désignant autrefois le service armé qu'un roi pouvait exiger de ses arrière-vassaux, autrement dit des vassaux de ses vassaux) et enfin des *banalités* (four, moulin et pressoir) dont il imposait l'usage aux manants. Était donc « banal » ce qui était destiné à une utilisation en commun, et le sens de l'adjectif évolua en ce sens : *banal* devint commun. Un accident de parcours voulut – on ne sait trop pourquoi ni comment – que le four banal donnât au pluriel des fours *banaux*, alors qu'un événement banal donnât des événements banals.

Il n'en reste pas moins que ces banalités, et surtout les moulins, les fours et les forges, étaient suffisamment rares pour que leur nom ait automatiquement désigné un lieu précis de la seigneurie. Comme nous trouvons des noms de hameaux liés aux forges, nous en avons d'autres liés aux pressoirs (Pressoir, Treuil...), aux fours et surtout aux moulins, comme Moulin, Molines, Molinet, Molinot, Moulis... Ces moulins étaient des lieux où l'on entrait aussi facilement que le dit l'adage, leur porte restant généralement toujours ouverte, pour mieux permettre à la poussière du son de s'évacuer.

Les noms de famille qui dérivent de ces banalités sont innombrables. Si le préposé au four a donné nombre de Fournier, le meunier, selon les régions, a donné quantité de Meunier, Munier, Monier, Mounier, Munoz, Maulnier, Meugnot, Molinard, Molinier, Molenaer, Muller, ainsi que des surnoms comme Pilorgé (pileur d'orge), Ballu (l'homme chargé du blutage)... Les édifices eux-mêmes ont donné des Moulin, Dumoulin, Vermeulen, Dutreuil, Dufour...

Mais le record appartient sans conteste aux descendants du forgeron. Parfois nommés Forgeat, Forgeot, Fargeau... ou encore Fernier, Ferrier, Ferniot, Ferron ou Ferrari, ils ont surtout donné les Lefèvre, Lefebvre et Lefébure du Nord, les Faivre, Favre, Fabre, Faure, Fauré d'ailleurs, sans oublier les Le Goff bretons et les Schmitt ou Schmidt de l'Est. Nombreux aussi sont les noms issus de l'appellation fréquente de « maréchal-ferrant », laquelle provient du vieux mot *manrskalk*, désignant le domestique chargé de soigner les chevaux. En dérivent de nombreux noms de famille comme Maréchal, Marchal ou Marescaux, sans oublier, là encore, tous les noms venus de toponymes, comme Faurie, Fargette, Delaforge, etc.

Une seule ombre au tableau : l'usage de ces équipements, dont notre seigneur prend soin de se garder le monopole, est payant. Les habitants de la seigneurie, à qui il est strictement interdit de posséder un four ou de recourir à un autre que celui du seigneur, doivent, chaque fois qu'ils l'utilisent, acquitter un péage au préposé chargé d'enfourner les pains, et il en va de même pour le moulin, le pressoir ou parfois la forge.

Le forgeron : artisan de Satan

Au même titre que le moulin, le four et le pressoir, il semble que la forge ait été souvent fondée par le seigneur et mise à l'origine à la disposition des paysans contre l'acquittement d'un droit d'usage.

Le forgeron était un homme respecté, qui devait pour partie son prestige à la pratique d'une technique aussi rare que mystérieuse, lui permettant de produire non seulement les outils et divers instruments et matériaux, mais aussi de fabriquer des armes (hallebardes, épées) et des instruments de mort et de torture.

Par l'exercice de son métier, le forgeron maîtrisait à la fois l'eau, l'air et le feu. Il était fier, tout comme saint Eloi, son patron, qui avait, selon sa légende, osé se mesurer au Christ qui l'avait « mouché » en tranchant devant lui la patte d'un cheval, pour la ferrer plus commodément et la remettre ensuite en place.

À tous ces titres, le forgeron, au Moyen Âge, était souvent soupçonné d'avoir passé un pacte avec Satan. On se méfiait de lui, et l'on préférait que son antre, empli de fumée, de vapeur et de feu – comme l'enfer –, se trouve un peu à l'écart des habitations. Voilà pourquoi la forge était généralement située à quelques centaines de mètres des villages, comme en témoignent encore, sur nos cartes, l'emplacement de noms de lieux comme La Forge, La Haur ou La Haurie en Gascogne, Las Fargeas ou La Faurie en Limousin, ou encore les nombreux Fargette, Fabrègue et leurs équivalents.

Plus tard, cet artisan regagnera le centre des villages, et sa forge sera un de ces lieux dits de « sociabilité » où les hommes échangeront des idées, comme ils le font au moulin et comme les femmes le font au lavoir ou à la fontaine. Le ferrage des animaux de trait, auquel s'ajoutaient souvent des activités de charron, faisait de lui un des tous premiers acteurs de la vie économique, un homme qui, dans un monde où dominait le troc, palpait de l'argent, au point de pouvoir, aux XVIe et XVIIe siècles, espérer d'intéressants mariages pour ses enfants, dans des familles de riches laboureurs, de cabaretiers ou de taillandiers, ou de payer à ses fils de solides contrats d'apprentissage chez un drapier, un apothicaire, voire chez un notaire qu'il comptait pour client.

Sa présence constante sur place lui vaudra souvent, avec l'aubergiste et plus tard l'instituteur, d'être pris à témoin dans les actes officiels (actes notariés ou actes d'état civil), et d'être élu maire dans les petites localités.

Le four banal emploie quelquefois à lui seul jusqu'à trois personnes : le *fournier*, chargé de l'allumer, le *poustier*, qui va chercher et rapporter les pains à cuire, et les *lenandiers*, commis à l'approvisionnement en bois. Tout cela assure à notre seigneur des revenus substantiels, qu'il choisira parfois d'*affermer* à des *vilains* aisés ou, plus tard, à des bourgeois qui, moyennant un loyer forfaitaire, se chargeront de leur gestion et de la perception des taxes.

Moulins à eau et à vent

Le meunier, comme le forgeron, s'était très vite affirmé comme un homme capable de transformer la matière : un savoir-faire entouré de magie. Ne transformait-il pas le grain, souvent foncé, en farine blanche ? Ne participait-il pas à la chaîne de fabrication du pain, indispensable à l'alimentation, et sacré par sa parenté avec l'hostie ?

Le meunier, comme le forgeron, était par ailleurs un homme puissant et influent. Un homme riche, et soupçonné non pas de s'être allié au diable, mais, ce qui n'était pas mieux, de chercher à escroquer ses clients, en ne leur rendant pas toujours en farine l'équivalent intégral de leur apport en grains. D'autant que le meunier devait prélever le péage dû pour l'utilisation du moulin seigneurial, péage levé évidemment en nature, grain ou farine, et qu'il était parfois tenu d'aller chercher le grain à domicile et d'y rapporter la farine, ce dont il s'acquittait par l'intermédiaire d'employés, nommés selon les régions *chasse-manée, chasse-mulet* ou *chasse-moute*...

Qu'il soit à eau ou à vent (parfois plus modestement à âne ou à bras), chaque seigneurie, comme chaque abbaye ou prieuré, avait son moulin. Assez vite, pourtant, il avait échappé au seigneur qui, ses revenus ayant baissé, avait choisi soit de le vendre, soit de le délaisser selon un *bail à ferme*, moyennant un loyer confortable, tant en argent qu'en nature (boisseaux de froment ou de seigle). Si, sous la Révolution, nombre de moulins furent saisis et vendus au titre des biens nationaux, ils connaîtront encore un bon siècle de prospérité, avant que les minoteries industrielles ne leur portent un coup fatal.

Les familles de meuniers, généralement aisées, se succédaient dans leur moulin sur plusieurs générations, tout en s'alliant presque toujours à celles des moulins voisins. En Lauragais, les moulins à vent, aux capacités sans doute un peu plus modestes que celles de leurs homologues à eau, étaient contrôlés par de véritables dynasties qui se les partageaient et se les transmettaient, comme les Armengaud, Bonnet, Calvet, Caunes, Montfraux, Plantade... Le métier, partout, s'exerçait de père en fils...

Signalons enfin l'existence de moulins, spécialisés :

— les moulins à papier, aux mains des *papetiers*, qui se multiplièrent à partir du XVIe siècle et produisirent un support infiniment moins cher que l'ancien parchemin, fabriqué à l'origine avec de vieux chiffons écrasés ;

— le moulin à tan, qui écrasait l'écorce de chêne à l'intention des tanneurs ;

— le moulin à foulon, écrasant et apprêtant les draps en les foulant dans une eau alcaline argileuse, et d'autres encore, comme les moulins à poudre ou à garance...

L'univers de la seigneurie est complet. Tout y est concentré, jusqu'au lieu de culte, si important pour nos ancêtres. La seigneurie intègre une église ou une chapelle, dont le seigneur recrute et nomme le desservant. On commence à mieux comprendre pourquoi et comment l'horizon de nos ancêtres peut nous sembler si réduit...

Quand les « manants » ne pouvaient « déguerpir » : la superposition des « lofts »

Le système est si parfait qu'à aucun moment nos ancêtres n'éprouvent la nécessité de s'éloigner de cet univers, ce qu'ils ne sont d'ailleurs guère tentés de faire compte tenu de l'insécurité ambiante. De plus – et c'est le revers de la médaille –, ils perdraient alors la terre qu'ils tiennent de leur seigneur et qui est leur instrument de survie. De son côté, le seigneur, s'il décide de céder ou de vendre ses terres, cède par la même occasion les hommes qui les cultivent. On dit souvent que « l'air rend serf », ce qui signifie que du statut du lieu dépend la condition de ceux qui l'habitent. Nos ancêtres sont asservis, ils sont destinés à rester sur le sol et à y demeurer (en latin *manere*) : ils sont des *manants* ; leur famille est la *mainie* ou le *manage*, à l'origine de notre *ménage*.

La tentation de partir existe évidemment, surtout lorsque le seigneur – et c'est souvent le cas – se montre trop exigeant. Beaucoup ont envie de *guerpir*, c'est-à-dire d'abandonner leur poste. Mais là encore, tout a été prévu, et le seigneur les attend au tournant : il a droit de « suite et de poursuite » sur l'homme qui s'aventure à quitter la seigneurie. Qui *déguerpit* (c'est là l'origine de notre terme) se verra donc traqué sans pitié, et malheur au fuyard qui sera rattrapé. Il le paiera cher, d'un bras, d'une main, plus généralement d'un pied – ce pied par lequel il a transgressé la loi et dont on l'amputera symboliquement – ou parfois de sa vie, sauf à avoir réussi à se placer sous la protection de Dieu, dans une église ou au pied d'une croix.

Pourquoi autant de croix ?

La croix, qui apparaît dès la plus haute Antiquité, est un des symboles les plus anciens et les plus universels. À la base de tous les signes utilisés pour l'orientation, elle a évidemment été enrichie par la tradition chrétienne, représentée presque toujours avec une traverse, parfois deux, dans la croix dite « de Lorraine ». En fait originaire de Grèce, cette dernière comporte une traverse supérieure qui serait un vestige du cartouche dans lequel Pilate avait ajouté, au sommet de celle du Christ, l'inscription « Jésus de Nazareth, roi des Juifs ». Introduite en France par les ducs d'Anjou, futurs ducs de Lorraine, cette croix particulière a été choisie comme symbole de la France Libre, en 1940, à l'initiative de l'amiral Muselier, lui-même lorrain, qui tenait à ce que les Français libres aient leur croix à eux, en face de la croix gammée allemande.

Notre paysage est émaillé de croix. On en trouve surtout à chaque carrefour, que l'on attribue souvent à une « mission » évangélique du XIXe siècle, mais qui sont en général beaucoup plus anciennes.

La croix, qui est à l'origine de tant de noms de lieux (La Croix, La Croix Blanche, Verte, Rousse..., mais aussi Croisille, La Croisette – comme celle de Cannes –, Le Croisic, Crussolles...), et aussi de bien des noms de familles (les mêmes, plus Delacroix, Delcroix...), avait autrefois des fonctions particulières. Si l'on en trouve tant, depuis les époques les plus reculées, c'est qu'elle était traditionnellement employée pour matérialiser les limites entre les grands territoires, abbayes, seigneuries...

Placées au long des chemins et à leur carrefour, ces croix étaient autant de repères analogues à nos panneaux signalétiques ou au flèchage de nos sentiers de grandes randonnées. Elles invitaient par ailleurs le marcheur ou le voyageur à se signer et à invoquer la protection divine en des temps où les routes étaient peu sûres. De même que les églises étaient des lieux d'asile et qu'un criminel qui s'y était réfugié ne pouvait se voir condamné à mort, la croix assurait au serf qui avait « déguerpi », s'il était rattrapé devant elle, d'échapper aux peines corporelles qui pouvaient lui être infligées.

Enfin, la croix servait à éloigner les mauvais esprits près des puits, des sources et des fontaines, et beaucoup de gens décidaient d'en élever une, à leurs frais, devant leur maison, à titre d'action de grâce pour un vœu exaucé ou à l'occasion d'un événement familial.

S'il veut pouvoir continuer à cultiver son lopin de terre – un lopin qui nous semble ridiculement minuscule, du fait qu'à cette époque le moindre centimètre carré de terre est ensemencé – l'homme ne peut s'en éloigner. Cette règle ne supporte aucune entorse. Qu'il veuille épouser une fille de la ferme voisine, dépendant d'une autre seigneurie, il devra obtenir l'autorisation des deux seigneurs concernés, qui la lui accorderont moyennant le paiement d'un droit, celui de *formariage* (droit de se marier *fors*, c'est-à-dire hors, de ses terres).

À la seigneurie s'ajoute la paroisse, desservie selon les cas par un curé ou un chapelain, qui oblige les habitants aux messes dominicales, à l'exercice d'une religion à laquelle ils ne comprennent pas toujours grand-chose, mais qui parle en latin à Dieu et à ses saints. Comme le seigneur, le curé les contraint à des impôts et à des redevances et lui aussi les attend à chaque virage. Du fait que le manant, comme avant lui ses ancêtres, ne peut aller prendre femme en dehors de la seigneurie, il n'aura guère de possibilités de trouver une épouse qui ne soit pas sa parente, plus ou moins éloignée. Or, jusqu'au concile du Latran, en 1215, nul ne peut épouser une parente en-deçà du douzième degré. En d'autres termes, tout homme se voit interdire toutes les filles partageant avec lui un couple d'arrière-arrière-arrière-arrière-arrière-arrière grands-parents, ce qui revient à dire que presque toutes les filles de la seigneurie lui sont interdites. La seule issue est que le curé obtienne de son évêque une dispense, qui sera elle aussi délivrée moyennant finance. L'Église autant que la seigneurie enferme l'homme dans un univers exigu.

Paroisse et Seigneurie constituent donc en somme deux *lofts* superposés. Elles resteront longtemps les deux cadres essentiels de la vie, souvent rivales et concurrentes. Les familles seigneuriales, au fil des héritages, se disputent fréquemment la souveraineté d'une communauté ou d'un hameau, comme les curés s'en disputent les dîmes. Il en résulte des arrangements lourds et complexes, entraînant d'inextricables partages des influences qui font par exemple recourir à la formule des lieux *métais*, dont les revenus étaient répartis par moitié entre deux seigneuries ou deux paroisses. On avait ainsi des hameaux dits « alternatifs », dépendant une année d'une paroisse ou d'une seigneurie et l'année suivante d'une autre, quand ce n'était pas de trois ou quatre acteurs, situations qui se maintiendront jusqu'à la Révolution.

Vous avez dit « Français » ? Quel rapport entre les chèvres et la loi salique ?

Comment nos ancêtres pourraient-ils se sentir Français ? Ils sont les hommes de tel seigneur, les ouailles de tel curé, se savent, au mieux, habitants des terres des comtes de

Champagne, d'Artois ou de Provence. Un paysan poitevin ne partage rien avec son homologue normand ou bourguignon, pas plus – comme on l'a dit – l'impression d'avoir un même roi ou une administration commune que le fait de parler la même langue. Chacun parle le patois ou le dialecte de chez lui, et parfois même de sa seigneurie, car de l'une à l'autre, même si elles sont voisines, leur peu de contact fait qu'une chose n'y a pas le même nom ou qu'un mot n'y a pas le même sens. Prenons le banal exemple de la chèvre, partout présente et familière. Au gré des influences des langues des populations établies au sein de chaque région, son appellation a varié à l'infini : nommée une « chieuvre » à Reims, une « kèvre » à Lille, une « krabe » à Pau, elle devient une « chieuve » au nord de Châteauroux, une « chieube » à l'est et une « chièbe » au sud...

Au sein du royaume, on parle une multitude de dialectes et des milliers de patois propres à de très petits terroirs, multitude qui se maintient d'autant plus facilement que nos ancêtres n'ont jamais de contacts avec l'extérieur.

Le français n'existe pas. Lorsqu'il se constituera, il ne sera que la promotion, plus ou moins involontairement orchestrée par les rois de France, du dialecte parlé dans leur domaine propre, à l'origine l'Orléanais et ce minuscule pays de France, dont le souvenir ne demeure plus aujourd'hui que par les noms de quelques communes au nord de Paris, comme Roissy-en-France.

Petite histoire du français

Il fallut plusieurs siècles pour que notre langue se libère du carcan du latin et que notre orthographe s'allège, passant de *chasteau* à *château*, de *debvoir* à *devoir* ou d'*adiouter* à *ajouter*. Il fallut des siècles pour que Paris imposât sa langue franç*aise* à l'ensemble des Franç*ois* – et ce fut d'ailleurs la faute à Voltaire ! Auparavant, les dialectes et patois prononçaient en effet plutôt ces finales *oi* ou plus exactement *ouai*. Dans la majorité de l'hexagone, le roi était le

« roué », comme dans beaucoup de terroirs du Centre, on continue, aujourd'hui, *en patoué, à bouère à la santé de l'Anthouéne* ! Ici, comme dans bien d'autres cas, c'est la prononciation parisienne, moins mouillée, qui l'a emporté. On raconte d'ailleurs qu'à l'époque de la Révolution, une jeune fille aurait manqué se faire guillotiner pour avoir déclaré un peu trop fort qu'elle ne saurait vivre en se passant de son rouet !

La spécialiste de l'histoire de la langue française qu'est Henriette Walter explique également comment un « cheval » donna des « chevaux ». Elle rappelle qu'à l'origine, on avait eu « chevals », mais qu'en ces temps-là (avant le IXe siècle) la consonne, qui ne se prononçait pas comme aujourd'hui, incluait légèrement le son *ou*. De ce fait, la finale « al » se prononçait alors « a-ou », faisant donc parler, au pluriel, de... *chevaouls*. C'est le même principe qui a fait évoluer les mots latin « *al*ba » et « *tal*pa » en « *au*be » et « *tau*pe », prononcés alors « *aoul*be » et « *taoul*pe ». De même « *val*oir » donnant « il v*aut* », prononcé autrefois « *valout* ». Au bout de quelques siècles, par un phénomène assez classique que l'on nomme en linguistique une « régression », les Parisiens en arrivèrent à transformer ces « aoul » en « au », pour ne plus parler que d'aube, de taupe, et... de chevaux.

Terminons par « pas » et « point ». Les Parisiens du Moyen Âge parlaient un français dans lequel la négation « ne » n'avait nul besoin de notre « pas », faisant dire alors seulement « je ne mange » ou « je ne vois ». Ils avaient cependant tendance à la renforcer par des expressions comme « je ne bois goutte », « je ne mouds grain », « je ne mange mie (ou miette : « ma mie » signifiait « ma petite »). On disait donc « je ne couds point », autrement dit « pas un point », et « je ne marche pas », signifiant « je ne fais pas un pas ». La plupart de ces expressions finirent par être employées à tout propos, faisant ainsi dire « je ne vois goutte », avant que « point » et « pas » ne l'emportent, pour que « pas » finalement triomphe seul et, ironie du sort, en arrive aujourd'hui à éliminer « ne » dans la langue commune, avec des « je vois pas », « je sais pas » et bien sûr... « ça marche pas » !

Vivant dans ces étroites limites administratives et économiques, et tout occupés à des luttes d'intérêt locales, comment nos ancêtres pourraient-ils connaître et suivre la guerre de Cent Ans, sinon en en supportant les inconvénients ? Ils ne voient en fait que déferler sur eux « les fléaux de Dieu », ce cortège funeste qu'apporte chaque guerre, avec la famine, les épidémies (la peste), et les violences – exactions en tout genre, pillages, viols, et autres horreurs auxquelles se livrent les soldats, souvent mercenaires, obligés de vivre sur le terrain durant les périodes de trêves. En un temps où la conscription n'existe pas, nos ancêtres ne font pas la guerre, ils la subissent.

Sur ce plan-là aussi, les choses seront très lentes à changer. Nos ancêtres, des siècles durant, ne sauraient avoir la moindre conscience nationale ni patriotique. D'abord, ils ignorent le roi. Ce « seigneur des seigneurs », placé tout au sommet de la hiérarchie féodale, est une réalité qui leur échappe presque totalement. Lorsqu'ils en entendent parler, nos ancêtres manants ne pensent nullement au Capétien trônant à Paris. Même ci ce Louis ou ce Philippe, numéroté VI ou VII, traverse parfois ses domaines pour aller faire la guerre ou partir en croisade, il n'a aucune place dans leur monde. Lorsqu'ils parlent du roi, nos ancêtres de ces époques évoquent leur voisin qui a été sacré « roi » du dernier jeu d'adresse organisé par leur seigneur un dimanche de printemps.

Et puisqu'ils ignorent le roi, c'est donc le roi qui ira à eux. Peu à peu, le monarque capétien va s'entourer de légistes et de juristes qui, à chaque occasion, savent lui fabriquer quelque bon slogan – on disait alors un *adage* – lui permettant d'affirmer son pouvoir. À l'empereur d'Allemagne, qui prétend être son supérieur hiérarchique et s'immiscer à ce titre dans les affaires françaises, ils lui feront répondre que « le roi de France est empereur en son royaume ». En 1328, à la mort sans héritier immédiat du dernier Capétien direct et alors qu'aucun texte ne prévoit cette situation, pour éviter que la couronne ne tombe entre les mains de l'Angleterre dont le souverain se trouve être l'époux de la sœur de leur roi défunt, ces juristes fouilleront les archives anciennes. Ils y retrouveront un texte qui aurait, selon eux, régi la succession des anciens rois des Francs saliens, tribu dont était justement issu Clovis, considéré comme le fondateur de la monarchie française. De ce texte qui affirmait que « Femme ne saurait servir de pont et planche » – autrement dit que la couronne ne pouvait passer par une femme – ils feront la fameuse « loi salique », qui revêtira un caractère quasi sacré, alors qu'elle avait été pratiquement improvisée...

Ces hommes travailleront à donner au roi une légitimation et une reconnaissance populaires. Pour lui permettre de mieux triompher des seigneurs arrogants qui, des siècles durant, n'ont eu d'autre objectif que de s'approprier les biens qu'ils sont censés tenir de lui et de toujours rogner davantage la parcelle de pouvoir qui lui est restée, nos juristes se sont attachés à redonner au souverain une place réelle dans l'organisation politique. Ils n'ont perdu aucune occasion de lui faire jouer le rôle de juge suprême, celui auprès duquel on peut faire appel de la sentence rendue par un tribunal seigneurial. De même, ils ont tout fait pour lui allier le peuple en faisant soutenir par le trône (et bien sûr encourager, sinon susciter de façon occulte) les tentatives de soulèvement des manants désireux d'échapper à la férule seigneuriale. Dès lors que les habitants d'une agglomération se réunissaient et se juraient solidarité dans leur lutte, en faisant ce que l'on appelait « commune jurée », le roi, en tant que suzerain suprême de leur seigneur, pouvait les soutenir et leur accorder des libertés et des franchises, notamment au sein des « villes neuves » et « bourgs neufs » que ce mouvement ne manquait pas d'engendrer.

Le roi s'acquit ainsi rapidement le dévouement des milieux urbains, et contribua largement à l'érosion des revenus des seigneurs que l'on a signalée et qui affaiblit leur pouvoir. Mais pour achever l'édifice, il faudra attendre une politique de « communication » plus affinée encore, avec, dès la Renaissance, la multiplication des *Te Deum*. Non seulement le curé a le devoir de publier le dimanche, lors de son prône, les dernières dispositions de lois royales de plus en plus nombreuses, mais il doit organiser, à tout moment, des cérémonies d'actions de grâce, notamment à l'occasion des événements concernant la famille royale, dont nos ancêtres commencent à connaître l'existence et la composition. Ils apprennent ainsi peu à peu les noms des principaux personnages de la cour : dauphins et princes du sang... Ce seront à la fois ces *Te Deum*, que toutes les paroisses de France célébreront, comme en mars 1775, pour demander à Dieu la guérison de Louis XV malade, et l'augmentation de la pression fiscale qui commenceront à donner une certaine consistance à la notion, encore très floue, de patrie.

Recordmen de marche à pied : allées-venues et expéditions

Si nos ancêtres vont peu en ville, la ville vient volontiers à eux. Quantité de bourgeois arpentent à tout moment les routes, ou plutôt les sentiers, « désenclavant » les campagnes. C'est le notaire qui va recevoir un acte, le drapier à la recherche de la toile tissée par les paysans, le tanneur qui leur achète des peaux ; ce sont les propriétaires venant inspecter leurs domaines et percevoir leurs redevances, les tailleurs d'habits, les taillandiers ou plus tard les épiciers ambulants proposant leurs marchandises et prenant les commandes... Toute une frange de la population des cités bat continuellement et en tous sens la campagne environnante. Nos ancêtres – c'est là un de leurs principaux traits – sont de grands marcheurs.

À la fin du XVIIIe siècle, un curé bourguignon, l'abbé Courtépée, érudit, féru d'histoire et ami des arts, entreprendra de visiter sa province pour en dresser un véritable inventaire touristique, la sillonnant à cheval des années durant, allant de paroisse en paroisse, d'un presbytère à un autre, où il savait trouver le gîte et le couvert.

L'étude du journal de notre sire de Gouberville, vivant au XVIe siècle aux environs de Cherbourg, nous le montre effectuant, uniquement pour se rendre en ville, plus de 26 000 kilomètres en dix ans, soit 520 heures de marche par an. Des heures pénibles, du fait que les chemins sont alors défoncés et le resteront longtemps. Deux siècles après, un peu plus au sud, l'évêque de Blois, pour aller donner le sacrement de confirmation aux paroissiens de Lancôme, se déplace avec un carrosse à quatre chevaux, avec trois garçons et un de ses grands vicaires. Lorsque, après la cérémonie, il veut aller visiter l'église de la paroisse voisine, « il a cassé ou rompu son carrosse et doit aller à pied à Marquoy pour dîner ».

Les routes sont d'autant plus longues que l'on tire rarement en ligne droite, autant pour contourner les reliefs, pour joindre les gués et les ponts qui restent rares, que parce que les itinéraires ne peuvent traverser les propriétés privées, souvent immenses et d'un seul tenant. Il faut parfois près de six heures à notre sire de Gouberville pour faire seize kilomètres (soit 2,5 km/h), sans oublier qu'à la mauvaise saison, ces déplacements ont lieu pour une large partie de nuit, le voyageur arrivant souvent à destination « à jour failli », autrement dit de nuit.

Cela sans parler des caprices de la météorologie et des saisons : en 1724, dans l'Oise, le mauvais temps oblige le curé à célébrer le mariage d'un couple de « cousins » sans être en possession de la dispense de parenté, qu'il a pourtant bien demandée à son évêque, mais que le mauvais temps l'a empêché d'aller chercher à Beauvais.

Mais la pluie, le vent, la neige, ne sauraient en principe les arrêter. Toute la journée, Gouberville va et vient au sein même de ses terres et de son village, sans perdre son clocher de vue, si bien que, si l'on ajoute ces déplacements à ceux déjà comptabilisés vers l'extérieur, on arrive à une moyenne de trois heures de marche par jour. Un régime qui restera jusqu'à une époque récente l'ordinaire de nos ancêtres. Au début du XIXe siècle, combien de paysans se rendent encore régulièrement à pied au chef-lieu de canton, et combien de petits campagnards, dans les régions d'habitat dispersé, effectuent deux fois par jour, en sabots, les cinq ou six kilomètres séparant parfois leur hameau de l'école communale ?

Querelles de clochers

Notre expression « querelle de clocher », toute teintée de pittoresque, puise directement sa source dans le monde d'autrefois, où la cloche remplissait des fonctions multiples : non contente d'appeler les paroissiens à la messe, elle jouait aussi le rôle de sirène d'alarme, en sonnant le tocsin en cas d'incendie et de danger. Elle convoquait les habitants lorsqu'on avait à les réunir, notamment les jours d'élection des maires ou des syndics. Elle proclamait aussi l'état civil, avec des sonneries particulières pour les baptêmes et décès – sonneries que chacun savait reconnaître et interpréter, le glas égrenant ainsi autant de coups que le défunt avait vécu d'années.

Les cloches étaient souvent considérées comme douées de pouvoirs magiques, notamment par temps d'orage, où on les actionnait pour éloigner la foudre ou la grêle, certaines étant réputées plus efficaces que d'autres... Il en résultait d'ailleurs nombre d'enlèvements de cloche, au terme d'équipées nocturnes, soit pour voler celle, plus performante, de la paroisse voisine, soit pour l'empêcher, en éloignant l'orage de grêle, d'envoyer ses nuages crever au-dessus de son ciel.

Les municipalités, mises en place par la Révolution, eurent rapidement besoin, elles aussi, d'utiliser la cloche en diverses occasions, et pour peu que le maire et le curé aient été ennemis, la chose tournait facilement au drame... Le curé cachait la clé du clocher ou s'appropriait la corde, et le sacristain, sonneur clérical, en venait parfois aux mains avec le fossoyeur ou le garde champêtre, sonneur municipal. Ces querelles pouvaient aboutir à de scandaleux enterrements « à la muette », autrement dit non accompagnés de sonneries, ou au contraire à de provocantes volées de carillons.

Innombrables sont les procès qui, au XIXe siècle, ont émaillé l'histoire de nos villages. Ainsi, en 1869, le maire de Colombey-les-

Deux-Églises avait fait prendre la clé du clocher au presbytère et refusait de la rendre, obligeant à remonter jusqu'à l'évêque et au préfet, qui craignaient toujours que les choses s'enveniment. Quelques années plus tôt, dans une autre commune de Haute-Marne, une affaire du même genre était allée jusqu'au ministre, et la brigade de gendarmerie, intervenant sur les lieux, s'était affrontée à une véritable émeute. Près de deux années durant, la guerre avait ici fait rage pour savoir laquelle des deux portes donnant accès au clocher le sonneur municipal avait le droit d'emprunter...

Mais Gilles de Gouberville était un privilégié. La plupart de ses voyages, il les effectue à cheval, du moins lorsque l'état des routes ne l'oblige pas à mettre pied à terre. Son domestique, en revanche, marche à ses côtés, avec pour principale charge de soigner la monture de son maître. Les milliers de kilomètres qu'effectue le sire à cheval, le laquais les fait donc sur ses jambes, et si notre notaire ou notre tailleur d'habits sont souvent sur leur bidet ou sur leur mule, des milliers d'autres, plus modestes, ne se déplacent évidemment qu'à pied.

La plupart d'entre eux, comme notre gentilhomme normand, ne dépassent, redisons-le, presque jamais les destinations locales. Au XVIIIe siècle, le marchand-fermier Pierre Bordier, s'il effectue sans cesse les quelque dix à douze kilomètres séparant sa ferme de Vendôme, où il va traiter le plus clair de ses affaires, semble n'avoir jamais ressenti la nécessité de pousser jusqu'à Blois, à une vingtaine de kilomètres, ville nettement plus importante au plan administratif et économique. Si Vendôme est à trois lieues de chez lui, Blois, qui s'en trouve à sept, ne fait plus partie de son univers. Lorsqu'à cette époque Nanon Chapeau, qui craint que Louis Simon, dont elle est amoureuse, ne la demande pas en mariage, déclare qu'elle serait dans cette éventualité prête à aller à vingt lieues, elle entend par là « au bout du monde » !

Pourtant, certains s'y risquent parfois... C'est justement à Blois que le sire de Gouberville a décidé de se rendre, en 1556, pour y briguer une charge auprès de l'administration royale. Ce voyage, qui l'entraîne deux mois hors de chez lui, lui coûte l'équivalent de 86 % de ses dépenses annuelles ordinaires. Avec 280 km pour l'aller, effectués en six jours, soit en moyenne 45 km par jour à un train de 6 km/h, ce périple paraît évidemment avoir été l'aventure de sa vie, même si tout au long de celui-ci notre sire ne semble montrer aucune curiosité pour les lieux ou les régions traversés. Comme si ce qui n'appartient pas à son univers immédiat lui restait foncièrement étranger...

D'autres hommes partent ainsi pour des déplacements de plusieurs jours. En 1747, c'est le fermier charolais Emiland Matthieu qui décide d'aller vendre à pied ses bœufs à la foire de Poissy. Il mettra sept jours pour s'y rendre et enregistrera plusieurs pertes dans son troupeau... À la même époque, Annet Quittard, le chef de la communauté des Pinon, n'hésite pas à quitter sa ferme de la montagne de Thiers pour s'en aller, à pied, demander à l'ancien intendant d'Auvergne récemment muté à Paris de lui obtenir une ordonnance du roi limitant le montant de ses impôts. Un siècle plus tard, sous le Second Empire, c'est ce soldat bourbonnais en garnison à Rennes qui s'en va chez lui, à pied, lorsqu'on lui octroie une permission exceptionnelle de douze jours. Il compte les jours et les nuits, et, après six jours de marche, il rebrousse chemin, alors qu'il n'était qu'à vingt kilomètres du toit paternel...

Mais aucun ne détient de record. À l'époque où Bordier ne dépasse guère un rayon de dix de nos kilomètres, Louis Simon, plus modeste et sédentaire, quittant son village du Maine, n'en accomplira pas moins, à l'âge de vingt-deux ans, un tour de France de trois mois le conduisant d'Angers à Cambrai, en passant par Rennes et Paris, avec des étapes de quarante à cinquante, voire quelquefois soixante-dix kilomètres par jour. Au XIXe siècle, on verra

Agricole Perdiguier, le célèbre compagnon menuisier surnommé « Avignonnais-la-Vertu », effectuer, de 1824 à 1828, une grande boucle à travers le pays, qui le fera successivement passer par Béziers, Bordeaux, Nantes et Paris. Tout comme celle du serrurier Pierre Moreau, dix ans plus tard, de Château-Renault à Nantes, Toulouse, Marseille et Paris... En général limités aux villes du sud de Paris, « tout au long des fleuves de Loire, Haute-Seine, Saône et Rhône et Garonne », ces « tours de France » atteindront des milliers de kilomètres : jusqu'à 2 400 pour le compagnon menuisier Chovin, de Die !

Tout comme Louis Simon et ces compagnons du tour de France, des milliers de migrants saisonniers sillonnent également les routes : étameurs auvergnats parcourant la Bourgogne, scieurs de long foréziens partant travailler dans les forêts bretonnes, galvachers morvandiaux gagnant la Champagne ou le Berry, peigneurs de chanvre du Bugey allant se louer en Lorraine, écôleurs du Queyras partant, l'hiver durant, faire l'école dans les villages provençaux... La majorité des forces vives des montagnes prend alors régulièrement le chemin de la plaine. Les colporteurs dauphinois s'en vont ainsi, portant à leur « col » leur lourde balle pleine à craquer de tout ce qu'ils peuvent vendre, quadrillant successivement la région lyonnaise, la Bresse, le Charolais et le Bourbonnais pour, leur balle une fois vide, aller jusqu'à Thiers refaire le plein d'articles de coutellerie, qu'ils vendront sur le chemin du retour. Des « fleuristes » de l'Oisans partent vendre leurs bulbes de plantes rares jusqu'en Europe centrale. Au printemps, les maçons marchois gagnent Paris à pied, se hâtant de faire, au pas de course, en quatre jours, les quelque 250 à 300 km séparant leur hameau creusois d'Orléans (là encore avec des étapes de 60 à 70 km), pour s'y entasser dans une « mauvaise patache bringueballante » qui les conduira plus rapidement à Paris, où ils entendent décrocher, avant les autres, les meilleures places sur les chantiers. Voyage éprouvant, que Martin Nadaud, en 1830, accomplit à l'âge de quatorze ans, et comme en font régulièrement, de leur côté – et parfois pieds nus ! –, des gamins de Savoie d'à peine sept à huit ans. Leurs parents les ont confiés à des maîtres ramoneurs et ceux-là les emmènent au même train d'enfer à Paris, où ils les feront monter et descendre, tout l'été durant, dans les noirs conduits des cheminées à ramoner.

Hommes ou femmes, civils ou militaires, riches ou pauvres, jeunes ou vieux, ils sont légion à s'en aller par monts et par vaux, seuls ou en bandes. Le plus souvent pauvrement vêtus, le baluchon à l'épaule, tous ces gens à la recherche d'une vie meilleure croisent sans cesse ceux qui ne l'ont pas trouvée et qui errent désormais par les routes. Ils croisent ces chemineaux sans feu ni lieu, dont on se défie, comme aussi des équipages de seigneurs se déplaçant en grand arroi : nobles se rendant à la cour, généraux rejoignant leur régiment, évêques allant visiter leur évêché... Au milieu d'une immense majorité de sédentaires ne quittant jamais leur village, une minorité grouille continuellement sur les routes, constituant les légions de ceux que l'on surnomme les « pieds poudreux ».

Haro sur l'étranger ; bravo au colporteur !

Ces inconnus, qui ne parlent évidemment jamais la même langue que les indigènes des régions qu'ils traversent, qui ne partagent strictement rien avec eux, pas même la sensation d'être compatriotes et d'être gouvernés par le même monarque, inspirent aux villageois la plus grande défiance. « À l'oie ! Aux dindes ! » hurlent depuis leur seuil les Berrichons ou les Solognots voyant passer les « compagnies » de maçons creusois en route pour la capitale. Ne dépassant quasiment jamais les limites de leur village, nos ancêtres se méfient de tout et de tout le monde.

Depuis les temps féodaux – et même bien avant –,

l'étranger commence de l'autre côté du fleuve ou de la forêt... Pour des raisons de sécurité, le migrant, jamais à l'abri d'une mauvaise rencontre au coin d'un bois ou à la croisée d'une route, ne chemine jamais seul. Se déplaçant en groupe, il rassurera davantage les villageois, que les individus isolés, apparemment marginalisés, inquiètent encore davantage.

De tous ces voyageurs, c'est le pèlerin qui dérange le moins. Et pourtant, si lui aussi accomplit depuis le Moyen Âge des centaines de kilomètres à pied pour se rendre à Rome ou à Saint-Jacques-de-Compostelle, tout à l'ouest de l'Espagne, dans l'espoir de s'assurer un strapontin au paradis, qui voyage sous son habit peut parfois réserver de mauvaises surprises...

Nos ancêtres avaient leur Paris-Dakar !

Dans notre Moyen Âge, si empreint de foi et de ferveur chrétiennes, les plus longues distances étaient celles que l'on parcourait pour le salut de son âme. C'était là le seul motif qui pût convaincre nos ancêtres de quitter leur univers familier pour traverser les monts et parfois les mers et accomplir de véritables exploits, dignes de notre Paris-Dakar.

Plusieurs générations de croisés n'avaient pas hésité à faire près de sept mille kilomètres à travers l'Europe et l'Asie Mineure, tout enferraillés dans leurs armures, suivis de la « piétaille », immense armée de manants qui les accompagnait à pied.

D'autres scrutaient la nuit, à la recherche de la Voie lactée, que l'on nommait alors le « Chemin de Saint-Jacques ». C'était elle, en effet, que suivaient, en direction du couchant, les milliers de fidèles s'en allant en Espagne prier « Monsieur saint Jacques », un des douze apôtres du Christ, dont les reliques avaient été miraculeusement transportées à Compostelle. Et c'était, là aussi, toute une aventure...

Des jours durant, ils « pérégrinaient » le long des routes (d'où leur nom de *peregrins*, qui évoluera en *pèlerin*), cheminant de compagnie sur un des itinéraires parfaitement balisés aussi bien de fontaines potables, de ponts et de gués tarifés que d'églises ou de chapelles miraculeuses. Enfin, arrivés à destination, c'était souvent le « sprint final », pour savoir lequel de la compagnie entrerait le premier dans la cathédrale.

Tout au long de leur route, ces pèlerins recevaient traditionnellement aide et protection. Malheur, disait-on, à qui leur refuserait un pain ; il le verrait se transformer en pierre, et l'on citait un habitant de Poitiers qui leur avait refusé l'hospitalité et avait vu sa maison détruite par un incendie. De ce fait, le pèlerin était toujours bien accueilli, et il l'était d'autant plus qu'il était reconnaissable. Revêtu de son long manteau sans manches (l'ancêtre de nos « pèlerines »), qui, la nuit, lui servait de couverture, il tenait en main un lourd bâton (le « bourdon »). À sa ceinture pendaient la besace et la gourde, et les plus riches se protégeaient des pluies et du soleil sous un large chapeau. Sur le chemin du retour, il ajoutait, cousue à sa robe ou à son chapeau, en symbole de son voyage, une coquille de Saint-Jacques. Il n'en fallait pas plus pour que voleurs et larrons en profitent et, revêtus de cet uniforme et parés de coquilles, abusent les villageois. On les appelait des « coquillards » et plus communément des « coquins » (telle est l'origine de ce mot) et s'ils étaient arrêtés, ils étaient souvent condamnés à être bouillis vifs.

Tous ces gens allant et venant par les chemins apportent à nos ancêtres des campagnes de formidables ouvertures vers l'extérieur : le tailleur d'habits et plus tard l'épicier effectuant leurs tournées se chargent volontiers de courses, rapportant de la ville les rares articles – chers et recherchés – que leurs clients ruraux ne fabriquent pas eux-mêmes, qu'il s'agisse des feuillets de papier du procureur ou des joyaux de pacotille que le fiancé offre à sa belle... Le colporteur aussi contribue à répandre les modes. N'est-ce pas lui qui diffusait, au XIXe siècle, cachés dans un des tiroirs les plus secrets de sa hotte, les « noisettes », terme sous lequel on nomme alors... les préservatifs ?

Mais plus encore, ces voyageurs apportent des ouvertures au plan politique, culturel et humain. Comme, au Moyen Âge, les troubadours contaient les exploits des gens de guerre, ce sont les colporteurs qui diffuseront les almanachs, souvent entièrement imprimés de pictogrammes à l'intention de la grande masse des illettrés, et les petits livrets de la Bibliothèque Bleue. Plus généralement, leurs ventes faites, ce sont eux qui donneront, autour d'un verre de gnaule, des nouvelles du monde extérieur, de la cour, des guerres et de la politique. Ce colporteur, sous le toit de nos ancêtres, joue un peu le rôle du speaker du journal télévisé. À la différence que ce journal n'a que deux ou trois éditions par an, mais alors le temps va moins vite et l'actualité est (ou du moins semble avoir été) nettement moins dense.

À bien des égards, donc, le monde de nos ancêtres paraît être longtemps resté un monde immobile, bien que sans cesse visité par une armée allant et venant, arrivant d'un autre univers et comme d'une autre planète : la ville. Il ne commencera à évoluer qu'au milieu du XIXe siècle, par la multiplication, dans nombre de cités, des ateliers engendrés par la révolution industrielle. Ces ateliers, en effet, attireront et épongeront l'énorme trop-plein démographique des campagnes, de plus en plus saturées du fait de la régression de la mortalité, et surtout de la mortalité infantile, résultant d'une meilleure hygiène et de meilleures conditions de vie.

C'est le début de l'exode rural. Des décennies durant, il ne va cesser d'enfler à la faveur de la stupéfiante évolution des moyens de transport. Dans la seconde moitié du XIXe siècle, grâce au prodigieux et tentaculaire réseau ferré, la moindre paroisse de campagne va se trouver reliée au pôle d'attraction régional, voire à Paris, par une journée de voyage. Les paysans hésitent d'autant moins à emprunter ce mode de déplacement que nombre d'entre eux ont eu l'occasion – mauvais numéro oblige – de quitter leur village pour aller, parfois très loin, faire leur service militaire. Le Morvandiau Claude Doridot est parti sept ans au Sénégal, le zouave Gabriel Chesnard est passé de l'Oranie au Tonkin, le Venaissin Jean Antoine Roullet, après avoir travaillé dans des sablières suisses, près de Genève, a pris part à l'expédition de Madagascar. Partir, désormais, ne fait plus peur.

En un siècle, les campagnes vont être littéralement saignées à blanc, se vidant d'une population qui, contrairement aux générations précédentes, conserva de plus en plus souvent les liens avec le pays natal. Le fils parti pour Paris ou Marseille sait écrire et donne de ses nouvelles. La fin du XIXe et le début du XXe siècle verront l'âge d'or de la carte postale. Le couple auvergnat ou l'Aveyronnais devenu bougnat ou limonadier dans la capitale en enverra à sa famille entre ses retours réguliers au pays. Tous apporteront rapidement aux parents et aux cousins rustiques les échos et les articles de la ville, qui cessera dès lors de faire peur pour faire rêver, pour attirer et devenir le modèle, la source des modes et des idées. Quitte à ce que, après avoir quitté un à un leur montagne pour gagner les H.L.M., comme l'a chanté Ferrat, les hommes n'aient d'autre objectif que de repartir pour la campagne, en soixante-huitard sur les plateaux du Larzac, en Parisien gagnant chaque week-end dans son énorme 4 x 4 la fermette qu'il a retapée en Sologne, ou en simple nouvel habitant d'une cité pavillonnaire où l'on entend encore chanter les oiseaux. Séparées de quelques minutes par le train ou la voiture, la ville et la campagne sont désormais les composantes d'un seul et même monde. Au plan des mentalités, peu de différences les séparent, si ce n'est, dans les grandes villes, un profond anonymat qui vous rend parfaitement étranger à votre voisin de palier – sensation parfaitement inconcevable pour nos ancêtres, tout comme l'était, quasiment, celle de la solitude.

2

Vie publique ou vie privée ?

Nos ancêtres, comme les trains, en cachent toujours d'autres. Jamais un homme ni une femme ne vit ni n'évolue seul. À l'extérieur, au travail, dans les champs comme dans les échoppes d'artisans, nos aïeux travaillent à plusieurs. Sur les routes, pour des raisons de sécurité, nos migrants, comme les pèlerins ou les marchands du Moyen Âge, préfèrent se déplacer par groupes : *compagnies*, *brigades* ou *soques*. Chez eux, ils ne se retrouvent jamais seuls. Malheur à l'homme seul, qui se singularise en sortant des normes et inspire immédiatement la défiance. L'individu existe moins par lui-même qu'en tant que membre d'une société ou d'une communauté où il a sa place. Le célibataire n'existe pas ; la solitude non plus ! Mais qu'en est-il de l'intimité ?

Jamais seul, avec ou sans « l'ami Bidasse » !

L'homme ne vit jamais seul, mais à travers un et même plusieurs groupes. Il en va ainsi depuis les temps les plus reculés : le travail de la terre, les défrichements, la construction des châteaux forts, rien de tout cela n'a pu être mené par des individus isolés. S'ajoutant à ces nécessités techniques, l'hostilité de la nature et l'insécurité ambiante ont poussé les hommes à éviter l'isolement. Même en pays d'habitat dispersé, là où les points d'eau sont assez nombreux pour permettre aux exploitants de vivre au centre même de leurs exploitations sans se voir obligés de se regrouper au sein de villages, il est inconcevable de vivre à l'écart du groupe – attitude générale qui a donné toute leur mesure au choix et au mode de vie des ermites...

Qu'il soit serf ou manant, bourgeois ou chanoine, l'homme vit au sein d'un groupe. Le seigneur, par exemple, est ainsi entouré en permanence en plus de sa *maisnie*, autrement dit du groupe qui « demeurait avec lui » (sa femme et ses enfants, ses valets et ses hommes d'armes), de fils de seigneurs voisins qu'il reçoit en quelque sorte en apprentissage et auxquels s'ajoutaient fréquemment un jongleur ou un troubadour de passage ou des pèlerins ayant demandé l'hospitalité. Un code du savoir-vivre chevaleresque anglais du XIIIe siècle ne déclarait-il « mal séant » qu'un seigneur mangeât seul ? Il en ira plus tard de même pour le roi à la cour.

Tout individu, ne l'oublions pas, appartient à l'un des trois ordres (clergé, noblesse ou tiers état) et au sein de cet ordre, à une classe ou catégorie particulière, à un métier, parfois à une corporation, qui ont leurs traditions, leurs fêtes et leurs cérémonies. Au sein de ces groupes socio-professionnels, chacun a une place bien à soi. Chez les artisans il est apprenti, maître ou compagnon ; à la campagne il est manouvrier, journalier, laboureur à demi-charrue, fermier-laboureur ; dans un parlement, il est président à mortier (toque de velours à galon d'or), président tout court ou chancelier...

Et cette place lui vaut généralement de porter des vêtements ou des insignes visibles. C'est l'aumusse que portent sur leur bras les chanoines et les chantres, le blason du noble sur son armure et sur le manteau de son cheval, l'hermine des avocats, la verge du bedeau, le chapeau du médecin ou le bonnet du magistrat, la robe longue ou courte des différents robins, la fleur de lys imprimée au fer sur l'épaule du galérien... Autant de signes extérieurs qui ne vont cesser de se multiplier, par exemple avec l'uniforme chamarré du maître de postes, et auxquels le régime républicain ajoutera les siens. Les premiers maires et adjoints des grandes villes ne devront-ils pas porter un habit bleu, avec liseret de trois rangs brodé d'argent pour les premiers, et de deux rangs pour les seconds ? Le garde champêtre arborera de même sa plaque de cuivre, comme l'ancêtre de notre préposé portera celle de « facteur rural ».

Au XIXe siècle, l'activité du citadin se devine au premier coup d'œil, selon qu'il porte la robe de l'avocat, la soutane du curé, le pantalon du boucher, le bonnet du pâtissier... La veuve porte le deuil de son mari comme le maître d'hôtel ou le cocher portent la livrée de leur maître. À tous les niveaux, la position d'un homme dans la société doit être claire et identifiable, et qui voudrait s'y soustraire se rendrait aussi suspect que l'avaient été nos « coquins » du Moyen Âge.

À cette appartenance socio-professionnelle s'ajoute celle à un milieu spatial. On a vu comment, au Moyen Âge, les liens d'homme à homme avaient prévalu : tout homme était lié à un autre, depuis le vassal – homme-lige du suzerain, auquel il avait prêté serment lors d'une cérémonie officielle – jusqu'au serf, appartenant quasiment à son seigneur, au point qu'on le désigne comme « l'homme-le-comte », « l'homme-le-duc » ou « l'homme-l'évêque ». Peu à peu, cependant, l'individu a été de plus en plus désigné en fonction de son origine géographique : si, longtemps, l'on n'avait pas eu conscience d'être français et à peine plus celle d'être lorrain, normand ou auvergnat, on était l'homme d'une seigneurie et d'une paroisse. Nos noms de famille en témoignent, avec quantité de Normand, Derouen, Lyonnais, Darras, ou beaucoup d'autres se référant au village d'où l'on était originaire, comme Demoreuil ou Moreuil, Dambreville, Demailly... Le nom d'un village ou d'une paroisse était la base de l'identité. Le nouveau venu l'oubliait rarement lorsqu'il se présentait.

Les cadres de la seigneurie et de la paroisse étaient pesants (on se souvient des difficultés à aller se marier en dehors de l'une ou de l'autre) ; celui de la commune, imbriquée dans une carte administrative la reliant elle-même à un chef-lieu de canton, à une sous-préfecture et à une préfecture, le sera tout autant. Cette appartenance géographique est encore plus ressentie lorsque, depuis la nuit des temps, des villes ou des paroisses sont en rivalité. Il n'est qu'à penser aux disputes pour les cloches ou aux luttes des gars de Longeverne contre ceux de Velrans, immortalisées par Louis Pergaud dans *La Guerre des boutons*. Ces tensions, qui se sont parfois réglées lors de parties de *soule*, l'ancêtre de notre football, où les supporters pouvaient envahir le pré et s'étriper à cœur joie, ont été aussi à l'origine des batailles de conscrits. Lorsqu'au printemps ceux-ci, courant les routes à la recherche de verres de vin et de filles, rencontrent, à une croisée de chemins, ceux du village voisin, les deux groupes, généralement en état d'ébriété avancée, en arrivent vite aux poings, après s'être envoyé à la figure des injures séculaires. Les habitants de chaque commune se voyaient en effet presque toujours nantis par ceux des villages voisins de surnoms désobligeants. En Lorraine, les habitants de Mazerolles étaient ainsi surnommés les « soies de porc », ceux de Moncel-sur-Salle les « culs crottés », ceux de Sorneville les « plaideurs », ceux d'Athienville les « bigots »... Il en allait ainsi dans toutes les régions de France, à tel point que prononcer un de ces surnoms, lors d'un bal, d'un mariage ou d'une partie de soule (et cela ne manquait jamais d'arriver) suffisait souvent à déclencher une bataille rangée. Au contraire, le fait d'habiter un même lieu ou d'être originaire d'une même paroisse rapproche presque toujours : on sait qu'« avec l'ami Bidasse on n's'ennuie jamais, attendu qu'on est tous deux natifs d'Arras ».

« *Jamais femme ni cochon ne doit quitter la maison* »

L'homme et la femme appartiennent longtemps à deux mondes sinon différents, du moins distincts. À l'église, comme ensuite à l'école, chaque sexe a son territoire, sa travée ou son bâtiment. À la ferme, dans bien des régions, hommes et femmes mangent séparément. Les hommes sont servis comme des hôtes, avec tous les égards dus aux invités, par les femmes, qui restent débout et quasiment au garde-à-vous. À l'extérieur, chacun a ses espaces : seuls les hommes vont aux foires. Les femmes ne vont ni en ville, ni même – dans les régions d'habitat dispersé – au village où beaucoup ne vont qu'à l'occasion des noces où elles sont invitées. Une fille qui a peu de famille pourra ainsi n'y aller que le jour de son propre mariage, en plus d'y avoir été amenée par son père, le jour même ou le lendemain de sa naissance, pour recevoir le baptême. Elle y repassera bien sûr, un jour, pour y être inhumée au cimetière. Aucune, d'ailleurs, ne le conteste. Il en a toujours été ainsi et c'est presque pour elle un point d'honneur. Un adage ne le rappelle-t-il pas ? « Jamais femme ni cochon ne doit quitter la maison » !

Chaque sexe a donc son espace et son univers. « Les femmes à la maison, comme les chiens ; les hommes à la rue, comme les chats », dit-on en Gascogne, et de là découle toute une gestion à la fois de l'espace et du travail. Les hommes règnent sur les prés, les vignes, les champs, la cour de ferme et les étables ; les femmes sur la maison (avec la responsabilité, à la fois concrète et symbolique, de l'âtre et du foyer), le jardin et la basse-cour. C'est leur périmètre, dont elles ne doivent pas sortir seules, sauf au temps des gros travaux – fenaisons, moissons et vendanges – où elles sont traditionnellement présentes et actives sur le théâtre des opérations, et à l'exception d'espaces strictement féminins, où elles se rendront de préférence à deux ou à plusieurs et seront certaines de se retrouver entre femmes. Comme la forge, l'auberge, le moulin sont ce que nos sociologues appellent des lieux de sociabilité masculins, où les hommes participent à la vie publique (ils seront plus d'un siècle durant les seuls à avoir le droit de vote) ; le lavoir, le puits ou la fontaine sont des lieux de sociabilité féminins, où les femmes commentent de préférence la vie privée.

Dans la rue, il est bien vu que l'homme s'arrête pour bavarder. La femme, elle, ne doit faire que passer, le regard baissé. Le balai est le sceptre de la femme, alors que l'homme, réputé plus robuste, assume les travaux pénibles. À sa femme le fuseau, à lui la charrue et l'autorité sur les bœufs. Lois et coutumes confirment tout cela. L'épouse, le plus souvent considérée juridiquement comme une personne mineure, doit respect et obéissance à son mari. Elle ne peut engager de démarche officielle sans son autorisation expresse et ne saurait même librement gérer seule et en personne l'héritage qu'elle a reçu de ses parents. « Qui a mari a seigneur », dit un adage qui a ses déclinaisons régionales. « Le chapeau doit commander à la coiffe », dit-on en Bretagne ; « quand le coq a chanté, la femme doit se taire », entend-on en Picardie.

D'abord fille de son père, puis épouse de son mari, au fil de sa vie comme au fil de la journée, la femme obéit à l'homme. Que celui-ci ordonne : « Femme, du vin ! Femme, du boudin ! », elle s'empresse de le satisfaire. Tout est prévu, même les cas de maris ou d'hommes faibles et influençables : « À toute heure, chien pisse et femme pleure », rappellent les pères à leurs fils. Et qui contreviendrait à cet ordre des choses serait désapprouvé et sanctionné. Qu'un mari reçoive des coups de balai ou de bâton, non seulement on ne le plaint pas, mais la communauté tout entière se ligue pour le stigmatiser. On verra de même que ce n'est pas à la femme adultère que l'on jettera la pierre, mais à son mari...

En fait, maris et femmes n'ont pas grand-chose à partager ni grands propos à échanger, hormis, quand ils sont jeunes, ces quelques mots d'amour que l'Église interdit...

Mais nul ne semble souffrir de cette ségrégation, et cela d'autant plus qu'il la connaît ou la subit depuis l'enfance. Après quelques années de « propédeutique » passées en commun, chacun a tôt fait de rejoindre son camp.

Du berceau à la tombe : histoires d'oies et de culottes

Du bébé joufflu au vieillard chenu, l'odyssée humaine semble avoir été universellement et comme éternellement la même.

Les vieux Schnocks et la gauche

Qui est aujourd'hui *vieux comme Hérode* ou *comme Mathusalem* est facilement traité de *vieux Schnock*...

Pourquoi Hérode ? Aucun des personnages historiques de ce nom ne s'illustra par une particulière longévité. L'expression signifie en fait « assez vieux pour remonter au temps d'Hérode », ce roi d'Israël qui entreprit, vers 20 avant Jésus-Christ, de reconstruire le temple de Jérusalem et qui décida le massacre des Innocents, destiné à éliminer l'Enfant Jésus. On dit aussi *vieux comme les rues* ou *comme les chemins*, pour quelque chose qui n'est pas nouveau et souvent un peu démodé. La référence à Mathusalem est, elle, beaucoup plus claire et logique. Ce patriarche de la Bible détient le record de longévité de ses semblables. Si ses dix homologues, d'Adam à Abraham, vécurent presque tous, selon le livre de la Genèse, plusieurs centaines d'années, Mathusalem emporte en effet le record absolu, avec 969 ans ! La question est ici de savoir si ces ans sont bien les mêmes que les nôtres... Quant au vieux Schnock, il semble être sorti sous le Second Empire d'une chanson alsacienne (*Hans im Schnokeloch*), racontant l'histoire d'un vieil homme un peu lourd.

Quelle que soit l'étymologie de son nom, le « vieux Schnock » ne devrait pas tarder à *casser sa pipe*, expression employée à l'origine par allusion aux pipes à bon marché, en terre blanche, que fumaient les ouvriers, et qui étaient particulièrement fragiles. On dit aussi *passer l'arme à gauche*, en référence à l'apprentissage militaire du maniement des armes, où le temps de présentation, au garde-à-vous et arme au bras droit, devient souvent pénible lorsqu'il est prolongé, et fait donc attendre avec impatience le temps suivant, où l'on pourra changer de bras et connaître le repos (ici, éternel...).

La gauche, soit dit en passant, a elle aussi toute une histoire, du moins avec celle de l'opposition « droite-gauche »... Dès l'Antiquité, la droite est de bon augure et la gauche de mauvaise. La droite sera donc reservée aux élus, aux hommes ; la gauche aux Enfers... et aux femmes. Ce qui est fait de la main droite est parfait, ce qui l'est de la gauche est impur et suspect. Le diable et le sorcier, lorsqu'ils se signent, le font bien sûr de la gauche... De ce fait, le bâtard devient l'enfant *du bras gauche*, et les lois de l'héraldique (c'est-à-dire du blason) voulaient que le bâtard noble ajoutât aux armes de son père une « barre », symbolique, qui traversait l'écu... de la gauche vers la droite.

Tant qu'il a « de la graisse au menton » (c'était la première enfance), l'enfant se voit confié au soin des femmes. C'est une femme qui le surveille dans son berceau – quand on a les moyens d'en avoir un, de préférence un berceau à patins, qui permet de le balancer lorsqu'il pleure trop longtemps, comme dans la fameuse « canchon dormoise » du *P'tit Quinquin*. De même, c'est à dos de femme que le marmot effectue ses premières sorties, lorsque sa mère se rend au puits ou au jardin, quitte à se voir enfourné, à la maison, dans une espèce de grande boîte en bois, suspendue à un solide clou fiché dans le mur. Longtemps, garçons et filles restent dans le monde des femmes, tous uniformément vêtus – jusque dans années 1920 – d'une sorte de robe unisexe, et plus ou moins occupés à jouer avec des bûchettes de bois, des chiffons ou des chats, les plus âgés courant au-dehors pour attraper grillons, sauterelles ou cigales.

Tout change le jour de la première culotte, à ce que l'on appelle « l'âge de raison » ou encore « de discrétion », soit vers la septième année, lorsque l'enfant devient capable de « discerner ». Tout bascule rapidement. De ce jour, tant que l'école n'a pas été fondée et rendue obligatoire, chacun est pris en charge par le groupe correspondant à son sexe, qui va immédiatement lui donner une utilité sociale. Pas de jouets ni de poupée, les filles aident à la préparation des repas et aux activités domestiques et ménagères, surveillant notamment les enfants plus jeunes. Elles sont vouées à la garde des oies, puis des moutons, comme les garçons à celle des cochons puis des vaches. Dès qu'ils le peuvent, les fils d'artisans ou de paysans participent au travail de leur communauté. À tous égards et dans tous les milieux, l'enfant est considéré comme un adulte en réduction : non seulement il participe aux occupations des adultes, mais il en adopte les tenues vestimentaires.

Cette seconde enfance durera jusqu'à l'adolescence et la puberté – c'est-à-dire, selon les temps, jusqu'à la communion ou au certificat d'études, qui plus tard terminera le cursus scolaire obligatoire, soit jusqu'à l'âge où, vers onze à douze ans, les garçons mettront des pantalons. Commence alors le temps du travail sérieux, avec la mise en apprentissage, le placement comme domestique ou valet de ferme, la location à la journée, et pour les enfants de laboureurs ou de la plupart des artisans, le travail avec les parents, dans les champs, à l'auberge ou à la forge paternelle.

L'adolescence est l'étape de la vie où le rattachement à la tranche d'âge est le plus fort. Chaque paroisse, chaque hameau, possède sa ou ses bandes, qui se reforment à la messe, au cabaret, au bal, et vont vite se partager les filles à courtiser, le mariage étant l'objectif principal. Ce sont ces célibataires, en âge de se marier, qui animeront les fêtes paroissiales et traditionnelles, comme celles des feux de la Saint-Jean ou du carnaval ; eux qui organiseront les charivaris.

La tranche d'âge suivante est celles des jeunes mariés, évidemment beaucoup moins libres de leurs mouvements, chacun occupant, à la maison, la place qui doit lui revenir. Elle apparaît comme une tranche d'âge transitoire, dans l'attente d'une descendance qui fera rejoindre alors, et pour longtemps, la société des couples et des parents. Marié parfois à dix-huit ou vingt ans, notre couple aura des enfants presque tous les ans durant une bonne vingtaine d'années. De ce fait, les cadets seront le plus souvent de l'âge de leurs neveux et nièces, enfants de leurs frères ou sœurs aînés. Voilà aussi pourquoi et comment le nourrisson est souvent élevé, parfois même allaité, par une femme du groupe féminin formant la maisonnée, ménages et générations cohabitant fréquemment sous le même toit.

Arrivent enfin les vieillards. Entendons par là ceux qui ne sont plus en état d'assumer les tâches que doivent fournir les adultes, d'apporter le juste équivalent de leur nourriture, et qui, de ce fait, ne sauraient continuer à commander. La plupart du temps, ils restent à la maison. Il n'y a pas de maison de retraite et les rares hospices, en ville, aux mains d'ordres religieux, accueillent par charité les miséreux sans feu ni lieu, en situation plus que précaire, et le plus souvent débiles, séniles ou grabataires. En 1784, dans le Maine, les enfants et parents de l'ancien fermier Louis Porteboeuf, désormais journalier, mais âgé et incapable d'assurer son indépendance, passeront convention devant notaire pour lui assurer une vieillesse décente...

Ces vieillards, alors nombreux, particulièrement à la campagne, auront aussi longtemps que possible une place au plan de la production. Âgés, les hommes effectuent encore des travaux de vannerie ou de tissage, les femmes de menus ouvrages de filage ou de raccommodage. Beaucoup partagent avec les enfants le gardiennage des troupeaux ; ils les font profiter de leur expérience et leur content des histoires de grands-parents, dont ils ne pourront cependant pas profiter très longtemps. On est en effet frappé, lorsqu'on regarde les généalogies de personnes nées avant 1920, notamment dans des milieux plus urbains et bourgeois (où les hommes, il est vrai, se mariaient tard), de constater qu'elles ont peu – ou pas – connu leurs grands-parents, et particulièrement leurs grands-pères. Alain-Fournier, Bernanos, Cocteau, Defferre, Chevalier, Matisse, Proust, Claudel, l'abbé Pierre... n'ont jamais connu leur grand-père paternel et le général de Gaulle n'avait, sur ses quatre grands-parents, connu qu'une seule grand-mère. On est loin des premiers communiants d'aujourd'hui entourés non seulement de leurs quatre grands-parents, mais bien souvent de quatre ou cinq arrière-grands-parents... Le monde d'autrefois ignorait notre pourcentage croissant de nonagénaires et de centenaires.

Les centenaires sont-ils propres à notre époque ?

Jeanne Calment, décédée en 1997 dans sa cent-vingt-troisième année, semble avoir établi un record difficile à battre. Mais s'est-on déjà demandé si ce record en était bien un ?

Apparemment oui : quelques années plus tôt, en 1986, Eugénie Roux s'était éteinte à l'âge de 112 ans, après que Julia Tessier, en 1982, eut franchi le cap des 113...

Les « collectionneurs de centenaires » (il y en a !) s'étaient à peu près arrêtés là, persuadés que les siècles passés n'avaient pu en connaître. Qu'en est-il exactement ?

Il arrive, certes, aux généalogistes de rencontrer, dans les anciens registres paroissiaux, des actes de sépulture dans lesquels les curés indiquent que le défunt était âgé d'environ cent ans. Mais ils n'y prêtent guère foi : nos ancêtres ne mémorisant jamais, autrefois, leur date de naissance, les âges – surtout ceux des vieillards – étaient toujours extrêmement imprécis. Dans la plupart des cas, une formule de ce genre pouvait avoir été mentionnée alors que le défunt n'avait que 86 ou 87 ans.

Pourtant, un généalogiste breton a récemment découvert une doyenne possible de l'humanité ayant vécu... au XVIIe siècle !

Le 18 mars 1694, messire Guillaume Leclech, curé de La Chapelle-sur-Erdre, commune de l'actuelle agglomération nantaise, écrivait avoir « *inhumé dans le cimetier de céans le corps de Jeanne Mulonière, aagée de cent quatorzes ans (...) et décédée d'hyer au village de Mogendrière en cette paroisse, chez Jean Maisonneuve, son gendre* ». La découverte était d'autant plus remarquable qu'à cette époque l'espérance moyenne de vie, même si elle était faussée par l'énorme taux de mortalité infantile, était d'à peine trente ans. Elle est pourtant loin d'être homologable : des recherches plus poussées ont révélé qu'il avait existé deux Jeanne Mulonnière, toutes deux sœurs, nées respectivement en 1581 et 1599 (l'homonymie entre frères ou sœurs était autrefois fréquente, notamment du fait que les aînés parrainaient souvent les cadets). La question est donc de savoir laquelle des deux avait été inhumée en 1694...

Que penser, enfin, du cas signalé par un notable du Finistère, évoquant en 1794 un certain Jean Causeur, « natif de la paroisse de Ploumoguer-en-Léon, mort à Saint-Mathieu, près de Brest, le 10 juillet 1775, âgé de 137 ans » (!). « Sage et frugal, il n'avait de répugnance pour aucune boisson, mais ne se permettait aucun excès. Sa barbe avait été remplacée par un léger poil follet ; ses yeux avaient presque disparu. À l'âge de cent vingt ans, il se rasait lui-même et entendait encore la grand'messe à genoux... »

Quand le célibataire empêchait de tourner rond

Cette répartition par sexe et par tranches d'âges induit qu'au sein des fréquentes grandes cohabitations forcées, chacun doit non seulement apporter sa part de travail à son groupe mais aussi assurer une part équivalente dans le groupe de l'autre sexe. Voilà pourquoi le célibataire dérange et pourquoi il est rare.

Hormis le cas d'un enfant handicapé, physique ou mental, lequel vit alors rarement âgé, et du gars qui s'est laissé saouler et enrôler par un sergent recruteur de passage et a rejoint l'armée ; hormis, évidemment, les religieux, réguliers ou séculiers, qui ont une place particulière dans la société, les célibataires sont inconnus. On leur laisse d'autant moins de place que l'Église – toujours elle ! – réprouve le célibat prolongé, toujours soupçonné d'immoralité puisqu'il refuse le précepte divin de procréation. De la même façon, le couple resté stérile est alors estimé « maudit ».

Les rares célibataires se voient donc plus ou moins condamnés à la marginalisation. On les trouve demi-errants, dans les villes, exerçant quelque modeste activité de revendeur ambulant, chevrier proposant du lait, marchand de balais, de marrons ou de peaux de lapin... Ils viennent souvent d'une région lointaine, comme le maçon creusois ou le pionnier du Velay qui n'a pas eu les moyens de regagner son pays, souvent à la suite d'un accident l'ayant rendu incapable de faire le trajet à pied. Isolé, et souvent qui plus est étranger : mille raisons empêchent le célibataire de s'intégrer.

Il n'est pas concevable qu'un homme reste veuf. Qui a eu sa femme emportée par une fièvre puerpérale à la suite d'une de ses couches annuelles doit se remarier. Lorsqu'il est seul, le veuf doit avoir une femme pour tenir son ménage. Le veuf ou la veuve épouse donc une veuve ou un veuf, et ils élèveront leurs enfants en commun, quitte à essayer, plus tard, de les marier entre eux. S'il vit au sein d'une des traditionnelles familles élargies, on préfère lui voir épouser un ou une célibataire, afin de rétablir l'équilibre des producteurs, sans augmenter pour autant le nombre des enfants à charge. Car le veuvage entraîne un déséquilibre domestique plus grave encore que celui provoqué par le célibat. Fréquemment nanti de quatre ou cinq enfants en bas âge, incapables d'assurer une part du travail du groupe des femmes, le veuf vaut au groupe un énorme surcroît de charges.

Les remariages, voire les troisièmes noces, sont donc rapides. Il en va évidemment de même pour la femme devenue veuve. On aboutit parfois à des remariages répétés, certains hommes pouvant avoir eu quatre, voire cinq épouses successives, ou à d'étonnantes unions en chaîne, impliquant cinq à six couples successifs, d'où des familles qui enflent et des situations familiales pour le moins complexes. Le cas de Nicolas Maillard, d'Haveluy, s'il reste exceptionnel, n'en est pas moins logique : ce garde de la seigneurie du lieu s'est, au cours du XVIIIe siècle, marié cinq fois dont la dernière à l'âge de soixante-dix-neuf ans, et quatre de ses épouses étaient des veuves avec enfants. À Béré, en Loire-Atlantique, Matthieu Laurent convolera, lui, six fois entre 1669 et 1701, soit entre 26 et 58 ans, et sera, par ces six lits, père de quatorze enfants...

Un père de trente-huit enfants !

Avant que ne se répandent, à la fin du XVIIIe siècle, les « funestes secrets » condamnés par l'Église, nos ancêtres appliquant l'Évangile « croissaient et multipliaient », au point que les démographes ont vu dans les habitudes de mariage tardif un ersatz pratique et efficace de planning familial.

Jusqu'au milieu du XIXe siècle, villageois, paysans, petits artisans – bref presque tous les ménages d'antan – ont donc engendré beaucoup d'enfants. Les paroissiennes de Crulai, petit village de l'Orne, entre 1680 et 1740, lorsqu'elles ne mouraient pas en couches, donnaient à peu près le jour (ce n'est là qu'une moyenne) à neuf ou dix enfants. Pour peu qu'un homme ayant perdu une première épouse en ait épousé une plus jeune, il pouvait donc facilement être le père d'une bonne douzaine d'enfants. Mais les femmes de Crulai, comme la plupart des paysannes de l'époque, allaitaient elles-mêmes leurs bébés et, de ce fait, passaient par des intervalles d'infertilité. À l'inverse, les bourgeoises de la région de L'Aigle ou d'Alençon, prenaient à la même époque l'habitude de placer leurs enfants en nourrice à la campagne, donnaient, de ce fait, couramment le jour à quinze ou seize enfants. Gabrielle Pomiers, fille de notaire corrézien est parfaitement représentative des contemporaines de son milieu : mariée à l'âge de seize ans à Jean Bondet, sieur de La Bernardie, bourgeois au Lonzac (âgé de 28 ans, veuf avec un enfant, qui décèdera en 1796), elle se retrouvera seize fois grosse. Dans le Lot-et-Garonne, Catherine Longayrou, fille d'un négociant de Villeneuve-sur-Lot et mariée en 1771 à une relation d'affaires de son père, Claude Lamouroux, lui aussi négociant, mais à Agen, aura vingt-quatre grossesses et donnera le jour à dix-sept enfants, nés entre 1772 et 1800.

Ces chiffres ne constituent pas des records, et il en va de même pour les familles princières et souveraines. Au XIXe siècle, le duc Robert de Parme (grand-père du grand-duc de Luxembourg) n'eut-il pas, en trente-cinq ans, vingt-quatre enfants de ses deux épouses successives, qui lui en donnèrent chacune douze ?

Qui dit mieux ? Le compositeur autrichien Ignace Pleyel était le vingt-quatrième enfant de la première épouse de son père qui, remarié en fit quatorze autres à sa seconde femme, avant de décéder à l'âge de 99 ans !

En 1920, les fondateurs de la Samaritaine créèrent le « Prix Cognacq-Jay », destiné à récompenser les familles nombreuses méritantes, ainsi que la « Médaille de la Famille française », qui a été décernée, à ce jour et dans sa version « or », à environ 100 000 mères de huit enfants et plus.

À la mode de Bretagne ou d'ailleurs : une famille forte et tentaculaire

Après l'ancienne seigneurie, la profession, la paroisse et la commune, le métier et les groupes d'âges, le dernier cadre de vie – le plus pesant et contraignant – est celui de la famille, qu'il ne faut pas entendre au sens étroit et « nucléaire » moderne des parents et de leurs enfants, mais au sens élargi, d'abord à la communauté familiale vivant sous un même toit, puis à une nébuleuse de taille variable, formée de cercles concentriques regroupant parents et alliés, et parfois étendue à celui des voisins.

Autour d'un individu rayonnent en effet plusieurs cercles. Le premier est celui des *compains*, ceux avec lesquels il rompt le pain, à l'origine de nos *compagnons* et de nos plus modernes et plus branchés *copains*, formé par ceux qui vivent sous le même toit. Il est composé de la famille directe, à laquelle peuvent s'ajouter quelques domestiques ou servantes, généralement très intégrés à elle. Peuvent également en faire partie, comme on le verra, des oncles et tantes et des cousins germains, en cas de famille élargie.

Un deuxième cercle est celui de la famille proche : celle avec laquelle on entretient des liens réels, doublant les liens biologiques de liens culturels : fréquentations, entraides, solidarités ou, au contraire, brouilles et hostilités. Selon les régions et les milieux, ce cercle est plus ou moins large. Les liens, qui y sont bien vivants, se manifestent par des invitations aux mariages ou par le fait de suivre les enterrements « dans la famille ». De façon générale et moyenne, ce cercle dépasse rarement le degré de cousins issus de germain : les grands-parents étaient frères et sœurs.

À la génération suivante, on connaît la parenté mais on ne lui donne plus de réalité. Au-delà, on l'ignore, de bonne ou mauvaise foi : la parenté doit avoir un terme, sinon on en arriverait à fréquenter tout le village, et M. le Curé lui-même n'exige plus de demande de dispense pour bénir le mariage de deux jeunes gens cousins à un tel degré. Il n'empêche que certaines régions doivent à des mentalités différentes de cultiver des liens de famille beaucoup plus éloignés.

En Corse, en cas de conflit grave entre deux individus non parents entre eux, les règles de la vendetta rendent solidaires tous leurs parents mâles en âge de porter les armes, et cela jusqu'au degré de cousins issus de germain ainsi que jusqu'aux alliés proches. Mais que les ennemis en vendetta d'un homme s'attaquent à l'un de ses cousins issus de germain, ce sont tous les parents au même degré de ce dernier qui entrent alors en jeu, alimentant un cycle infernal qui faisait dire aux habitants de l'île de Beauté : « Si nous prenons le maquis, on verra que nous sommes nombreux de famille ! »

En Bretagne, où les repas de noces réunissent jusqu'à trois cents personnes de la parenté, la mémoire familiale gère un énorme stock de parentés, avec à la fois la *gelfine* ou « famille de la main » (la famille immédiate de notre premier cercle), la *derbfine*, famille certaine, correspondant à notre deuxième cercle, mais encore l'*iarfine* ou « famille lointaine », méconnue ou « rejetée » ailleurs, et même l'*indfine*, autrement dit la famille « de la fin », ignorée partout ailleurs et correspondant plus ou moins au cercle qui suit, formé en fait de divers satellites.

Un ultime ensemble, en effet, peut parfois inclure certains parents un peu plus flous, comme les alliés et ceux que l'on appelle les *affins*. Les premiers sont d'autant plus nombreux que les remariages sont, comme on l'a vu, fréquents. Quant aux seconds, ils proviennent des parentés spirituelles générées par le baptême, qui créait *ipso facto* des liens entre les parents du nouveau-né et ses parrain et marraine, comme entre ceux-ci et leur filleul(e) et encore entre ce même parrain et cette même marraine, que l'on dit entre eux *compère* et *commère*. Ces parentés sont d'autant plus ressenties que l'Église, non contente d'interdire les mariages entre cousins par le sang, ramenés il est vrai à partir de 1215 au niveau plus raisonnable et plus gérable du quatrième degré (avec des mariés ayant alors leurs grands-parents cousins germains), interdit également les unions entre alliés aux mêmes degrés, comme entre filleul et marraine, entre le père et la marraine d'un même enfant, enfin entre un « compère » et sa « commère ». Il ne manque plus, finalement, que les voisins, répartis en fait à la fois dans la communauté paroissiale ou communale, lorsqu'ils n'appartiennent pas, plus ou moins inévitablement, à l'un de nos cercles de la parenté.

Mais les familles sont d'autant plus nombreuses que nos ancêtres avaient très tôt pris l'habitude, non seulement de se regrouper dans des fermes et des hameaux, mais aussi de vivre sous un même toit. Certains historiens ont estimé que cette tendance avait été encouragée et renforcée, à la fin du Moyen Âge, par la fameuse « mainmorte » obligeant les héritiers du manant à payer au seigneur un lourd droit de succession. À cela, nos ancêtres auraient trouvé une parade en vivant au sein de communautés qui, considérées juridiquement comme des entités, avaient substitué au tenancier, personne physique, le groupe familial en perpétuelle continuation. Quoi qu'il en soit, dans la plupart des régions, les familles ont eu longtemps l'habitude de cohabiter, entre le ménage des parents et celui ou ceux des enfants, vivant dans le cadre de ce que l'on avait coutume d'appeler les « communautés taisibles ». Un mode de vie qui pouvait d'ailleurs s'observer également en ville, où bien des familles d'artisans, à l'instar de leurs cousins des campagnes, vivaient selon la belle formule consacrée « à même pot et même feu ».

Ces modes de vie ont souvent perduré, dans nos campagnes, jusqu'à la fin des années 60, soit jusqu'à ce que les retraites de la Sécurité sociale, les aides à l'aménagement des logements et, d'une façon ou d'une autre, le progrès et la télévision fassent ressentir le besoin de séparer les générations et en apportent les moyens.

« Vivre à même pain et même feu »

On les appelait parfois *frèrêches* ou *affrèrements*, mais le plus souvent *communautés taisibles*, c'est-à-dire tacites, parce que leurs membres n'y avaient guère que le droit... de se taire.

Nées d'un mode de vie quasiment généralisé – celui de la famille dite large ou « moléculaire », par opposition à notre famille conjugale réduite à son noyau de base et dite « nucléaire » –, ces communautés, qui en étaient la forme extrême, ont été longtemps très répandues dans le Centre, en Auvergne et au sud de la Bourgogne, au point d'être systématiques en Bourbonnais et dans les régions périphériques.

Il s'agissait de familles nombreuses, fortement structurées et hiérarchisées, où la vie tout entière était minutieusement et autoritairement réglée. Elles rassemblaient des frères et leurs parents, parfois des cousins, souvent appelés *communiers* ou *parsonniers* (c'est-à-dire « partageants »), qui étaient soumis à un maître nommé ou élu, seul détenteur du pouvoir économique et parfois secondé d'une maîtresse. Lors des contrats de mariage, une clause précisait que le futur époux irait faire sa résidence dans la maison du beau-père, où il devrait travailler et vivre « en communion » et selon la formule consacrée « à même pot et même feu » ou « à même pain et même pot... », ajoutant parfois le « même sel », tant cette denrée était alors rare et chère.

Pour éviter tout morcellement des biens fonciers, on avait pris l'habitude d'organiser des mariages au sein même de la communauté ou d'effectuer des échanges matrimoniaux croisés avec une communauté voisine. Ainsi, chez les Ferrier, à Escoutoux, dans l'Allier, on relève, en 1609, trois mariages célébrés le même jour entre *communiers*, quatre mariages un même jour de 1716, et cinq encore, beaucoup plus tard, en 1854. La plus grande et la plus fameuse de ces communautés, celle des Quittard-Pinon, établie près de Thiers, aurait obtenu du pape Léon X, au début du XVIIe siècle, une dispense permanente de parenté pour mariage. Il s'ensuivait évidemment des imbroglios de parentés qui font le bonheur des généalogistes tout en défiant les logiciels les plus performants.

Ces communautés disparurent le plus souvent au cours de la première moitié du XIXe siècle, victimes des principes égalitaires promus par le Code civil. De ces curieuses institutions, il subsiste aujourd'hui quelques rares vestiges architecturaux, identifiables par d'immenses salles communes entourées de petites cellules qui servaient de chambres conjugales, et surtout quantité de noms de lieux en *les* suivi d'un nom de famille (« Les Boissots », « Les Beaudins »...), témoins, dans ces régions, de leur implantation remontant fréquemment à l'époque de la Renaissance.

Le « front des armoires » : intimité et xénophobie

Mais entrons dans la maison. Au fil des siècles, la surface au sol n'a guère changé et le nombre des pièces a peu varié. En milieu rural, l'immense majorité de nos ancêtres vivent dans une seule pièce, à la fois cuisine, salle à manger et séjour (à l'occasion salle de bains) et encore chambre, ou plutôt dortoir. Peu meublée, on voit tout autour de ses murs se succèder la rangée des lits, entre lesquels viendront plus tard des armoires, offrant aux yeux du visiteur un « front » assez imposant. Les lits eux-mêmes sont souvent sommaires et misérables et chacun n'y a pas toujours sa place, les domestiques ou les adolescents étant volontiers relégués sur la paille de l'étable...

On a du mal, aujourd'hui, à se représenter les nuits passées dans ces pièces évidemment dépourvues de tout système de climatisation et d'aération. Toutes les générations réunies sous le même toit dorment ou tentent de dormir dans cette rangée de lits, en nombre généralement insuffisant et que l'on doit se partager. Les enfants, toujours nombreux, couchent tête-bêche sur une simple paillasse à même le sol. Les bébés poussent des cris lors de leurs coliques ou lorsqu'ils font leurs dents ; à leur côté, des vieillards agonisent, tandis que des jeunes mariés accomplissent plus ou moins discrètement leur devoir conjugal, au vu et au su de la famille. C'est seulement à partir du XVIe siècle que ces lits vont se voir de plus en plus fréquemment munis de rideaux, si ce n'est de portes, comme les « lits clos », protégeant un peu mieux du froid et surtout de la promiscuité. On retrouve ici nos ancêtres condamnés à cohabiter dans un loft !

« Dressons la table » et sortons les « cuissins »

Dans le donjon du seigneur, les lits étaient souvent très larges, pour que l'on pût y coucher à plusieurs, et la table, au moment des repas, n'était qu'une planche de bois que l'on « dressait » sur des tréteaux et que l'on recouvrait d'un drap, d'où nos expressions *dresser la table* et *mettre le couvert*. Du mobilier du paysan de l'époque, mieux vaut sans doute ne rien dire...

Longtemps, il restera très sommaire. Celui d'Edme Rétif, paysan aisé du Tonnerrois de la fin du XVIIe siècle, se compose de douze chaises de paille, deux tables, deux armoires, un prie-Dieu et un tableau de la Vierge. Même s'il n'inclut pas ces meubles à tiroirs que l'on trouvait chez les bourgeois et que l'on nommait des « cabinets », le décor n'en est pas moins cossu. Ses voisins, plus modestes, couchent directement sur la paille, posée sur le sol de terre battue. Quel luxe que la chambre du curé Foudriat, au presbytère, avec son lit « à la duchesse », son miroir à cadre rouge, ses estampes et... son baromètre !

Le lit sera lent à évoluer. Composé de son *chalis*, désignant notre bois de lit, généralement grossièrement taillé dans du bois brut, il va peu à peu s'équiper de *courtines* et de rideaux (et même de *gardejours*) pour assurer chaleur, obscurité et éventuellement intimité. Le *lit* proprement dit est une sorte de housse bourrée de paille, de crin ou de balle d'avoine, voire une *couette* ou un *cuissin* (ancêtre de notre coussin), exclusivement de plumes, à quoi on ajoutait des *couvertes* et des *linceux* (draps de lits à l'origine en lin) ou des draps, quant à eux en laine.

De façon générale, le mobilier du Français moyen était plus que sommaire. Longtemps, la table continuera à être « dressée », avant de recevoir ses pieds et des tiroirs, souvent à glissière, où l'on pourra ranger la sommaire et rare vaisselle de terre et conserver la miche de pain. Tout autour, on avait des bancs, ou *bancels*, grossièrement équarris, et des coffres, qui ont été, des siècles durant, la principale pièce d'ameublement.

Héritier de l'ancienne huche médiévale, là simple « caisse sapine », ailleurs « coffre de bois de châtaignier ou de chesne » ou d'un bois fruitier local, ce coffre est presque toujours « ferré et fermant à clé » (la serrurerie est alors un art aussi cher que l'est aujourd'hui l'informatique). Entrant presque toujours dans la composition des dots et trousseaux des mariées, ce coffre sera, dans le courant du XVIIIe siècle, peu à peu remplacé par l'armoire, au fronton de laquelle on fera éventuellement graver les initiales des mariés ou l'année de leur mariage. Ce n'est que plus tard que se répandra la plus fonctionnelle « commode » et, luxe des luxes, rêve des rêves, l'horloge.

De ces modes de vie, de toute cette organisation, immuablement et universellement acceptée, découlent avantages et inconvénients.

L'intimité n'existe pas. À aucun moment de la journée ni de la nuit l'individu ne se retrouve seul. Pas plus au lit qu'au bain, qui reste inconnu des ruraux, sauf en plein été, où il est possible en rivière mais ne les attire guère. Pas plus aux toilettes, tout aussi inconnues : on fait ses besoins à l'étable ou derrière une haie, et les premiers cabinets d'aisance, construits dans les jardins, présenteront d'ailleurs souvent deux cuvettes côte à côte, pour une meilleure utilisation dans les familles nombreuses. Mieux : à Versailles, les passages sur la « chaise d'affaires » auront carrément lieu en public.

À l'absence totale d'intimité correspond une absence tout aussi totale d'anonymat. L'individu est toujours parfaitement situé, comme fils d'un tel, habitant de telle maison ou de telle ferme. Dans le Sud-Ouest, l'*oustau* est le repère premier. L'homme appartient à tel et tel groupes. Dans tous ces cercles, le plus souvent, il ne vit pas sous son nom de famille, puisque celui-ci, on l'a vu, restera longtemps inexistant. Une fois qu'il en aura un, *via* le surnom forgé par la communauté de ses ancêtres, il continuera d'ailleurs presque toujours à se voir désigner, dans tous les actes du quotidien, sous son seul prénom. Seuls le notaire, l'agent du seigneur ou le régisseur, le curé puis le maire, le désigneront par son nom de famille. Tous les autres continueront à l'appeler Jean, Pierre, Antoine, Jacques ou d'un des multiples et étranges ou insolites noms de baptême qui eurent longtemps volontiers cours.

Allo, Azor : des prénoms à coucher dehors

Si les prénoms les plus portés aujourd'hui sont Michel et Nathalie et si ceux les plus donnés ces dernières années ont été Thomas et Léa, nos ancêtres ne se sont pas toujours appelés Jean et Marie.

Depuis toujours, les prénoms ont obéi à des modes. Nos noms de famille en témoignent avec des légions de Bernard, Thomas – déjà lui ! –, Richard, Robert, Laurent, Michel, Bertrand, Hugues, Guillaume... tous dus à l'origine à des ancêtres ainsi prénommés, ayant vécu aux environs du XIIe siècle.

Beaucoup nous sont cependant parvenus sous des formes diverses, mis souvent à la sauce régionale, comme Vuillaume et Guillem, variantes de Guillaume à l'est et au sud. D'autres sont des noms de baptême depuis longtemps oubliés, souvent tirés des anciens répertoires germaniques. Attention : le fait qu'un de nos ancêtres ait porté un tel nom ne signifie en rien qu'il ait été d'origine germanique. Pas plus qu'un enfant baptisé aujourd'hui Kevin ou Bryan ne sera irlandais. Giraud, Garnier, Guérin, Lambert, Bonnet... et des centaines d'autres avaient alors cours comme noms de baptême. Il n'est qu'à songer aux paroisses Saint-Lambert ou Saint-Bonnet. La liste des saints a connu des inflations !

Par ailleurs, tous les noms de baptême étaient sujets à des diminutifs en tout genre : diminutifs classiques (Hugon pour Hugues, donnant à son tour des Hugonnet, Higonnin..., ou Perrin pour Pierre, d'où Perrinet...), par « aphérèses » (Naudin sur Arnaud, Colin sur Nicolas, Gonet sur Hugonnet...) ou par contraction (Vial pour Vital, Huet pour Hugonnet...).

Autre surprise : même notre Durand, qui n'est que cinquième au « top 50 » des noms les plus portés (derrière Martin, Bernard, Thomas et Petit – Dupont n'arrivant que... 28e), figurait au nombre de ces noms de baptême qui nous semblent étranges. Pourtant, lorsque l'on parcourt les archives des XVe, XVIe et XVIIe siècles, on y voit perdurer quantité de ces appellations déroutantes.

En Artois, on trouve au XVIe siècle des centaines d'hommes prénommés Pasquier (dont la fête était... à Pâques), Fremin, Andrieu (simple variante d'André), des dizaines d'Agnieu (venus de l'Agneau pascal) et de Baudechon, et on trouve encore des Allo, Anseau (ou Ansel), Bardin, Buchon, Clairon, Frion, Garin, Huchon, Jury, Mansart, Mellon, Vallerand... Deux siècles plus tôt, en Bas-Vivarais, on relevait les prénoms d'Artaud, Gilet, Godon... et quantité de Durand, de Mondon et de Rostang. Au lendemain de la guerre de Trente Ans, certains Francs-Comtois se prénommaient Belin, Cléry, Ferrieux, Maizelin, Oudot, Parrenin, Thaurin, Vaudrey... Jusqu'à – je l'ai gardé pour la fin – cet Azor Loffrey, recensé au Transloy, dans le Pas-de-Calais, en 1569 !

À l'école, encore, même si le maître républicain prend l'habitude de le nommer Charron Étienne, comme on le fera d'ailleurs au conseil de révision, l'individu reste dans tout le village, « l'Étienne », éventuellement « l'Étienne du Jean », pour le différencier de l'autre Étienne, dont le père se prénomme Louis. Ce n'est que lorsqu'il quittera son milieu d'origine, lorsqu'il fera son « temps » de service militaire à l'autre bout du pays, ou qu'il s'en ira travailler à Paris ou à

Marseille, que le villageois commencera à réellement vivre sous son nom. Voilà pourquoi les porteurs de noms qui nous semblent volontiers particulièrement lourds à porter, comme Chaucouillon, Cocu, Bitaubec, Pissevin ou Chigros, n'ont que très tardivement éprouvé le besoin d'en changer ou de l'alléger.

L'individu est membre de multiples groupes, et d'abord d'une famille, c'est là le minimum. Malheur à qui ne peut être situé sur ce plan, comme l'enfant naturel, qui ne l'est tout au mieux qu'à demi, par sa mère, et reste avant tout un enfant du péché. Honte à lui, à sa mère et à sa famille. Il sera véritablement un paria, dont bien des filles ayant fauté ont été autrefois tentées de se débarrasser, au point qu'Henri II dut les obliger, à titre préventif, à déclarer officiellement leur état. Beaucoup, dès lors, se sont vues contraintes à abandonner leur bébé, selon une procédure qui pouvait certes lui sauver la vie, mais sans l'intégrer pour autant.

Enfants naturels et abandonnés : des êtres non intégrés

Dans cette société où chacun doit avoir une place claire et précise, les enfants naturels sont évidemment exclus.

Considéré comme le fruit du péché, l'enfant de mère célibataire partait dans la vie avec un très lourd handicap, qu'il parvenait rarement à remonter. Encore, sa situation était-elle bien moins dure que celle de l'enfant abandonné.

La plupart des malheureuses filles ayant « fauté » préféraient en effet le plus souvent abandonner purement et simplement le bébé auquel elles donnaient le jour. Elles le faisaient n'importe où : dans le caniveau, sur un tas de fumier (où, au moins, il aurait chaud), mais le plus souvent en ville, afin de lui donner une chance d'être trouvé... et sauvé. La plupart le déposaient donc sur le parvis d'une église ou, dans le « tour » d'un couvent, sorte de porte à tambour aménagée dans l'épaisseur des murs, permettant à la mère de conserver l'anonymat. Celle-ci tirait une sonnette pour avertir de son geste la sœur « tourière », qui venait retirer le bébé, tout en entendant des pas s'éloigner dans la nuit...

Parfois, la mère prenait soin de laisser un éventuel signe de reconnaissance, une médaille, une croix, quelque amulette, ou plus simplement un lange brodé d'initiales. Si elle savait écrire, elle griffonnait un mot malhabile, demandant qu'on le baptise sous tel ou tel prénom. Mais le plus souvent, faute de cette information, c'était l'hôpital ou le curé qui lui choisissait une identité, volontiers arbitraire et fantaisiste, mais finalement sans grande conséquence du fait que la grande majorité de ces enfants ne parvenait pas à l'âge adulte. À la fin du XVIIIe siècle, à Paris, si leur nombre est énorme (7 600 par an en 1770 !), 90 % décèdent avant leur premier anniversaire, surtout en hiver, principalement victimes des conditions dans lesquelles ils ont été abandonnés...

L'enfant né de parents inconnus ou abandonné, nommé au Moyen Âge et à la Renaissance Trouvé, Sauvé, Champi, reçoit aux XVIIe et XVIIIe siècles les appellations les plus fantaisistes. Voici Marie Desbarreaux, passée à travers les barreaux de l'hospice d'Autun, le 24 messidor an V (juillet 1797) ; Georges TXL, ainsi nommé, à Caudebec-lès-Elbeuf, du fait de langes marqués des initiales « TL » séparées par un tiret brodé en forme de croix de Saint-André ; Lucie Bagarre, trouvée, à Paris, en 1893, pendant les émeutes du Quartier Latin, ou les initiales FTN (Fut Trouvé Nu), rencontrées à Épinal. La plupart s'en sortaient heureusement avec pour nom le prénom du saint du jour, sans que cela permette pour autant de conclure que qui porte un prénom pour nom de famille descend automatiquement d'un enfant abandonné. Le cas reste, en proportion, rarissime.

« L'estranger », on l'a dit, inquiète et dérange. Non seulement il n'a pas le même langage, mais on ignore tout de son environnement, c'est-à-dire de ses groupes d'appartenance (famille, profession, hameau) et donc de la place qui est la sienne. Le simple fait qu'il les ait quittés suffit à le rendre suspect. Quitter sa place et son univers, aller affronter l'extérieur qui sera forcément hostile, sont autant de démarches que l'on répugne tellement à faire et qui semblent à ce point « contre nature » que l'on a du mal à croire qu'elles puissent répondre à de bonnes intentions.

Géographiquement, l'étranger commence à la paroisse et au bourg voisins. Est étranger qui n'appartient pas à l'un des groupes auxquels on appartient soi-même ou qui ont droit de cité dans l'environnement immédiat. Et tout étranger est unanimement mis à l'écart, aussi bien dans les relations quotidiennes que dans celles du travail, lorsqu'il cherche un emploi. C'est un peu comme s'il devait accomplir un temps de purgatoire, sauf que ce temps va souvent durer une génération. Étranger, de ce fait, va souvent rimer avec pauvre. Un décret d'août 1701 n'affirme-t-il pas qu'est pauvre « celuy qui n'a ny profession, ny métier, ny domicile certain, ny lieu pour subsister et qui n'est avoué et ne peut faire certifier de ses bonnes vies et mœurs par personne digne de foy ».

Ni trop près, ni trop loin : endogamie et solidarité

L'étranger, même s'il n'est pas pauvre et qu'il a un métier, même s'il a un domicile et peut produire un certificat de baptême, n'a aucune chance de se marier dans les familles autochtones. La famille récemment installée en un lieu a du mal à se trouver des gendres et des brus. Pierre Durand, qui, en 1698, quitte avec ses frères et sœurs son village du Gâtinais pour aller exercer son métier de charpentier à Châteaudun, une petite ville de Beauce située à peine à 50 kilomètres, ne trouvera pas de Dunoise à épouser. Comme tout nouvel arrivant dans une communauté, on le verra épouser la fille d'une autre famille d'implantation récente, fille d'un charpentier, et il faudra attendre plusieurs générations pour voir ses descendants s'allier enfin aux anciennes familles de la cité.

Méfiants à l'égard des étrangers, nos ancêtres ont de toute façon une horreur obsessionnelle des mariages hétérogènes et n'entendent se marier que dans leur milieu. Non seulement dans leur milieu géographique (autrefois seigneurie, puis paroisse) mais encore dans leur milieu social (un artisan épouse la fille d'un artisan), dans leur milieu professionnel (dans le dernier exemple, entre enfants de charpentiers). À Haveluy, dans le Nord, les fils des gros laboureurs, que l'on nomme des *censiers*, ne sauraient épouser que des filles de censiers, comme le valet de charrue la fille d'un autre valet de charrue. À Paris, sur cinq générations, les descendants de Léger Deligny, maître rôtisseur-traiteur à l'enseigne du Soleil d'Or, rue Saint-Roch, n'épouseront que des enfants d'autres maîtres rôtisseurs-traiteurs, et tous de la rive droite. À Laas, près de Pithiviers, les Dauvois, que l'on y voit se transmettre la profession de charron, sur dix générations, n'épouseront que des filles de charrons. Le mariage homogène est la règle, l'hétérogène, l'exception.

Mieux, on n'hésite pas à chercher sa femme au sein du cercle familial. Un adage l'énonce clairement : « Si tu le peux, marie-toi dans ton village, et si tu le peux, dans ta rue, et si tu le peux dans ta maison. » En Bourgogne, en 1822, le maire des Bizots unit ainsi Joseph Duverne et Marie-Catherine Duverne, dont les deux pères et les deux mères sont tous quatre des Duverne. En Poitou, Pierre Bouquet, qui naît à Coulombiers en 1843, a quatre grands-parents homonymes, ses deux grands-mères – Radegonde Bouquet et Madeleine Bouquet – étant même carrément sœurs ! Et l'on ne finirait pas de trouver de tels exemples dans les archives des régions où prospéraient les communautés taisibles...

Les seules considérations qui retiennent sur cette voie sont, un peu, la peur et le tabou de l'inceste, et plus encore la perspective de la dispense que M. le Curé exigera, et fera payer, après s'être parfois livré à une enquête publique pour démontrer une parenté que l'on espérait pouvoir lui cacher. De ce fait, on préférera rechercher les mariages avec des familles déjà alliées et connues. Entre 1689 et 1734, une chaîne de six mariages uniront successivement les familles de muletiers des villages de Saint André-des-Alpes et de Barrème. À Haveluy, Martin Delsaut épousera Remfroye Dubus, qui est la sœur de l'épouse du fils de la sœur de son père et la filleule de la sœur de son parrain : des liens multiples, mais pas de parenté, et donc pas de dispense ! Quel que soit leur milieu social, toute la stratégie de nos ancêtres consiste donc à faire des mariages appareillés. Les vieillards y consacrent toute leur science, et dans un cortège de noce un cavalier ne reçoit jamais une cavalière au hasard. Il sait que cette cavalière est épousable, c'est-à-dire non seulement qu'elle n'est pas interdite par l'Église, mais encore qu'elle lui est recommandée par la communauté. « Qui va à la noce, dit-on en Alsace, va chercher une fiancée. »

Mariages préparés et tabou de l'inceste

Se marier ni trop loin ni trop près : tel était l'idéal que les anciens ne perdaient jamais de vue lorsqu'ils faisaient – comme l'on disait – « l'amour pour les jeunes ». C'est ainsi que l'on appelait les stratégies, souvent complexes, déployées par les parents, s'appuyant volontiers, avec l'aide de la mémoire des anciens, sur le principe de « rotation des dots » rencontré en Gévaudan, et qui fonctionnait dans nombre de régions pour arranger un bon et beau mariage. Mariage préparé, programmé, mais qui n'en était que plus sûr de réussir s'il n'avait pas l'air d'être recherché. Les jeunes ignoraient le projet tramé, ou faisaient mine de l'ignorer, afin peut-être de donner à la communauté – et à eux-mêmes – l'impression que le choix avait bel et bien été le leur. En fait, pour peu que le candidat ou la candidate ne soit pas trop laid, ce genre de mariage, souhaité par les deux familles, était déjà séduisant comme gage de paix quotidienne...

La plupart des mariages ainsi préparés l'étaient donc en étroite union avec les vieillards, détenteurs d'une mémoire plus ancienne, et mieux à même d'éviter les mariages consanguins que le curé aurait été ravi de taxer. Dès lors, ceux-ci se livraient à des équations compliquées mais qu'ils maîtrisaient parfaitement pour, à l'occasion d'un mariage, distribuer ainsi les jeunes gens à marier parmi les cavaliers et les cavalières du cortège. Les frères du marié avec les sœurs de la mariée, les cousins germains de l'un avec ceux de l'autre (à condition qu'ils ne soient pas eux-mêmes cousins entre eux par une autre branche), tout cela en ayant soin d'appareiller les âges et les conditions sociales, quitte à ce que ces choix aient parfois été suggérés (on ne se serait pas permis de les demander) par tel ou tel parent à la recherche d'un gendre ou d'une bru. Ensuite, on laissait faire les choses, mais l'expérience avait montré que la formule était souvent efficace.

Il est faux de croire que ces unions consanguines sont obligatoirement causes de catastrophes génétiques. Elles ne font en fait tout au plus qu'augmenter les chances de voir réapparaître dans une famille aussi bien une propriété qu'une tare ancestrale. Si, lors d'une union dite normale, un gène a une chance sur 10 000 de se transmettre, le risque passe ainsi à une sur 400 chez l'enfant dont les parents sont cousins germains.

Aux parentés et aux alliances, nos vieillards ajoutent volontiers des considérations matérielles pratiques, en mémorisant aussi les dots.

La fiancée choisie par – ou plutôt sans doute *pour* – François Pimont, marchand à Tulle en 1770, sera ainsi Louise Rivassou, fille d'un marchand-laboureur des environs, et dont la famille était déjà alliée à la sienne par un remariage deux générations en amont. Les futurs ne sont pas apparentés, ils échapperont à l'exigence de l'intraitable curé de la paroisse Saint-Julien, mais ils sont du même milieu et leurs familles ont tissé des liens. Les Pimont ont déjà versé une dot aux Rivassou, que cette opération va leur permettre de récupérer... C'est le principe de la « rotation des dots » que nombre d'ethnologues ont observé à travers différentes régions, faisant que l'on arrivait ainsi à ne jamais en verser, puisqu'il y avait toujours échange ou récupération.

Mais ces habitudes ont aussi des raisons pratiques. En un temps où les familles cohabitent sous un même toit, mieux vaut s'efforcer de limiter le nombre et les provenances des pièces rapportées. Un mariage faisant entrer dans la maison la nièce de la femme de l'oncle avec lequel on vit est en principe regardé comme un gage de bonne entente entre les épouses. Craignant par-dessus tout les guerres entre femmes, on mettra tout en œuvre pour que le deuxième fils choisisse la sœur de la femme qu'a épousée son aîné. Voilà pourquoi le veuf, mariant son fils à la fille d'une veuve, décide fréquemment d'épouser de son côté ladite veuve. La règle d'or est de se marier ni trop près, ni trop loin.

De ce tableau résulte aussi une plus forte solidarité que soude chaque groupe, tant celui des habitants d'une paroisse capables de se liguer contre ceux d'une autre, le groupe des conscrits ou des membres d'une famille, le groupe des gars d'un bourg que l'on verra sanctionner ou défendre certains de leurs comparses, les compagnons du Tour de France, nourris et hébergés par celle qu'ils appellent symboliquement leur « Mère »... À la campagne, la plupart des gros travaux sont souvent exécutés en commun, en particulier ceux de battage, aussi bien au temps du travail au fléau, effectué en groupe dans les cours ou dans les granges, qu'au XXe siècle, avec l'apparition des machines à battre, véritables monstres passant de ferme en ferme, et donnant lieu à une succession de jours vécus comme des jours de fête.

Le jour où l'on tue le cochon – autre jour de fête que l'on appelle *pèle-porc* dans les régions du Sud – voisins et parents viennent aider. La viande, les abats et le boudin seront offerts aux personnes envers qui l'on s'estime redevable ou que l'on veut honorer, sachant que la grosseur du morceau sera proportionnée à la marque d'amitié ou de respect que l'on veut témoigner.

Il en va de même des longues veillées d'hiver réunissant des hameaux entiers pour émonder des noix autour d'un feu, teiller le chanvre ou écosser les fèves, et des veillées mortuaires pendant lesquelles, toute la nuit, lorsque l'on dispose d'une chambre séparée de la salle commune, on prie auprès du corps du défunt avant qu'il ne soit porté en terre, l'enterrement prenant, au fil des siècles, la dimension d'une cérémonie de plus en plus importante, où chaque famille de la communauté doit être représentée par l'un de ses membres.

Inquiets devant la mort, nos ancêtres le sont en fait devant tout ce qui est inconnu. Qu'il s'agisse d'un vagabond, d'une comète, d'une naissance de triplés, tout ce qui ne respecte pas l'ordre établi les déroute, et ce d'autant plus que cet ordre conditionne tous leurs gestes. Tout doit participer à garantir cet équilibre. La pyramide sociale est une base nécessaire. Et comme à l'Église chacun à sa place selon son rang et son sexe (au châtelain le banc d'œuvre, les hommes et les femmes se répartissant entre la gauche et la droite du chœur ou le haut et le bas de la nef) on verra que, même pour les morts, on essaiera toujours d'obtenir la meilleure place.

Déroger à cet ordre est extrêmement mal vu. Chacun a sa place et personne ne doit en changer sans en avoir acquis le droit. Chacun a sa place, et personne ne doit la lui contester. Nos ancêtres sont volontiers rancuniers, au moins autant qu'ils sont solidaires. La vendetta n'est pas propre à la Corse et les conflits de famille sourdent et explosent partout et en tous milieux. On en prendra pour témoin, le village de Ribennes, en Gévaudan, où les solidarités et les dépendances sont extrêmement fortes entre les oustals apparentés. Dans le petit hameau de Chassagnes, peuplé d'une dizaine de feux, la haine est héréditaire entre les deux lignées des Belame et des Tranchant. Aussi loin que l'on remonte dans les archives, les curés n'ont jamais béni un seul mariage entre elles. Partout, une histoire d'héritage, de projet de mariage rompu, de dot non versée, de mouton vendu à Paul plutôt qu'à Jacques suffit à déclencher une haine durable, pour peu que l'honneur et la fierté soit en jeu et que le « qu'en dira-t-on » – ou la *disette*, comme on dit en Berry – vienne à s'en mêler.

La force du secret de famille

Le secret de famille procédait directement des mentalités générées par cette vie constamment publique.

Il est généralement repérable par des incohérences dans la mémoire et la tradition familiales, du fait qu'il a été volontairement élaboré et « construit » pour se protéger, pour protéger une personne ou une famille du scandale que n'aurait pas manqué de provoquer la révélation d'une situation jugée dévalorisante et que la morale, ou du moins le « qu'en dira-t-on », aurait réprouvée ou blâmée. Pour éviter cette honte publique, certains membres de la famille avaient mis au point un dispositif défensif et préventif, destiné à en entraver la diffusion, soit en brûlant des documents, en racontant une fausse histoire ou encore en trichant sur des dates... De ce fait, le « secret de famille » obéissait à certaines règles et suivait invariablement certains scénarios.

Mais attention : il y avait secret et secret. Les mythes et légendes familiaux (comme particules et noblesse perdues, parchemins disparus, mystérieux visiteurs en carrosses...) procèdent d'autres scénarios, plus naïfs et différents, en ce qu'ils ne sont pas là pour protéger une personne ou faire taire une rumeur, mais pour valoriser quelqu'un et accréditer une hypothèse. Ils ne sauraient donc entrer dans cette catégorie et être assimilés aux vrais « secrets de famille », qui sont en fait peu variés :

— beaucoup étaient liés à la filiation : enfants adoptés, abandonnés, naturels ou adultérins ;

— d'autres étaient liés au mariage (concubinage, divorce, « mésalliances »..., autant de situations autrefois lourdement sanctionnées) ;

— certains masquaient des situations jugées dévalorisantes (origines étrangères, comportements immoraux, alcoolisme, maladies dites « honteuses »...) ;

— les derniers, enfin, étaient attachés à des comportements condamnables (tel membre de la famille envoyé aux fers ou au bagne...).

Ces secrets, s'ils sont repérables, restent en général difficiles à percer, car seules certaines personnes – en général celles qui les ont mis en place, et qui, souvent, ne sont plus là – en possèdent les clés. Jamais, en tous les cas, les intéressés, ceux que le secret a justement voulu protéger, comme, par exemple, l'enfant adopté lui-même, ne seront en position de les démontrer.

En 1762, Jean Germain, maître chirurgien à Yvré, dans le Maine, n'hésite pas à poursuivre en diffamation le laboureur Louis Bougard et sa femme. Cette dernière, suite à une chute de cheval qui l'avait blessée à l'épaule et considérablement incommodée, avait consulté Germain qui l'avait saignée au pied. Mais cette saignée n'apportant pas les fruits escomptés, on était allé voir un autre chirurgien, qui s'était gaussé de son confrère. La nouvelle s'était répandue et ce dernier, s'estimant blessé dans son honneur, « demande forçablement une réparation d'honneur, qu'il requiert être lue et publiée soit à l'issue de la première grand'messe... à la porte » de trois églises, celles de sa propre paroisse, de celle de ses clients et de son confrère, afin qu'il soit publiquement connu « qu'il le reconnaît digne de son état ».

Respectueux de l'ordre, mais fiers, susceptibles et volontiers solidaires, tels étaient nos ancêtres, dans ce monde où l'argent ne payait pas toujours tout.

3

Autarcie et bas de laine

Une des plus grandes différences entre la société de nos ancêtres et la nôtre est qu'elle n'est pas une société de consommation. Cette différence est fondamentale. Par ce seul aspect, le monde de nos ancêtres et le nôtre apparaissent diamétralement opposés et nos aïeux vont à nouveau nous surprendre par mille comportements. Ainsi, aussi inimaginable que cela puisse nous paraître, ils n'achètent presque jamais rien et jettent moins souvent encore. Ils vivent en autarcie. Non seulement l'argent est rare, mais il ne circule pratiquement pas. Les maigres pièces sont serrées dans des bas de laine et n'en sortent pas facilement...

Quand on allait en justice pour une brouette de crottin et que tout se vendait à prix d'or

Si, des siècles durant, nos ancêtres ont pu vivre dans leurs fermes et ne jamais quitter leur village, c'est d'abord parce qu'ils n'ont rien à aller chercher ailleurs. Tout ce dont ils ont besoin est soit produit, soit apporté sur place.

Les produits nécessaires à leur alimentation sont cultivés dans les cortils, les jardins, les ouches et les champs. La viande, le poisson sont également là, dans les basses-cours et les viviers, même si l'on n'a guère l'habitude ou les moyens d'en abuser, et même si les poules sont moins nombreuses qu'on ne l'imagine, car elles coûtent trop cher en grain.

Le pain se cuit au four banal. L'huile est extraite des noix. Le vin, plus ou moins bon, est fourni par la vigne, omniprésente, au point qu'en Charolais une commune se nomme Sanvignes parce que sa terre est la seule de la contrée à ne pas la tolérer.

Que manque-t-il ? Les harengs saurs consommés en temps de Carême, mais qui sont surtout le privilège des riches ? Le sel, or blanc des temps anciens ? Nos ancêtres consomment le sel gemme plutôt que sel marin, extrait du sous-sol par les *saulniers*, sel à la fois rare, cher, jalousement conservé, minutieusement débité dans les « greniers à sel » et qui est surtout très lourdement taxé par la gabelle. Leur provision, lorsqu'ils en ont, est surtout employée à faire la *saumure*, qui conservera le cochon découpé dans le *saloir*, à faire les *saucisses* ou les *sauces*, par définition salées, et assez exceptionnellement à en *saulpoudrer* chichement les aliments (autrement dit à les poudrer de sel). Certes, il leur manque le sucre, débité du pain de sucre et que l'on a vu vendu au poids par l'*espicier* avec les *espices* venues d'Orient... L'eau, elle-même, est d'autant plus précieuse qu'elle est rare ; eau que l'on va, tout au long du jour, puiser à la source ou au puits ou chercher à la fontaine, et qui n'aurait, le plus souvent sans doute, pas été reconnue potable par nos modernes laboratoires...

Pour les vêtements, la laine des moutons, le chanvre de la chènevière, le lin suffisent à fournir les matières premières que filent les femmes et tissent les hommes. Ajoutons à cela les peaux d'animaux permettant aux *pelliers* de confectionner des pelissons d'hiver, et la plume dont les plumassières bourrent les *cuissins*.

Les forêts, denses et nombreuses, constituent d'énormes réserve de bois, matière première essentielle, dans laquelle les sabotiers taillent sabots et galoches, et de laquelle on tire aussi bien les poutres des maisons, les ridelles et les rayons des roues des chars et des charrettes, les douelles des tonneaux, que tous les meubles qui sont, eux aussi, fabriqués sur place, soit par le menuisier du village, soit directement et grossièrement à la maison. Comme le paysan, en hiver, assemble des barreaux de bois pour réaliser des barrières et des échelles, beaucoup parviennent à confectionner eux-mêmes tabourets ou trépieds, bancs et *bancels*, châlits ou bois de couchettes plus sommaires encore, ou jusqu'à ces *tables coulantes*, nom que l'on donne dans certaines régions au plateau que l'on dresse sur les tréteaux.

Rares sont donc les denrées qui doivent être cherchées à l'extérieur. Le fameux coffre, surtout lorsqu'on le veut bien ferré et muni d'une serrure, doit être fabriqué par un professionnel. La vaisselle, généralement de terre, est, comme on le verra, réduite à sa plus simple expression. Le coquetier est inconnu : l'œuf se gobe ; qui veut le déguster à la coque le tient, brûlant, à même la main ou parfois à travers une feuille de chêne ou de châtaignier.

Dans les maisons modestes, on trouvera longtemps peu de choses qui y soient arrivées par achat. Hormis, parfois, un peu de charbon de bois, la paire de sabots, une marmite et des cuillers, on n'y voit rien d'origine extérieure. Ce que l'on ne produit pas soi-même est absent des inventaires, ne serait-ce que parce que l'on n'en a aucunement l'utilité : à quoi pourrait bien servir du papier à qui est illettré, ou une bourse à qui n'a pas d'écus...

Les seuls articles dont on ne peut pas se passer sont en fait les outils de travail, ou du moins certains d'entre eux, car le paysan en fabrique les manches, comme il confectionne des râteaux complets, équipés de dents en bois. Ce qui manque correspond finalement à leurs parties métalliques, comme pour la pioche, la bêche, la houe, la fourche, et surtout la serpette et la faucille, la faux... Le paysan doit aussi se procurer à l'extérieur les instruments aratoires. S'il confectionne seul jougs et aiguillons, il lui faut acheter colliers et harnais, herse, charrette et surtout l'araire ou la charrue que beaucoup, justement, ne parviennent pas à payer et sont obligés de se partager. Voilà pourquoi les taillandiers, charrons, forgerons et maréchaux-ferrants, incontournables, occupent généralement des positions enviées.

Certes, les échoppes des villes regorgent d'articles qui ébahissent le rustique : chapeaux de feutre, savates de cuir, draps mieux foulés et mieux *éclanchés* (mieux débarrassés de leurs impuretés), vaisselle d'étain..., mais tout cela, comme les perruques, est réservé aux messieurs vivant bourgeoisement. Le villageois le sait et se laisse d'autant moins tenter qu'il ne lui est nullement nécessaire de se rendre en ville pour se procurer ce qui lui manque. Les artisans du chef-lieu de la paroisse produisent la plupart des articles en question et les autres sont directement apportés de la ville. Le marchand tanneur auquel on vend des peaux rapportera à son prochain passage la ceinture qu'il aura confectionnée à partir d'une de ces peaux. Enfin, on le sait, il y a le colporteur ! Le colporteur dont la hotte pleine à craquer est l'équivalent du catalogue de La Redoute et de la grande surface à domicile, d'une grande surface des raretés.

Que renfermait la hotte du colporteur ?

Véritable hypermarché en miniature, la *balle* du colporteur, aussi appelé *marchandot*, était une véritable caverne d'Ali Baba, dont le contenu ne cessa d'augmenter et de se diversifier au fil des siècles. Son poids pouvait atteindre cinquante à soixante kilos, les plus forts de ces hommes portant parfois jusqu'à cent kilos sur leur dos, avec à peu près tout ce qui pouvait se transporter à dos d'homme. On y trouvait ainsi :

— des articles de mercerie et des accessoires de couture ou d'habillement : dés, épingles, ciseaux, boîtes d'aiguilles de Turin, fil, pelotes de laine, bobinots de soie, rubans noirs pour les deuils ou de couleurs vives pour les fêtes, dentelles fines, galons, fils d'or et d'argent, draps enroulés en ballots, de la bonneterie, des bas d'homme et de femme, des peignes, des broches à tricoter, des ceintures, des foulards... ;

— des ustensiles de cuisine ou de ménage : quincaillerie, boissellerie, blanc d'Espagne, cire, cierges, chandelles... ;

— des denrées alimentaires : sucre, (toujours en pain), sel (parfois de contrebande), épices (poivre, clous de girofle, noix de muscade, gingembre, cannelle, safran...), mais aussi de l'indigo et des plantes tinctoriales ;

— des articles religieux : images pieuses, chapelets de bois, de buis ou d'os, de cristal pour les riches ou lustrés de noir pour les vieux, petits livres d'heures... ;

— des drogues et médecines en tout genre : feuilles d'arnica, eau de fleur d'oranger, « baumes cordiaux », sirop d'escargot...

Chacun y trouvait son bonheur : les vieux, des lunettes ; les filles, des miroirs et des flacons de garance, sans oublier les bijoux de verroterie enfouis dans la sciure de bois ; les hommes des outils (marteaux, clous...) ; le curé et le châtelain, « plumes-à-écrire », papier et cire à cacheter...

Au XIXe siècle s'y ajoutèrent aussi bien de l'eau miraculeuse de Lourdes que, pour les gars, des décorations de conscrits.

Tout était là ; de quoi faire rêver et... faire acheter : la balle une fois ouverte, devant les yeux écarquillés du groupe, toutes générations confondues, il suffisait de choisir. C'était le catalogue de La Redoute à domicile, sans même devoir attendre les « 48 heures/chrono » !

Car tout ce qui n'est pas produit sur place est rare. Rare et, le plus souvent, très cher. Une simple pipe, vers 1837, représente un bon mois de travail du sabotier Louis-François Pinagot, travaillant dans la Sarthe, en forêt de Bellème.

Prenons le cas du papier. Au début du siècle dernier, la fille « perdue » venue de sa campagne pour abandonner en ville son enfant, lorsqu'elle attache parfois à ses langes un billet de papier sur lequel elle a griffonné quelque souhait ou recommandation, accomplit là un véritable exploit. Comment et auprès de qui, en effet, a-t-elle pu se procurer ces quelques centimètres carrés de papier qui nous semblent aujourd'hui si commun et qui est pourtant une denrée complètement étrangère à son milieu ? À la ferme où son père et ses frères sont illettrés, personne n'a jamais vu ni plume ni papier. Au prix de quel effort, voire de quelle somme, a-t-elle réussi à obtenir ce petit morceau, qui a dû passer à ses yeux pour un trésor ? À la porte de quelle personne lettrée est-elle allée frapper ? Chez le curé, qui pourtant, comme l'huissier, l'avocat et tant d'autres, l'économise au maximum, à l'image du notaire rédigeant ses minutes d'une écriture « menue » et usant autant qu'il le peut d'abréviations. Le curé, dans ses registres paroissiaux, enchaîne les actes de baptême à ceux de mariage ou de sépulture, sans sauter la moindre ligne, afin d'en gagner quelques-unes chaque mois et quelques feuilles en fin d'année. Longtemps, d'ailleurs, nos arrière-grands-parents, lorsque leur lettre ne tenait pas sur la feuille qu'ils utilisaient, la terminaient en écrivant dans les marges...

Par sa rareté, le moindre objet prend une valeur considérable, comme le révèlent les nombreux inventaires dressés par les notaires, qui prennent toujours soin de tout noter scrupuleusement, quitte à nous livrer d'impressionnantes images de capharnaüm. Ainsi, en 1809, dans le Maine, le notaire impérial Vincent Dagoreau, venu de Pontvallain, entrant dans la cuisine du château de feu Dame Louise Agathe d'Arlanges, ne fait grâce d'aucun détail, inventoriant de page en page « un passe-bouillon en fer-blanc et cuivre, trois couvercles de casserole en fer-blanc, une barrique dans laquelle il y a du vinaigre » (contenu qui la fera priser davantage) ; dans le garde-manger attenant, « deux petits pots remplis de beurre et quatre autres remplis de graisse de porc et de rille ». On sent bien que le moulin à café en fer, signalé à la cuisine est un objet précieux, tout comme ces trésors renfermés dans l'armoire de la chambre même de la défunte dame que sont ces « deux boîtes garnies l'une de café en graines et l'autre de vermichel », boîtes resserrées là à côté d'un pain de sucre. Le moindre réchaud, la moindre crémaillère, tout comme une coiffe ou un tablier, une fourche ou une serpette, fait très vite grimper le montant des inventaires, et cela d'autant plus que, dans ce monde, rien ne s'use jamais. Voilà pourquoi, dans un tel inventaire, tout, absolument tout doit être prisé, car rien, on le sait, ne sera jamais jeté.

Ordures, décharges, recyclage sont des mots et des notions complètement vides de sens à la campagne comme à la ville. S'il fallut attendre 1884 pour que le préfet Poubelle impose aux Parisiens l'usage du récipient qui a gardé son nom, c'est bien parce qu'auparavant personne n'a rien eu à y mettre. Tout est conservé : le moindre bout de tissu peut servir. Ne le vend-on pas aux chiffonniers qui le revendront aux maîtres papetiers ? Le moindre clou rouillé, la moindre latte de bois : tout est récupéré, stocké, conservé. Les produits venus de l'extérieur sont plus encore considérés comme des trésors et le resteront longtemps.

La paire de chaussures irréparable rejoint ses semblables au grenier, même si celui-ci est déjà plein à craquer. Les emballages s'entassent à la cave, comme les premières bouteilles d'eau minérale, qui ont encore valeur de trésors dans certains pays sous-développés. Au fil de sa vie, une de mes arrière-grand-mères avait réussi à remplir une malle de ce « papier d'argent », ancêtre de notre rouleau d'aluminium, qui emballait les tablettes de chocolat et diverses autres denrées. Dans les années 70 encore, mon grand-père, maire d'une petite commune rurale sans revenus, faisait retourner par sa secrétaire les grandes enveloppes dans lesquelles arrivaient les courriers de la préfecture, afin de pouvoir les réutiliser.

On jette d'autant moins que rien, en effet, n'est jamais complètement usé. Les meubles, qui accompagnent les familles sur plusieurs générations, y sont rarement signalés en bon état : on parle d'une « mauvaise » chaise, d'un « méchant » lit, adjectifs à prendre au sens de « misérables », et le coffre de bois, fabriqué cent ou cent cinquante ans plus tôt, a sa serrure défectueuse. Mais qu'importe : tout est solide, massif et résistant. Tout doit s'user « jusqu'à la corde », même s'il y faut beaucoup de temps – et c'est tant mieux ! Les paires de drap de grosse toile, qui durent eux aussi plus qu'une vie, s'empilent dans les coffres puis les armoires, et ce d'autant plus qu'ils sont rarement lavés.

Cette résistance des produits fabriqués contribue à amortir les rares investissements. On aura remarqué que les grandes occasions de dépense sont rares. Nos ancêtres ignorent le crédit et n'ont ni maison personnelle à faire construire, ni cuisine à équiper. Tout au plus les parents, lors des mariages de leurs enfants, fournissent-ils non seulement un *troussel* complet de linge (notre trousseau), mais encore des draps et de la literie, constituant ce que l'on nomme en Savoie le *fardel*, à quoi l'on ajoute fréquemment des meubles (coffre et parfois lit) ou de la vaisselle... Le fiancé, plus rarement, offre quelques « joyaux ». Le mariage est un des rares temps de dépense, mais de dépense heureusement amortie, puisque tous ces objets survivront largement au ménage.

En forêt, comme les cochons se battent pour les glands, les hommes et les femmes se disputent une brassée de bois mort, qu'ils ramassent d'ailleurs souvent de façon frauduleuse. Même les feuilles mortes sont utilisées, pour complèter la paille chichement comptée dans la paillasse, et combien de procès ont été intentés quant à la propriété d'un châtaignier, que l'on nomme en Quercy l'arbre à pain, parce que ce sont ses fruits qui fournissent la farine. Les plus modestes vendent les plumes de leurs oies et de leurs poulets, dont on bourrera les paillasses des riches, et, en remplissant les leurs de barbes de maïs ou parfois de chardons, arriveront à économiser la modique somme qui leur permettra de s'offrir une paire de sabots... Lorsque l'on voit la valeur attribuée, en Bretagne, à une simple galettière dans un inventaire paysan, que penser du baromètre aperçu chez le curé de Nitry, de l'horloge du bourgeois, ou du miroir trouvé, en 1751, dans la chambre de la meunière de Pont-de-Pierre, en région parisienne ?

La moindre pacotille ayant une valeur marchande peut à tout instant mener au procès. En 1768, à Foulletourte, dans le Maine, le meunier Étienne Landais y échappe de peu, lorsque, à la suite de la rupture de ses fiancailles avec la servante Scolastique David, il entend se faire rembourser sa part des six sols versés pour la publication des bans, les frais engagés pour le repas de fiancailles et l'achat de la bague d'argent et du mouchoir de col d'indienne dont il a fait présent à son « ex ». Un autre mouchoir de col, déchiré lors d'un charivari, sera en Charente, à l'origine d'un procès.

Le moindre objet devient vite un enjeu financier. Dans le Morvan, sous la Restauration, les Desplaces et les Defosse vont en justice à propos d'une cueillette de châtaignes. Ne se battra-t-on pas encore, en ville, au début du XXe siècle, pour ramasser le crottin laissé par les chevaux de passage et dont on enfume les jardins ? Car le fumier est cher et les paysans ne feraient jamais cadeau d'un pot de fiente. En 1850, à Origny-le-Butin, dans la Sarthe, le cultivateur Louis Doguet menace de poursuivre en justice le journalier Trouillard pour une « civière de crottin ».

Tout se vend, car tout est censé pouvoir, un jour, offrir au bricoleur la pièce dont il aura besoin, au paysan le récipient destiné à recevoir le grain de la poule couveuse, ou à l'acheteur un objet à troquer contre ce qu'il convoite.

Tout se vend : du lait de la nourrice à l'écorce des arbres, achetée par les tanneurs. Tout s'estime : du simple mouchoir de col à une bouteille de cidre ou à un bouquet d'échalotes. Le mourant n'hésite pas à donner pour tout legs à son neveu préféré « une auge en pierre ». Tout devient un enjeu économique : les paires de draps sont mises aux enchères et on voit encore, au milieu du XVIe siècle, les consuls de Gallargues « affermer » les cendres du four communal, tout comme ils procèdent, en 1542, à l'adjudication de l'herbe du cimetière. Car le cimetière lui-même peut être source de profits. En 1864, le curé de Coulaures, en Dordogne, poursuit son maire en justice pour en avoir fait arracher nuitamment les noyers, comme, quatre ans plus tard, à Saint-Germain-sur-Moine, en Anjou, on se disputera pour la vente d'un simple carré de trèfle. Ce qui, dans tout cela, frappe le plus l'homme du XXIe siècle est sans doute le fait que la valeur de beaucoup de choses lui semble sans commune mesure avec celle que ces mêmes objets ont aujourd'hui.

Quand on avait « maille à partir » : l'argent était rare

Mais l'argent ne circule quasiment pas dans cet univers clos. On se souvient du sire de Gouberville débarquant à l'auberge et y ouvrant non sa bourse, mais son sac de lard. Le troc, signalé à propos du commerce du tanneur, règne à tous niveaux, au point que l'on use de mille stratagèmes pour éviter le versement des dots en espèce. Le mariage idéal consiste à marier simultanément ou successivement un fils et une fille d'une maison avec une fille et un fils d'une autre... Voilà pourquoi, en dehors de ces cas, on préfère convenir de dots en nature, versées notamment en boisseaux de blé, de seigle ou d'orge. Ne voit-on pas, en 1678, dans un hameau des Houches, en Savoie, le paysan savoyard Monet Desalioud léguer « un quart de bled » à chacune des confréries religieuses de la ville voisine de Chamonix ? Un quart de blé, soit, en Savoie, environ quatre-vingts litres de blé !

La fortune, c'est la terre, seule valeur sûre, vers laquelle se précipite toute personne qui s'enrichit, et dont le premier réflexe est d'en acquérir, de préférence dans son lieu d'origine, où la propriété ajoutera à son aura. La terre, avec ce qui s'y rattache, constitue la base de la fortune. Des mois durant, dans le journal quotidien qu'il rédige, le notaire des Baronnies Jacques Veux ne cesse de commenter l'engraissement de son cochon. Le 23 décembre 1742, il jubile :

« Notre couchon a 4 pans 1/2 d'auteur, 6 pans 1/2 depesseur et 7 pans 1/4 depuis les oreilles jusqu'au cul. » Le 28 décembre, « la lune nouvelle n'ayant que deux jours », un voisin vient le tuer et notre homme, satisfait, de faire l'inventaire complet des morceaux : 155 livres de lard, 31 de graisses, 64 de jambon, etc. Tout urbanisé et lettré qu'il soit, Maître Veux, qui toute la journée rédige des contrats où tout est indexé sur la terre et les produits agricoles, conserve les références traditionnelles.

Le « CAC 40 » de nos aïeux

Dans le monde de nos ancêtres, on revenait toujours à la terre, seule valeur sûre et référence universelle. Les mesures de surface reposaient sur la parcelle de terre que pouvait cultiver, labourer ou ensemencer un homme ou un animal. Le *journal*, qui correspondait à ce qu'un homme pouvait labourer en une journée, variait donc forcément selon les lieux puisqu'en fonction de la nature du sol (lourd ou sablonneux, abrupt ou plat...), des instruments de travail (araire ou charrue) et des attelages que ces différents sols exigeaient ou permettaient (bœufs, chevaux, mulets...), le rendement journalier était bien différent.

On parlait de même d'*ouvrée* (c'est-à-dire « d'œuvre »), de *charrue, d'hommée* (travail d'un homme), de *charrée* (terre donnant le rendement d'un char de foin ou de paille), de *canton* (un « coin »), de *boisselée*, de *huitelée, de perche, de soiture, d'arpent*... Voilà évidemment pourquoi l'argent est devenu en argot le *blé*, référence symbolique et imagée, alors qu'il ne devint que bien plus tard le *pognon* (peut être, a-t-on dit, en référence au nom du chef comptable des usines Schneider, au Creusot). Le *fric* dut son nom au fricot, le ragoût, plat unique qu'il permettait de se payer.

De toute manière, le *bled*, désignant autrefois toute céréale panifiable (orge, méteil, seigle..., et naturellement le froment, qui donnait le meilleur pain), était forcément une des valeurs économiques de référence. Si la Bourse avait existé, elle n'aurait eu que peu d'articles à son CAC 40, au nombre desquels le blé et le bœuf.

Si une partie de la France, au sud, continua longtemps à se contenter de l'araire, dépourvue de roues, l'autre utilisait la charrue que tirait, selon la lourdeur du sol, un attelage de bœufs, en Limousin, ou de chevaux, en Lorraine. L'animal de trait, et particulièrement le bœuf, producteur en même temps de viande et de cuir (et au surplus, quand c'était une vache, de lait) représentait donc une richesse considérable et ne pouvait qu'être considéré comme une référence économique. Il arrivait d'ailleurs souvent que les grosses dots soient versées en bétail : un laboureur offrant ainsi volontiers à sa fille qui se mariait une « vache et son suivant » (son veau), autrement dit de quoi assurer plusieurs années de lait, et un bœuf pour l'avenir, une fois que l'*affranchisseur* (le castreur de bétail) aurait exercé son art.

Mais les redevances en nature, si elles subsistent plus ou moins, ont vite été doublées de taxes dont on doit s'acquitter en espèces, à commencer par les impôts. Chaque année, se procurer l'argent pour les payer et régler les éventuels loyers tient de la gageure. On ne peut guère trouver que celui que laisse la vente de quelques produits de la ferme à une foire, où tout est bénéfice, une fois réglés les droits d'étal, et les sommes – dérisoires – qu'ont versées le marchand pour une peau de lapin, un goret ou un poulet, prix dont on doit d'ailleurs le plus souvent compter la moitié au propriétaire. La journée de travail à l'extérieur (si peu payée soit-elle en espèces, du fait que l'on est presque toujours nourri) est une aubaine. Qui a des fils à envoyer en journée est riche. On en arrive presque à comprendre les parents des petits ramoneurs savoyards : en confiant leurs gamins à un de ces exploiteurs d'enfants, ils ont une bouche de moins à nourrir, et récupèrent par la même occasion quelques pièces pour s'acquitter de leurs charges. Comme les « prolétaires » du système marxiste, la plupart de nos ancêtres ne possèdent que leurs enfants, et ces enfants sont rapidement considérés comme source de profit. Le père, le plus souvent, ne laissera rien aux siens qui n'auront aucune somme à partager, soit *aucune maille à partir*, ce qui est parfaitement synonyme.

Partir en effet signifiait « couper en parts » et la maille était un demi-denier qui lui-même ne valait pas grand-chose...

Si les Harpagon collectionnent les cassettes dont ils portent sur eux la clé, les coffres des plus humbles, qui iront, à la moindre alerte, les mettre en lieu sûr au château ou à l'église, renferment des bas de laine qui ne resserrent le plus souvent que peu d'argent.

En Limousin, au XVIIIe siècle, les filles vendent leurs cheveux aux agents des perruquiers de Limoges, afin de réunir les quelques sous de dot que leur parents sont souvent incapables de leur donner. Car une fois payé le collecteur de taille ou le décimateur, il ne reste rien et, pour peu que l'année ait été mauvaise, le paysan doit alors emprunter. La dépendance par rapport aux conditions météorologiques est dramatique : à la suite du calamiteux hiver de 1709, dans le Nord, le prix du blé sera multiplié par huit !

Voilà aussi pourquoi tant de paysans pratiquent un petit artisanat – filage ou tissage – en complément de leur activité. Il ne s'agit jamais de vivre, mais seulement de pouvoir survivre.

Voilà pourquoi, aussi, l'usure est fréquemment pratiquée par le gros laboureur, le marchand et toute personne ayant un peu d'argent. Pierre Le Bastard, laboureur aisé des Côtes-d'Armor et frère de curé, lorsqu'il dicte son testament en 1665, fait état de nombreuses créances dont les origines ne doivent pas être cherchées ailleurs.

Toute somme, aussi faible soit-elle, représente un pactole pour la majorité des gens, et arriver à évaluer les fortunes, ou plutôt les avoirs, de nos ancêtres est des plus malaisé. La seule chose possible est de comparer les prix, les salaires, comparer les montants des dots et ceux des inventaires après décès. On comparera surtout les cotes des impôts payés, aussi bien d'une année à l'autre, en des temps où inflation et déflation ne sont jamais galopantes, que par rapport à celles des voisins et du village. C'est ce qui permettra de situer nos ancêtres dans leur monde et dans la hiérarchie villageoise. Ce sera là une analyse riche en enseignements, et que généalogistes et historiens mèneront à partir des archives fiscales.

Quand la levée des impôts dégénérait en partie de catch

Au nombre de ces impôts, le principal était la taille en usage à travers tout le royaume, et dont la collecte, pour le moins étonnante dans son principe, obéissait à une organisation très au point.

Les malheurs du collecteur de taille

À l'origine, la *taille* avait été un impôt exceptionnel, levé en cas de « dépassement budgétaire » par le seigneur en vertu de son droit de *ban*. Mais en ces temps-là comme aujourd'hui, un impôt exceptionnel ne le restait jamais. Cette taille avait donc eu tôt fait de devenir régulière et nos ancêtres manants furent donc, dès le XIIe siècle, taillables soit *à merci*, autrement dit à discrétion, soit *à bone*, c'est-à-dire selon un abonnement, un paiement de façon fixe et limitée.

Lorsque Charles VII reprit en main et réorganisa le royaume après que Jeanne d'Arc en eut « bouté » hors les Anglais, il fit de la taille un impôt direct, royal et permanent et le mot remplaça l'ancien *fouage*, ainsi nommé du fait qu'il était perçu par *feu allumant*, autrement dit par « foyer », terme qui subsita cependant dans certaines régions, comme la Normandie.

Fixée par le Conseil du roi, la taille était répartie de haut en bas, à travers les généralités (sortes de super-régions) qui venaient d'êtres instituées, puis les élections (équivalents de nos départements), les paroisses, et enfin les taillables, comme dans l'exemple qui va suivre.

À ses débuts, deux personnes intervenaient au plan de la paroisse : un *asséeur*, qui en assurait *l'assiette*, autrement dit la répartition entre les contribuables, et un *collecteur*, chargé de la lever. Mais cette configuration exonérant le premier de toute responsabilité, il parut logique (en 1600) de rassembler les deux missions en une seule et de la confier à un groupe de personnes qui répondrait de l'opération de A à Z. En fait, la collecte était une obligation très redoutée et son exemption était plus recherchée encore que l'exemption de l'impôt lui-même. Les bourgeois en étant exemptés dans beaucoup de villes (les villes à l'origine *franches*), où les personnes un peu aisées des environs s'efforçaient de prendre un domicile pour échapper à cette corvée qui rendait pour le moins impopulaire celui qui passait le *rôle*, c'est-à-dire la liste rédigée sur un papier enroulé. Mission plus qu'ingrate, comportant des risques bien réels, et qui en conduisit plus d'un à la ruine.

Après avoir augmenté cette taille d'un impôt complémentaire, appelé le taillon, on créa, en 1695, un nouvel impôt général, plus juste et plus « réel » : la *capitation*, ainsi nommé parce qu'il reposait sans discrimination sur chaque chef (pris au sens ancien de « tête », sens que l'on retrouve dans l'expression *de pied en cap*), avec au sommet le Dauphin lui-même, imposé pour 2 000 livres, et à la base chaque manouvrier, imposé pour une livre par an.

Prenons pour exemple la conduite de l'opération de collecte de la taille à Cormeilles-en-Vexin, grosse paroisse située à quelques vingt-cinq kilomètres au nord-ouest de Paris, dans l'élection de Pontoise, en 1692.

Comme chaque année, le premier dimanche d'octobre, après la grand-messe, la communauté villageoise est réunie au son de la cloche, sous le porche de l'église paroissiale, pour désigner les personnes qui seront chargées de l'opération. Il en va ainsi partout dans le royaume, ce même dimanche, faute de quoi les collecteurs se voient désignés d'office, souvent au hasard, avec risque de voir confier cette mission à des gens parfaitement incapables de s'en acquitter.

L'assemblée est évidemment uniquement masculine : les chefs de famille doivent nommer six collecteurs, choisis parmi les hommes de moins de soixante-dix ans, non infirmes, pères de moins de huit enfants, n'exerçant pas de fonction publique telle que notaire, sacristain ou maître d'école, et n'ayant pas déjà été chargés de cette collecte au cours d'une des trois années précédentes. On pourrait imaginer que la tâche est recherchée : en fait, on va le voir, elle est tout sauf un honneur et une sinécure.

Au préalable, le pouvoir central avait commencé par répartir l'impôt entre les différentes provinces et états. Il avait ainsi, cette année-là, porté à 119 340 livres la contribution de l'élection de Pontoise à l'effort fiscal national, laissant aux responsables du bureau de ladite élection le soin de définir à leur tour la quote-part de chaque paroisse. Ces derniers avaient donc fixé celle de Cormeilles à la somme de 4 680 livres, une somme rondelette que l'on appréciera mieux à la lumière des faits qui vont suivre.

L'annonce de cette donnée n'est pas de nature à encourager les vocations. Les collecteurs sont en effet responsables de la bonne rentrée de l'impôt, et dans le cas où ils ne pourraient pas faire rentrer la somme fixée, il se verront comptables des manques sur leurs deniers et biens personnels, qui pourront être saisis et eux-mêmes se voir tout simplement emprisonnés ! On ne saurait s'étonner, dès lors, du manque d'enthousiasme général. À Condorcet, en 1669, où l'on fait crier : « Qui veut cueillir nos tailles ? », personne ne se présente, et c'est Martin Bernard qui va accepter de s'en charger pour la troisième année consécutive, à condition que l'on fasse « crier » – c'est-à-dire publier – que ceux qui ne paieront pas avant telle date auront une amende d'un sol par livre, soit un *réchaud* (un supplément) de 5 %.

En cette année 1692, à Cormeilles, la situation se présente d'autant plus mal que l'année précédente a été calamiteuse au plan agricole : la nielle, une plante parasite, a rendu la paille noire et les grains petits et laids. Mais c'est le lot général de la région et les autorités n'ont pu se permettre d'en tenir compte ; il faut bien que l'impôt rentre... Seul un certain François Taureau, un des collecteurs de l'année précédente, a su convaincre l'intendant de fixer sa cote à cinq sols (une misère), « à cause de l'incendie qui lui est arrivé ».

Six hommes sont donc désignés. Il s'agit de François

Lepic, un hôtelier marchand de bois, homme riche qui, l'année précédente avait été imposé à hauteur de quarante livres (soit, en gros, l'équivalent de deux mois de salaire d'un bon journalier), de Jean Pohier, laboureur aisé qui avait payé trente livres, et de quatre manouvriers pauvres, vivant du travail de leurs bras (imposés quant à eux respectivement deux à hauteur de dix livres, un pour sept et l'autre, plus modeste encore, pour la somme de trois livres cinq sols).

Leur première tâche est de ventiler le somme totale entre les contribuables, au prorata des possibilités matérielles de chacun, ce que font sans doute ceux qui le peuvent, deux d'entre eux, il faut le souligner, sont incapables de signer et ne savent sans doute pas lire. Ils procèdent certainement à la lumière du *rôle* de l'année passée, dont ils doivent cependant retirer les imposés défunts ou ayant quitté la paroisse, pour y ajouter les nouveaux venus. Pour quatre rayés, comme la veuve Quentin, partie « pour chercher sa vie », 9 sont ajoutés, ce qui porte à 209 le nombre des feux imposables dans la paroisse. De ces 209, ils en retirent 5, qui sont exemptés selon les principes énoncés : le curé, son vicaire et un certain Léonor Rollepot, à la fois chantre et instituteur, ainsi que deux personnes ayant pu prouver leur naissance noble qui les en faisait exempter. De ce fait, si la somme exigée a augmenté de près de 3 % par rapport à l'année précédente, alors que les affaires avaient été mauvaises, elle est par ailleurs « hypothéquée » de 200 livres, qui doivent être remboursées à l'un des deux nobles qui les avait indûment payées l'année dernière, faute d'avoir pu prouver son exemption.

Injuste ? Non, logique ! Levée essentiellement pour le financement des guerres, la taille n'avait aucune raison de peser sur la noblesse, dont le métier était justement de faire la guerre, ni sur le clergé, dont la vocation était au contraire de ne pas la faire. En fait, cet impôt, en un temps où l'armée était une armée de métier, composée de mercenaires, équivalait à une sorte de rachat de l'obligation militaire, qui aurait dû logiquement peser sur nos ancêtres du tiers état.

Nos six hommes doivent donc prendre l'argent là où il est. Ils ne peuvent qu'augmenter la cote des plus aisés : Antoine Caffin, le plus gros fermier du village, qui exploite en fermage environs 80 hectares, sur lesquels il engraisse 300 moutons, 10 vaches et 10 cochons, voit son impôt augmenté de 20 % (passant de 500 à 600 livres) ; le laboureur André Sevestre, fermier des 40 hectares de la ferme du château, et qui en possède 4 ou 5 en propre, ainsi que 120 moutons, 6 vaches et 6 cochons, voit le sien faire un bond de 30 % (passant de 200 à 260 livres). Un autre laboureur, qui exerce parallèlement les métiers de greffier et d'arpenteur, connaît le même sort, avec 140 livres au lieu de 110, etc. De bas en haut de l'échelle sociale, les cotes des paroissiens de Cormeilles sont retaillées à la même aune. Un blatier (marchand de blé) paiera 47 livres au lieu de 40, un tonnelier 38 au lieu de 30. Nos six prud'hommes s'efforcent en revanche d'épargner les pauvres, allant même jusqu'à exempter les plus démunis.

Reste leur « salaire », la rémunération du temps qu'il passeront à aller quérir l'impôt de ferme en ferme, temps qui sera pour chacun d'eux un temps mort, et donc un manque à gagner. La question est prévue : ils reçoivent une indemnité, qu'ils fixent librement eux-mêmes et arrêtent à 117 livres, soit moins de 20 par personne, sans oublier de compter 58 livres et 10 sols pour le greffier des rôles (un office créé par le roi et dont la rémunération équivaut donc en fait à une taxe détournée). Une fois l'impôt réparti, ils doivent en effet faire contrôler le rôle obtenu par l'élection, ce qui est fait le 17 décembre, jour où le conseiller du roi, lieutenant civil et criminel de l'élection de Pontoise, rend ledit rôle exécutoire. La collecte peut commencer.

L'opération promet d'être longue. Dans un premier temps, les collecteurs attendent chaque dimanche matin les imposés au pied de la croix du cimetière. Rares sont ceux qui viennent au rendez-vous ; encore ne versent-ils le plus souvent que des acomptes. Rapidement, on prend du retard et l'on n'a d'autre solution que d'aller réclamer le solde sur place, ce que nos hommes font toujours ensemble, sachant qu'ils risquent fort d'être mal reçus, injuriés, sinon plus.

Le 23 avril 1693, François Lepic, « collecteur porte-bourse » marchant en tête, ils arrivent ainsi à la ferme du château, chez André Sevestre, lequel n'ayant versé qu'un acompte de 65 livres en doit donc encore 195. Le dernier délai, fixé au 1er avril, est passé de trois semaines. Pour les raisons que l'on sait, les collecteurs ne peuvent fléchir... Rapidement, le ton monte. « Ledit Sevestre, sa femme, son père et sa servante les auraient traités de fripons, de bougres, de jean-foutres et banqueroutiers et plusieurs autres injures. » Rien ne va plus. Les collecteurs s'en vont en saisissant deux vaches, attachées dans la cour de la ferme. Voyant cela, Sevestre leur court après, suivi de toute sa maison. Tous réitèrent leurs injures ; Sevestre « aurait pris ledit Lepic à la gorge, l'aurait jeté à terre, traîné dans l'eau et dans la boue, donné des coups de pied et de poing, arraché plusieurs poignées de ses cheveux, et souillé dans l'eau et la boue le rôle des tailles, qu'il lui aurait ôté de force ». Et Sevestre, évidemment, de regagner sa maison avec ses vaches...

La justice est saisie, pendant que le tribunal de l'élection recevra aussi une requête d'Antoine Caffin, qui réussira à faire réduire son impôt de 600 à 380 livres. Apparemment, tout le monde s'en sortira, mais l'affaire semble avoir duré longtemps. Cet exemple est en tout cas parfaitement représentatif : il était rarissime que la taille puisse rentrer en moins d'un an. Sans doute huissiers et sergents étaient-ils intervenus, aux frais de l'élection et des manquants, à l'encontre de ces taillables « de difficile discussion ». À moins qu'il eût fallu passer par la solution la plus forte, avec l'envoi sur place d'un sergent accompagné d'archers ou de fusiliers. On sonnait alors à nouveau les cloches et, après que l'on eut lu à haute voix les rôles défaillants, un homme d'armes était mis en garnison chez les récalcitrants, à raison d'une somme de trente sols par jour incombant à leur charge – homme d'armes qui finissait par procéder à la saisie manu militari. À Cormeilles, l'année suivante, tous les protagonistes se retrouvent donc sur le rôle, ni plus ni moins riches, ni plus ni moins imposés. Seul indice et preuve de cette histoire : le rôle maculé de boue, déposé au greffe comme pièce à conviction, que l'historien-démographe Jacques Dupâquier a retrouvé en 1981 aux Archives départementales des Yvelines.

Mais qu'était donc devenue la solidarité ? Celle-ci, en fait, fonctionne tant que l'on reste dans l'univers fermé, où chacun occupe sa place et d'où l'argent est absent. Dans cette affaire, non seulement l'argent est présent, mais six personnes ont été propulsées, par le système décrit, à des positions inhabituelles. La mécanique, dès lors, se bloque. André Sevestre se fâche et l'on en vient d'ailleurs à se demander si l'incendie subit par Taureau, le collecteur de l'année précédente, qui lui avait valu une réduction d'impôt, n'aurait pas été d'origine criminelle...

L'ordre des choses changeant, non seulement il n'est plus question de solidarité, mais il y a fort à parier qu'un dépouillement des archives de Cormeilles-en-Vexin ne révèlerait, tout au long du XVIIIe et du XIXe siècle, pas le moindre mariage entre des descendants de François Lepic et d'André Sevestre, ni peut-être même d'Antoine Caffin. Si, en 1314, sur son bûcher, le dernier grand maître des Templiers, Jacques de Molay, avait maudit les descendants de Philippe le Bel sur sept générations, il fallut sans doute en compter autant pour qu'un descendant de Lepic pût épouser une Sevestre, alors même évidemment que plus personne ne savait un mot de cette vieille affaire qui s'était passée deux siècles plus tôt, en l'an de grâce 1693.

Petite histoire de notre I.R.P.P.

Dans le monde féodal, l'État n'avait quasiment pas d'existence et donc pas de besoins. Les impôts étaient par conséquent des impôts locaux et personnels que nos ancêtres manants payaient, comme on l'a vu, de différentes façons, afin d'entretenir les membres du clergé qui assuraient la prière, et les nobles, chargés de la sécurité. Très longtemps, ils ont été justifiés par les nécessités guerrières, et ce sont ces mêmes nécessités qui ont engendré le premier impôt national.

Impôt royal, ce premier essai est dû à Louis VII, le malheureux époux d'Aliénor d'Aquitaine, lorsqu'il avait eu besoin d'argent pour financer sa participation et celle de son royaume à la deuxième croisade, qui se révélait extrêmement onéreuse pour le Trésor. N'oublions pas que même si les seigneurs avaient à leur charge leur nourriture et celle de leurs hommes d'armes, il fallait convoyer les machines de guerre et les catapultes, qu'on emportait en pièces détachées à dos de chevaux, et louer ou affréter des *huissiers*, grands navires où l'on embarquait alors les troupes avec armes et montures.

Croisade obligea donc : nos ancêtres furent soumis à un impôt nommé le *vingtième*, du fait qu'il représentait le vingtième de leurs revenus. Philippe Auguste, en 1188, à l'occasion d'une nouvelle croisade, lèvera un impôt, cette fois du *dixième* – déjà, l'inflation !... Au fil des siècles, dixième et vingtième n'ont cessé d'aller et venir, parallèlement à la capitation et surtout à la taille.

La Révolution balaya tout cela, sans pour autant évidemment supprimer les impôts, qui ont alors notamment porté sur le logement, avec la fameuse contribution sur les portes et fenêtres, un impôt directement perçu sur ce qui était considéré comme des « signes extérieurs de richesse », et qui se maintiendra longtemps, en concurrence avec les patentes et deux autres impôts que l'on nommera ensemble les « quatre vieilles ».

Il faudra attendre 1876 pour voir Gambetta songer à un impôt sur le revenu, et 1914 pour qu'à quinze jours de la mobilisation générale la formule soit acceptée. On mit alors en place le système lourd et complexe de l'impôt sur le revenu, qui fera notamment, en 1937, retenir l'automobile de tourisme comme nouveau signe extérieur de richesse (on en comptait alors environ 1 900, soit à peine une pour cinquante foyers...). Notre *Impôt sur le revenu des personnes physiques* ne verra réellement et définitivement le jour qu'en 1959.

Des paires de bœufs aux paires de baskets : estimer et convertir

À Cormeilles, l'enjeu, certes, avait été élevé. Selon les calculs de Jacques Dupâquier, qui estime que vingt livres valent alors un mois de salaire, les soixante livres supplémentaires demandées à Sevestre par rapport à la taille de l'année précédente représentent une somme coquette. Mais combien tout cela pourrait-il représenter en francs d'hier ou en euros d'aujourd'hui ? Nul ne saurait le dire. Mieux : nul ne doit trop essayer de le calculer...

Vouloir évaluer, dans notre système monétaire, les valeurs d'un monde qui nous est en tout point étranger serait un non-sens. La seule chose que l'on puisse faire est de passer par des équivalences.

Le tout est de comparer ce qui est comparable, à commencer par ce qui l'est dans le temps. Vers 1640, en Provence, on voit qu'un salarié agricole non nourri peut espérer gagner douze sous par jour dans les meilleurs cas, soit 140 livres par an, dont près de la moitié était utilisée à payer son pain. À cette même époque, on peut noter que dans les régions du Centre, une vache vaut 42 livres, soit l'équivalent de deux cents paires de sabots. Conclusion qui n'a rien d'aberrant si l'on se risque à transposer la vache en tracteur (n'était-ce pas le bœuf qui tirait la charrue ?) et les paires de sabots en paires de baskets...

De la livre à l'euro

Parler « argent » est toujours délicat. Autrefois comme aujourd'hui.

La première difficulté vient de la mosaïque des régions et des coutumes héritées des anciennes seigneuries et administrations féodales. Ainsi, jusqu'à la Révolution, les unités de mesure étaient très nombreuses. Pour les surfaces, on avait *l'arpent, la boisselée, le journal, l'ouvrée, la perche,* et bien d'autres, et on en trouvait autant pour évaluer les longueurs, les poids ou les capacités de liquide. Ces mesures variaient par ailleurs énormément à travers le pays. La *barrique*, mesure de futaille, c'est-à-dire de contenance des fûts en bois appelés à recevoir du vin ou de l'huile, connaissait ainsi une bonne trentaine de valeurs pouvant aller de l'équivalent de 80 de nos litres en Dauphiné jusqu'à 402 à Paris...

Pour l'argent, la diversité a longtemps été aussi très grande entre quantité de monnaies aux valeurs variables, sachant surtout que l'on distinguait des monnaies de compte et des monnaies de paiement.

La monnaie de compte était la *livre*, divisée en 20 *sols* ou *sous*, valant chacun 12 *deniers*. Elle ne correspondait à aucune pièce tangible. Pour vous acquitter d'une somme de 3 livres, 10 sous et 6 deniers, vous n'aviez pas de pièces de 1, 2 ou 3 livres, pas plus que de pièce nommée sous ou deniers. Il vous fallait vous débrouiller pour trouver cette somme à travers toute une panoplie de monnaies, dont l'appellation et surtout l'équivalence n'ont cessé de varier au fil des temps et des lieux. Ces monnaies se présentaient sous forme de pièces métalliques d'or, d'argent (nommées des « blancs ») et de cuivre ou de bronze (ces dernières souvent dites monnaies « noires »). Vous aviez ainsi le *louis d'or*, créé par Louis XIII, qui sera frappé de différentes façons et vaudra, selon la frappe et l'époque, de 5 livres 10 sols à 24 livres ; *l'écu d'argent* (créé lui aussi par Louis XIII) ; le *gros* (valant à l'origine 12 deniers tournois), le *liard* (pièce en cuivre valant 3 deniers)... sans parler des *testons, dizains*, ni du *franc*, qui, frappé sous Jean II le Bon et Charles V, ne connut, sous l'Ancien Régime, qu'une très éphémère existence.

En 1715, pour payer vos 3 livres, 10 sols et 6 deniers, vous pouviez ainsi donner un écu dit « aux 8 L », valant 3 livres 6 sols, un « quadruple sol » qui en valait, comme son nom l'indique, quatre, et enfin, soit six pièces de cuivre d'un denier tournois soit deux pièces de cuivre d'un liard chacune. En fait, c'est comme si l'euro avait existé sans billets ni pièces spécifiques et que vous ayez dû payer vos achats en utilisant les monnaies des douze pays de la zone euro et en vous appuyant sur les équivalences monétaires.

On mesurera, par rapport aux humbles mobiliers paysans, la richesse des meuniers d'Osny, en Ile-de-France, lorsqu'on trouve, dans la maison de l'un d'eux, fauteuils, chaises, livres d'église, cols de mousseline, une robe de chambre et une glace (!) et quand on voit sa femme posséder une croix de diamant et deux bagues, une croix d'or avec cœur et un collier de grenats de quatre rangs. Quelle richesse ! Ajoutons que ce meunier a encore trois mulets, cinq chevaux, trois ânes, un bidet, neuf vaches et trois veaux, deux chèvres et un chevreau. Mais il est vrai que les baux sont chers : Claude Henry Demarquets, qui a épousé, en 1735, avec une dot de 5 000 livres, une fille de meunier lui en apportant 3 000, paie chaque année un loyer de 1 000 livres... et trois gâteaux.

Prenons un exemple moins ancien : la dot citée dans un contrat établi en 1865, quelques jours avant que ne soit célébré le mariage de deux enfants de cultivateurs beaucerons, Auguste Isidore Vathome, cultivateur à Vert, et Louise Amélie Perdriel, de Richebourg. La dot de l'époux est évaluée à « *500 F lui provenant de ses gains et épargne, en linges, meubles, ustensiles de ménage et deniers comptant, et un hectare soixante-treize ares dix-neuf centiares de terres, bois et vignes* ». Celle de la mariée consiste en « *la somme de treize cents francs, qu'elle a en sa possession, en habits, linges, hardes, vêtements, bijoux et objets mobiliers* ». Sachant qu'un journalier agricole (non nourri) gagne à cette époque environ 2,50 F par jour, on voit que la dot du marié équivaut à environ deux cents jours de travail de ce salarié agricole, et celle de la mariée à environ deux ans de travail. On se risquera donc, si l'on tient à convertir, à avancer, pour les deux dots réunies, la somme actuelle de 30 000 euros... C'est beaucoup trop fort, vous récriez-vous ! Vous avez sans doute raison... En 1865, l'argent n'avait pas encore la place qu'il occupe de nos jours. Et cela fausse tout...

Mieux vaut, dès lors, transposer. Mais en quoi ? En bœufs, dont on peut trouver sans trop de difficulté le prix pour chaque époque. Mais après ? Si vingt livres était le prix d'un bœuf en 1692, comment imaginer ce que cela représenterait aujourd'hui ? Le prix d'un bœuf ? Environ

900 euros ? Mais en 1692, un bœuf constituait un des principaux actifs d'un patrimoine. Ne valait-il pas un demi-tracteur ? Doit-on, dès lors, passer à 10 000 euros ? Par quelque biais que l'on prenne le problème, on a bien du mal à trouver des références et des valeurs communes entre nos deux mondes. C'est comme si vous vouliez parler franc, dollar ou euro avec des Martiens descendus de leur soucoupe... Deux mondes différents. Deux planètes différentes.

III.

QUE PENSAIENT-ILS ?

« HEUREUX LES AFFLIGÉS ! »

1

Naïfs ou sages ?

Sur la planète de nos ancêtres, on n'était donc jamais très riche. En souffrait-on pour autant ? Hommes et femmes se sentaient-ils malheureux ? Étaient-ils gais ou tristes ? Il est clair qu'il est impossible de prétendre répondre à ces questions, et surtout d'y répondre par oui ou par non. Comme aujourd'hui, il fallait de tout pour faire un monde et chaque individu avait évidemment son propre caractère et sa propre personnalité.

Mais si l'on ne peut sonder les cœurs, on peut cependant en retrouver les clés. Si les mentalités d'hier étaient différentes des nôtres, c'est avant tout qu'elles étaient imprégnées et conditionnées par des éléments divers, des règles, des normes, des lois qui ont disparu de notre univers et qui donnaient alors tout leur fondement et toute leur portée à certains gestes qui nous paraissent aujourd'hui aberrants ou naïfs. Le fait de tremper une statue dans un puits, comme de ne pas connaître sa date de naissance ou de servir une omelette au lieu de simplement dire non, n'était ni gratuit ni improvisé, et nous devons bien nous garder de les juger selon nos valeurs sans connaître les bases sur lesquelles ils reposaient et qui leur donnaient leur portée. Tout comme le voyageur partant en 2002 à la rencontre de la civilisation amazonienne ou tibétaine, qui veut explorer valablement le monde de ses ancêtres ne saurait s'embarquer sans le moindre guide. Il en irait de même, en sens inverse, pour n'importe lequel de nos aïeux débarquant dans notre univers et observant nos comportements. Nos banals « on s'appelle et on se fait une bouffe », notre départ, le vendredi soir, pour notre maison de campagne, une grève des médecins ou le fait de jeter à la poubelle la boîte vide de pâtée pour chien le décontenancerait certainement tout autant que de nous voir téléphoner en pleine rue.

Pour véritablement rendre les services d'un guide touristique du pays de nos ancêtres, ce livre doit donc, après avoir dressé le décor et présenté les conditions de vie générales de nos aïeux, essayer de dégager les règles et les limites à partir desquelles ceux-ci réagissaient et s'adaptaient aux situations qu'ils vivaient, tout en restant bien sûr des hommes et des femmes. Étaient-ils naïfs ou sages, silencieux ou agités, illettrés ou ignares, laborieux ou passifs, insensibles ou débauchés ? On pourrait multiplier les questions... et les réponses. On en donnera une d'emblée, essentielle et qui va expliquer à elle seule nombre des réalités de ce monde à la fois silencieux et agité, si contrasté et si différent du nôtre : nos ancêtres n'étaient pas seulement des hommes, ils étaient des pécheurs.

Naïfs ou sages, la question est mal posée. Et elle n'a d'ailleurs pas à l'être... La première clé du monde d'autrefois est que tous ses habitants, hommes ou femmes, jeunes ou vieux, citadins ou ruraux, princes ou mendiants, tous, sans exception, sont avant tout des *croyants*. La France, fille aînée de l'Église, est peuplée, comme les autres royaumes qui l'entourent, de croyants. Nos ancêtres sont, à tous les plans, et selon l'expression de Gabriel Audisio, « pétris de religion ».

En attendant mieux : les étapes de la vie...

Non seulement la vie de nos ancêtres est jalonnée d'étapes religieuses, mais elle est, au quotidien, rythmée et envahie par la religion. Non seulement, du berceau à la tombe, leur parcours terrestre est conditionné par les lois célestes, mais il en va de même avant le berceau et jusque dans la tombe.

Ce n'est pas exagérer que de dire que l'homme d'autrefois devait être bénit avant de naître, et même avant que d'être conçu. Selon que ses génétiteurs auront ou non reçu la bénédiction nuptiale, l'enfant sera légitime et intégré ou naturel, bâtard, fruit du péché, et donc unanimement rejeté et mis en état d'infériorité sociale. Seul l'enfant légitime, né d'un mariage approuvé, partira sans handicap pour une existence qui est un parcours à la fois du combattant et du croyant. Pour bien franchir toute les étapes de la vie humaine et terrestre, l'homme d'autrefois doit absolument le faire en chrétien.

Notre aïeul n'est pas plutôt né, parfois extirpé sans ménagement par la sage-femme (que l'on appelle, on le verra, une « bonne mère », même si elle joue sans scrupule de ses fers) qu'il est conduit en toute hâte à l'église. Qu'il soit fragile ou prématuré, qu'il fasse un froid de loup, une chaleur torride ou qu'il pleuve « comme vache qui pisse », le bébé est langé, ficelé, et emporté par les chemins creux, parfois sur des kilomètres en région d'habitat dispersé, pour être baptisé par le curé. On n'a pas le choix ! L'Église ne laisse que trois jours pour faire donner au nouveau-né le sacrement qui le lavera du péché originel. Au-delà, les pires dangers le guettent : s'il vient à mourir sans avoir reçu le baptême – et combien de nourrissons sont emportés par la mort dès leurs premiers jours ! –, il ne pourra comparaître devant le tribunal de Dieu et sera condamné à errer éternellement dans les limbes, un pays où personne n'est allé, mais que M. le Curé décrit comme pire que les enfers !

Pour le cortège baptismal, généralement composé du père portant l'enfant et du parrain et de la marraine, parfois recrutés dans la parentèle établie le long du parcours, il n'est donc pas question de revenir sans que la cérémonie ait été accomplie. Lorsque le curé est absent, le groupe n'hésite pas à pousser jusqu'à l'église de la paroisse voisine, parfois à plusieurs kilomètres, quitte, ce faisant, à augmenter les risques que court le bébé...

Dès que l'enfant grandit, il doit s'acquitter de ses devoirs de chrétien et communier très vite ; il le fait dès l'âge de six à sept ans, cet âge que l'on appelle l'âge de raison, et à partir duquel il va rejoindre le monde des adultes pour y prendre une place active. Au cours du XIXe siècle, lorsque l'instruction religieuse des enfants et le catéchisme se généralisent, la « première communion », retardée à douze ans, prend de plus en plus d'importance, pour coïncider avec ce que les ethnologues appellent les « rites de passage ».

Deuxième de ces rites, après celui du baptême, la première communion marque alors le passage de l'enfance à l'adolescence et la cérémonie s'organise avec l'aube, les cierges, le camarade de communion, qui devra rester, la vie durant, un ami fidèle. Au jour du mariage, c'est à lui que reviendra, de droit, le poste de garçon d'honneur – et il en va de même côté filles.

Vient justement le mariage, sévèrement réglementé par le calendrier liturgique, interdisant certains jours et certaines périodes. La cérémonie se déroule à l'église, après un éventuel contrat passé devant un notaire, et très longtemps c'est cette bénédiction qui fait à elle seule le mariage. La cérémonie civile, imposée en 1793, restant considérée comme secondaire.

Jours de mariage et robes de mariées

Nos ancêtres ne se mariaient pas n'importe quand, Dieu les en garde ! Le choix de la date du mariage avait à leurs yeux une grande importance, non pas en fonction des dates des vacances, comme aujourd'hui, mais, là encore, par rapport aux interdits et au calendrier de M. le Curé, qui se trouvaient souvent en contradiction avec les deux dominantes du mariage : le grand festin et l'acte de chair !

Si c'était à cause de leur travail que, contrairement à nos habitudes, nos ancêtres ne se mariaient pas en été – saison entièrement consacrée aux gros travaux – c'était pour obéir aux lois de l'Église qu'ils se mariaient encore moins en périodes d'interdits religieux : le Carême, l'Avent, et plus tard en mai, devenu le mois de Marie. Mais même avant cette promotion mariale, mai n'a jamais eu bonne presse au plan matrimonial, comme en témoignent de nombreux proverbes : « Noces de mai, noces mortelles », « Mariages de mai ne fleurissent jamais ». On affirme même que « les mégères s'épousent en mai ». De ce fait, les meilleurs mois étaient donc ceux de janvier et février, entre les Rois et le Carême, et celui de novembre, entre les derniers travaux de labours et le temps de l'Avent.

De la même façon, nos aïeux ne se mariaient pas n'importe quel jour, éliminant déjà ceux des jeûnes imposés par l'Église, qui étaient aussi des jours d'abstinence, qu'il aurait été inconcevable de songer à contourner : ainsi le vendredi était-il tout à fait exclu, en tant que jour de deuil général, en souvenir du « vendredi saint » où Jésus était mort sur la croix, de même que le jeudi, réputé « jour des mariages de cocus ». Aucun curé n'aurait par ailleurs accepté de bénir un mariage un dimanche, jour consacré au Seigneur. Nos ancêtres choisissaient donc souvent le mardi, suivi de deux jours permettant de prolonger la fête, et se mariaient donc plus souvent un mardi de novembre que, comme nous, un samedi de juillet. L'heure, quant à elle, importait peu, sauf pour les veufs, qui se mariaient fréquemment de nuit, pour éviter le charivari.

Dernière surprise : la mariée n'est pas en blanc. Avant que ne se répande, à la fin du XIXe siècle et après les apparitions de Lourdes, le culte de l'Immaculée Conception, elle porte une robe de couleur unie qui, selon ses moyens, est rouge, jaune, souvent bleue, ou noire dans les milieux les plus modestes.

Et le cycle de se poursuivre et de se renouveler, d'un baptême à l'autre puis d'un mariage à l'autre, jusqu'à « l'heure des heures », celle où M. le Curé vient apporter le Bon Dieu au mourant et où, l'âme « passant », le corps sera enfermé dans un des « linceux » composant le trousseau du mariage. Déposé parfois dans un cercueil et après force coups de goupillon donnés par le curé lors de l'absoute, notre croyant sera inhumé au cimetière, et surtout en terre bénite – une faveur refusée aux enfants morts sans baptême, aux vagabonds sur lesquels on n'a pas trouvé le moindre indice de profession de la religion (ni médaille, ni croix, ni bible...), aux mécréants, bien sûr, et surtout aux pires de tous : les suicidés et, plus tard, les divorcés. Tous ces damnés sont quant à eux inhumés sans pitié dans un carré herbeux, profane, non bénit, souvent face contre terre. Dans certains villages de Champagne, les suicidés le sont même devant la porte du cimetière, afin que leur corps soit éternellement foulé aux pieds par les fidèles qui en franchiront le seuil.

Après la mort, en effet, la religion ne lâche pas les âmes. Peu assurées d'aller au Paradis, la plupart devant transiter par le purgatoire, toutes ont grand besoin, des années durant et le plus longtemps possible, de ses secours. Elle les leur apportera donc sous la forme de prières et de messes, particulièrement le jour anniversaire de leur mort, conclusion chrétienne normale de la vie et surtout jour où débute la vraie et éternelle vie, celle promise par Dieu, qui, après avoir pesé les âmes, saura les récompenser et ainsi – on l'espère bien – compenser la dureté de la vie terrestre.

Des années et des jours : en évitant le pire...

La vie : une suite d'années qui sont toutes, uniformément, du 1er janvier à la Saint-Sylvestre, rythmées par la religion. En février, c'est la *Chandeleur*, la fête des chandelles, c'est-à-dire de la lumière qui renaît (les jours augmentent sensiblement) et de la nature qui se réveille. Suit le Carême : quarante jours de jeûne, ou du moins de repas maigres, de privations et d'abstinence, à la fois précédés et coupés de deux jours de défoulement : le Mardi gras et la Mi-Carême. Vient ensuite le temps de Pâques, ouvert par le dimanche des Rameaux, avec ses buis bénits protecteurs et purificateurs, et la semaine sainte, dite aussi semaine « noire », ou « peineuse », sorte de « super-Carême » avant que le Christ ne triomphe de la mort et, par sa résurrection pascale, ne revienne libérer les croyants. Le « joli mois de mai », dédié à la Vierge Marie, sera avant tout celui des pèlerinages. Il intègre l'Ascension, et souvent Pentecôte et la Fête-Dieu, autrefois largement fêtés, occasions de processions et de reposoirs dans les moindres villes et villages. Le 24 juin, jour du solstice d'été, sera le jour de la Saint-Jean-Baptiste, dite aussi « Saint-Jean-d'été » ou « Saint-Jean-le Bouillant », par opposition à la fête de saint Jean, l'apôtre, dite « Saint-Jean-d'Hiver », qui tombe le 27 décembre. C'est traditionnellement la fête des brandons et des feux de joie : l'année et la nature vont basculer. Après les mois des gros travaux, autour desquels la vie tout entière va tourner, l'automne va ramener la fête des Morts, le 2 novembre, puis la période de l'Avent, à son tour génératrice d'interdits, précédant un Noël évidemment sans sapin, jouets ni cadeaux, mais riche de traditions, à commencer par celles déjà liées à la bûche.

À toutes ces fêtes se rapportent des gestes et des coutumes qui rythment la vie quotidienne. Les fêtes du « mai », célébrées le premier jour de ce mois, ouvrent le temps des flirts. Les garçons du village vont déposer sur le seuil des jeunes filles à marier une branche ou un rameau d'arbre en rapport avec leur caractère : du houx pour une fille désagréable, du charme pour une fille charmante... Aux feux de la Saint-Jean, les couples seront formés et les plus engagés s'afficheront en tentant, à l'aube, de sauter à pieds joints au-dessus des braises fumantes.

Les fêtes des saints, inscrites au calendrier, scandent également la vie économique. C'est à la Saint-Jean-d'été que les maçons creusois rentrent au pays pour y faire leurs foins et leurs moissons, et que les domestiques vont aux « louées », sortes de foires aux hommes, où ils se proposent pour les travaux d'été. La Saint-Martin, le 11 novembre, est, dans bien des régions, le terme des fermages, quand ce n'est pas la Saint-Michel, le 29 septembre. Deux dates qui sont également souvent choisies, en région de montagne, par les hommes partant faire leur saison de sciage, de colportage ou de peignage de chanvre...

Tout au long de l'année, le prêtre bénit. À la Chandeleur, il bénit les chandelles que chacun rapporte à la maison pour tout y purifier et pour y être allumées à certains moments critiques, comme lors des accouchements, des décés, ou des orages violents. À la Saint-Blaise, il bénit les semences qui seront enfouies dans les sillons, en même temps que les animaux pour, dans certaines régions, les bénir de nouveau lorsqu'ils partiront aux estives. Aux Rogations, qui sont les trois jours précédant le jeudi de l'Ascension, le curé part encore, en procession, bénir les prés, les champs et les vignes. À chaque instant, il bénit tout : les puits et les fontaines, le bûcher de la Saint-Jean, la maison nouvellement construite, les anneaux des mariés et le lit où ils passeront leurs nuits... Comment s'étonner de voir certains maires, au XIXe siècle, lui demander de bénir les très républicains arbres de la liberté, ou même, plus récemment, aux débuts de l'automobile, de le voir, en ville, le jour de la fête de saint Christophe, bénir à la fois les automobilistes et leurs véhicules ?

Comme l'année est rythmée par le calendrier religieux, la journée est ponctuée de saluts et de signes de croix. Prière du matin, prière du soir, salut de midi et du soir, avec la prière à la Vierge, rappelés par l'Angelus que font entendre les cloches aux quatre coins de la paroisse. À chaque repas, enfin, c'est le *benedicite* que l'on récite, debout, avant de s'attabler.

Signes de croix en passant au pied de celle qui borde le chemin, devant le convoi conduisant un mort au cimetière ou au passage du curé à travers les champs lorsqu'il porte le viatique à un mourant en faisant tinter sa clochette. Signes de croix sur le pain que l'on va entamer, en geste d'action de grâces à Dieu qui l'accorde quotidiennement ; signes de croix avant de se mettre au lit, vieille expression de la peur de la nuit, mais aussi des cauchemars qui peuvent la troubler. Tout est occasion à prières ou actions de grâces : la mère, une fois remise de son accouchement, devra aller se faire bénir à l'église, pour se laver du péché de chair. Le soir du mariage, la Nuit de Tobie, sera celle parfois offerte par la mariée encore vierge à la mère de Jésus, avant que d'appartenir, la nuit suivante seulement, à celui qui est pourtant déjà son mari aux yeux de Dieu. La veillée des morts, enfin, se passera en prières, pour aider l'âme à quitter le corps terrestre.

Dieu est partout. Comme les croix émaillent le paysage et jalonnent les rues des villes, crucifix et images pieuses ont précédé sous tous les toits le traditionnel calendrier des postes, et un des premiers achats de l'homme qui s'embourgeoise sera celui d'un bénitier, en attendant le prie-Dieu. De même, les premiers livres seront des ouvrages de piété. En 1763, chez Claude Belin, menuisier à Arbois, dans le Jura, on trouve un Christ en bois, une paire d'Heures de Notre-Dame et une autre paire d'Heures en mauvais état, un Ecce Homo, dans un cadre à coins dorés, l'image de la Vierge tenant son fils, un saint suaire et un bénitier...

À tout cela s'ajoute, bien sûr, la fréquentation de l'église et des sacrements. Dès qu'ils grandissent, nos ancêtres, qu'ils aient ou non suivi un catéchisme digne de ce nom, vont de plus en plus souvent à l'église. La messe du dimanche est obligatoire – obligation, semble-t-il assez bien respectée, même si parfois on y arrive sans scrupule en retard : n'oublions pas que l'on n'a alors ni montre, ni horaire... La communion, obligatoirement précédée de la confession, est un devoir régulier, obligatoire au moins à certains temps forts de l'année liturgique, comme celui de Pâques. Certains curés vérifient et tiennent la liste de leurs ouailles qui s'y conforment, classant leurs paroissiens entre les « pascalisant » et « non-pascalisant », n'hésitant pas à menacer ces derniers de leur refuser la sépulture chrétienne. Enfin – leurs évêques les y autorisent – ils peuvent, après plusieurs vains rappels, nommer publiquement les récalcitrants lors du prône de la messe du dimanche : la honte !

Car c'est évidemment à la messe que, chaque dimanche, le curé enracine la foi dans les cœurs et dans les âmes. La richesse des vases sacrés, les parfums de l'encens et la lumière des cierges, le costume du célébrant, tout concourt à transporter les fidèles dans un monde mystérieux et fascinant. S'y ajoute la force de l'interdit : une grille sépare l'assemblée du lieu de la célébration. L'atmosphère du canon de la messe, moment essentiel où s'accomplit le mystère de la transmutation du pain en corps vivant du Christ ressuscité, impressionne d'autant plus que rien n'est vu, puisque le célébrant tourne le dos aux fidèles, et que rien n'est entendu, puisque les paroles sont alors prononcées à voix basse. Le latin, enfin, langue savante comprise des seuls lettrés, achève de conférer à la messe et à la religion leur essence sacrée. Le sermon et le prône du prêtre, prononcés du haut de la chaire et répercutés par l'abat-son, sont les seuls moments accessibles à l'assistance, et cela d'autant plus qu'ils sont volontiers prononcés en patois.

Voilà pourquoi et comment la religion commande, règle et rythme tout, pourquoi nos ancêtres, craignant pardessus tout la mort en état de péché ou un quelconque châtiment concocté par le curé, ne sauraient envisager de ne pas respecter les temps de jeûne ou d'abstinence. Voilà comment ils ont bien du mal à résister à leur curé, y compris lorsqu'il leur interdira, au début du siècle, de voter pour les hommes du « Petit père Combes » qui, après l'affaire Dreyfus, oseront attaquer les bases de la fille aînée de l'Église.

Une foule d'intermédiaires : Jiminy Cricket et les saints

Mais Dieu et ses ministres ne sont pas seuls. Ils sont secondés par une foule d'êtres qui peuplent littéralement l'univers de nos ancêtres.

Tout individu – on l'a aujourd'hui un peu oublié – est en effet pourvu d'un double, d'une conscience, d'un complice, d'un Jiminy Cricket officiel, à savoir son ange gardien. C'est lui qui aide à démêler le bien du mal, à reconnaître et à suivre la voie de Dieu en renonçant à la tentation proposée par Satan, le Malin, l'Infâme... Et ce « bon ange gardien » n'est que le premier d'une longue série d'amis et de protecteurs : les autres anges et les saints, tous les saints, – ils sont innombrables ! –, rangés derrière saint Pierre, le patron du Paradis, derrière les apôtres, près de la Vierge Marie.

Ces milliers de saints sont d'autant plus populaires qu'ils sont sympathiques : ils ne sont que d'anciens hommes, avec leurs défauts et leurs faiblesses, dont nos ancêtres ont parfaitement connaissance et qu'ils apprécient : le scepticisme de Thomas, qui n'a cru que ce qu'il a vu, la lâcheté de Pierre, qui a renié son maître aux heures dangereuses, l'immoralité de Madeleine, l'ancienne prostituée repentie...

« Devoir une fière chandelle »
et « pleurer comme une Madeleine »

Ces deux expressions que nous employons couramment sont à l'origine directement liées à la religion.

Éclairés par les flammes du feu dans l'âtre, nos ancêtres utilisaient souvent des lampes à huile, le plus souvent de noix (parfois de choux), et consommaient fort peu de chandelles, fabriquées alors par des *chandeliers* avec du suif, autrement dit de la graisse de bœuf ou de mouton. Ne parlons pas des *bougies*, appelées à leur apparition « chandelles de cire de Bougie », et faites de cette cire fine que l'on fabriquait dans la cité mauresque de Bougie. Elle consistait en une cire d'abeille, plus fine que celle couramment utilisée par les *ciriers* ou *ciergiers* pour faire leurs cierges, dont clercs et curés faisaient une consommation immodérée, du cierge pascal à ceux de l'autel.

Si nos ancêtres consommaient peu de chandelles pour s'éclairer, ils en consommaient en revanche énormément aux fins religieuses, et n'hésitaient pas à se priver, aussi bien pour avoir leur chandelle de la *Chandeleur*, bénite ce jour-là par le prêtre et qu'ils conserveraient l'année durant pour l'allumer en des occasions précises, que pour en offrir une en guise d'action de grâces, à la statue du saint qui avait entendu leur prière et l'avait exaucée. C'était en ces circonstances qu'ils lui « devaient une chandelle » et, si possible, la plus grande et belle possible, proportionnée à leur gratitude en même temps que destinée à impressionner le voisin, autrement dit, une... « fière chandelle ».

Pleurer comme une Madeleine se dit en référence à la femme citée par l'Évangile de saint Luc : une « pécheresse publique », autrement dit une prostituée, qui se jeta en pleurant aux pieds de Jésus qui lui donna son pardon. Ce personnage a souvent été identifié à celui de Marie de Magdala, nom de sa ville d'origine, en Galilée, une des saintes femmes qui suivirent le Christ et allèrent embaumer son corps au matin de Pâques. Elle était surnommée la « Magdaléenne », d'où notre prénom, autrefois régulièrement orthographié Magdeleine. Symbole du repentir, nos ancêtres la représentaient volontiers en pleurs.

Ce peuple des saints est familier à nos aïeux : les trouvères, autrefois, en contaient les légendes, que l'on a ensuite lues dans les livres vendus par les colporteurs, des légendes tout empreintes de merveilleux, que ce soit celle de saint Roch, nourri par son chien, ou du grand saint Antoine, résistant en plein désert aux tentations que Satan lui envoyait, tantôt un cochon pour l'empêcher de prier, tantôt des femmes désirables.

Porteurs de messages d'espoir et d'humanité, ces saints sont présents physiquement. Chaque église, chaque chapelle, a eu très tôt sa collection de statues, souvent offertes par des pécheurs en quête d'indulgence : statues de bois, de pierre, puis de plâtre, représentant chacun de ces saints avec son attribut symbolique : saint Antoine son cochon, saint Roch son chien, sainte Catherine et saint Laurent la roue et le gril sur lesquels on les avait suppliciés, sainte Agnès portant sur un plateau les seins qu'on lui avait tranchés, saint Pierre tenant la grosse et lourde clé ouvragée du paradis...

Tous ces saints ont pour vocation principale de protéger les pauvres mortels ; ils les « patronnent ». Il y en a un pour toute chose, et chaque chose a le sien. La France a son patron – ou plutôt une patronne –, comme chaque église a le sien, que les paroissiens connaissent, prient et vénèrent, et qu'ils fêtent une fois l'an. De même chaque métier, chaque profession en a un selon des critères qui nous sembleront parfois un peu « tordus » ou simplistes.

À chacun son saint

Le slogan pourrait être « un saint pour chaque chose ». Les pays, les villes, les paroisses, les métiers, les hommes comme les animaux : tous et tout avait autrefois son saint, à la fois patron et protecteur, dont il se devait de célébrer la fête et qu'il ne priait jamais en vain. Un saint bien à soi, en fonction de principes variés, qui tiennent à la vie même de ces personnages, à leur légende, évidemment souvent fantaisiste et créée de toutes pièces par les érudits du haut Moyen Âge. Pour avoir apporté à Marie la bonne nouvelle de l'Incarnation, l'archange Gabriel a été choisi comme patron des ambassadeurs, et plus récemment des télégraphistes et des métiers de radio. Parce qu'il pesait et scrutait les âmes, l'archange saint Michel patronne les épiciers, dits comme on l'a vu « marchands du poids », et les radiologues, qui scrutent les corps. Pour avoir douté, saint Thomas est le patron des experts, et pour avoir servi le Christ à table, sainte Marthe est celle des ménagères, des lavandières et des aubergistes. Madeleine, qui partit pour embaumer le corps de Jésus le matin de Pâques est, de ce fait, devenue la patronne des parfumeurs. Parce qu'il reçut une leçon de Dieu au beau milieu de la forge, saint Eloi patronne les forgerons. De même, saint Joseph et saint Matthieu, respectivement charpentier et percepteur de leur état, patronnent ceux qui exercent ces professions, le second récupérant au passage les douaniers. Parce qu'il a sauvé d'une mort certaine trois enfants enfermés dans une cuve, saint Nicolas a sous sa garde les enfants et les écoliers. Pour avoir baptisé Jésus en présence d'une colombe, saint Jean-Baptiste patronne les oiseliers, pendant que saint Christophe, qui l'a porté sur son dos, protège les voyageurs, les portefaix et les automobilistes.

Bien souvent, c'est le martyre du saint qui détermine sa vocation patronale : à saint Sébastien, mort criblé de flèches, la protection des archers, à sainte Catherine celle des fabricants de roues et de chapeaux (qui sont ronds), en souvenir de son supplice sur la roue ; à saint Laurent, les rôtisseurs pour avoir été brûlé sur un gril. Parce qu'elle a été foudroyée, sainte Barbe veille sur les artificiers, les mineurs, les pompiers et tous ceux qui exercent des professions se rapportant au feu...

Enfin, comme en toute chose, un jeu de mots a pu suffire à attribuer un saint protecteur : à sainte Claire de protéger les blanchisseuses et les miroitiers, à saint Cloud les cloutiers, comme à saint Simon les scieurs de long tout simplement à cause... de la « scie » de la première syllabe de son nom !

Par leur légende, nos saints sont enfin doués de vertus et de pouvoirs divers, tantôt d'ordre médical, guérissant de tels ou tels maux, tantôt d'ordre météorologique, les uns déclenchant les pluies, les autres les arrêtant. Tous ont de multiples cordes à leur arc. Ils apportent un message d'espoir : si saint Laurent a souffert le martyre du gril, il est aujourd'hui à la droite du Père. Les souffrances terrestres sont récompensées. « Heureux les assoiffés de justice, car ils seront rassasiés. Heureux les affligés, ils seront consolés... »

Par tous les saints : du testament au cimetière

L'application de tout cela va se trouver dans le testament de nos ancêtres, ce beau testament d'Ancien Régime qui commence invariablement par la prière et le salut : *Au nom du Père, du Fils et du Saint-Esprit*, continue par la belle et émouvante formule *sachant qu'il n'est rien de plus certain que la mort ni de plus incertain que l'heure d'icelle*, et enchaîne sur la recommandation de l'âme à Dieu et l'invocation des saints pour associer « toute la cour céleste ». La liste est souvent très longue : si avant que d'exprimer ses dernières volontés, la paysanne Marie-Élisabeth Tassin, testant à Haveluy en 1730, ne cite guère que sainte Élisabeth, sa patronne, et saint Martin, patron de la chapelle de son hameau, Oudard Coquault, bourgeois de Reims, qui a peut-être une culture religieuse plus développée, va, lui, en 1669, prier « la bienheureuse d'entre toutes les femmes la Vierge Marie, mère de Dieu, Sainct Michel et tous les Saincts anges qui louent et bénissent le Seigneur, les saincts patriarches et prophettes, le grand saint Jehan précurseur du Seigneur, les bienheureux apostres saint Pierre et saint Paul, et tous les douze auquelz le Seigneur a donné toutte puissance de lier et deslier et lesquelz, assis, jugeront les douze tributz, le bienheureux saint Étienne, premier martir, et tous les sainctz et sainctes qui sont en la fasse du Seigneur, qu'il leur plaise prier ce seul Médiateur du genre humain, Jésus-Christ ».

Ce n'est qu'une fois ces formalités accomplies que l'on en vient au vif du sujet et que le testateur va proprement dicter au notaire son testament. Si, à Génat, dans l'Ariège, Peirounet Marty le fait, en mai 1545, « estant assis sur ung banc dans la salle de sa mayson et habitation, sain de corps par la grâce de Dieu, en sa bonne forme et valide mémoire, bien parlant et considérant rien n'estre si certain que la mort », l'homme (ou la femme) qui teste est le plus souvent montré « gisant dans son lict » et parfois précisé « malade de corps mais néanmoins sain d'esprit et de jugement ».

Mais les volontés exprimées dans ces testaments surprendront davantage, en ce qu'elles n'ont quasiment rien à voir avec celles des testateurs d'aujourd'hui.

Cet acte, pour nos ancêtres, n'a en effet nullement pour but d'assurer le sort de leurs biens matériels, et s'attache uniquement à celui de leur âme. La majeure partie de leurs textes consistera donc à fonder des messes (messes basses, neuvaines, messe à perpétuité...), qui seront dites pour son repos, et payées par avance au clergé par une suite de legs pieux, parfois en très grand nombre, legs proportionnés à la fortune, ou peut-être parfois aux fautes et aux péchés... Certains semblent raisonnables. Messire François Reynal de la Tissonnière, testant en 1765, en Auvergne, à l'âge de quarante-trois ans, se contente de demander que soient chantés, à l'église de son village de Cheylade, un *De Profondis* suivi d'un *Requiem*, chaque dimanche de l'année, ainsi qu'un *Salve Regina* chaque jour du Carême, sans toutefois préciser pendant combien d'années. Honorable Pierre Le Bastard, testant en 1665 à Kerlias, près de Callac, dans les Côtes-d'Armor, âgé d'environ soixante-huit ans, paie pour fonder à perpétuité deux services annuels, l'un au jour anniversaire de sa mort et l'autre « à chaque jour de fête de M. Saint Pierre », son patron. Chez d'autres, la surenchère est ouverte : en 1690, la Limougeaude Catherine Gallicher, âgée, il est vrai, de quatre-vingt-sept ans, et agissant tant pour le salut de son âme que pour celle de son défunt mari, demande deux messes quotidiennes à l'autel Notre-Dame en sa paroisse, deux autres à l'autel Saint-Claude, en l'église Saint-Martial où est inhumé ledit mari, ainsi que deux, toujours quotidiennes, dans les chapelles de deux des couvents de la ville. Le tout à perpétuité...

Tout cela a un coût : si le paysan aisé qu'est Pierre Le Bastard laisse à ses héritiers des créances, à hauteur de cinquante-six livres, ce sont trente-six livres qui en seront détournées pour financer les deux messes annuelles pour le salut de son âme. Notre nonagénaire bourgeoise, qui est nettement plus riche et a peut-être aussi beaucoup plus péché, en pensée, en paroles, par action et par omission, n'hésite pas, quant à elle, à y consacrer plus de mille deux cents livres.

À cela s'ajoutent encore volontiers des legs pieux. La dame Gallicher – encore elle – a dans un précédent testament (elle n'en rédigea pas moins de treize au fil de sa longue vie terrestre) déjà légué cinquante livres à chacun des cinq couvents des ordres mendiants de sa ville (Cordeliers, Récollets, Augustins, Jacobins et Carmes), soixante livres au curé de sa paroisse, pour les pauvres malades et nécessiteux, trente livres à celui d'une autre pour effectuer des réparations dans une chapelle, et cent livres pour les pauvres de l'Hôpital soit quatre cents livres. Après ces gestes de piété et de charité, elle pensera à sa servante, qu'elle gratifiera de soixante livres ; à son vigneron, à qui elle en lèguera cinquante, avant de penser à ses neveux et petits-neveux, entre lesquels, il est vrai, il lui reste à partager la somme de dix mille livres !

Toutes ces listes – aussi bien celles des saints invoqués que celles des légataires institués – plus qu'elles nous permettent, pour les humbles, d'évaluer leurs fortunes, nous offrent la possibilité d'en approcher les mentalités. On reste souvent surpris, en effet, devant le décalage existant entre les sommes données à Dieu et celles des legs profanes consentis, tout à la fin de l'acte, en faveur d'un filleul, d'une servante ou d'une nièce, alors même que, bien souvent, le défunt n'a rien indiqué quant au partage que devront faire ses enfants.

À la limite, après le salut de son âme, la chose qui l'inquiète le plus sera le sort de son enveloppe charnelle, appelée, il le sait, à redevenir poussière. Il lui consacrera volontiers quelques lignes terminales, précisant comment il veut être inhumé. Beaucoup prennent soin de préciser le lieu où ils veulent que leur corps repose en paix, et Peirounet Marty veut ainsi que « le jour de sa sépulture soient allumées trois entorches ».

Ce souci et le choix énoncé risquent d'étonner : jusqu'au milieu du XVIIIe siècle, les gens importants veulent tous être inhumés dans l'église, sous les dalles, comme en témoignent encore tant de pierres tombales, dont les épitaphes sont généralement devenues illisibles. En fait, ils cherchent à avoir la meilleure place. Entendez par là – et dans la parfaite logique de tout ce que nous avons vu – que nos ancêtres cherchent à profiter au maximum de tous les bienfaits de la dynamique religieuse. Reposer dans l'église, c'est être plus près de l'autel où s'accomplit le mystère de la transmutation, plus près des statues des saints, qui intercèdent pour les morts et pour les vivants ; plus près des fidèles enfin, qui font à tout moment monter leurs prières vers le ciel.

De ce fait toute une hiérachie est ressentie entre les différents lieux de l'église, comme entre les divers périmètres qui l'entourent. Faute de pouvoir être inhumé dans l'église, on cherche à l'être sous le porche. Même chose dans l'enceinte du cimetière, en fonction de l'éloignement séparant de la croix centrale, le « carré herbeux » non bénit étant toujours aménagé tout au fond et derrière l'église. Et comme toute hiérarchie, celle-ci a son prix, que le curé et son sacristain savent parfaitement gérer et tarifer, tout comme ils savent le faire pour la location des places et des bancs. Certes, la lecture des Béatitudes de saint Matthieu le rappelle régulièrement : « Heureux les affligés, ils seront consolés », mais le seront-ils pourtant aussi vite et aussi bien selon qu'ils se trouveront au-dehors ou au-dedans de la maison de Dieu ?

Quand tout allait à l'envers : la nuit du Diable

Il arrive cependant que certains affligés désespèrent. Et il arrive aussi qu'ils « craquent », que Satan, toujours à l'affût d'une âme, la pousse sur la pente du vice, de la luxure, de la fraude, de l'adultère, du vol, du mensonge ou de mille autres turpitudes – pente qui conduit tout droit à la damnation éternelle, que l'on subira aux enfers, monde de la nuit et des démons, qui terrorisent par-dessus tout.

Or, Satan réussit souvent. On a vu la malheureuse Claudine Roti, tombée en sa possession, se tordre de douleur devant l'hostie en profanant des insanités : Satan arrive à s'attacher des âmes et à dominer leurs corps. C'est ainsi qu'il agit avec les sorciers et les sorcières, que l'on n'hésite pas à brûler sur les bûchers afin de mieux purifier l'atmosphère qu'ils ont polluée.

Pourtant, ces sorciers non seulement se maintiennent, mais semblent presque avoir leur place. Bergers solitaires, noirs charbonniers habitant au plus profond des bois, dans des maisons isolées, où ils vivent seuls et rejetés, on ne saurait dire si ces êtres sont victimes du Diable ou de la société. Longtemps, on les a traqués et condamnés. Toujours on les a craints et redoutés, et on les redoute davantage encore en certains jours particuliers. C'est d'abord la nuit du 30 avril au 1er mai, appelée dans certaines régions la nuit de Saint-Walbruge. Ce sont aussi les moments où la lumière marque des points contre la nuit, image du vieux combat du bien contre le mal, de Dieu contre Satan : nuit du 1er février, veille de la fête de la Chandeleur, fête de la Lumière et des chandelles, nuits du 23 juin, veille de l'apogée de la lumière, et du 23 décembre, veille de sa renaissance. En ces nuits-là, le *peut*, autrement dit « celui qui pue », « l'autre », dont on craint même de prononcer le nom, vient en personne sur terre, où il va présider au sabbat de ceux qui lui sont dévoués.

Sans doute pour s'être couverts d'onguents magiques aux vertus hallucinatoires, sorciers et sorcières se rendent à ses rendez-vous sur leurs balais, tout en haut des montagnes désertes, où ils vont se livrer à des nuits d'orgies hystériques, commençant par des messes dites « à rebours », car tous ces êtres ont pour point commun de se complaire dans la transgression. Satan, qui est donc présent, toujours bien « avitaillé », avec un membre « de mulet », et qui a parfois revêtu la forme d'un bouc, va régulièrement finir, à l'aube, par « connaître charnellement » tous les participants un à un, les femmes comme les hommes.

Qui donc, en ces nuits terribles, oserait alors s'aventurer par les chemins ou les forêts passé minuit ? Personne ne doute un instant des pouvoirs maléfiques des sorciers, et l'on trouve parfois le courage d'aller solliciter leurs services : un jaloux pour faire « nouer l'aiguillette » d'un rival en amour, un rancunier pour faire tarir le lait de la vache du voisin contre lequel il a perdu son procès. C'est pourquoi le Malin est invariablement soupçonné en chaque circonstance négative : femme stérile, source tarie, cochon malade..., et l'on a vu qu'il était rare qu'un étranger de passage ne fournisse alors un parfait bouc émissaire.

Comment pourrait-il en être autrement ? Les connaissances de nos ancêtres, ne l'oublions pas, sont extrêmement limitées, et mille événements qui nous sont aujourd'hui parfaitement connus restent à leurs yeux inexpliqués et incompréhensibles. Comme dans l'Antiquité, la foudre ne peut qu'exprimer pour eux la colère du ciel, et ils ne peuvent voir qu'une punition divine dans une année de pluie ou de sécheresse, ou dans une maladie inconnue, à moins qu'elle ne soit directement l'œuvre du sorcier et donc l'artifice maléfique d'un voisin jaloux ou d'un être pervers. Le surnaturel effraie : la peur de l'au-delà passe par la peur panique du retour toujours possible des morts, en quête de vengeance ou de pénitence.

Heureusement, de même que chaque chose a son saint, chaque poison a son antidote. Au sorcier avait autrefois répondu le magicien. À Satan et à ses messes noires, l'Évangile apporte ses réponses. Et puis, il reste la force symbolique des choses. Celle du sel qui, par sa couleur blanche s'oppose aux forces noires des ténèbres et qui, par son pouvoir corrosif, arrive à triompher de tout ce qui est nocif, surtout lorsqu'on a soin de le jeter par-dessus son épaule droite. Qui se voit contraint de sortir la nuit de Saint-Walbruge prend donc soin d'en avoir sur soi, qu'il n'hésitera pas à jeter au visage du sorcier ou du *puant*, certain de le terrasser instantanément. Tout est interprété et devient symbolique : les gestes, les paroles, comme les objets. Le bébé qui, à sa naissance, conserve une partie de la membrane fœtale collée à son crâne est un *marcou* : il est « marqué », et ce fait d'être « né coiffé » est vu comme un présage de chance. Le jour des noces, les vessies remplies d'eau que l'on doit crever, la vaisselle que l'on brisera seront autant de gestes au symbolisme évident. Le jour de la Chandeleur, le cierge allumé est porté à l'étable, afin qu'il en coule quelques gouttes de cire sur le joug des bœufs. Le charbon éteint que l'on rapportera des feux de la Saint-Jean aura le pouvoir d'éloigner les orages, pouvoir qu'ont aussi – on l'a vu – certaines cloches. Au lavoir, les femmes observent et commentent ce que fait la chemise du malade lorsqu'elles l'immergent, et qui, selon qu'elle coule à pic ou surnage, annoncera la mort ou la guérison.

Tout est à la fois très simple et très logique. Ainsi, la femme ayant ses règles ne doit pas aller à la fontaine, de peur d'en polluer les eaux. Lorsque la mort est là, on arrête les sonnettes et les balanciers des horloges, on voile les glaces et les miroirs (quand on en a) afin que l'âme ne puisse y voir son reflet, on vide toute eau contenue dans les récipients – pour que l'âme ne s'y noie pas en étant tentée d'aller s'y laver de ses péchés –, on ôte parfois une tuile du toit pour qu'elle puisse gagner le ciel, on s'abstient enfin soigneusement de balayer, de crainte de la jeter avec la poussière. De cette mort, on ira encore informer les « mouches » (c'est-à-dire les abeilles) considérées comme susceptibles et pointilleuses à cause de leur dard, et pour qu'elles s'abstiennent elles aussi de sortir butiner durant le temps du deuil on nouera un voile noir au sommet de leur ruche.

Tout est source de crainte. Jurer le nom de Dieu est interdit. C'est commander Dieu : c'est blasphémer. Et si l'on n'ose pas, on l'a vu, prononcer celui du Diable, on se garde tout autant d'évoquer directement la mort, pour préférer dire de quelqu'un qu'il a « passé » – autrement dit « dans l'autre monde » – où mieux qu'il est trépassé...

De Morbleu à Sapristi

Dans toutes les sociétés primitives, le nom de Dieu appartenait au domaine de l'interdit, du sacré, et donc du secret. Ce nom n'aurait su être prononcé. Tout au plus pouvait-on le dessiner sur une peau de gazelle avec de l'encre de musc, de safran ou de rose...

Voilà pourquoi aucun dieu suprême n'a jamais eu de nom réel : Zeus vient du grec « *dîos* », signifiant tout bonnement « dieu » ; Jupiter, *dei pater*, père des dieux, et Râ, en Égypte, n'était que le nom du soleil. Wotan-Gottan, au Walhalla, et Allah chez les musulmans, sont autant de noms ne signifiant pareillement rien d'autre que « dieu »... Partout, on tourne en rond, jusqu'au dieu de Moïse qui, sur le mont Sinaï, se présente à lui comme « Celui qui est », en ne lui livrant que les quatre lettres du fameux tétragramme, dont les Hébreux ont fait Yahvé. Quatre lettres pourtant imprononçables, quatre lettres d'un nom ineffable...

Ce nom de Dieu, le mortel ne doit pas le connaître. Parce qu'à lui seul, il contient la puissance divine, parce qu'aussi, de façon générale, invoquer un nom est autrefois considéré comme une manière d'appeler à soi, d'envoûter, de dominer, de se substituer à celui qui le porte, c'est prétendre l'incarner, comme faisait le juge rendant la justice « au nom du roi », ou comme fera plus tard le commissaire de police agissant « au nom de la loi »... Invoquer le nom de Dieu reviendrait donc à lui intimer l'ordre de comparaître, et c'est là outrepasser le pouvoir humain : c'est blasphémer !

Cet interdit et cette crainte ancestrale d'évoquer le nom de Dieu feront condamner sévèrement celui qui les transgresse. Voilà pourquoi, au lieu de jurer par le corps, le sang ou le ventre de Dieu, nos ancêtres avaient pris l'habitude de jouer avec les consonances des mots, disant : *Corbleu*, *Palsambleu*, *Ventrebleu*. *Morgué* ou *Morguenne* invoquaient la mort de Dieu et *Jarnibleu* signifiait « Je renie Dieu ». Voilà pourquoi on remplaça Dieu par quantité de mots, pour jurer « Nom de bleu », « Bon Nom », « Nom de Nom », « Vain Nom » ou « Nom d'un petit bonhomme » ; pourquoi, dans certains patois, on émaillait les propos de « Bon Diou » ou de « mon Vieux », et pourquoi on dit « Pardi » pour « de par Dieu ».

Allant plus loin, on ne jurait pas davantage par l'hostie, faisant parfois crier « Hostie polluée ! », comme le font encore parfois nos cousins du Québec. Au lieu de dire « sacrée hostie », on préférait dire « sacristie » ou encore... « sapristi ».

Autant de règles que l'on avait tout intérêt à respecter, puisqu'au XVIe siècle qui blasphémait était puni par là où il avait péché : on lui coupait la langue.

Le pain à table ne doit pas être tourné à l'envers, ni les couverts croisés, ce qui évoquerait la croix du Christ. À force de vouloir prévenir et éviter le malheur, la superstition s'est installée partout, multipliant talismans et amulettes. La femme enceinte en porte sur elle, comme le conscrit craignant de tirer un mauvais numéro et le soldat lorsqu'il part au front. Le bon sorcier, le *rebouteux*, est volontiers sollicité. On ne sait trop quelles prières il récite, mais pour sûr, lui, il les récite bel et bien à l'endroit.

Chats noirs, échelles et vendredi 13

Ne pas offrir un couteau, ne pas être treize à table, ne pas suivre le chemin coupé par un chat noir, ne pas passer sous une échelle... : jusqu'au fameux « vendredi 13 », on n'en finirait pas d'énumérer les superstitions que nos ancêtres nous ont léguées et dont le sens nous échappe souvent.

Pourtant, à l'origine, tout est toujours très simple. Contraints par leur ignorance à s'en remettre aux pratiques divinatoires, nos ancêtres s'interdisaient tout acte relatif à ce qui les terrorisait. C'est d'abord la mort et ce qui l'évoque, à commencer par le couteau. Et c'est plus encore la mort du Christ, associée à la croix, à la journée du vendredi, au chiffre 13, du fait que treize personnes avaient participé à la Cène, quitte à ce que ces superstitions se conjuguent et se superposent.

Ainsi, à l'horreur du vendredi, qui retient certains de tout geste engageant l'avenir (inauguration quelconque, à commencer par le changement de chemise, qui rappelle le suaire du Christ, ou toute coupure, que ce soit celle des cheveux, de la barbe ou des ongles, dont la croissance est associée à la vie), s'ajoute la réputation du chiffre 13 pour faire craindre alors plus que tout les fameux vendredis 13.

Le chiffre 13 était autrefois universellement ressenti comme particulier. Déjà, l'Ancien Testament dénombrait dans la Kabbale treize esprits du mal, et c'était le treizième chapitre du livre de l'Apocalypse qui annonçait les pires calamités. Le treizième d'un groupe était, dans l'Antiquité, considéré comme le plus puissant et le plus sublime. Chez les Grecs et les Latins, Zeus-Jupiter régnait sur les douze grandes divinités de l'Olympe, et Jésus, treizième convive, sera finalement sublimé par sa mort sur la croix...

Mais depuis la Cène, ce chiffre n'inspire que crainte et frayeur. Bien des hôtels préfèrent ne pas avoir de chambre 13 ; en Amérique, on passe souvent du douzième au quatorzième étage, et dans les rues de Paris, le n° 13 a souvent laissé sa place à un plus rassurant 11 bis.

Autre cumul, le chat noir qui coupe votre chemin, réunit trois éléments négatifs : le noir est la couleur des forces des ténèbres et donc du mal (autrefois les Africains ont automatiquement été associés au mal), le chat lui-même, imprévisible et soupçonné de ce fait de duplicité et de perfidie, et enfin la route coupée, symbole de l'interruption de la vie.

Reste le coup de l'échelle, obscur et contesté, qui s'expliquerait par l'échelle adossée à la croix du Christ, pour l'en descendre, ou par celle que l'on appuyait à la potence pour en décrocher les pendus, avec de toute façon le risque, en passant trop près, que celui qui y était vous dégringole dessus !

« Dieu me le fasse beau » : naïfs, sages ou passifs ?

Tout cela crée évidemment beaucoup de confusion, voire parfois de contradictions.

Nos ancêtres sont des croyants et Dieu est omniprésent. Chacun essaye donc de mériter le paradis, en évitant – autant que faire se peut – de multiplier les mauvaises actions. Et chacun attend des signes. Partout, on croit distinguer la marque du doigt divin. N'est-ce pas ce doigt qui est sur la France, lorsque la famille royale, en 1711, connaîtra une effroyable cascade de deuils ? N'est-ce pas lui qui déclenche les catastrophes, les incendies aux conséquences dramatiques, comme en janvier 1784, avec ces cinquante maisons détruites au Mesnil-en-Thelle, dans l'Oise, alors que le gel empêche tout secours ?

Bien entendu, on croit aussi aux miracles, qu'Il nous envoie pour nous rassurer, au pouvoir des reliques que ses saints nous ont laissées, et l'on s'efforce de Lui en rendre grâce, par des prières et des neuvaines. On accepte que le curé choisisse les parrains et marraines qui seront donnés à la nouvelle cloche que l'on va hisser au clocher, comme on accepte qu'à l'ombre du confessionnal le même curé s'immisce dans nos cœurs pour mieux nous aider, qu'il traque nos péchés et qu'il nous punisse. Dieu lui-même ne nous punira-t-Il pas un jour ? Tel notaire de Bourges, qui a commis une faute, ne trouve donc rien à redire au fait de se voir privé du pain bénit que le sacristain distribue chaque dimanche aux fidèles à la fin de l'office, tout comme Pierre Dutemple et Marie Cottu, mariés par un curé picard, alors qu'ils étaient cousins et n'avaient pas demandé de dispense, vont aller réciter, à genoux et publiquement, le chapelet, pour demander la réhabilitation de leur mariage souillé. En 1697, le curé de Rumegies, dans le Nord, obligera deux hommes à allumer une chandelle de deux livres sur l'autel du Saint-Sacrement, pour s'être battus dans le cimetière et l'avoir profané en y versant leur sang. Et pour la famille de Jacques Pietrequin, pauvre misérable que le curé de Domont, dans le Val-d'Oise, inhume en 1742 sans luminaire – c'est-à-dire sans cierges – ni sonnerie de cloche, parce qu'il est un alcoolique notoire, et surtout parce qu'il ne s'est pas acquitté du devoir pascal et ne s'est présenté que deux fois dans sa vie au « sacré tribunal » du confessionnal, cette punition, si infamante soit-elle, participe à son salut.

Si le curé doit agir, l'homme doit également parfois le faire pour défendre lui aussi le bon ordre des choses. Les animaux n'ont le droit de quitter leur place que dans les contes, où ils proposent des héros populaires. Comme on avait autrefois pendu des loups et intenté des procès à des truies affamées ayant dévoré des bébés, on n'hésitera pas, en 1725, à Clermont-sur-Oise, à punir de mort, en la fusillant, une ânesse qui n'avait pas respecté cet ordre des choses, en accueillant par des ruades celui qui venait de l'acheter.

Les « stars » de nos ancêtres

Nos ancêtres avaient leurs héros : ils connaissaient sur le bout de leurs doigts la vie de leurs saints favoris et celle des personnages de la Bible, qui leur étaient rendus familiers par les « mystères » que des comédiens, le plus souvent amateurs, jouaient, le dimanche ou certains jours de fête, sur le parvis des cathédrales. Le roi David, Noé, Abraham, ils les connaissaient tous...

À ces héros s'en ajoutaient d'autres, moins sacrés mais tout aussi populaires, tirés des contes, des *dits* et des fabliaux à succès, eux aussi fréquemment mis en scène, comme ceux des épisodes du fameux *Roman de Renart*. Ce best-seller devait sans nul doute une large partie de sa popularité au fait qu'il mettait en scène les animaux qui faisaient alors partie du quotidien de nos ancêtres, que ce soit le mouton ou le corbeau, le loup, le chat, ou ce fameux *goupil*, qui devra à ce formidable succès de n'être plus désigné que par le nom qu'il y avait reçu : Renart, un nom de baptême alors tout aussi classique que l'étaient Beaudoin, Frémond ou Tibert, donnés ici à l'âne, à la fourmi et au chat.

Dès lors, retrouver le sens original d'un nom de famille tiré d'un prénom n'est jamais simple. Outre que parfois (une fois sur cent...), il peut avoir été donné à un enfant trouvé et que, le plus souvent, il n'est dû qu'à la transmission du prénom paternel (Pierre Michel signifiant « Pierre fils de Michel »), un patronyme comme Thomas peut très bien avoir été donné comme surnom à un ancêtre sceptique, à l'image de saint Thomas, ou encore d'un ancêtre ayant tenu le rôle de ce saint lors d'un mystère... De même, Renart (ou Renard) peut avoir été le nom du fils de l'homme baptisé ainsi, comme il peut avoir été le surnom d'un homme rusé, rappelant le héros populaire.

Le paysage culturel de nos ancêtres, aussi limité qu'il ait été, n'en avait pas moins ses héros, dont le souvenir peut très bien perdurer, huit cents ans après, dans nos patronymes.

Lorsque Dieu ou ses saints font la sourde oreille, on en conclut seulement que l'on doit faire plus d'efforts. Au XIXe siècle, les paroissiens de La Celle-sur-Couzon, dans la Creuse, n'hésitent pas, lorsque la sécheresse s'éternise, à aller immerger à la fontaine voisine la statue du saint, qui aurait dû exaucer les prières qui lui ont été faites pour obtenir la pluie.

Nos ancêtres sont logiques : un adage comme « qui vole un œuf vole un bœuf » se conjugue forcément avec « tel père tel fils ». Nul ne doute que certains aient « le vice dans le sang », comme d'autres ont le sens de l'honneur, car « bon sang ne saurait mentir ». Lorsqu'une personne est soupçonnée de sortilège, sa famille tout entière risque de subir le même châtiment qu'elle. En Alsace, Catherine Maréchal, de Rothau, au Ban-de-la-Roche, accusée de sorcellerie, verra ainsi cinq couples de sa parenté l'accompagner dans les flammes.

Pour nos ancêtres, la religion est à la fois leur science et leur savoir. Elle détermine leur morale et les rend souvent passifs. La femme ne quitte pas sa place au service de son homme, car elle sait que, là-haut, cette soumission à l'ordre établi lui vaudra justement une place plus enviable. Chacun sait que s'il doit travailler pour gagner son pain, il le doit à la faute de notre mère Ève. Il n'empêche que l'on attend tout de Dieu : Maître Veux, notaire dans les Baronnies, ne le prie-t-il pas, en 1743, pour l'engraissement du cochon qu'il compte faire tuer pour Noël ? « Dieu me le fasse beau ! » écrit-il au début de l'été...

Nos ancêtres ont la foi du charbonnier. Dans leurs vêtements sombres et crottés, ils essaient d'avoir une âme à peu près blanche. Familiers de la mort, ils la craignent, tout en sachant qu'au terme de leur vie terrestre qui ne peut être qu'un long chemin d'épreuves, elle seule leur ouvrira enfin les portes d'une vie plus juste. « Heureux les cœurs purs, ils verront Dieu. » Car Dieu, en effet, reconnaîtra toujours les siens. Le jour de la mort devient donc le vrai jour anniversaire. Si l'on ignore ou ne mémorise pas celui de la naissance sur terre, on retient celui de son entrée dans le monde d'en haut. Un monde que l'on sait meilleur...

2

Silencieux, mais agités

Ce monde où Dieu règne sans partage, si l'on y pénétrait, nous étonnerait d'abord par son atmosphère. Il est avant tout silencieux : en dehors des rues des villes, toujours dénoncées comme emplies « de hurlements, de cris et de tintamarre diabolique », et sauf les jours de fêtes, on n'y entend en principe ni rumeur ni bruit. Partout, le silence domine, seulement rompu, dans les champs, par les sonnailles des troupeaux ou le chant du laboureur *briolant* pour encourager ses bœufs. Tout autre bruit ne saurait donc être anodin.

Quand l'amour faisait mal : drôle de façon de roucouler

De façon générale, nos ancêtres parlent peu : les hommes réunis à la forge ou au moulin font généralement peu de bruit, s'exprimant souvent davantage par hochements de tête et par onomatopées que par de longs discours. Ils ne sont ni bavards ni baratineurs. Le gars qui veut courtiser une fille ne connaît aucun mot d'amour ; il n'a rien de commun avec les bergers des romans pastoraux qui font rêver les marquises de Versailles, et ressemble en fait davantage à un moderne adepte du kung-fu. Le flirt, en ces temps-là, procède en effet davantage de la gymnastique que de la tendresse.

Pour faire comprendre à l'objet de ses vœux les émotions qu'elle lui cause, notre aïeul paysan va agir au plan physique, qui est son seul vrai registre d'expression. Pour déclarer sa flamme, il pince la fille au bras. Au marché ou à la veillée, il lui donne une bonne bourrade dans le ventre ou le dos, à moins qu'il ne lui torde sans ménagement le bras. Dans les régions du Sud, en Provence et en Béarn, il lui lance des petits cailloux : *Qui tira pedretas, tira amoretas.* « Qui lance des pierres, lance l'amour », dit-on en Catalogne. En Bourgogne, à la fête ou au marché, le gars *pille* la fille qui lui plaît, en lui arrachant son peigne, son bouquet ou un anneau. En Ile-de-France, il vise son mouchoir, tâchant de le lui soustraire d'un coup sec, lorsqu'elle se prépare à se moucher. Le Morvandiau, moins raffiné, lui donne carrément des claques. Mais la fille reçoit toujours ce message « cinq sur cinq », et y répond sur le même registre, et s'ils se trouvent d'accord, les deux tourtereaux se serrent les mains ou se donnent de bonnes tapes dans le dos.

Timides, maladroits, brutaux ? Amour ou gymnastique ? Amour, oui, mais amour obéissant à un code rigoureux, un code que nos ancêtres, qu'ils soient ou non timides, respectent. Tout est pesé, et lorsqu'il faudra parler, on le fera également de certaines façons et par certaines formules. Les deux mains se serrent à une veillée ? Lorsqu'on boit, on choque un bon coup les écuelles et, sans que les regards se croisent, on prononce des paroles détournées : « À celui qui marche sur les remparts de votre cœur », dira le Dinanais. À quoi il devra s'entendre répondre : « Mon cœur n'est pas une citadelle. Il n'y a pas de sentinelle », ce qui signifiera bien sûr que la voie est libre.

Tout est codifié. On se souvient du don des morceaux de cochon dont la grosseur doit être proportionnée à l'amitié. En matière amoureuse et matrimoniale, tout l'est également plus ou moins, et le moment de la demande en mariage est sans nul doute le temps où ce phénomène atteint son paroxysme.

Ça passe ou ça casse : le langage codé du croque-avoine

L'affaire est en route. Bien du chemin a été fait, depuis le premier geste symbolique, celui de la branche déposée, au matin du 1er mai, sur le rebord de la fenêtre de la fille élue. Les mois ont passé. « L'oie est au pot et le cochon au saloir » : l'hiver arrive. À la veillée, la fille s'est assise sur les genoux de son galant. Parfois même, elle a laissé, comme on le verra, « le chat aller au fromage ». On va pouvoir parler mariage, et pourtant, on s'en garde bien. Quand arrive le temps de la demande, c'est un nouveau scénario qui se met en place, avec l'intervention d'un nouvel acteur : l'entremetteur.

Son nom varie selon les régions : *merlet*, *marieur*, *accordeur*, *ambassadeur*, *couratier*, *menadour*, *kouriter* en Bretagne, mais aussi *coupe-jarret* et *croque-avoine*. Il est traditionnellement recruté parmi les bergers ou les tailleurs d'habits, qui ne manquent pas l'occasion de passer dans les maisons pour y prendre et livrer les commandes.

Il arrive, muni d'un signe visible de reconnaissance, marchant avec un bâton blanc (écorcé), enrubanné, ou portant un rameau de genêt à son vêtement ou à son chapeau. Les parents comprennent immédiatement. Tout se sait. Non seulement ils savent de quoi il s'agit, mais ils savent également très bien par qui l'homme est mandaté. Selon qu'ils agréent ou non le projet et le candidat, leur comportement va varier. L'homme sera ou ne sera pas invité à s'asseoir, la mère roulera ou déroulera ostensiblement son tablier, ôtera un objet de la table ou y placera un ustensile en évidence, à l'endroit ou à l'envers, éteindra le feu ou ira le tisonner. L'entremetteur se verra ou non offrir un verre, un repas maigre ou un repas gras (omelette ou viande), tendre ou non un objet, comme on peut, en Lorraine, lui présenter une *caissate*, autrement dit une casserole, vide.

On échangera peu de paroles. On ne prononcera aucun des mots qui vous amènent, comme ceux de mariage ou de fiançailles. On se contentera de regarder et de suivre ce gestuel, dont on possède le code. Si l'accueil a été favorable, on trinquera en choquant les verres ou en se frappant dans les mains, sans jamais, là encore, en dire plus. De la sorte, une demande en mariage n'est jamais officiellement refusée, aucune parole définitive n'est jamais prononcée. Aucun affront n'est subi, l'honneur est sauf. Un refus serait une offense grave : Le « non » est presque tabou !

La demande en mariage, si elle est acceptée, le sera donc en silence, avec pour tout bruit ceux du balancier de l'horloge et des verres que l'on choque. Ce silence, dès lors qu'il s'intègre dans des mises en scène reconnues, vaut très cher. On sait que si la parole, rarement prononcée, équivaut son pesant d'argent, souvent tant au propre qu'au figuré, est rare, le silence lui est réputé d'or. La parole n'intervient jamais qu'en phase ultime, en justice, par la bouche des témoins, ou en affaires, par la bouche du notaire qui lit l'acte qu'il a rédigé avant de le faire signer et sceller. Elle n'intervient qu'après que l'on a épuisé tous les gestes, comme notre notaire prend d'ailleurs soin de le rappeler dans les rédactions de ses actes.

Une demande en mariage en 1870

Si, dans les milieux ruraux, les anciens préparaient les mariages et concoctaient les couples de cavaliers et cavalières qui se trouveraient réunis dans les cortèges, dans les classes dominantes, les vieilles tantes et les relations occupaient une partie de leur temps à organiser des présentations et à favoriser des rencontres, où le hasard était à grand-peine simulé.

C'est Georges et Madeleine à qui l'on s'arrange, en 1928, pour faire faire quelques pas ensemble, rue Royale, sous un même parapluie, à la sortie d'une messe à la Madeleine – promenade qui scellera leurs destinées... Les futurs ne se connaissent pas ? Qu'importe ! En 1880, Francis Duverne est un garçon difficile à caser. Fils d'une bonne famille, il a malheureusement un père qui s'est compromis aux côtés des Communards, n'a qu'une situation fort modeste, et n'est pas non plus un Apollon. Il vit modestement dans un petit appartement de Chalon-sur-Saône, dont la propriétaire a, à Saint-Étienne, une nièce qui commence « à monter en graine ». Cette logeuse prend donc les choses en mains et, après avoir préparé le terrain, envoie carrément son protégé faire sa demande. Francis est accueilli en gare par un père « bien ganté, astiqué, cravaté (et portant) chapeau haut de forme », qui le conduit à l'hôtel et le convie à dîner.

« À l'heure dite, je grimpe les quatre étages. Je suis reçu par la maîtresse de céans, que je connaissais pour l'avoir vue deux fois à Chalon. Bruyantes exclamations de sa part. Réserve bien naturelle de Mlle Anna, souriante et élégante dans un costume qui la serre démesurément et lui fait une taille de guêpe, comme c'était de rigueur à l'époque. En attendant que Madame soit servie, je suis introduit au salon. Je lève les yeux sur Mademoiselle, qui supporte mon regard sans broncher. Le père, pétillant, sautillant, arrive, le sourire aux lèvres. On se met à table. Mademoiselle à côté du soupirant. Insensiblement, j'approche mon couvert du sien, pas de recul... (...) On me demande une chose, une autre ; je réponds. Puis, la table desservie, un jeu de cartes est apporté ; c'est le traditionnel « Cinq-Cents » : les deux vieux contre les deux jeunes. Le jeu est bien choisi : il convient de se montrer ses cartes, et c'est là une occasion de se rapprocher ; nos épaules se frôlent. Toujours pas de recul.... »

Autre temps, autres mœurs, et surtout autres codes. Après sa partie de Cinq-Cents, notre candidat s'en retourne le lendemain soir à Chalon. Quinze jours après, il est présenté comme fiancé officiel...

Rameaux d'olivier et mottes de terre : poids des mots et symbolique des gestes

Les formules des notaires d'autrefois nous semblent

lourdes et redondantes ? Peu importe. Elles entendent mettre l'accent sur des points essentiels, qui doivent être soulignés, non seulement à l'écrit, auquel peu ont accès, mais à l'oral. Et c'est pour les souligner que l'on choisit de les répéter et de les développer.

Dans un acte de vente, il est bien précisé que le propriétaire de la chose cédée « vend et a vendu ». L'action, dès qu'elle a lieu, doit prendre force certaine et durable. Cette vente se fait « purement, simplement et pour toujours » et les vendeurs « vendent, cèdent et quittent à toute perpétuité et à jamais ». Un notaire savoyard voulant bien justifier de la qualité de propriétaire de l'homme qui vend un pré notera que celui-ci « icelle pièce sus vendue avoir, tenir, jouir, gaudir, user et perpétuellement posséder ». C'est ainsi que celui qui renonce à un héritage, « cède, quitte, remet, vide et désempare » ou que celui qui dicte son testament est précisé « étant toutefois en son bon sens, ferme propos, entier jugement et parfaite connaissance ». L'enfant qui reçoit une donation le fait « humblement remerciant et acceptant ». La femme qui intervient dans un acte le fait « de l'advis, consentement et authorité » de son mari.

Ces formules, si elles allongent et alourdissent les actes, traduisent et intègrent les gestes symboliques qui les ont ponctués, véritable rituel accompli en public.

Lorsqu'il achète un verger, Pierre Naville, habitant de Salon-de-Provence, est ainsi « mis en possession, réelle, actuelle et corporelle dudit verger », le notaire « le faisant entrer et sortir par trois fois dans icelui et cueillir et rompre des branches et rameaux d'olivier (...) en signe de vrai imission de possession ». Au fils qu'il émancipe officiellement, devant le viguier assis sur son siège, le père « tenant ses mains entre celles de sondit fils, requis humblement par lui, l'a émancipé et en signe de ladite émancipation a ouvert et séparé ses mains d'entre celles de sondit fils ».

Le symbolisme du geste est suffisamment fort pour dispenser de parler. Le « pot de vin », dont le sens a glissé au cours des siècles, n'est à l'origine qu'un petit supplément de prix, payé en nature pour offrir ces gobelets de vin ou d'eau-de-vie que l'on va choquer pour sceller concrètement l'accord. On a déjà remarqué qu'au Moyen Âge le seigneur concédant une terre à un manant lui remettait un objet qui en symbolisait la possession, comme un fétu de paille ou une motte de terre...

Une histoire de pot et de roses

« Découvrir le pot aux roses » est très certainement une des expressions populaires qui est restée parmi les plus obscures.

Au Moyen Âge, la rose était une fleur rare et recherchée, soigneusement cultivée et bien évidemment chargée de propriétés et de symboles en raison de sa perfection. Elle est à l'Occident ce qu'était le lotus à l'Orient. Dans l'iconographie chrétienne, elle symbolise le cœur du Christ et la coupe ayant recueilli son sang, dont elle est la transfiguration. Son image évoque le Graal, mais aussi la rosée céleste de la Rédemption. Elle est associée à la fois à la Vierge et à l'âme, à la Résurrection et à l'immortalité. La rose d'or, bénie par le pape le quatrième dimanche de Carême, symbolise quant à elle la puissance, et la rose des vents, dans l'art gothique, rejoint le symbolisme de la roue... Les troubadours en feront le symbole de l'amour, et les alchimistes, celui de l'impossible, leurs traités étant souvent intitulés *Rosiers des philosophes*... On ne saurait dès lors s'étonner que l'expression latine *sub rosa* (sous la rose) signifie « en grand secret ».

À notre « pot aux roses », on a évidemment proposé maintes explications. On l'a d'abord rapprochée des pots dans lesquels nos aïeules avaient coutume de garder ces fleurs, et surtout leurs pétales, dont elles appréciaient le parfum, qui s'échappait lorsque l'on en soulevait le couvercle. On a également évoqué que l'on avait coutume, au cours d'une réunion dont le sujet devait rester secret, de recouvrir symboliquement un vase ou une coupe (un pot). Selon le dictionnaire de Furetière, datant du XVIIe siècle, cette formule remonterait au XIIIe et signifierait « faire voir le secret d'une affaire où il y avait quelque turpitude ; découvrir imprudemment une affaire que l'on voulait tenir secrète, le secret d'une affaire où il y avait de l'ordure ». Dès lors, on peut se demander de quel pot il s'agissait... Non pas du « pot de chambre », qui n'apparaîtra qu'au milieu du XVIe siècle, mais sans doute de celui autour duquel on tourne, dans l'autre expression, moins ancienne, « tourner autour du pot »... ce que nous pourrions sans doute faire nous-même longtemps et vainement ici, sans pour autant arriver à découvrir vraiment ce « pot aux roses » qui pique notre curiosité...

À un autre niveau de la société, le cérémonial de l'adoubement était constitué lui aussi d'une succession de gestes symboliques, insistant tout autant sur sa signification religieuse que sur sa portée politique et sociale. Il commençait, la veille, par un bain purificateur que prenait le futur chevalier avant d'entamer une nuit de prières. Au matin, il entendait la messe et se voyait remettre, avec des gestes mesurés, l'épée, le casque – qu'on appellait le *heaume* –, la cotte de maille – qui était le *haubert* –, le bouclier, que l'on nommait écu (d'où notre *écusson*) et la lance. Notons que notre chevalier ne portait pas l'armure sans laquelle on n'arrive pas à l'imaginer aujourd'hui. Sous sa cotte de maille, il avait un *gambeson*, sorte de gilet rembourré, et se contentait en fait, par-dessus, d'un simple surcot, qui était une tunique souple, destinée à empêcher l'éblouissement que risquaient de provoquer les reflets de sa cotte renvoyant les rayons du soleil. Ce n'est que dans la seconde partie du XIVe siècle, lorsqu'il devra se protéger contre les premières armes à feu, qu'apparaîtra notre armure de cinéma.

C'était donc à genoux, signe d'humilité et de soumission, et les mains jointes dans celles de son seigneur, pour bien exprimer sa volonté de devenir l'homme d'un autre homme, que le *bachelier*, comme on nommait l'aspirant chevalier, recevait de celui-ci la *paumée* ou *collée*, consistant en un coup donné du plat de la main ou de l'épée, laquelle épée, évidemment, avait été préalablement bénite. Ces gestes accomplis, et l'ayant été en public, le seigneur relevait alors le jeune homme et, après lui avoir parfois donné un baiser, lui remettait son ceinturon et ses éperons. Il lui passait au bras son bouclier, auquel le prêtre présent ajoutait souvent une bannière.

Chapeaux à plumes et exhibitionnisme : le choc des photos

Au poids des mots, qui sont rares, correspond bien sûr, déjà, le « choc des photos ». Choc de l'objet et de l'image, nécessité des signes de reconnaissance en tous domaines et en toutes occasions. Au Moyen Âge, la fourche patibulaire donne la mesure du pouvoir du seigneur haut-justicier, comme l'exprime aussi le *colombier à pied*, édifié en tourelle, alors que les girouettes, réservées aux toits des seuls gentilshommes, indiquent, selon qu'elles sont de forme pointue ou carrée, la place que ceux-ci occupent dans la hiérarchie féodale. À l'église, le seigneur a son banc d'œuvre et ses parents sont inhumés dans le chœur. Partout, l'habit fait le moine, comme la coquille de Saint-Jacques fait le pèlerin, comme le bâton blanc fait l'entremetteur, l'aumusse le chanoine, comme plus tard l'écharpe fera le maire et la plaque de cuivre le garde champêtre.

Aux louées de la Saint-Jean, foires où les domestiques se proposent pour les travaux d'été, le charretier s'exhibe un fouet autour du cou, le farinier un sac vide à l'épaule, le berger une touffe de laine à sa blouse, le faucheur un épi de blé à son chapeau et la servante de ferme une rose à son corsage. De la même façon, les *écôleurs* du Queyras qui passent l'hiver en se plaçant comme instituteurs dans les villages provençaux s'affichent, lors des grandes foires automnales de Digne, de Gap, de Valence, de Nyons ou de Carpentras, en arborant à leur chapeau des plumes, dont le nombre indique traditionnellement leurs compétences. Une seule pour celui ne sachant enseigner que la lecture, deux pour ceux qui y ajoutent l'écriture, une troisième pour le calcul, une quatrième pour le latin.

Tous ces objets et toutes ces images sont ressentis comme d'autant plus nécessaires que l'on ne savait justement ni lire ni écrire. Dans les rues, les enseignes des échoppes, comme à l'église les attributs des saints, tout est organisé en fonction de ce principe.

L'étrange catalogue des attributs des saints

Puisque chaque saint patronnait un métier et protégeait certains groupes sociaux, il importait qu'il soit reconnaissable et identifiable lorsque nos ancêtres le « rencontraient » à l'Église, où il était statufié.

Heureusement, ces saints étaient le plus souvent très familiers aux populations d'autrefois, pétries, comme on l'a dit, de religion. Pour elles, saints et saintes étaient autant de héros, parfaitement comparables à ceux que nous proposent aujourd'hui nos séries télévisées, et dont on connaissait suffisamment les vies et les légendes pour pouvoir les reconnaître au plus petit indice. Chaque saint avait donc un attribut bien à lui, qui s'imposait à chacun, et relevait à la fois d'un vaste bestiaire et de toute une quincaillerie directement approvisionnés par leur légende.

Les uns tenaient entre leurs mains l'instrument qui avait servi à les martyriser : saint Laurent son gril, sainte Catherine sa roue, saint André sa croix en forme d'« X », sainte Apolline la tenaille avec laquelle on lui avait arraché les dents, saint Étienne une pierre (il avait été lapidé). Saint Denis tenait sa tête, revêtue de sa tiare d'évêque, du fait qu'après qu'on la lui eut tranchée, il avait marché de Paris à Saint-Denis, en la portant sous le bras. Saint Sébastien, enfin, était représenté le corps criblé de flèches, sans oublier la petite sainte Agathe, présentant humblement sur un plateau les seins qu'on lui avait tranchés...

D'autres portaient des objets rappelant leur vie ou leur patronage. Sainte Madeleine tenait un flacon de parfum destiné à embaumer le corps du Christ, sainte Barbe avait à ses pieds la tour dans laquelle son père l'avait enfermée, saint Nicolas la cuve d'où sortaient les trois enfants qu'il avait sauvés. Saint Christophe portait le Christ sur son dos avec un bâton en main, alors que saint Fiacre, patron des jardiniers, était représenté avec une bêche, sainte Marthe, patronne des aubergistes et des ménagères, avec une louche ou une marmite, et saint Pierre, évidemment, tenait l'énorme clé toute dorée du Paradis...

C'est encore tout un bestiaire, très parlant pour nos ancêtres : le cochon tapageur qui empêcha saint Antoine de se concentrer pour prier, le chien qui sauva saint Roch de la faim en lui apportant un pain, le cerf que saint Hubert chassait au moment de sa conversion, la coquille « Saint-Jacques »...

Dragon ou taureau, calice ou balai, ces symboles achevaient de rendre vivants et présents à nos ancêtres tous ces personnages dignes de nos bandes dessinées, dans un monde où l'objet et le dessin avaient une place privilégiée.

Le blason des chevaliers, qui n'était à l'origine que leur logo, était pareillement avant tout un signe de reconnaissance, et l'on ne connaît finalement guère d'autre moyen de publicité que le recours au signe. C'est ainsi que le criminel est marqué au fer rouge, ou que l'auberge se signale par l'enseigne du « lit-on-dort ». L'image, sous toutes ses formes, est l'ancêtre de notre pictogramme, et remplace elle aussi bien des mots...

A-t-on moins de vocabulaire ? Sans doute, et plus certainement chez les humbles, bien qu'aucune étude n'ait pu être valablement menée à ce jour sur cette question. Mais au fait que les mots sont, sans nul doute, moins nombreux, vient s'ajouter celui que certains sont à la fois évités et remplacés par des périphrases ou des métaphores, comme on l'a vu pour la mort, moment crucial où le silence règne à nouveau, mode d'expression du deuil éprouvé, du respect et de la crainte et de l'incompréhension qu'elle inspire. Lorsqu'elle survient, le gestuel s'aligne sur elle. On arrête tout travail et l'on met tout l'environnement au même régime, en allant dételer les animaux. Même les abeilles doivent s'arrêter de butiner et de bruire, pour laisser toute la place aux prières murmurées à voix basse et que rompent seules cet immense silence qui leur permettra de monter plus directement au ciel. Les choses dites à voix basse bénéficient d'un poids plus fort encore, en ce qu'elle suscitent davantage attention et curiosité.

Silencieux mais bruyants et plus encore susceptibles et procéduriers

Tout ce qui brise le silence n'en revêt donc que plus d'importance. En ville, ce sont les cris des marchands ambulants vantant leurs marchandises, et partout, ce sont les sonneries de cloches, qui rythment la vie et la journée, annoncent les nouvelles ou sonnent le tocsin pour assembler la population. On les sonne si fort, notamment pour éloigner les orages, qu'il arrive parfois qu'elles se fendent... C'est aussi le son du tambour du garde champêtre, héritier du crieur public qui s'en allait crier les informations sur les places et dans les rues. À Gallargues, en mai 1550, nous l'entendons crier ainsi les amendes que les consuls viennent de tarifer : « *Las penos derenegadous sus la peno de dix sols, las penos de labar los tripos pres des poses sus la peno de quatre sols* » (« Les peines des blasphémateurs dix sous, les peines pour laver les tripes près des puits quatre sous... »). Pour qui a pris « le bois des arbres fruitiers », ce sera dix sous et la mise au carcan, car n'oublions pas que l'on vit constamment en public... Tout acte officiel doit donc s'y dérouler. Voilà pourquoi on a vu le pilori dressé sur la place du marché, voilà pourquoi la pénitence du pécheur est lue par le curé lors du prône. Voilà pourquoi le notaire prend l'acquéreur par la main pour le faire, devant témoin, entrer et sortir de la maison qu'il achète.

Dès lors, il est logique et inévitable que, lorsque l'ordre est bafoué, le bruit et le tapage retentissent, à Mardi gras comme lors du charivari. Il est logique que l'on se dispute pour des problèmes de préséances, plus symboliques que futiles, comme à Vierzon, en 1756, pour savoir qui, de l'avocat du roi ou d'un échevin municipal, tiendra le flambeau qui allumera le grand feu de joie devant succéder au *Te Deum* célébré à l'occasion de la conquête de Minorque. De même, il est logique, que Maître Germain, chirurgien d'Yvoy-le-Pré, ait exigé à la fois le placardage et la lecture dans les églises de sa région de l'acte d'excuse des époux Bougard, qui avaient mis ses compétences en doute. Il est logique de voir, à Saint André-des-Alpes, l'importante Anne Chaillan poursuivre le domestique d'un autre seigneur qui a osé gardé sa coiffure sur sa tête lorsqu'elle est passée devant lui. Il est logique qu'en pleine rue de Lons-le-Saulnier, on puisse voir, en 1770, un père sexagénaire gifler son fils prêtre qui vient d'omettre de le saluer alors qu'il se hâte, de façon publique et visible, d'aller porter les sacrements à un malade. L'autorité paternelle doit être reconnue et admise, et plus encore en public qu'en privé.

Mais quand la parole s'ajoute au geste sur un fond de silence, l'engagement est total et définitif. Les mots qui la composent aussi, et le fait qu'ils soient prononcés en public, ne peut que la rendre plus lourde de conséquence. Une parole signifiant un refus, adressée même indirectement, par exemple à l'entremetteur qui s'est contenté de suggérer la demande en mariage, et c'est la fierté blessée, la honte, et donc forcément la colère, la rancœur, la brouille, la haine et parfois le procès.

Bien plus que leurs abeilles, nos ancêtres sont donc susceptibles, et cette susceptibilité maladive et obsessionnelle les conduit fréquemment à des impasses, qui sont autant d'occasions de procès. Procès pour la terre, que l'on se dispute âprement, mais aussi pour mille vétilles. Procès pour une vache qui va brouter l'herbe d'un pré ou les jeunes pousses d'une forêt replantée, procès pour la propriété d'un pied de châtaignier, procès on l'a vu, en 1850, pour une « civière de fumier » ou à Grasse, en 1791, pour un vol de figues : les causes en sont aussi futiles que sérieuses. Murs mitoyens, bornages, avec pour enjeu quelques arpents de terre ou d'herbe, disputes entre deux seigneurs ou deux curés pour un même hameau qui deviendra « alternatif », entre le maire et le curé pour la corde à demi effilochée permettant d'actionner la cloche – tout est matière à des procès, qui seront aussi impitoyables que longs (mais le temps, on le verra, se mesure lui aussi autrement). Susceptibles, nos ancêtres ne peuvent être que procéduriers.

Dans cette civilisation de l'oral, personne, en fait, ne saurait avoir de repos tant qu'un bon écrit, officiellement « scellé » et paraphé, ne viendra conclure un accord en jouant sur les mots. Avant que l'acte du notaire soit signé, celui-ci l'aura souvent réécrit maintes fois, car il sait que la moindre rature ou la moindre *postille* peut avoir d'incalculables conséquences. Car l'écrit, bien plus exceptionnel et rare que la parole, a alors toute la prééminence.

3

Illettrés ou ignorants ?

L'écrit, chez nos ancêtres, apparaît bien sûr limité. Il est limité dans sa fréquence, comme dans son accès. Très rare, cet écrit est réservé à une élite, à une petite catégorie de gens *apperts*, autrement dit éduqués – dont le contraire, *malappert*, à donné notre malappris –, mais cultivés, lettrés, bref à tous ces gens que l'on dit *discrets*, c'est-à-dire « capables de discerner », à la fois le bien du mal, le vrai du faux, le laid du beau, les œuvres de Dieu de celles de Satan.

Longtemps, les prêtres furent ainsi qualifiés. Comme on parle d'« honorable Pierre Sauvageot, marchand drapier ou marchand fermier », on parle de « discrète et vénérable personne, Messire Jean Poulin, prêtre, curé de Dettey ». Et cette « discrétion » se manifeste avant tout par la possibilité de lire et de comprendre les textes, par celle d'écrire et de compter. Toutes ces connaissances donnent sur le commun une supériorité considérable, permettant de savoir lire un « vrai » livre, alors que l'illettré doit se contenter des petits livrets assortis d'illustrations. En cela, les vies de saints peuvent être considérées comme les pâles ancêtres de nos bandes dessinées, et les almanachs, remplis de pictogrammes en tout genre, répondent aux attentes populaires. Cela vaut au *Calendrier des Bergers* ou à *l'Almanach du Bon Laboureur* d'être des best-sellers, tirés au XVIIe siècle, jusqu'à trois cent mille exemplaires.

La lecture, d'ailleurs, ne s'apprend pas autrement. Mais

avant de voir comment cela se passait, encore faut-il voir qui était alors chargé de l'enseignement.

Deux chemises et quatre rabats : quand le boulanger faisait l'école...

Enseigne qui peut : le curé, le sacristain – ce dernier avec ou sans contrat – ou toute autre personne proposant de le faire, tel que cela ressort de nombreuses conventions passées devant notaire.

Dans le Cher, les habitants du bourg de La Guerche passent contrat en 1630 avec un certain Jehan Desloges, « maître d'escole » du pays d'Autun. Passé en présence d'« honorable homme Charles Coquille, maistre escrivain à Nevers », qui l'a sans doute recommandé ou recruté ; l'acte précise que Desloges doit « monster et enseigner aux enfants desdits habitants les sciences tant de lire, escrire, calculer, soit aux jetons soit à la plume, moyennant seize sols par mois pour les enfants qui apprendront à lire et à écrire et huit sols pour les lecteurs, et en outre moyennant cinquante livres par an ». L'acte a soin d'ajouter que l'on fournira au maître d'école chambre, « lit, bureau et table ».

Si Desloges, recommandé par un « maître écrivain », doit être compétent, tous ses confrères recteurs ne le sont malheureusement pas autant. Gageons que dans une autre commune du Berry, à Saint-Doulchard, Benoist Gâtebois qui s'engage, en 1646, à enseigner aux enfants de Vincent Mabillat, laboureur, « à lire et à écrire et à prier Dieu selon la religion catholique et romaine » n'est pas du même niveau. Même si ce n'est là qu'un contrat privé, le salaire vole nettement plus bas. L'accord est passé « moyennant 24 livres tournois, deux chemises et quatre rabats ».

Mais il n'est pas facile de trouver des gens compétents. En 1773, la municipalité d'Argenton déplore que « comme il n'y a point en cette ville d'école publique fondée, on en est réduit à confier l'éducation de la jeunesse aux premiers maîtres qui se présentent ». Pense-t-on, pour autant, à imposer un examen de capacité comme celui que l'on va faire passer, le mois suivant, à Châteauroux à sept jeunes gens, examen au terme duquel cinq seront reconnus capables « de tenir classe ouverte pour donner des leçons de lecture, écriture et arithmétique », les deux autres devant se contenter d'enseigner la lecture ? Ce sont les mêmes soucis qui feront défendre, en 1777, à plusieurs personnes et notamment à Jean Poutillon, boulanger, « de s'immiscer à faire les fonctions de maître d'école »...

Mais a-t-on le choix ? À la campagne, la communauté paroissiale mesure rarement l'intérêt et la rentabilité d'un tel investissement. Dans le cas où ni curé ni sacristain ne peuvent ou ne veulent jouer ce rôle, quelques très rares laboureurs aisés, tel Vincent Mabillat, pourront juger utile d'engager un précepteur personnel, qui s'acquittera le plus souvent de sa tâche à temps perdu, tant pour ce qui est du temps de l'enfant que pour celui du magister, c'est-à-dire lorsque aucun des deux ne sera accaparé par les travaux de la ferme.

D'une part, en effet, cet enseignant, qu'il travaille pour une famille ou une communauté, exerce le plus souvent des fonctions complémentaires de domestique dans l'une, et un métier dans l'autre. Il est à la fois paysan et « écôleur ». À Lancé, près de Vendôme, où Pierre Bordier montre combien cette question est prise au sérieux, le sieur David, engagé en 1760, sera à la fois « sacriste et maître d'école ». Un peu plus tard, à Mareuil-en-Dôle, dans l'Aisne, Symphorien Magitot sera tantôt maître d'école (1786), manouvrier et instituteur (1790), officier public – autrement dit secrétaire de mairie et sans doute aussi garde champêtre (1796) –, vigneron et maître d'école (1812). Son savoir le conduit le plus souvent à cumuler les emplois administratifs, comme un siècle auparavant Antoine Catto avait été garde champêtre en été et instituteur l'hiver, à Piégon, dans la Drôme.

Reconnaissons à leur décharge que ceux qui engagent et réclament ces enseignants ne leur facilitent pas la tâche. Si nous retournons à Châteauroux, nous y voyons, en 1776, le conseil de la ville déclarer avoir reçu plusieurs plaintes de parents d'écoliers quant aux horaires des cours, qu'ils trouvent gênants pour leurs ménages comme pour leurs enfants, et ce bien que ces horaires avaient été fixés pour éviter aux parents la dépense de chandelle.

À la campagne, l'assiduité sera longtemps à peu près nulle, et la présence à l'école en période de gros travaux restera toujours hors de question. Lorsque Jules Ferry rendra la scolarité obligatoire, il aura le soin de programmer les « grandes vacances » de manière à y inclure fenaisons, moissons et vendanges, travaux pour lesquels il n'était pas concevable aux parents de se passer de l'aide des enfants – considérations que l'on ne pouvait se permettre d'ignorer si l'on voulait que cette loi rencontre une chance d'application effective.

La loi Jules Ferry allait en effet se heurter aux situations et mentalités selon lesquelles, à la campagne, l'enfant pouvait, certes, aller tous les jours à l'école, exception faite de ceux où l'on tuait le cochon, où l'on enterrait l'aïeul, où l'on allait au Pardon, où il pouvait, en Languedoc, aller garder le cochon au « couderc ». Autrement dit, on acceptait que l'enfant aille à l'école lorsqu'il faisait mauvais – sauf, évidemment, lorsque la neige obstruait les chemins. Il en allait ainsi depuis des décennies, alors que l'on comptait, en France, quelque 63 000 écoles publiques ou privées, dont beaucoup avaient vu le jour à la suite de la loi Guizot, en 1833. Et même si ces écoles fonctionnaient souvent de manière « mutualiste » (les plus grands enseignant les plus petits, pendant que le maître s'occupait des moyens), le progrès avait été considérable. Un an avant, en 1832, plus de dix mille communes en étaient encore dépourvues, soit plus d'une sur quatre, et à la campagne sans doute plus d'une sur trois ! Il faudra des décennies avant de trouver des bacheliers issus de milieux modestes.

Quand les bacheliers ne passaient pas de bac

Chaque année, le baccalauréat fait monter l'adrénaline de milliers de jeunes gens et de deux fois plus de parents qui rêvent de voir leur fils ou leur fille devenir des « bacheliers », un mot qui a, évidemment, tout une histoire.

À l'origine, il semble venir de celui du *bas chevalier*, nom donné au Moyen Âge au chevalier qui n'avait pas assez de vassaux ni de fortune pour conduire des hommes au combat sous sa propre bannière, et qui se voyait par conséquent obligé de faire la guerre sous les ordres d'un *chevalier-banneret.*

Rapidement, ce mot avait été aussi utilisé pour désigner un premier degré d'études. Mais, plus généralement, le *bachelier* était un jeune homme vaillant, d'où, dans bien des régions, le nom de *bachelleries* donné autrefois aux réunions de jeunes gens et de conscrits. Le mot fut d'ailleurs exporté sous ce sens en Angleterre, où il s'est maintenu jusqu'à nos jours dans l'anglais *bachelor*, désignant tout simplement... le célibataire.

Notre bachelier du Moyen Âge ne passait donc pas de bac. Ne serait-ce que parce que le baccalauréat n'est apparu qu'au XVIe siècle, à l'origine sous le nom de *baccalarius*, pour désigner la situation des jeunes clercs préparant une licence. Napoléon l'avait maintenu comme premier grade universitaire, que l'on pouvait alors passer dès l'âge de seize ans. On comptera ainsi trente et un bacheliers en 1809, et ce n'est qu'en 1881 que, partagé en deux, il deviendra l'examen sanctionnant les études secondaires. Il est alors réservé à l'élite sociale et culturelle, les autres se contentant du Certificat d'Etudes Primaires, instauré en 1866 par Victor Duruy et qui se maintiendra jusqu'en 1995, avant d'être successivement relayé par le BEPC (Brevet d'Etudes du Premier Cycle) et aujourd'hui, de fait, par le bac.

De l'argot estudiantin était en effet né, sous le Second Empire, le *bachot*, rapidement ramené, vers 1880, à notre *bac*, pour désigner ce diplôme dit incontournable, que Sacha Guitry, Antoine Pinay, Marcel Bleustein-Blanchet et bien d'autres encore n'avaient pourtant jamais eu – comme quoi le bac, déjà, n'était plus ce qu'il devait être...

Méthode globale ou semi-globale ? Une histoire de « cochon rôti »

La première méthode d'apprentissage a été notre bon vieux « par cœur » !

À l'image des catéchismes, les livres scolaires ont d'abord visé à faire entrer dans ces têtes généralement peu préparées à l'étude quelques bases élémentaires, en les faisant apprendre par cœur et selon le principe des « questions-réponses ». « Qu'est-ce que Dieu ? » demandait la première d'entre elles aux élèves du catéchisme. Réponse : « Dieu est pur esprit. » De bien grands termes pour de bien petites têtes...

Le même scénario se répète partout. Ouvrons l'*Encyclopédie des enfants*, datée de 1810. Elle parle de religion, du pape, décrit les sept merveilles du monde antique (le Jupiter d'Olympie, le colosse de Rhodes, le temple de Diane à Éphèse...), la géographie et l'histoire... en ramenant tout à la religion et à la création du monde par Dieu. À la question, « Qui a inventé la navigation ? » la réponse commence par « L'écriture sainte semble nous en marquer l'origine, par le déluge universel... » et de l'Arche de Noé, on arrive aux Phéniciens ! Méthode globale ou semi-globale ? En histoire, qui tient d'ailleurs plus de la généalogie, c'est en fait la « méthode détails ».

Une ahurissante leçon d'histoire

Publiée en 1810, l'*Encyclopédie de la jeunesse* était destinée à donner aux jeunes enfants d'une douzaine d'années les bases élémentaires dans tous les domaines. Elle proposait cent soixante-dix pages de demandes et de réponses ininterrompues, à apprendre par cœur. L'exemple de la leçon sur la Bavière se passe de commentaires :

D. Quel est son gouvernement ?

R. Il est monarchique, depuis 1806.

D. Quel est son roi ?

R. C'est l'électeur qui en était duc, Maximilien-Joseph, né le 27 mai 1756, marié, le 30 septembre 1785, à Marie-Wilhelmine-Auguste de Hesse-Darmstdat ; veuf le 30 mars 1796, et remarié le 9 mars 1797, à Frédérique-Guillelmine-Caroline, princesse de Bade.

D. A-t-il des enfants de son premier mariage ?

R. Oui : Louis-Charles-Auguste, prince-royal, né le 25 août 1786, Auguste Amélie, née le 21 juin 1788 et Charles-Théodose-Maximilien-Auguste, né le 7 juillet 1795.

D. Quelle observation avez-vous à faire sur la maison de Bavière ?

R. Qu'elle est une branche cadette de la maison Palatine du Rhin.

D. Quelles sont ses principales rivières ?

R. Le Danube, l'Iser et la Wernitz.

D. Quelles sont ses principales villes ?

R. Munich, qui en est la capitale ; Ingolstadt, Ulm, Amberg, Neubourg et Donawert.

D. Quelles sont les productions de la Bavière ?

R. Elle est très fertile en blé et en vin ; on en tire du fer, du marbre et du sel ; elle est peu commerçante, cependant il y a à Munich des manufactures de velours, de soies et de tapisseries.

D. Quelles sont les mœurs des Bavarois ?

R. Ils sont francs, laborieux et bons soldats.

(Alors que celles des Anglais sont dites « guerrières, sérieuses, simples, et surtout très orgueilleuses », et que celles les habitants du Royaume des Deux-Siciles sont qualifiées le « polies, amies des arts et de la vengeance, et naturellement portées à la fausseté et à la trahison »).

Plus loin, on trouvera la description, sous la même formule, du Temple de Jérusalem, des règles du blason et de celles de la rhétorique, de la chimie, de la sténographie ou encore de la cosmographie...

Il ne saurait être question de rigoler. Les pénitences sont prêtes à tomber : coups de règle et de martinet pleuvent sans discontinuer. Les gravures illustrant les écoles autrefois montrent toujours un martinet, placé à portée de la main du maître.

Les coups de martinet ponctuaient déjà la lecture des

abécédaires du XVIIe siècle, qui furent le premier outil pédagogique, d'abord rédigés en latin, avant de se voir peu à peu traduits en français. Le plus célèbre est *La Croix de par Dieu*, auquel a succédé le *Rôti-Cochon ou Méthode très facile pour apprendre à lire en latin et en français*, une méthode illustrée ayant pour principe de faire reconnaître des mots en les associant à des images qui connut à une longue et belle carrière. Son titre insolite lui vient directement d'une de ses figurines, représentant un cochon à la broche, avec cette légende en très gros caractères :

Du Cochon Roti,
vive la peau,
étant chaud

Finalement, c'était la méthode semi-picturale ! Un peu plus tard, une autre utilisera des lettres sur dominos, avant que, suite à la réforme de Guizot, la méthode Peigné n'introduise une révolution avec le fameux « B + A = BA ».

Comment l'oie était-elle nourrie ? Éviter les pâtés

L'écriture est alors plus qu'un savoir, c'est quasiment un art, dont les outils, à eux seuls, requièrent toute une technique et tout un équipement.

Dans cette société de non-consommation, chacun doit savoir faire son encre, comme il doit savoir tailler sa plume.

Pour l'encre, faute de pouvoir se procurer les meilleures qui proviennent des sécrétions des seiches, on se contente de broyer certains minéraux, et les recettes sont, comme on l'a remarqué, aussi multiples que variées. Chacun a la sienne, et la garde jalousement.

Pour ce qui est des plumes, jusqu'à la démocratisation, au XIXe siècle, de celle en acier et l'âge d'or de la célèbre « Sergent-major », elles sont toutes d'origine animale, provenant essentiellement des corbeaux et des oies. Mais elles non plus ne se valent pas toutes. Les principaux critères guidant les choix de nos ancêtres sont leur résistance, sachant que la dureté de leur partie cornée dépend directement de... l'alimentation du volatile producteur. Cette résistance est d'autant plus importante que la faiblesse d'une plume fait qu'elle s'émousse trop vite, et ce d'autant plus que le papier sur lequel on l'utilise est plus dur. Il faut donc, à tout instant, interrompre son écriture pour la retailler, avec des gestes précis et éprouvés. En la tenant entre le pouce et l'index, on doit, d'un coup sec, la trancher en biseau, afin d'obtenir un « plat fendu », tout en se gardant bien, surtout, d'en couper la pointe en aiguille. De la précision de cette opération dépend l'épaisseur du trait, détail dont on mesure toute l'importance puisqu'il permet d'économiser à la fois l'encre et le papier. De la taille dépend également la perfection des pleins et des déliés, les premiers, obtenus à la descente de la plume, et les seconds « à rebrousse-plume ».

Parmi « le nombre infini de délicatesses qu'il faut observer pour bien écrire », Nicolas Duval, dans son *Traité d'écriture*, paru en 1725, accorde une grande place à la nature, et à la taille de la plume. On se sert essentiellement de deux sortes de plumes, celle du bout de l'aile et la plume « seconde ». La première, qui s'émousse plus facilement et exige d'être fréquemment retaillée, est sans pareille pour la calligraphie et les caractères travaillés. La seconde, qui s'émousse moins et dont le réservoir contient davantage d'encre, est surtout utilisée pour la réalisation des expéditions.

Le principal inconvénient de ces plumes animales est en effet la faible capacité de leur réservoir d'encre, qui oblige à les retremper incessamment dans l'encrier, comme on peut parfaitement s'en rendre compte à la lecture des textes de ces époques, où les variations de densité de l'encre trahissent clairement la fréquence des opérations de remplissage.

Nous avons déjà évoqué le papier, aussi rare que cher, papier chiffon qui, dès le XVIe siècle, remplaça de plus en plus couramment le parchemin, avant de céder à son tour la place au papier bois, vers le milieu du XIXe. Sa qualité joue un grand rôle dans l'écriture et il faut savoir impulser à la plume une course rapide, course que les fibres du papier viennent cependant à tout instant entraver. Qui manque de technique macule donc immanquablement sa page de pâtés ! Avant que n'apparaisse le buvard, il doit alors utiliser la fameuse *poudre noire*, composée d'un mélange de sable et de cendres, qui pompe le surplus d'encre, tout en accentuant sa couleur et son effet de contraste sur le papier.

Ce « kit du petit écrivain » exige évidemment, pour être correctement utilisé, tout un apprentissage. Là aussi, les modes et les progrès ont fait évoluer les techniques. Jusqu'au XVIe siècle, le scribe a l'habitude de casser son poignet à 90 degrés, pour diriger la plume vers son corps, un peu à la manière de certains gauchers d'aujourd'hui, d'où une impression d'inversion, qui pourrait nous faire penser que ces textes ont été écrits à l'envers.

Pour apprendre tout cela, on demande généralement aux élèves d'apporter chacun deux plumes d'oie, afin de pouvoir écrire avec l'une tandis que le maître retaille l'autre. Au débutant, on donne souvent un bâton, sur lequel des crans – deux à droite et un à gauche – indiquent la position des doigts. Avec cet outil, il apprendra d'abord à tracer le I et le O majuscules, autrement dit le bâton et le rond, pour passer ensuite aux C, F et M, et, de proche en proche, aux autres lettres.

Apocopes et contractions : nos ancêtres connaissaient la sténo

À mesure qu'ils progressent dans leur apprentissage, nos ancêtres se trouvent rapidement confrontés à celui d'une véritable sténographie, qui s'est imposée autant par souci d'économiser le papier que le temps. La photocopieuse n'existant pas, on a tout intérêt à réduire au maximum les textes, surtout pour le notaire ou son clerc, contraints à délivrer plusieurs copies d'un même acte.

Ces considérations ont fait recourir à plusieurs techniques d'abréviation : la *contraction*, qui fait écrire *psse* pour paroisse ou *sgr* pour seigneur ; l'*apocope*, qui ne conserve que la première syllabe d'un mot, comme *sep.* pour sépulture, enfin les *notes tironiennes*, ainsi appelées en souvenir d'un ancien compagnon de Cicéron nommé Tiron, et qui sont les véritables ancêtres de nos signes de sténo ; on trace par exemple une sorte de *9* pour le son *con-* (venu du *cum* latin), comme dans *9paraître* pour *comparaître*.

Pour ce qui est du calcul l'apprentissage pouvait passer par différentes méthodes, comme on l'a vu dans un des contrats de maître d'école cités, où il est question d'enseigner « soit aux jetons, soit à la plume », autrement dit soit de façon concrète, sur boulier, jetons, doigts, haricots..., soit par écrit, par les chiffres et les opérations.

Les premières méthodes sont souvent étonnantes d'ingéniosité ; elles permettent d'opérer, en s'aidant des doigts, aussi bien des divisions que des multiplications. Seuls les très bons élèves ayant bénéficié de très bons maîtres parviennent, au terme de leurs études, à résoudre des problèmes, non pas de trains ni de robinets, mais de limaçons, du style du suivant : « Un limaçon veut aller à une noce à trente lieues de distance ; étant donné que chaque lieue compte mille pas et chaque pas six pieds, et que le limaçon avance un jour d'un pied un tiers et que le lendemain il recule d'un pied un quart, on demande en combien de temps le limaçon accomplira ces trente lieues... »

C'est à peine plus simple que l'âge du capitaine, ou que, plus tard, la dictée de Mérimée, aïeule de celle de Bernard Pivot, à laquelle, en une même soirée, Napoléon III fit soixante-quinze fautes, l'impératrice Eugénie soixante-deux, Alexandre Dumas fils vingt-quatre, tous se faisant battre par le prince de Metternich, ambassadeur d'Autriche, qui n'en fit que trois ! Il faut dire que Mérimée y usait et abusait allègrement des accords et de la syntaxe, ajoutant même le vice d'associer le *cuisseau* de veau au *cuissot* de chevreuil.

L'orthographe est une mandarine !

Lorsqu'on sait comment notre langue française s'est peu à peu formée à partir de la mosaïque des dialectes et des patois, lorsqu'on a vu pourquoi on dit un cheval / des chevaux, rien ne saurait plus étonner au plan de l'orthographe qui n'est, en fait, qu'une invention récente. Si Sainte-Beuve a dit que « l'orthographe est le commencement de la littérature » et si Colette s'écriait : « J'adore les mots d'une orthographe compliquée », le grammairien Ferdinand Brunot pensait, lui, que c'était « une plante parasite » et, en 1968, on put lire sur les murs de la Sorbonne : « L'orthographe est une mandarine »...

En fait, cette plante parasite resta longtemps inconnue et ne se dégagea qu'avec la diffusion de l'imprimerie et celle de la langue vulgaire qui l'emporta alors sur le latin. Ce sont principalement les imprimeurs qui poussèrent à une rationalisation et à l'instauration de règles que les lettrés se sont alors efforcés de déterminer, surtout à la fin du XVIIIe et au début du XIXe siècle, où l'on a vu Voltaire intervenir en faveur du *français* et de *j'étais* contre le *françois* et *j'étois*. À la même époque, Rousseau écrivait encore les *enfanz*. Notre orthographe sera donc mise en place tardivement avec une obsession des étymologies et des racines grecques et latines qui a fait dire à Henriette Walter qu'elle a souvent emprunté au latin des vêtements trop larges. D'où des incohérences et des tyrannies.

Il ne fut pas facile, en effet, de doter notre langue, jusqu'alors phonétique, de règles compatibles avec le latin. Si le fait de remplacer les *s* précédant des consonnes et les voyelles doublées par des accents circonflexes, comme *teste* et *chasteau* devenant *tête* et *château*, ou comme *aage* (aligné sur le latin *aestas*) devenant *âge*, n'a pas trop posé de problème, on eut plus de mal ailleurs, du fait que le latin confondait le *i* et le *j*, et le *v* et le *u*. C'est ainsi que Lo*u*is n'est qu'une adaptation de (C)lo*v*is... Dès lors, comment savoir si un mot comme *feue* doit se lire *fève* ou *feue*, lequel désignait la défunte. La solution a été de passer par un code graphique, en utilisant ici un *b*, placé avant la lettre problématique, lorsque celle-ci devait se lire *v*, d'où des Lefè*b*vre. Rapidement, seule l'orthographe importa, en ce qu'elle était selon sa propre étymologie (naturellement gréco-latine) la seule et vraie *graphie droite* et correcte.

S'il est bien deux notions parfaitement étrangères à nos ancêtres, on peut dire sans hésitation que ce sont la grammaire et l'orthographe. Longtemps, personne n'en a cure, nos lettrés se montrant plus attachés à des graphies héritées du latin, comme *chasteau* pour château (à cause du latin *castrum*), où notre moderne accent circonflexe a d'ailleurs été, lui aussi, un des premiers signes de sténographie populaire. Pour le reste, l'orthographe reste un luxe ou un détail. Pour s'en convaincre, il n'est que de feuilleter les registres des consuls de Gallargues, où l'on verra, au XVIe siècle, le seul et banal mot *jour* rebondir sans cesse tel une bille de flipper entre une bonne douzaine de graphies, allant de *jort* à *gours*, en passant par *jhuor* et *gorns*. Ou de lire – en 1828 ! – la lettre que Symphorien Magitot, notre vigneron-manouvrier-instituteur-garde champêtre, écrit à son « neveux » : « *Je te prie de vouloire bien faire part de la lettre a ta cousine aimé (Aimée) que nous avons été dans une grande inquiétude de na voir pas de ses nouvelle mais bien aise quelle Se porte bien quand à nous nous nous portons bien elle dit quel va Socupé de lui cherché une place tu lui dira quelle ne ce donne pas cette peine... (...) Je finis je ne sait pas la drese j'ai criré a aimé quand elle partira en tembrasant ton oncle Magitot.* »

Curieuse orthographe, bien connue des généalogistes ayant fréquenté les actes de la période révolutionnaire, au cours de laquelle les registres de l'état civil, que l'on vient de créer, et qu'on a confiés à des personnes à peine alphabétisés, livrent des textes parfois bien pires que ceux de Symphorien Magitot. Car pour ce dernier, la signature manifestement déliée et fluide qui termine sa « bafouille » rachètera largement le zéro pointé en dictée !

Nos noms de famille n'ont pas d'orthographe !

Si le *b* de Lefè*b*vre ne devait pas être prononcé, on n'en a pas moins, un beau jour, trouvé des Lefé*bu*re tout aussi bizarres qu'incohérents. Au XIXe siècle, alors qu'on avait depuis longtemps oublié les étymologies des patronymes, on commençait déjà à ignorer l'histoire de l'orthographe. À côté de ces aberrants Lefébure, les porteurs de patronymes teintés de verve populaire médiévale, comme Couillard, allaient parfois voir leur nom s'alléger, en passant par Couiard jusqu'à Coujard – du fait, là encore, de l'ancien alphabet latin.

En fait, l'orthographe des noms propres, des noms de villes, mais surtout de lieux-dits et de personnes, tous nés du langage parlé et longtemps restés dans le monde de l'oral, n'a jamais fait l'objet de définitions équivalentes à celles dont on a doté les noms communs. Curés, notaires, puis secrétaires de mairie les ont, des siècles durant, mis à la sauce de leur choix, sans risquer la moindre contestation puisque personne n'y attachait alors la moindre importance, et que les hommes qu'ils avaient en face d'eux étaient aux quatre cinquièmes anaphabètes.

Dès lors, si un nom comme Dupont se voyait logiquement orthographié ainsi, d'autres comme celui originaire de Touraine et donnant phonétiquement *Guéto* pouvaient se voir écrit non seulement Guétault, mais encore Guetault, Guettault, Guetot ou Guettot, Guetaux ou Guettaux, Guetaut ou Guettaut, Guetaud ou Guettaud, Gueteau ou Guetteau, Gueteaux, Guetod ou Gettod..., sans oublier des graphies d'inspiration plus ancienne comme Guestault, Guestaut, Guestaud, Guestot, Guesteau, etc.

On peut dire que, jusqu'à la création des livrets de famille – instaurés vers 1878-1880 – et même jusqu'à l'alphabétisation, qui ne produisit guère ses effets avant le début du XXe siècle, il n'était pas rare de voir les actes de naissance des enfants d'un même homme rédigés sous des orthographes aussi variées qu'inattendues. Mieux, ces orthographes multiples pouvaient se rencontrer dans un seul et même acte : ainsi, en 1745, en Lorraine, le baptême de Jacques Rümlinger, fils de Bernard Remelinger et noté en marge Rimlinger ! Voilà comment certains noms de famille connaissent aujourd'hui dans notre « corpus patronymique » national jusqu'à cinquante orthographes différentes, un nom aussi simple que Dupont fournissant des Dupond, Dupon, Duppont, Duppond et Duppon !

Obsédés par les sacro-saintes règles orthographiques enseignées par l'école de Jules Ferry, beaucoup de Dupont en concluent hâtivement que les Dupond ne sauraient être leurs cousins, alors qu'ils peuvent fort bien être unis par un lien de parenté encore très proche...

« Ne sachant signer de ce enquis » : « bottes, nids d'abeilles » et croix des illettrés

La seule signature de nos ancêtres constitue déjà un objet d'étude intéressant, en ce qu'elle a longtemps révélé du premier coup d'œil le niveau d'instruction de celui qui l'appose.

La stratification est en effet évidente. Elle commence par le *seing* du simple paysan ne sachant que tracer bien malhabilement, sous forme de lettres-bâtons, les caractères composant son nom de famille (il n'est pas rare qu'il en oublie). Ce paysan, qui ne sait sans doute pas même lire, n'a pu apprendre, au cours des quelques séances d'hiver bien irrégulières qu'il a passées chez le maître d'école, autre chose que « signer » ce qui représente déjà tout un savoir. Beaucoup en restent là, ne dépassant donc jamais le cap de la simple et littérale « alphabétisation ».

Viennent ensuite des écritures qui restent lentes, mais s'assouplissent, signe d'un meilleur apprentissage, laissant supposer la connaissance de la lecture, puis des écritures plus appliquées, plus fines et surtout plus rapides, qui témoignent d'une maîtrise de l'écrit, enfin des écritures courantes, qui permettent de supposer une instruction à peu près complète, et qui sont souvent accompagnées de paraphes.

Ces curieux enchevêtrements, quelquefois appelés « nids d'abeilles », se veulent inimitables. Une grande persévérance et une grande volonté permettent à leur auteur de les reproduire d'une façon étonnamment fidèle et constante, au point que ce sont eux, tel un sceau, qui donnent valeur et force à sa signature.

En ces temps où le silence est d'or et la parole d'argent, c'est en effet la signature qui fait foi au sens strict du terme. Il n'est qu'à songer à la marque que tracent ceux « ne sachant signer ». La croix qu'ils apposent au bas du document les citant ou les concernant n'est pas pure fantaisie : elle est le signe de l'engagement, de la parole donnée sous serment, lequel, évidemment, dans cet univers tourné vers Dieu et la religion, est fait sur ce qu'il y a de plus sacré : la croix du Christ. C'est là l'équivalent du serment fait verbalement, la main sur la Bible ou sur les Évangiles, par qui comparaît devant un tribunal. Malheur donc à qui se parjurerait !

Dans ce monde de l'oral, combien de gens savent-ils lire ou écrire ? Très peu. Charlemagne lui-même ne savait sans doute que tracer son monogramme et longtemps encore le dégagement et la persistance de rites gestuels comme ceux de l'adoubement montrent que nos seigneurs restent totalement incultes. Ils ne peuvent à la fois guerroyer et *estudier*. Étudier est la tâche des clercs, comme on appelle longtemps non seulement les hommes d'Église, mais toute personne instruite et docte. C'est à ce clerc que le seigneur, au Moyen Âge, s'adresse pour faire coucher par écrit telle ou telle de ses actions ou de ses décisions, écrit auquel il apportera son scel, pour toute authentification.

Avoir « la bosse des maths »
ou « ne pas être grand clerc »

Sait-on que nos « bosses » (des maths ou du français) viennent de théories qui firent fureur sous l'Empire et la Restauration, mais qui font aujourd'hui hurler de rire ?

À cette époque-là, en effet, deux savants allemands, Gall et Sprurzheim, inventèrent la *phrénologie*, qui était la science de la physiologie intellectuelle. Selon eux, tout reposait sur le cerveau, qu'ils voyaient composé d'autant d'organes particuliers que l'on peut avoir de sentiments et de facultés. Ils estimaient donc que la forme physique de celui-ci – et donc celle de la boîte crânienne – pouvait suggérer à l'observateur ses qualités particulières. Balzac s'enthousiasma pour cette théorie, et l'on parla alors couramment de *bosse* pour telle ou telle chose, les Parisiens « branchés » se passionnant pour la *cranioscopie* en s'examinant les *cafetières*. Pour autant aucun ne se trouvait *l'air cruche*, expression pourtant ancienne, qui était initialement « avoir l'air d'une cruche sans anse », et que l'on employait pour parler de celui qui était sot au point d'être aussi difficile à manier que cet objet.

Mais pour fumeuses qu'elles aient été, ces théories crâniennes n'en ont pas moins correspondu à des idées fréquentes et anciennes, faisant depuis longtemps dire que l'on est *fêlé*, *fissuré*, *timbré*, cette dernière expression ayant cours dès le XVIIe siècle, sans que l'on sache si elle se rapportait au timbre de la cloche, à celui du papier *timbré*, ou aux *timbres*, éléments extérieurs dont on marquait un blason, comme les casques ou devises... Qui avait l'air cruche n'en était pas encore *louf* ni *loufoque* (le mot n'apparaîtra que vers 1875), alors qu'il pouvait être également depuis longtemps traité de *piqué*, au sens très ancien de rongé des vers.

Aucun de nos *timbrés* ni de nos *piqués* n'était en tous les cas *grand clerc*. Au Moyen Âge, le clerc était le lettré, celui qui voyait « clair » dans les livres. L'ignorant est le *mauclerc* et la *clergie* était la science, du moins ce qui pouvait alors suffire à vous rendre savant. *Ne pas être grand clerc* signifiait donc être peu instruit, et l'expression prit rapidement un sens d'ignorance générale, pour être rejointe par nombre d'autres, comme *ne pas savoir son Pater* ou *être docteur en soupe salée*. Autant de gens qui n'étaient pas des cracs...

Plus encore que les hommes, les femmes, même de très haute naissance, sont longtemps restées parfaitement incultes. Personne ne s'en trouve gêné. Le duc du Bretagne, alors troisième personnage du royaume, ne voit pas d'inconvénient, au XVe siècle, à ce que sa femme soit totalement illettrée, et encore trois siècles plus tard, la plupart des filles de châtelains ne savaient que marquer leur nom de baptême avec les mêmes lettres-bâtons que traçaient les plus évolués des métayers de leur père. En Corrèze, Anne Beyneton, fille du sieur de Lavergne et sœur d'un chirurgien, est devenue, à l'âge de quinze ans et demi, l'épouse de Maître Léonard Brugère, notaire à Saint-Martin-Sepert, près d'Uzerche. En 1764, comme d'ailleurs à son mariage, un acte mentionne qu'elle « a déclaré ne scavoir signer, de ce duement interpellée ».

Traditionnellement, le curé, quand il rédige les actes de baptême de nos ancêtres, nomme le père, le parrain et la marraine et termine en signant, seul, au bas de l'acte, en ajoutant une formule précisant que les autres personnes nommées « avaient déclaré ne le savoir, de ce enquis » (autrement dit, après m'en être enquis auprès d'eux). La foule de nos ancêtres ne sait apposer son nom au bas d'un acte, hormis quelques notables et des citadins.

En réalité, la France n'est pas uniformément illettrée, ou du moins l'instruction y a progressé de façon irrégulière selon les régions. Les enquêtes menées sur ce sujet ont révélé des décalages, non seulement entre les sexes et les milieux sociaux, mais encore entre une France du Nord, généralement plus lettrée et évoluée, et une France du Sud, restée plus longtemps analphabète.

Dans le royaume de France de 1690 (c'est-à-dire encore sans l'Alsace et la Savoie), on voit ainsi que 21 % des mariés signent au bas de leur acte de mariage, dont 27 % des hommes contre seulement 14 % des femmes, et la représentation cartographique des données montre un très net écart entre les régions situées de part et d'autre d'une ligne allant, en gros, de Genève à Saint-Malo. La trentaine de départements constituant la partie nord-est de la France (Normandie, Ile-de-France, Picardie, Artois, Ardennes, Lorraine, et Champagne, – où l'on note au passage une très belle performance des hommes de l'actuel département de la Marne) y apparaissent beaucoup plus alphabétisés que les deux-tiers sud-ouest du royaume, à l'exception des Hautes-

Alpes, d'où partaient justement chaque automne nos écoleurs...

Et ce fossé de demeurer. Un siècle plus tard, si les moyennes générales ont progressé, avec des chiffres de 37 % au plan national (47 % des hommes et 27 % des femmes), on retrouve notre partition Nord-Sud, avec à nouveau le taux exceptionnel des Haut-Alpins (entre 70 et 80 %), rejoints par un taux équivalent en Pays basque et en Béarn. De la même façon, les résultats de cette enquête, orchestrée par le recteur Maggiolo, soulignent la permanence d'un « triangle du retard », avec pour sommets Saint-Malo, Nevers et les Landes.

La pomme de la honte et l'« Anciclopédie » du châtelain

N'oublions pas que nos ancêtres, tout sujets du roi de France qu'ils aient été, ne parlent quasiment que patois. L'étude menée sous la Révolution par l'abbé Grégoire révélera que le français n'est vraiment parlé que dans une quinzaine de départements. Plus de six millions de personnes ne comprennent pas un traître mot de la langue parlée à Paris. Un de ses informateurs, procureur à Lyon, lui écrivait : « On prêche à présent en français dans tous les villages de notre province ; on assure cependant que dans le Limousin, la Haute-Auvergne, le Haut-Dauphiné et la Haute-Provence, on prêche encore en patois, sans quoi les prédicateurs ne seraient pas compris. »

Ni l'invention de l'imprimerie, ni la centralisation administrative du pays n'ont encore réussi à en unifier la langue. Racine, voyageant de Paris à Uzès, raconte à La Fontaine : « J'avais commencé dès Lyon à ne plus guère entendre le langage du pays, et à n'être plus intelligible moi-même. Ce malheur s'accrut à Valence, et Dieu voulut qu'ayant demandé à une servante un pot de chambre, elle mit un réchaud sous mon lit. » Ce qui dut rappeler à l'auteur des fameuses fables le souvenir d'un voyage en Limousin au cours duquel il avait lui-même écrit : « Comme Bellac n'est éloigné de Limoges que d'une petite journée (soit environ 40 km), nous eûmes à loisir de nous égarer, de quoi nous nous acquitâmes fort bien et en gens qui ne connaissaient ni la langue ni le pays » !

Voilà donc pour les grands projets scolaires laïcs un enjeu d'importance : supprimer les heures consacrées aux prières et au catéchisme qu'enseignaient encore les maîtres des écoles ouvertes à l'instigation de Guizot, pour les consacrer à la promotion de la langue nationale. Pour cela, on part en croisade contre les patois, tous si fortement enracinés dans les cœurs et les esprits. La lutte sera dure et longue, et pour la mener à bien, les enseignants reçoivent des directives draconiennes : les pénitences pleuvront, humiliantes. Qui prononce un mot de patois ou de dialecte est montré du doigt, envoyé au piquet avec le bonnet d'âne. En Bretagne, le maître pose un objet, qu'il nomme « la honte » – généralement une pomme ou une boule de chiffons –, sur le pupitre de l'élève qui lâche le premier mot de breton. Au fil de la journée, l'objet circule de pupitre en pupitre. Le soir, lorsque retentit la cloche, celui qui l'aura sur le sien sera seul à avoir une punition (copier cent fois : « Je n'emploierai plus de mots qui ne sont pas français », en retenue, jusqu'à la nuit, alors que le gosse a parfois une heure de route à faire, à pied, pour regagner la ferme familiale).

Le pari est risqué. Il heurte les traditions et les fiertés. Il coupe brutalement, chirurgicalement, l'univers de la connaissance de celui de la vie quotidienne. Il ne sera gagné qu'incidemment, et d'une tout autre façon.

Si, dans les régiments, chefs de corps et officiers s'étaient plaints du fait que les rangs de leurs hommes étaient autant de tours de Babel où personne ne parvenait à se comprendre, le brassage est entamé, et le français tout désigné comme espéranto face aux patois et dialectes. L'évolution s'accélérera et s'achèvera avec la Grande Guerre, les

Poilus venus des six coins de l'hexagone ne pouvant qu'avoir le réflexe, pour se comprendre, de parler, dans les tranchées, la langue qu'ils ont apprise à l'école, et quelques décennies plus tard, la radio puis la télévision donneront, sans le vouloir, l'assaut final.

« Bons pour les filles » : le « bidet » et le « laurier »

Jusqu'en 1793, la noblesse ayant en charge la défense du territoire, les armées étaient restées de métier, et nos aïeux ne s'y trouvaient enrôlés que s'ils s'y étaient engagés, parfois, il est vrai, pour avoir signé un papier qu'un sergent recruteur leur avait présenté après les avoir saoulés...

C'est pour asseoir la République que l'on a pratiqué les « levées de masse », organisées en 1798 par la loi Jourdan, et soumettant tous les jeunes de vingt à vingt-cinq ans à une obligation de cinq ans en temps de paix et illimitée en temps de guerre. Une formule très lourde, qui sera allégée dès 1802, avec le système du *remplacement*, puis l'instauration, en 1804, du *tirage au sort* et l'année suivante du conseil de révision.

Après diverses réformes, on arriva à un service militaire obligatoire de sept ans, qui eut cours de 1832 à 1889, avec, selon les époques, possibilité de remplacement et tirage au sort, ce dernier relatif tantôt à la réalité du service (faisant appeler ou exempter), tantôt à sa durée (service de cinq ou d'un an). Ramené à trois ans en 1889, puis à deux en 1905, le service a finalement été, après bien des allers-retours entre dix-huit mois et un an, récemment réduit... à une seule petite journée.

Dès ses débuts, il s'était pourtant affirmé comme ce que les ethnologues appellent un « rite de passage ». Marquant l'accès à l'âge d'homme, il avait engendré le folklore des conscrits, organisé autour des temps forts qu'étaient le conseil de révision et la cérémonie du tirage au sort.

Avant de passer sous la toise et d'être déclarés aptes, les gars devaient en effet satisfaire à cette formalité déterminante, en prévision de laquelle certains n'avaient pas hésité à faire un pèlerinage ou à arriver avec une quelconque amulette, parfois achetée à un sorcier.

Le principe était le suivant : si un canton devait fournir 150 conscrits, ceux tirant ce que l'armée appelait les « bons numéros », (de 1 à 170) étaient désignés pour aller servir sous les drapeaux. On en prévoyait un certain nombre en plus, à cause des possibilités de réforme et d'exemption. Qui tirait le numéro 1 était donc certain de partir. On le surnommait le *bidet*. Au contraire, celui qui tirait le plus gros, ayant toutes les chances d'y échapper, était surnommé le *laurier*. Des camelots, sur la place du chef-lieu de canton, distribuaient des papiers-souvenirs, imagés à Épinal, où le numéro était reporté. Ils vendaient aussi des cocardes ou des rubans tricolores, porteurs de slogans comme « bon pour les filles », que les gars arboraient fièrement à leurs vêtements, pendant que l'infortuné *bidet* se voyait promené sur un âne, à l'image du traitement que l'on verra infligé aux maris battus et aux cocus...

Quoi qu'il en soit, et même si elle est pour une large partie d'essence locale ou régionale, la culture de nos ancêtres reste populaire. Les mêmes superstitions, les mêmes symboles survivent des siècles durant, se référant tantôt à la religion, tantôt à la nature, aux fleurs, aux oiseaux et aux animaux. Du Languedoc à l'Alsace, contes, légendes – souvent dans la filiation des anciens fabliaux – continuent à l'alimenter. Les chansons et les danses leur font écho aux veillées, émaillées parfois, plus tard, de quelque récit épique d'un grognard rentré de la campagne de Russie. On lit très peu. Seul le « discret » curé peut faire la lecture d'une édifiante vie de saint achetée à quelque colporteur de passage.

Les très rares bibliothèques sont en ville. En 1809, dans le riche manoir percheron de la feue Dame d'Arlanges, le notaire, à côtés des canapés et des meubles recouverts de velours d'Utrecht, et après avoir prisé près d'un millier de bouteilles de vins fins, décrit la « bibliothèque d'agrément et d'instruction » du châtelain : on y trouve près de quatre cents volumes dont les trente-neuf volumes de l'« Anciclopédie » et pas moins de cent quarante-quatre ouvrages de piété.

Mais au siècle des Lumières, M. d'Arlanges fait figure

d'exception. Au château de Tissonnières, chez le bourgeois auvergnat François Reynal, docteur en médecine, dans une « armoire fermée de portes en araignée » (sans doute une bibliothèque grillagée), on ne trouvera que neuf livres ! Les Lumières, décidément, n'entrent pas facilement chez nos ancêtres, et pas partout de la même manière. Si, en 1776, Maître Buchard, notaire à Ugine, en Savoie, avait une bibliothèque de 179 volumes, l'inventaire dressé neuf ans plus tôt à la mort de son confrère limousin Léonard Brugère ne cite pas le moindre livre, comme c'est évidemment le cas dans les centaines et des milliers d'inventaires concernant des intérieurs plus modestes.

Comment s'en étonner ? Nos ancêtres n'ont ni nos connaissances ni nos ouvertures. Si la religion constitue leur science et leur savoir, si les anciens, qui sont la mémoire, ont des savoirs tout empiriques, comme celui de la gestion des alliances, bien des réalités leur échappent, et le curé voit encore un « dragon volant » dans la comète observée dans le ciel. Au XIXe siècle, l'uniforme et la plaque de cuivre du facteur rural sont l'emblème reconnu d'un savoir hors des normes.

Illettrés plus qu'ignorants, ou ignorants plus qu'illettrés ? La question ne se pose pas vraiment en ces termes. Certes, nos ancêtres ne savent pas lire. Certes, leur civilisation est une civilisation de l'oral et plus encore du geste, où l'écrit est exceptionnel, mais quand bien même ils auraient eu des livres et les connaissances suffisantes pour les lire, ils n'en auraient guère eu le loisir. Le loisir, en effet, est une notion – une de plus – qui leur est étrangère.

4

Laborieux ou cools ?

Nos ancêtres n'ont pas de loisirs. D'autres vous diront le contraire... Ils vous expliqueront qu'ils ne manquent pas de jours de fête, qu'ils pratiquent le *desport*, c'est-à-dire des sports, et pas uniquement le jeu de paume, très chic, auquel on ne joue guère que dans le monde des châteaux. Ils vous diront que lorsqu'ils font la noce, les festivités durent plusieurs jours, qu'il y a des foires, des veillées et des bals, sans parler des loisirs d'inspiration religieuse, les processions et les pèlerinages...

Certes, nos ancêtres ont des moments libres, mais pas forcément pour autant des moments de liberté. À la fête comme au *desport*, à la noce comme aux veillées, ils ne sont jamais seuls. La démarche, le « vécu » ne sont jamais individuels. Des loisirs au sens moderne, nos ancêtres n'en ont pas. Si notre société est souvent vue comme celle des loisirs, la leur est celle du travail. Du berceau à la tombe, ou du moins de l'âge de raison à la sénilité, du 1er janvier à la Saint-Sylvestre et du lever au coucher du soleil, ils travaillent. Disons simplement que cette longue astreinte monotone est seulement régulièrement marquée par des « temps forts ».

Prière, boulot, dodo : 35 heures et RTT

Ici encore, les différences entre notre société et celle de nos ancêtres sont énormes.

D'une part, la vie tout entière est organisée autour du travail. Travail incessant, de tous les jours. Travail auquel on ne saurait se soustraire, si l'on veut pouvoir se nourrir. Travail pour payer les impôts ou les fermages. Hormis les jours de fête et d'exception, aucune source de distraction ne se présente aux gens modestes, si ce n'est pour quelques-uns – que l'opinion publique condamne – les cabarets, que l'on a vu se multiplier au XIXe siècle sous l'appellation de cafés. On ne saurait donc aisément échapper à l'emprise du quotidien.

D'autre part, il n'a longtemps existé aucune loi ni aucun texte régissant et limitant le travail, ni aucun système de protection sociale. Malade, invalide, âgé, l'homme incapable de subvenir à ses besoins ne peut survivre décemment qu'intégré à un groupe qui le prend en charge. Celui qui se repose lorsque les autres membres de son groupe travaillent en compromet gravement l'équilibre. Au fil des siècles, l'attitude de la communauté vis-à-vis du désœuvré passera de la compassion à la répression. On a vu qu'est réputé pauvre celui qui n'a « ny profession, ny métier », et on ajoute « ny domicile certain »...

Cette situation est acceptée. Les textes sacrés la posent comme postulat de base, depuis qu'Adam fut chassé du Paradis. Dieu l'a voulu ainsi, et le travail accompli sur terre sera porté au crédit de l'âme, lorsque celle-ci sera pesée sur la balance céleste. On ne chante pas encore que le travail est la santé, mais on sait qu'il contribue à assurer celle de l'âme, puisque l'oisiveté est la mère de tous les vices. La cloche de l'église, en le rythmant sans cesse par les temps de prières qui scandent la journée, ne cesse de rappeler tout cela, et nos ancêtres, courbant l'échine, se remettent au travail après un signe de croix, sans trop se poser de questions...

Cela dit, si ce travail est autrefois dur et continuel, quelques calculs vont réserver des surprises.

Avec nos trente-cinq heures, nos cinq semaines de congés annuels, nos week-ends et notre douzaine de jours de congés légaux, majoritairement encore liés au calendrier liturgique (lundi de Pâques, Ascension, Toussaint, Noël, 14 juillet...), nous arrivons aujourd'hui à 222 jours de travail par an.

Qu'en est-il dans le monde de nos aïeux ?

Leurs journées, tout d'abord, sont de durées variables. Elles dépendent de la saison et de la météorologie. Si l'on sait s'occuper, en hiver, quand les gelées empêchent de cultiver le sol, avec les bêtes à l'étable, qu'il faut nourrir et conduire à la mare ou à l'abreuvoir plusieurs fois par jour, si l'on a toujours un ouvrage à faire à l'abri, on se trouve en revanche bien plus limité la nuit venue, aussi bien à la ferme qu'à l'échoppe de l'artisan ou à l'étude du notaire, alors que la chandelle est rare, le feu cher et la lueur de l'âtre faible. Les 365 jours de l'année de nos ancêtres ne sont donc pas tous également « œuvrés ». Chez les paysans, à des journées de quinze heures en été, au plus fort des gros travaux (moins les temps des repas, même s'ils sont parfois frugaux, et parfois un temps de repos à midi), correspondent des journées de neuf ou dix en hiver, et qui sont loin d'être tout entières consacrées au travail, bien que les temps morts soient en fait toujours utilisés pour des loisirs « actifs » : à la veillée, nos ancêtres filent, émondent les noix ou fabriquent des outils. Le bilan est net : le temps qu'ils consacrent au travail ne peut que l'emporter sur tout autre.

Une sixième « plombe » pour « coincer la bulle »

Nos ancêtres se levaient tôt. Souvent au chant du coq ou *dès potron-minet*, autrefois dès *potron-jacquet*, au temps où le jacquet désignait l'écureuil, un des animaux qui se levent le plus tôt, avec le chat. *Potron*, anciennement *poitron*, n'était autre que le *postérieur*, que montrait l'animal lorsqu'à peine éveillé il partait à la chasse.

Nos ancêtres se mettant au travail *à la pique du jour*, autrement dit à la *pointe*, au moment où le jour commence à *poindre*, avaient souvent besoin d'une petite sieste, surtout durant les longues et chaudes journées d'été, et ils profitaient alors de l'heure de midi, la *sixième* heure selon le découpage hérité des Romains, *sexta hora* qui est justement à l'origine de notre mot *sieste*. On ne parlait pas encore de *coincer la bulle*, expression née de la référence à la bulle des instruments de niveau, qui ne se trouvait coincée qu'en position parfaitement horizontale.

La sieste à midi, évidemment, n'était pas toujours possible. Même si l'on ne pouvait perdre son temps à chercher vainement *midi à onze heures*, qui devint *midi à quatorze heures* après qu'en 1918, on prit l'habitude de compter les heures, non plus seulement de 0 à 12, avec heures du matin et du soir, mais de 0 à 24, à la grande satisfaction des rédacteurs des horaires des chemins de fer...

Les jours *œuvrables*, devenus *ouvrés*, rappellent l'*ouvrée* et le *journal*, correspondant à la surface de terre labourée en un jour. Nos ancêtres ne manquaient pas *de pain sur la planche*, même si, à l'origine, cette expression signifiait que l'on pouvait se dispenser de travailler. Le pain, acheté ou cuit tout au plus une fois par semaine, était en effet conservé sur une planche, et dès lors que celle-ci en était garnie, il était moins nécessaire de travailler pour en acheter. Le pain, alors, était pratiquement synonyme de salaire, au point que notre *boulot* semble venir du pain *boulot*, que l'on *boulottait* goulûment et qui obligeait donc... à *boulonner*.

Nos ancêtres se reposaient rarement : on sait que les premières *grèves* n'étaient que les réunions des ouvriers sans travail, à la recherche d'une embauche, qui avaient lieu à Paris, devant l'Hôtel de Ville, très exactement sur la place de Grève qui joignait les berges de la Seine, alors recouvertes de *graviers*. Quant aux heures *chômées*, elles n'étaient autres, à l'origine, que les heures les plus *chaudes*, et donc les plus propres au repos, et nous retrouvons notre sieste de la sixième heure, parfois dite sixième *plombe*, en référence au plomb de la cloche ou de son marteau...

Avec les vacances, la tendance se confirme nettement. Nos ancêtres n'en ont évidemment pas.

Restent leurs jours de fête, à dénombrer et évaluer.

Il nous faut d'abord enlever les dimanches, que l'Église impose de chômer. Du Moyen Âge au XIXe siècle, cette règle ne supporte aucune transgression, et est aussi suivie que possible à la campagne, hormis pour les tâches liées au bétail et aux volailles. Tout changera dans la ville de la Révolution industrielle, dont les machines et les ateliers ne s'arrêteront pas. En 1893, 27 % des salariés de l'industrie travailleront le dimanche.

Pour ce qui est des jours *œuvrables*, qui sont donc en principe au nombre de six par semaine, il faut prêter l'oreille au savetier de la fable de La Fontaine :

Le mal est que dans l'an s'entremêlent des jours
Qu'il faut chômer : on nous ruine en fêtes.
L'une fait tort à l'autre, et Monsieur le curé
De quelque nouveau saint charge toujours son prône.

Les dimanches sont loin, en effet d'être, les seuls jours de l'année où l'Église interdit à nos ancêtres de travailler.

Notre savetier doit ainsi s'abstenir de tout travail, non seulement les jours des fêtes liturgiques, que nous continuons à respecter : Ascension, Assomption, Toussaint, Noël... et s'il ignore le 1er janvier, les lundis de Pâques et de Pentecôte, le 8 mai, le 11 novembre et le 14 juillet – il connaît déjà le 1er mai (mais comme jour des feuillages) et doit ajouter la Fête des Morts, le 2 novembre, et beaucoup d'autres...

Quand Pâques tombait en juin et le 1er janvier en mars...

Le découpage du temps fut une chose compliquée, qui donna lieu à maintes hésitations et recherches.

Aux premiers temps de Rome, l'année commençait au 1er mars, jusqu'à ce roi Numa Pompilius, au VIIe siècle avant Jésus-Christ, substituât à cette date celle du 1er janvier. De cet ancien état, il nous reste les noms de nos mois de *septembre, octobre, novembre* et *décembre*, qui étaient alors bel et bien, conformément à leur étymologie, les septième, huitième, neuvième et dixième mois. *Octobre* vient directement du huit latin : *octo*, qui donna notre *uictième*, devenu huitième, – pour éviter, là encore, de lire *victième* –, et se simplifia en *huitième*. Voilà pourquoi, nos arrière-grands-parents abrégeaient ces noms de mois en 7bre, 8bre, 9bre et Xbre, ce dernier « X » n'etant autre que 10 en chiffre romain.

On n'en resta pourtant pas là ! En 337, le pape Jules Ier décida, assez logiquement, de faire commencer l'année le 25 décembre, jour de la naissance du Christ, ce que d'autres contestèrent pour le faire commencer, plus logiquement encore, le jour de l'Incarnation, fixé neuf mois avant, soit le 25 mars, jour où la Vierge Marie reçut l'annonce de l'archange Gabriel. Beaucoup se rallièrent à cette formule, qui est à l'origine de l'habitude qui fit longtemps écrire une date en s'y référant. Le notaire commençait fréquemment son acte en traçant une croix et en écrivant « Au nom de Notre Seigneur Amen, l'an de l'Incarnation d'icelluy mil six cent trente-sept et le 24e jour du mois de juillet... »

D'autres, par la suite, voulurent faire commencer l'année à Pâques, dont la date avait elle-même fait beaucoup débattre. Fallait-il la fixer en fonction de la Pâque juive ou de celle de la mort du Christ, sur laquelle personne n'arrivait à tomber d'accord, proposant des dates qui variaient du 3 au 17 avril ? On décida de s'en tenir à l'équinoxe et à la lune qui la suivait, ce qui fit qu'avant la réforme grégorienne, Pâques pouvait tomber jusqu'à la mi-juin ! Dès lors, le Carême arrivait pendant les foins, et les autres fêtes mobiles, Ascension et Pentecôte, articulées sur Pâques, tombaient en plein été. Plus personne ne s'y retrouvait.

Tout fut résolu par une décision du roi Charles IX, en 1564, qui fixa définitivement le début de l'année au 1er janvier.

On a dit que la coutume du poisson d'avril était héritée du temps où l'on avait supprimé le début de l'année basé sur le 25 mars. En fait, elle semble tout simplement venir du fait que le 1er avril était autrefois la date de fermeture de la pêche, ce qui, lorsqu'elle tombait en plein Carême, privait nos ancêtres d'un des principaux aliments dont ils pouvaient faire leur repas...

À toutes ces fêtes, on doit ajouter celles accompagnées de rites et de cérémonies unanimement suivies, que ce soit la

Chandeleur, le Mardi gras, la Mi-Carême..., et bien sûr les fêtes patronales. S'il est paroissien de Saint-Eustache notre savatier devra poser ses outils le 14 mars, jour de la fête du patron de sa paroisse, et aussi celle du patron de son métier, saint Crépin, le 25 octobre, celui de la fête de son propre patron – par exemple saint Jean –, le 24 juin, et lors de plusieurs autres encore, que son curé lui impose : fêtes de la patronne de la ville, sainte Geneviève, de la France (autrefois, sainte Pétronille), fête des saints patrons de l'évêque, du roi, comme il lui impose encore toute une série de fêtes commémorant la vie du Christ, de la Vierge ou des apôtres, qui ne tombent pas toujours un dimanche !

Mais qui donc était la patronne de la France ?

Si chaque pays se devait d'avoir son saint patron, la France, elle, semble avoir toujours préféré... une sainte patronne.

Qui se souvient encore qu'au Moyen Âge c'était sainte Pétronille qui avait cet honneur, pour avoir été choisie par nos ancêtres selon la bonne logique qu'on leur connaît ? Suivez bien...

D'une part, la France était, à travers tout le monde chrétien, considérée comme « la fille aînée de l'Église ». D'autre part, l'Église avait été fondée par saint Pierre. Ajoutez à cela que sainte Pétronille (forme féminine de Pierre, et qui patronnait donc les Pierrette) passait pour avoir tenu le ménage du grand apôtre, et était donc non seulement représentée avec un balai, mais considérée par ailleurs comme sa « fille spirituelle ». Conclusion : la France, « fille aînée de l'Église », ne pouvait avoir pour patronne que la « fille aînée » du fondateur de cette Église. Imparable, non ?

Sainte Pétronille, pourtant, perdra sa place. Elle se vit d'abord menacée par sainte Jeanne, que les rois capétiens avaient d'autant plus envie de lui substituer qu'elle était de leur famille. Fille de Louis XI, cette princesse laide et boiteuse, avait fondé l'ordre de l'Annonciade après avoir été répudiée par son époux, Louis XII, désireux d'épouser Anne de Bretagne.

On en était là quand Louis XIII mit tout le monde d'accord, en 1638, à la suite d'un vœu exaucé par la Vierge (la naissance du futur Louis XIV) et qui valut à la France de prendre celle-ci pour patronne. Une patronne, d'ailleurs, que conservera plus ou moins la République en se tournant vers *Marianne*, suite à la rencontre entre Barras et une Alsacienne, nommée Marie-Anne Reubell. Un hasard qui vaudra à la dame une confortable pension à vie, que lui allouera Napoléon Ier à titre de droit de bail de son prénom. Enfin, après la canonisation de Jeanne d'Arc, prononcée en 1920, les milieux catholiques la proposèrent à son tour pour cette fonction.

Sainte Pétronille, elle, est donc tombée aux oubliettes de l'Histoire. Fêtée le 31 mai, elle en fut vite réduite à se voir associer à des dictons concernant les foins. S'il pleuvait à cette date nos ancêtres devaient s'attendre à tremper leurs guenilles trente jours durant, sans doute comme la fille de saint Pierre était censée l'avoir fait de sa serpillière. Pétronille, guenille : à cause d'une rime, l'ancienne patronne de la France en était ravalée au rang des saints météorologistes, tel saint Médard, dit « le grand pissard », dont la légende rapportait qu'il avait essuyé un formidable orage sans s'en être trouvé mouillé d'un cheveu...

Ajoutons qu'à la campagne, les chevaux ne peuvent être attelés le jour de la fête de saint Éloi, ni les bœufs à la Saint-Blaise... Chaque diocèse a par ailleurs la liste de ses fêtes et de ses saints, et c'est là que nous attendent des chiffres étonnants : au XVIIe siècle, on dénombre ainsi quarante-trois jours de fêtes chômées dans le diocèse de La Rochelle, cinquante-trois dans celui d'Angers. Nos ancêtres, comme le savetier de la fable, s'en plaignent, et il arrive que l'évêque accepte de revoir sa liste à la baisse. Mais si celui du Mans, au XVIIIe siècle, se décide à élaguer ainsi quelques fêtes, il n'en réduira le nombre que de trente-trois à vingt-quatre. Avec des chiffres de cet ordre, on arrivait à des années de 260 jours de travail. 260 contre 222 : si l'on ne comptabilise pas les jours de noces et de fêtes privées ou de certaines occasions comme le « jour du cochon », l'avantage reste pour nous, à condition toutefois que les rythmes de travail soient effectivement comparables.

Mais, là encore, comment comparer ? Comment comparer les cadences de nos ouvriers travaillant à la chaîne, avec une horloge pointeuse, à celles du savetier ou du paysan d'antan ? Comment comparer, quand on sait que cet artisan était payé à la tâche et non à l'heure, et que le travail du paysan dépendait étroitement des caprices de la météorologie ? Pour tous, l'inflation des jours de fête, que l'on vient de dénoncer, entraînait des manques à gagner considérables. Comment comparer, enfin, lorsque l'on sait que la rentabilisation du temps de travail est une notion complètement ignorée, que le *temps* lui-même est autre... ?

Sa mesure, déjà, est délicate. On vit d'abord au rythme du jour et des saisons, balisées par les fameuses fêtes de Monsieur le Curé, qui sont en fait à peu près les seuls repères. On ignore les dates, même sa propre date de naissance, y compris dans les classes évoluées. Lorsqu'il rédige, en 1751, l'acte de sépulture de Catherine Macarez, pourtant femme d'un des plus gros « censiers » de sa paroisse, le curé d'Haveluy la dit âgée de quarante ans, alors qu'elle décède le lendemain de son quarante-cinquième anniversaire. La majorité de nos ancêtres est pareillement incapable de formuler la date du jour présent.

Et si nous n'étions pas au XXIe siècle ?

Je sais bien qu'avec des « si », on mettrait Paris en bouteille... Pourtant, il est de fait que des parties entières du globe ne vivent pas à la même date que nous.

Les musulmans ont un calendrier commençant à l'*hégire*, date à laquelle le prophète Mahomet quitta La Mecque pour Médine, et qui correspond à notre 16 juillet 622. Chez eux, notre 1er janvier 2002 était le 17 Shawwal de l'an 1422, année qui fut, chez nous, celle où mourut notre pauvre roi Charles VI, dit « le fol », en pleine guerre de Cent Ans...

Si les uns semblent en retard, d'autres affichent plusieurs longueurs d'avance. Le calendrier hébraïque démarre le 7 octobre 3761 avant Jésus-Christ, date qui, selon des calculs s'appuyant sur la Bible, serait celle de la création du monde. Il fait donc de notre 1er janvier 2002 le 17 Tevet 5763, sans nous offrir pour autant de prendre des navettes reliant plusieurs fois par jour Mars à la Terre...

Mais voyons de plus près notre calendrier, appelé « grégorien » depuis sa réforme par le pape Grégoire XIII, en l'an de grâce 1582, afin de compenser un retard accumulé depuis son adoption, décidée bien des siècles auparavant, en 45 après Jésus-Christ.

Pour compenser ce retard de 11 minutes et 14 secondes par an, on supprima certaines années bissextiles : celles correspondant à un multiple de cent, non divisible par 400, comme 1700, 1800, 1900..., et l'on décida, cette année-là, de passer directement du 4 au 15 octobre. Si la France, l'Italie, l'Espagne, le Portugal, comme la Savoie et le duché de Lorraine, se plièrent immédiatement à cette réforme, d'autres attendirent : l'Autriche ne le fit qu'en 1584, la Prusse en 1610, l'Alsace en 1648..., l'URSS attendant quant à elle 1923, ce qui explique les dates décalées des journées de la révolution d'octobre 1917. Sans cette réforme, notre 1er janvier 2002 n'aurait donc été que le 19 décembre 2001...

Reste enfin le fameux calendrier révolutionnaire, qui compta les jours à partir du 22 septembre 1792, date de proclamation de la République. Dû au mathématicien Romme et à d'autres savants de l'époque, comme Monge, il fut bientôt assorti des bucoliques et écologiques trouvailles de Fabre d'Églantine. Avec ses mois de Vendémiaire, Brumaire, Frimaire, Nivôse, Pluviôse, Ventôse, Germinal, Floréal, Prairial, Messidor, Thermidor et Fructidor, il eut cours du 24 novembre 1793 au 31 décembre 1806, où il perdit sa raison d'être puisque Napoléon avait envoyé la République aux orties. S'il s'était maintenu, il aurait fait de notre an 2000 l'an 210 et nous serions loin, très loin de notre troisième millénaire... !

Si nos ancêtres maîtrisent parfaitement le jour de la semaine, ne serait-ce qu'à cause de l'obligation de la messe et du repos dominical, ils se contentent, pour le reste, du calendrier liturgique : le dimanche après Pâques est celui de Quasimodo, et la fête de saint Georges tombe à peu près au milieu du printemps. On parle éventuellement du premier jeudi de Carême ou de celui avant Noël, et encore... Car en dehors de quelques cas exceptionnels, nul projet n'a réellement besoin d'être daté.

On doit payer son loyer, son fermage ou son métayage à la fête de saint Jean ou de saint Martin, et chaque année la foire du village voisin a lieu le jour de saint Blaise. Comme Malbourough prévoyait d'être de retour « à Pâques ou à la Trinité », le scieur de long du Forez rentre pour la Saint-Jean d'été et le maçon marchois prend le chemin du retour à la Saint-Michel ou à la Saint-Martin. Ces repères suffisent. Qu'aurait changé, pour les hommes et les femmes d'autrefois qu'il soit 11 heures ou 18 h 30 ou que l'on soit le 14 ou le 18 juin ? Seuls quelques personnages ont besoin de ces repères, et Monsieur le Curé les gère parfaitement. Il saura très bien, tout comme le syndic tenant lieu de maire, le premier dimanche d'octobre venu, sonner la cloche pour faire désigner les hommes qui devront collecter la taille.

Il en va de même au fil de la journée : l'heure indiquée par le soleil suffit à renseigner entre les trois sonneries de l'angélus, même si au voisinage des couvents on peut compter les sept heures canoniales, obligeant les chanoines à louer Dieu en chantant en chœur tout au fil du jour. Ils commencent par les *matines* (entre minuit et le lever du jour), les *laudes* (louanges à l'aube), puis *prime*, *tierce*, *sexte*, *nonne* aux première, troisième, sixième et neuvième heures (soit à 6 heures, 9 heures, 12 heures et 15 heures), puis chanteront *vêpres* (d'après le latin *Vesper*, soir), pour terminer avec *complies* (au jour « accompli », autrement dit achevé), avant que de chanter le *Salve Regina* à la Vierge Marie au moment du coucher.

Peu importe l'heure exacte. Le sire de Gouberville, dans sa campagne normande du XVIe siècle, se contente de noter, à l'occasion d'un déplacement effectué, que lorsqu'il est parti, il était « sept heures sonnées », sans préciser – ni sans pouvoir le faire – depuis combien de temps. Il a par ailleurs noté être arrivé plus d'une fois en retard à l'église, à

« messe dite », mais cela ne le perturbe apparemment pas outre mesure. Nul n'a de train à prendre et l'horaire de la patache ou de la diligence reste aussi souple qu'imprécis. Les étapes durent une journée ou une demi-journée.

Qui va à la foire ou à la ville, qui se rend à une ferme voisine, part généralement pour la journée. L'unité de temps ne saurait guère descendre en dessous. C'est à cette aune que l'on estime les temps de voyage. Nul n'aurait l'idée de fixer un rendez-vous à un jour et à une heure précis. Le notaire s'entend avec le beau-père pour venir rédiger le contrat de mariage tel jour, après midi, et l'indiquera ainsi dans l'acte, sans jamais se montrer plus précis.

Les heures sont inscrites aux horloges des villes qui relèvent davantage du gadget, et la haute technicité de leurs mécanismes fait que ces horloges doivent être constamment surveillées et entretenues par un maître horloger. En 1631, les travaux d'entretien et de réparation de la grande roue du mouvement de l'église Saint-Pierre-le-Marché, à Bourges, sont facturés 90 livres tournois, facture dont le montant représente largement la valeur de deux bons bœufs...

La montre-gousset n'apparaîtra pas avant le XVIIIe siècle, – et bien sûr chez une élite –, et l'horloge comtoise, aux lourds poids remontés chaque jour – comme on continuera à le dire pour le petit *remontoir* de notre montre-bracelet – ne se démocratisera qu'au XIXe. Sous la Révolution et l'Empire, pourtant, la mesure du temps semble avoir nettement gagné en précision : dans les registres d'état civil, nos plumitifs de village à demi analphabètes, prennent soin d'indiquer les heures de naissance et de décès. Mais des expressions comme « environ deux heures du soir » sont-elles pour autant toujours bien précises et rigoureuses ?

Notre mesure moderne du temps doit sans aucun doute beaucoup au chemin de fer, qui affichera d'emblée une précision obsessionnelle, même à une époque encore pionnière, où les temps de voyage varient énormément, en raison de mille incidents d'origine mécanique, météorologique, ou humaine (pannes, avaries, tempêtes, attentes complaisantes d'un voyageur...). La minute fait son entrée dans l'univers de la durée. Elle fractionne le temps jusqu'alors presque indivis. La montre-gousset – l'oignon –, devient l'accessoire indispensable de l'homme « dans le coup ». Chez les femmes, l'objet est promu au rang de bijou ; pour les enfants, à celui de cadeau de communion, un de ces cadeaux que l'on gardera toute sa vie...

Quand la vitesse les emportait mais sans le moindre portable

Dire que nos ancêtres étaient plus lents est une évidence. Ce qu'il faut bien comprendre, c'est la linéarité de leur temps, non encore sectionné comme l'est devenu le nôtre. Nos ancêtres prennent moins celui de vivre que celui de faire. Ce n'est pas un choix, mais une obligation et une réalité. Aller à la foire ou à la ville, comme aller faire la demande en mariage en qualité d'entremetteur, prend la journée. Et rappelons-nous qu'il faut cinq jours pour faire de l'encre...

Le temps n'est jamais compté. Les seules urgences sont inspirées et justifiées par la crainte de la damnation éternelle : ce sont les baptêmes sous trois jours et la course du curé, allant à travers champs donner l'absolution au moribond, précédé de l'enfant de chœur agitant sa clochette, comme la voiture de police toutes sirènes retentissantes précède aujourd'hui l'ambulance du SAMU.

Il faut un temps pour chaque chose et chaque chose doit se faire en son temps. Lorsque les règlements de 1793, créant l'état civil, prévoient que ceux qui en ont la charge doivent s'assurer *de visu* du sexe du nouveau-né et aller sur place constater les décès, cela n'effraie nullement, peut-être parce que le secrétaire de mairie sait que marmots et cadavres passeront « chez lui » en étant conduits sur les fonts baptismaux et au cimetière, et qu'il sera ainsi dispensé de se rendre au domicile mortuaire, souvent situé à plusieurs kilomètres du chef-lieu...

À un autre niveau, les nouvelles « transmises » par les colporteurs et les individus mobiles circulent très lentement, et l'information en direct est évidemment inconcevable. C'est le 22 janvier 1746, lors d'un déplacement au Buis, que le notaire Veux, a appris que « le duc de Bavière, qui avait été fait empereur, était mort, âgé d'environ quarante-huit ans ». Or, le duc était mort plus de onze mois, auparavant... Mais qui s'en serait étonné ? Ni les domestiques du sire de Gouberville, qui ont attendu plus de deux mois le retour de leur maître parti pour Blois, ni le Lorrain Humbert Montignon, de Sauvigny. Si celui-ci s'est engagé, en mars 1634, à rembourser en deux termes, à Noël et à Pâques suivants, les quarante livres que lui a prêtées la veuve de Demenge Olry, il ne s'en acquittera qu'en 1659, auprès de la fille de sa créancière, décédée quant à elle depuis vingt et un ans...

Une des plus grandes révolutions sera donc celle de la vitesse, et les derniers siècles auront connu un duel perpétuel entre vitesse et lenteur, un pari effréné pour diviser et maîtriser le temps et d'abord les distances, pour aboutir à une irrésistible réduction des temps de déplacement.

Sous Charles VII, un marchand pressé se déplaçant à cheval arrivait à faire cinquante-six de nos kilomètres par jour, soit 6 à 7 km/h. Deux siècles plus tard, sous Louis XVI, il faut vingt jours pour aller de Paris à Madrid (soit environ 55 km par jour pour environ 6 à 7 km/h), un peu moins si l'on sait graisser la patte au postillon. Mais il s'agissait là d'initéraires reconnus et fréquentables, et les routes méritant alors ce nom sont en fait fort rares. Sauf sur les premières lieues à la sortie de Paris, aucune n'est pavée ni « carrossable » au sens littéral du terme. L'immense majorité des chemins sont rocheux, défoncés et boueux, comme ceux où l'on voit Racine faire six kilomètres à l'heure, pour joindre Bellac à Limoges.

Il faut ajouter que si cheminer à pied est ressenti comme dangereux par notre migrant saisonnier qui s'aventure rarement seul par les chemins, voyager en « voiture » présente tout autant de dangers. À chaque croisée de chemins, des ribauds pouvent vous arrêter, comme plus tard les Dalton au Far West. Pire : à ces dangers s'ajoutent mille aléas, et surtout un inconfort que l'on a du mal à imaginer. C'est dans un fracas de fer, de vitres (quand elles en ont), de grelots, de coups de fouet et de jurons, que les équipages, au rythme des cahots, secouent sans ménagement leurs occupants, tassés les uns contre les autres, dans la promiscuité la plus totale, quand ils ne sont pas contraints à descendre pour pousser, lorsque la pente est trop forte, éventuellement avec la pluie ou l'orage en prime. Sans parler des accidents, des moyeux cassés ou des caisses versées... Lorsqu'on arrive, fourbu, au relais de la poste aux chevaux, mieux vaut ne pas avoir le réflexe de vouloir calculer la « moyenne ». Elle serait souvent au-dessous de l'allure du marcheur !

De la cuiller à pot à la Fête à Neuneu

S'il est peu de registres dans lesquels on trouve autant d'expressions que celui de la vitesse, cela tient sans doute au fait qu'elles n'ont cessé de s'adapter aux performances permises par les progrès techniques.

Sauf quelques-unes se rapportant à la nourriture, comme *vite fait sur le gaz* ou *en deux coups de cuiller à pot*, en souvenir de la louche en bois au manche court avec laquelle on servait le bouillon dans la gamelle des soldats ou des bagnards, toutes se rapportent aux moyens de locomotion, dont elles ont suivi rigoureusement l'évolution.

Avant de *démarrer au quart de tour* ou *sur les chapeaux de roues* (les enjoliveurs), d'*appuyer sur le champignon* pour aller *le pied au plancher, à fond la caisse, en quatrième vitesse* ou *à vitesse grand V*, on alla *à toute berzingue* comme on avait avant *mis la gomme* (des pneus, souvent de bicyclette), après être allé *à toute pompe* (la *pompe* était un travail pressé), *à fond de train* ou *à toute vapeur...*

Un peu plus avant dans le temps, toutes les références tournent autour de la locomotion hippomobile. On *brûlait le pavé*, sous l'effet des fers des roues ou des chevaux, on allait *à bride abattue, à bride avalée* ou plus simplement *à toute bride*, faisant galoper le cheval *ventre à terre* ou *à franc étrier*.

Autant d'expressions qui nous ramènent au temps des malles-postes et des diligences, de ces postillons, placés en avant-poste comme l'autre *postillon* l'est par rapport à la bouche, postillons tout aussi grossiers que l'étaient les *patachons*. Les *pataches*, après avoir été des bateaux, avaient été des diligences inconfortables et mal suspendues, donnant une impression de roulis comme on pouvait justement en ressentir dans ces anciens bateaux. Elles étaient conduites par ces *patachons*, qui les faisaient aller par monts et par vaux en s'adonnant sans cesse à la beuverie, et auxquels on prêtait des *vies de bâton de chaise*. Ne confondez pas ! On n'entendait pas par *bâton de chaise* les barreaux réunissant les pieds de vos sièges, mais les *bâtons* amovibles des anciennes *chaises à porteurs*, dans lesquelles, au XVIIe et au XVIIIe siècle, on se rendait volontiers à la fête, non tant à la Fête à Neuneu (la fête populaire de Neuilly, tout près de Paris) qu'à des orgies et à des aventures nocturnes, dont ces *bâtons de chaise* étaient donc constamment les témoins.

En un siècle, l'amélioration du réseau routier donnera des ailes. De 2,2 km/h on passera à trois, puis à quatre. Le voyage de Paris à Lyon ne durera plus que cinq jours pleins en « grandes journées » (journées d'été) et six en « petites journées » d'hiver : on couvre alors une distance moyenne de 90 km par jour.

À la veille de la Révolution, la turgotine fondée par le ministre qui lui donna son nom atteindra un résultat spectaculaire en mettant plusieurs grandes villes comme Amiens, Rouen, Orléans ou Reims à un jour de voyage de la capitale au lieu de deux ! Que dire des 9,5 km/h des diligences de la Restauration, des 15 km/h des draisines, ancêtres de notre bicyclette, des 70 km/h des locomotives du Second Empire, des 24 km/h atteints par les premiers « fous du volant » roulant à tombeau ouvert, en 1895, lors du premier Paris-Bordeaux, ou encore des 100 km/h atteints pour la première fois quatre ans plus tard ! L'escalade des records de vitesse avait commencé !

Quand l'automobiliste faisait déjà des excès de vitesse

La vitesse a toujours fait peur. Et qui avait peur se montrait hostile. Les nouveaux modes de déplacement en ont tous fait les frais : ne vit-on pas le maire de Bergerac, en 1898, prendre un arrêté aux termes duquel, en ville, « les cyclistes seront tenus de mettre pied à terre et de conduire leur machine à la main » ?

Arriva l'automobile, qui, dès qu'elle s'annonçait, faisait sortir les villageois sur leurs seuils. « Quand du hameau on voyait une automobile monter la côte, on courait bien vite jusqu'au bourg, distant d'un kilomètre, pour la voir passer. On arrivait toujours avant elle (...). Ces voitures n'étaient pas élégantes. Elles avaient des roues hautes, avec des rayons en bois et étaient recouvertes par un petit toit en toile. »

Mais pour peu élégantes qu'elles fussent, ces « voitures sans chevaux » n'en faisaient pas moins peur, du fait de leur vitesse. Un décret officiel de 1901 décida donc que celle-ci devait être « ramenée à celle d'un homme au pas dans les passages étroits ou encombrés ».

Pour plus de sécurité, on avait instauré, en 1899, le *certificat de capacité à conduire les véhicules à pétrole*, qui sera remplacé en 1922 par notre permis actuel. À cette époque, le candidat se rendait – au volant de son véhicule – à la préfecture, passait prendre l'examinateur et allait faire un tour pour lui donner une démonstration de ses aptitudes. Il n'y avait pas d'épreuve de code. Le fonctionnaire détaché du Corps des Mines, affecté à cette mission de par sa connaissance des explosifs, se contentait de lui recommander courtoisement de se montrer prudent aux carrefours, et surtout de pas oublier le carburant, qui s'achetait alors... à l'épicerie.

Faute de garages et de stations-service, c'est là, en effet, que l'automobiliste achetait le pétrole par bidons de cinq litres, pour en remplir ensuite lui-même, avec un entonnoir, son réservoir de soixante litres : l'opération prenait un bon quart d'heure.

Mais déjà la circulation posait des problèmes. Des dizaines d'automobiles passaient chaque jour sur la moindre route. « Routes et chemins ne peuvent plus être entretenus par les procédés d'autrefois », note en 1922 un ingénieur des Ponts et Chaussées. On en conclut qu'il fallait reconsidérer l'entretien des routes, et surtout prendre des mesures quant à la réduction de la vitesse, cause de trop nombreux accidents...

Ces voyages en temps records, tous dus au progrès, ne sont évidemment pas à la portée de tous. Lorsqu'il fait la route à pied, qui voyage loin n'a pour toute dépense que ses frais de restauration et de coucher, mais qui veut bénéficier des transports modernes doit en payer le prix. À la fin du XVIIIe, aller à Paris coûte environ dix-huit jours de gages à une servante lyonnaise (nourrie et blanchie) et encore voyage-t-elle en simple coche, à quelque six ou sept sols la lieue, alors qu'il lui en aurait coûté douze en cabriolet, dix-huit en diligence et vingt (une folie !) en turgotine...

Le voyage en chemin de fer, même en voiture de troisième classe, reste longtemps cher : environ 5 à 6 francs le km, soit deux journées de travail d'un mineur. Si certains arrivent, à force d'économies et de sacrifices, à s'offrir le voyage aller, beaucoup ne pourront jamais débourser celui du retour pour revoir un jour leur Normandie ou leur Guyenne !

Partir, jusqu'à une époque récente, est une formidable aventure, et toujours une grande coupure. Outre que l'on va débarquer dans un monde lointain, étranger et donc forcément hostile, on va perdre tout contact avec le milieu que l'on quitte. L'Aveyronnais descendu seul, à pied, de son village à Paris, où la réputation de réussite de certains de ses compatriotes l'a attiré, une fois devenu, comme eux, porteur d'eau, n'a pas, à cette époque, le moindre « portable » ! Il ne peut ni informer ni rassurer les siens. Tout au mieux pourra-t-il, au milieu du XIXe siècle, dicter un courrier à un écrivain public, courrier qui mettra un certain temps pour arriver à destination. Auparavant, il devait se contenter de charger de cette mission un « pays » prêt à prendre le chemin du retour, lequel s'en acquitterait d'ici trois à quatre mois, à son arrivée au village, même s'il devait faire quinze kilomètres pour acheminer les nouvelles en personne et sur place.

En sens inverse, les nouvelles des décès de ses vieux parents ou de ses proches seront aussi longues à parvenir au migrant, et parfois même ne le toucheront jamais. Il faut bien avoir ces réalités à l'esprit pour mesurer l'immensité du courage et du mérite dont notre homme fait preuve. Le Marseillais, débarquant à Paris ou à Mexico, a aujourd'hui son portable avec l'option « liaisons internationales ». Il ne saurait par conséquent ni connaître ni éprouver le moins du monde les sensations que ressentait son ancêtre.

Le départ définitif est pourtant quasi inconcevable, sauf pour qui a intérêt à se faire oublier. Nos migrants semblent toujours être tous partis avec l'idée de rentrer, dans un mois, dans un an, à Pâques ou à la Trinité. Ils seraient au pays au prochain mai, à la prochaine fête de l'oiseau, au prochain pardon au calvaire voisin, à l'un de ces temps forts que tout le monde attend.

Malbourough et la Claire fontaine

Chaque génération a eu ses chansons à la mode. Si *La Madelon* resta au hit-parade durant toute la Grande Guerre, *Le Temps des Cerises* date de la Commune et des barricades de 1871, et *La Mère Michel* reprit, au milieu du XIXe siècle, un air de marche depuis longtemps populaire.

Malbrough avait été à la mode à la fin du XVIIIe siècle, à la même époque qu'*Au clair de la lune, Cadet Roussel* et *Il pleut bergère*, une des rares chansons dont on connaisse le compositeur (le violoniste Simon) et l'auteur (le poète Fabre d'Églantine, l'auteur de notre calendrier révolutionnaire). Les bergères bucoliques sont alors à la mode, même si *Il était une bergère*, en montrant la gardeuse de moutons laisser le « chat aller au fromage », s'affirme alors comme une véritable chanson paillarde.

On a dit que *Malbrough* avait été lancée par Mme Poitrine, la nourrice du Dauphin, et que Marie-Antoinette s'en était entichée... En fait, la chanson était nettement plus ancienne, puisque datant de la bataille de Malplaquet, en 1709, où sir John Churchill, duc de Marlbourough – lointain ancêtre de sir Winston – avait battu les troupes françaises bien que le bruit eût couru qu'il avait été tué. Une origine qui n'est pas sans rappeler notre *lapalissade*, remontant à la bataille de Pavie, en 1525, où fut tué le maréchal de La Palice, et dont un refrain écrit à sa gloire souffrit ensuite d'une erreur de copie, passant, de :

Hélas ! s'il n'était pas mort,
Il ferait encore envie.

à *Il serait encore en vie.*

Il n'en fallut pas moins pour porter un coup fatal à l'image posthume du héros qui avait voulu éviter la défaite qui devait conduire François Ier à se retrouver dans une tour de Charles Quint, ce qui nous valut un autre de ces « tubes », avec *La tour, prends garde !*

J'ai du bon tabac, quant à elle, date de la fin du XVIIe siècle, à l'heure où le « tabagisme » faisait fureur, certains y voyant un remède souverain contre divers maux, et d'autres prisant sans arrêt, au point que Louis XIV ne toléra qu'une seule prise durant la messe, le marguillier de la chapelle royale étant le seul autorisé à présenter la tabatière. Le claquement des couvercles, les éternuements et les reniflements de l'assistance portaient en effet inconsidérément atteinte à l'office divin.

Si *La boulangère a des écus* est connue dès le début du XVIIe siècle, le *Pont d'Avignon* remonte au XVIe, avec, là aussi, une nuance faisant que l'on dansait non pas « sur » mais « sous » le pont. Mais l'une des plus anciennes est sans nul doute *À la claire fontaine*, issue d'une de ces vieilles *chansons de toile* médiévales, romances que chantaient les fileuses et tisseuses pour accompagner leur ouvrage, au temps où l'on rêvait justement, d'amour et... d'eau fraîche.

Saint Dégobillard et les hooligans

S'ils travaillent inlassablement, courbés sur leur charrue ou leur ouvrage, nos ancêtres n'en savent pas moins se défouler et « décompresser ». En groupe et en public, s'entend.

Au fil de l'année, mille occasions se présentent, tant au plan de la communauté extérieure qu'à celui, plus intime, de la famille.

Le lendemain de la Chandeleur ouvre le ban des manifestations collectives annuelles, avec la fête de saint Blaise, partout célébrée en milieu paysan, tout en restant une fête relativement calme.

Il en va tout différemment de Mardi gras, véritable explosion, où l'on décompresse préventivement avant d'entrer dans les quarante jours de Carême, tout entiers consacrés au jeûne et à la prière. Il arrive que ces festivités durent trois jours consécutifs, ainsi à Nantes, du dimanche au mardi, jours suggestivement dénommés Saint-Goulard, Saint-Pansard et Saint-Dégobillard. Partout, Mardi gras est le jour de tous les excès, à table comme ailleurs, un jour de licence totale et générale, où tout est permis puisque le déguisement assure l'anonymat. Au XIXe siècle, c'est la seule fois de l'année où les femmes mettent des pantalons et les hommes des jupons. Le chahut, ce jour-là, règne en toute légalité. On ingurgite des repas pantagruéliques, on boit, on chante, on hurle, et l'on roue de coups le grotesque mannequin que l'on brûlera le soir – « objet transitionnel », comme disent nos pyschanalystes, bouc émissaire de tous les malheurs des hommes.

Après une petite « ressucée » à Mi-Carême, on arrive à Pâques, temps de confession et de communion, qui ramène aussi le printemps, et avant que ne commencent les gros travaux, vient alors le temps des *desports* et des jeux divers.

Lundis de Pâques et de Pentecôte :
jours fériés et jours d'oiseaux

C'est en 1886 qu'une loi instaura officiellement que les lundis de Pâques et de Pentecôte seraient fériés, ne faisant en fait que confirmer une situation ancienne et bien acquise. Après le long Carême de quarante jours et la longue semaine sainte, dite aussi *semaine peinseuse*, qui en avait été l'apogée, nos ancêtres ressentaient un réel besoin de « décompresser ». Aux fêtes religieuses du jour de Pâques, ils avaient pris l'habitude d'ajouter des *prolongations*, souvent elles-mêmes de nature religieuse, comme par exemple un pèlerinage, ou sportive avec les fêtes de l'oiseau et concours d'adresse. Pour toutes ces raisons, nos ancêtres s'étant autrefois relâchés durant toute la semaine pascale tinrent à en conserver au moins le premier jour.

Le lundi de Pentecôte procède du même principe, en souvenir d'un temps où cette fête avait parfois duré jusqu'à sept jours complets, donnant là encore à nos ancêtres l'occasion de partir en pèlerinage auprès de quelque chapelle ou fontaine miraculeuse des environs. Le plus souvent on y trouvait les deux, l'une n'allant guère sans l'autre, héritage des anciennes sources où les Gaulois adoraient des génies que l'Église s'était empressée de christianiser, en y superposant la présence d'un saint. Cette fête une fois réduite à deux jours, nos ancêtres abandonnèrent ces pèlerinages pour se contenter de processions. Chevauchant des mules, on distribuait le pain bénit, quitte, l'après-midi, à se livrer de nouveau à des jeux ou à des concours d'adresse : courses de mules, joutes nautiques ou lâchers de pigeons blancs, en référence à la fête de la veille.

Ces lundis fériés qui, en tous les cas, ignoraient nos modernes embouteillages, étaient donc souvent placés sous le signe des oiseaux, que ce soient les colombes de Pentecôte ou les perroquets de Pâques. À propos de perroquet, on raconte que les Visitandines de Nevers s'étaient vu offrir un de ces volatiles auquel elles avaient réussi à apprendre à chanter le *Gloria* et le *Pater*. L'oiseau faisait merveille, au point que leurs consœurs nantaises, mourant d'envie de le voir, les prièrent de le leur envoyer. Rien n'était plus facile. On confia « Vert-Vert » – c'était le nom de l'oiseau – à des bateliers qui lui firent descendre la Loire et le remirent aux nonnes nantaises. Malheureusement, au contact de ses convoyeurs, l'oiseau avait appris entre temps d'autres refrains, paillards et bourrés d'injures, qu'il s'empressa évidemment de débiter entre les murs du couvent...

Depuis des siècles, dans certaines régions, on se passionne pour la *crosse* ou la *soule*, qui sont les ancêtres de notre golf et de notre football. « Les gens du pays de Vulguessin-le-Normand et ceux de la forêt de Lyons ont accoutumé, dit un texte de 1387, de ceux ébattre et assembler chacun an pour souller (...) devant la porte de l'abbaye Notre-Dame-de-Mortever. » La *cholle*, ou *soule*, est une boule de bois ou de cuir, remplie de foin, de son ou de mousse, dont deux équipes se disputent l'envoi au-delà d'un mur ou d'une mare. Et comme, déjà, il n'est pas de partie sans « supporters », le public est là, criant, hurlant, riant aux éclats des atterrisages dans la mare ou dans la fosse à purin. Notre bon sire de Gouberville s'y livrera avec tant d'entrain qu'il fera éclater ses chausses « depuis le genou jusqu'au milieu de la cuisse », alors qu'une autre fois, un coup de coude reçu d'un voisin lui fera « faillir la parole ». « Je me cuidai évanoui, se souvient-il, et perdis la vue près de demi-heure par quoi je fus contraint de prendre le lit », où il resta trois jours entiers... Les supporters de ces parties n'ont, à n'en pas douter, rien à envier à nos hooligans. D'autant que la soule avait ses mêlées, d'où plus d'un se relevait « meurtri et ensanglanté ». Elle est en fait l'ancêtre commun tant à notre foot qu'à notre rugby.

Plus calmes sont les concours d'adresse. Souvent pratiqué durant la semaine pascale, le *tir à l'oiseau* est d'autant plus populaire qu'il donne généralement lieu au déploiement de tout un cérémonial. On installe de grandes cibles sur des bottes de paille fleuries, et l'on place en leur centre l'oiseau de bois peint aux couleurs les plus vives, que l'on devra abattre d'une seule flèche. On le nomme *papegai* ou *papegaut*, d'après l'ancien nom du perroquet, lui-même forgé sur son nom arabe. C'est à l'issue de ce concours qu'un habitant de la ville ou du village se voit chaque année consacré *roi* du jeu.

Mai, que l'on a vu ouvert par les coutumes des feuillages et parfois la plantation d'un *arbre de mai*, est le temps des pèlerinages et des pardons. Le pays est constellé de sources et de fontaines miraculeuses, les églises pleines de reliquaires ou de simples statues douées de pouvoirs et chacun a toujours une bonne raison d'aller prier tel saint ou boire de telle eau. Aux grands pardons bretons, comme ceux de Sainte-Anne-d'Auray ou de Tréguier, les participants se comptent par dizaines de milliers. Suivent la Fête-Dieu, la fameuse Saint-Jean-le-Bouillant et ses bûchers, juste avant les gros travaux, qui vont retenir les hommes aux prés et aux champs. Mais il y a encore d'autres fêtes : les fêtes patronales, tant professionnelles que paroissiales ; les foires, qui tiendront de plus en plus de la fête foraine. Enfin, la dernière fête de l'année sera celle des Fous, qui célébrera, à l'image de Carnaval, la négation de l'ordre établi en offrant, dans les jours suivant Noël, un gigantesque *bizutage* général, qui nous montre nos ancêtres débitant des obscénités en pleine église ou faisant griller du boudin sur l'autel. Avec Carnaval, ce sont les deux jours de *monde à l'envers*, qui veulent sans doute faire oublier l'éprouvante et monotone peine que font vivre les 363 autres durant lesquels ce monde est à l'endroit. Au XIXe siècle, à ces deux jours de débauche, quelques-uns auront la chance de pouvoir en ajouter d'autres : les conscrits, fiers d'affirmer leur entrée dans l'âge d'homme, le feront avec force beuveries et tapage.

Au nombre des autres temps forts, rythmant la vie et les années et occasions de défoulement et de décompression, on trouve encore des fêtes directement liées au travail, qui jalonnent les saisons mortes de fin d'année et d'hiver ainsi que des fêtes liées à la vie familiale.

Les premières sont les traditionnels repas marquant la fin des fenaisons, des moissons et des vendanges, fêtes du dernier char, de la dernière meule ou de la dernière gerbe, appelées *paulées*, *reboules* ou *passées* ; fête de Saint-Vincent, qui termine les vendanges et le foulage, et qui culmine avec la fessée administrée sans ménagement à la statue du saint au terme d'une procession dans les rues. Plus tard, lorsque le fléau cédera la place à la batteuse, ce sera la grande journée de solidarité villageoise autour de la machine à vapeur, avec festins du midi et du soir.

Le *jour du cochon* est une autre étape traditionnelle coupant l'hiver. Une journée de sacrifice, avec sang et bûcher, qui réunit souvent le ban et l'arrière-ban des relations, afin d'assurer le suivi de la préparation et de la cuisson des pâtés, jambons, boudins et autres tripailles. C'est aussi, à la sortie des mauvais jours, le temps des grandes *bues*, autrement dit de la grande lessive annuelle. Annuelle, non tant du fait d'un manque d'hygiène que d'une inflation de linges, amassés au fil des générations dans les coffres et les armoires, où ils sont arrivés comme éléments des traditionnels trousseaux des mariées. Le grand-père de Pierre Jakez Hélias dénombrait ainsi pas moins de vingt-quatre chemises de chanvre, matière d'autant plus résistante que les lessivages, justement, étaient peu fréquents. Stockés pendant des mois dans les greniers ou les granges, les kilos de bonnets, de bas, de chemises, de blouses, de *linceux* et autres pièces de linge vont alors, trois jours durant, passer du purgatoire à l'enfer et au paradis.

On appelle en effet *purgatoire* le passage du linge sale dans un grand cuvier, où il séjourne avec des cendres ; *l'enfer*, le deuxième jour, est la séance de battoir, au lavoir ou à la rivière ; *le paradis*, enfin, sera le séchage et le blanchiment du linge sur l'herbe des prés, avant que d'être repassé, dans les maisons riches, par les lourds fers de fonte, chauffés sur les cuisinières.

Restent les fêtes familiales, essentiellement les mariages. Grand moment de la vie familiale, « rite de passage » le plus important, le mariage est souvent l'occasion de plusieurs jours de fête – ne serait-ce que parce qu'il est inconcevable de renvoyer, de nuit, les invités venus, à pied, de villages distants souvent de plusieurs lieues.

La première journée, avec la cérémonie à l'église, est scandée dès le début par un rituel extrêmement riche, débutant presque toujours par la toilette de la mariée, qui, comme on l'a vu, n'est pas habillée en blanc. Équipée, voilée, bouquetée, couronnée, son père la conduit à la tête du cortège, précédé du violonneux ou du fifre, du cornemuseux ou du vielleux. Sur son chemin, on a dressé de symboliques barrières donnant l'occasion de la fêter, comme elle le sera encore à sa sortie de l'église, en crevant des vessies de porc remplies d'eau, avant de se rendre à l'auberge.

Le repas de noce, à la hauteur de sa réputation, est rythmé de jeux, de chansons, de danses et de chahut, jusqu'au « coucher » des mariés », dont le lit sera, au petit jour, pris d'assaut par les jeunes de la noce, histoire de leur servir un « bouillon du matin » également symbolique, coutume destinée à l'origine à s'assurer que le mariage avait bien été consommé. Après quoi, à peine sorti de la chambre nuptiale, on se dépêche souvent de se remettre à table, pour finir les restes, puis les restes des restes. Un matin, enfin, les nouveaux époux regagneront – pour longtemps – lui, aux champs, le groupe des hommes, elle celui des femmes, autour du foyer. Et la vie de labeur reprendra.

Que tirent-ils de tout ce travail ? Pas grand-chose. Peu d'argent, en tous les cas, puisque dans ce monde du troc, la rémunération en nature représente une large part du revenu. Apprentis, domestiques sont presque toujours nourris, parfois vêtus et blanchis. D'autres ne sont que « trempés ».

Gabriel Audisio cite le cas d'un journalier agricole célibataire d'Auriol au milieu du XVIIe siècle, qui pouvait gagner de 125 à 130 livres par an, sur lesquelles, son pain payé, il devait lui en rester 70 à 80. Une fois marié et père de famille, cela ne lui permettra plus de nourrir ses enfants, et nombre de gens se retrouvent ainsi chez un patron, chez un gros laboureur ou chez un usurier de village, où ils vont mettre le doigt dans un engrenage infernal.

Ainsi alla longtemps ce monde laborieux et passif, mais qui savait s'amuser – un monde décidément plein de contrastes.

5

Insensibles ou débauchés ?

Pleine de contrastes, la vie de nos ancêtres est d'autant plus dure que la nature l'est elle-même, lorsqu'elle n'est pas carrément hostile. C'est elle qui, depuis la nuit des temps, a poussé les hommes à se regrouper, la crainte des gens de guerre venant régulièrement renforcer cette tendance, que ce soit le déferlement des hordes d'envahisseurs barbares ou vikings du Haut Moyen Âge, le passage des bandes d'écorcheurs et des compagnies de routiers, à l'époque de la guerre de Cent Ans, les dragons du roi traquant les protestants, les troupes mercenaires suédoises ou françaises, dans la Lorraine de la guerre de Trente Ans, les Bleus battant sous la Révolution le marais vendéen à la recherche des Blancs... À chaque époque, la guerre et son inévitable cortège de malheurs – le pillage, les épidémies, la famine – a poussé les populations à se retraire dans l'enceinte du château, à fuir au fond des bois ou à se regrouper autour d'un feu, dans l'espoir de se sentir un peu plus fortes face à l'adversité. Tout concourt donc à rendre le monde d'autrefois dur et violent, au point que l'on ne sait trop où l'on pourra trouver un peu d'amour.

Plus meurtrière qu'une horde de loups : quand la peste passait par là

Le curé de Givry, près de Chalon-sur-Saône, nous a laissé un document saisissant sous la forme d'un petit livret de quatre-vingt-quatre feuillets, dans lequel il a soigneusement consigné les mariages et les enterrements. Rien ne serait plus banal si nous n'étions en 1348, l'année où ce que l'on a appelé « la Grande peste noire » va déferler de Marseille sur le reste du royaume. Une vague aussi terrible que dévastatrice qui va atteindre ce village de plein fouet dès le début de l'été, et dont les ravages sont, grâce à ce document unique, parfaitement et dramatiquement mesurables.

De quatre enterrements par semaine au début de juillet, on passe à au moins un par jour début août, pour en dénombrer vingt-huit entre le 2 et le 11, trente-deux du 12 au 21, cinquante du 22 au 31, époque à laquelle, le mal enflant, le curé semble avoir décidé de cesser de percevoir des droits d'inhumation. Il cesse de même de noter les noms des défunts qu'il inhume.

Car le fléau redouble et s'acharne. La première semaine de septembre enregistre soixante-dix décès, et pour la seule journée du 10, on en dénombrera vingt-quatre. Du 11 au 22, notre curé enterrera cent deux de ses paroissiens ; cent-sept la semaine suivante, où le mal atteindra son point culminant. Peu à peu, alors, les chiffres reprendront une courbe descendante, que l'on suit jusqu'au 3 novembre où, après avoir noté trois décès, notre vicaire va brusquement s'arrêter..., peut-être pour avoir été lui-même la 593 victime du fléau qui, en trois mois, a emporté plus du tiers des habitants de ce bourg de quelque 1 400 âmes. Une parfaite illustration, preuves et chiffres à l'appui, de ce qu'ont alors connu nos ancêtres, et à quoi seuls les plus forts avaient pu résister.

La vie est dure, la nature est dure. Nos aïeux doivent

sans cesse lutter contre elle, contre les animaux ou les intempéries.

À tout instant, mille drames les guettent. La foudre, symbole de la colère divine, n'épargne ni les bâtiments ni les hommes. Exemple parmi d'autres, l'incendie qu'elle provoque, le soir du 27 septembre 1764, dans la grange d'Antoine Journiat, au hameau de La Nobre, près de Champs-sur-Tarentaise, au cœur de l'Auvergne. En quelques minutes, le bâtiment, plein du foin et des moissons de l'été, se transforme en torchère, sans que l'on puisse intervenir. Et quatre hommes périssent brûlés vifs, quatre merciers-colporteurs venus d'on ne sait où (de la région de Thiers ou peut-être du Dauphiné) et avec eux leurs hottes pleines de trésors. Ils ont entre trente et cinquante ans, sont sans doute mariés et pères de famille. Leurs femmes et leurs enfants ne les reverront pas... Sauront-ils seulement, un jour, la fin tragique qui a été la leur ?

Et il y a les loups ! Jusqu'à la fin du XIXe siècle, ils ont rôdé, en Limousin ou dans les Vosges. Ils peuplent les forêts, n'hésitant pas à s'approcher des bourgs et des villes lorsqu'un hiver trop rude les affame, ni à attaquer les hommes, mais surtout les animaux et les enfants, qui leur sont autant de proies faciles. Les archives des anciennes paroisses sont émaillées de leurs méfaits, décrivant des cadavres horriblement mutilés d'enfants que la bête avait surpris seuls, alors qu'ils gardaient les oies ou les moutons. Tapie sous les taillis, elle avait bondi dans le pré, et, le troupeau s'étant enfui, elle s'était rabattue sur l'enfant moins preste.

Des siècles durant, les loups ont été si présents que les maîtres des Eaux et Forêts devaient constamment organiser des battues, et qu'on les a, au Moyen Âge, pendus eux aussi haut et court. Dans l'espoir de faire fuir leurs semblables, on laissait longtemps pourrir leur dépouille, en des endroits encore nommés aujourd'hui Panloup ou Longpendu, qui ont été à l'origine de patronymes comme Dupanloup.

Grands hyvers et endettements : quand nos ancêtres ont dû brouter les prés

Qu'elles soient l'expression ou non de la vengeance céleste, pluies diluviennes, grandes sécheresses et hivers trop rigoureux entraînent toujours des conséquences dramatiques.

Une canicule qui dure compromet presque la survie. Si, en 1623, le curé de Charnay note dans ses registres que « depuys la Saint Jehan jusques à la Toussaint, l'eau a été plus rare que le vin », nombreux seront ensuite les étés catastrophiques : 1632, 1694, 1778, 1793, 1803, 1817, 1825, 1842, 1857, 1858... les plus durs ayant été ceux des années 1718 et 1719, qui succédaient à une sécheresse totale de janvier à avril, accompagnée de très fortes gelées de printemps. Ces années-là, on vit des hommes obligés de tourner eux-mêmes les roues des moulins à eau, que les rivières asséchées ne pouvaient plus actionner.

Et que dire des hivers ! On a vu les hommes de l'Oise, paralysés par le gel, rester impuissants, en janvier 1784, devant leur village entier consumé par un incendie. Et qui n'a entendu parler du terrible hiver de 1709 !

En voici le récit, grâce, encore une fois, à des prêtres qui ont tenu à témoigner. Le premier est Messire Jorhant, curé d'Etrelles, en Ille-et-Vilaine, qui écrit : « Le sixième jour de janvier, jour des Roys 1709, vers les deux heures et demie d'après-midy, il commença un froid terrible par un vent du haut, et continua pendant dix-huit jours de suite, la terre étant couverte de neige, ce qui consternait les blasteries (les blés semés en automne). » À Paris, le thermomètre descend jusqu'à -23 °C et reste plus d'une semaine au-dessous de -20. Le curé d'Ezy, dans l'Eure, ajoute qu'« il geloit jusques au coin du feu et le vin auprès du feu ne dégeloit qu'à peine. (...). Les hommes avaient bien de la peine à s'échauffer, surtout la nuit, et plusieurs brulèrent icy leurs lits pour les échauffer (...). Il fallait de l'eau bien chaude pour faire l'eau bénite ». Un témoin, près de Poissy, raconte encore que « les arbres dans les forêts pétaient comme des coups de fusil », en se fendant en deux sous l'action du gel. Le bétail, lui aussi, a froid. Les oiseaux meurent dans les haies. En Anjou, on raconte que la crête des coqs tombe ! À Versailles, le château étant inchauffable, un page a une main gelée et l'on envisage de lui couper les doigts.

Le dégel arrive, mais n'est qu'un répit, et d'autres vagues de froid se succèdent durant plusieurs semaines, ce qui, aux dires de Messire Johrant, « n'a laissé ni choux, ni romarins, ni boutons de poiriers (...), que la fourmille a gelé, que l'on ne voit presque plus de ramiers ni de merles ». En avril, aucun champ semé n'offre donc la moindre pousse et, le printemps venu, le calvaire n'en est pas pour autant terminé, bien au contraire. Le prix du flé flambe, multiplé par plus de huit dans certaines régions. Le marché noir s'installe. La famine règne. Dans la région d'Autun, on voit de pauvres êtres « décharnés, la peau collée sur les os, couchés sur le pavé des rues ». Début mai, le procureur général de Bourgogne écrit avoir vu, dans les prairies, des hommes et des femmes paissant l'herbe « comme des moutons », scènes que confirme avoir observées, dans d'autres régions, l'ambassadeur d'Espagne traversant alors le royaume.

La France, cette année-là, sera pourtant sauvée... grâce à l'orge. « Dieu, commente un échevin de Nantes, inspira aux laboureurs de semer de l'orge dans les terres où ils avaient semé du blé » (lequel avait gelé). Et l'orge a produit trois fois plus que le blé. Messire Regnauldin, curé d'Étang-sur-Arroux, en Morvan, n'en écrit pas moins, à la dernière page de son cahier de cette funeste année, en guise de souhait pour celle qui va débuter : « Il est à souhaiter que Dieu ne soit pas davantage irrité contre son peuple et que l'année prochaine soit plus heureuse. » Dans sa paroisse comme ailleurs, les hommes avaient eu froid et faim ; les plus fragiles avaient succombé, à commencer par les enfants, les vieillards et les femmes grosses. Les plus vaillants avaient dû s'endetter parfois très lourdement pour survivre...

Par tous les temps : pépins et froids de canard

Le temps a toujours été une des grandes épreuves de nos ancêtres. Non seulement en ce qu'il conditionne leur travail et leurs récoltes, mais parce qu'ils ont peu de moyens de s'en protéger. Lorsqu'en hiver *ça caille*, que *ça coaille*, autrement dit, semble-t-il, que ça *coagule*, que l'eau gèle et que le sang semble vouloir l'imiter, chaudes fourrures et peaux de bêtes sont rares et chères. Nos ancêtres, dès lors, se trouvent bien désarmés envers les *froids de canard*, autrement dit ceux qui se prêtent à la chasse au canard sauvage. Lorsqu'il pleut, le défaut de tissus imperméables les rend *trempés comme des soupes*, expression dont on comprendra aisément l'origine en sachant que le mot « soupe » désignait alors les tranches de pain que l'on *trempait* de bouillon.

Le parapluie, même s'il est mis au point dès le XVIe siècle et introduit, d'abord en tant que parasol, par les Italiennes de la cour de Catherine de Médicis, est resté très longtemps inconnu. Dans les campagnes, il fera timidement ses débuts au XIXe siècle et se cantonnera longtemps à la panoplie des gens aisés : curés, maires, marchands... Généralement de toile bleue – ou noire –, il devient l'objet d'une superstition faisant redouter un malheur lorsqu'il est ouvert dans une maison, sans doute parce qu'il rappelait le drap mortuaire que l'on aurait fatalement, au dernier jour, sur sa tête. Sa vocation, son pittoresque feront assez vite de lui un objet populaire, volontiers utilisé dans les farces et au théâtre, ce qui lui vaudra diverses appellations. Accessoire de don Basile lorsqu'il fait son entrée sur scène au troisième acte du *Mariage de Figaro* ; il est aussi celui de personnages aujourd'hui oubliés, l'un dans une comédie de Picard, créée en 1801, et intitulée *La Petite Ville*, l'autre dans *La Promenade du dimanche*, un vaudeville de la même époque, personnages nommés respectivement MM. Rifflard et Pépin, et dont il héritera des patronymes.

La violence omniprésente : des serrades de Lozère aux charbons ardents du Maine

L'univers de nos ancêtres, dominé par la religion et les caprices de la nature et des princes, l'est aussi – comment pourrait-il en être autrement ? –, par la violence. Les scènes du film à succès *Les Visiteurs* sont parfaitement représentatives des mœurs de ces temps lointains, que les progrès des sciences et des lettres ont été bien longs à faire évoluer.

La violence est partout.

Elle commence par les coups.

Est-ce parce que le geste l'emporte sur la parole ? Les voies de fait sont monnaie courante, aussi bien dans le cadre domestique et familial que dans celui de la vie publique.

Comment s'en étonner, lorsque l'on a vu les bourrades amicales que se donnent les amoureux aux veillées, quand on sait qu'à peine sorti du ventre de sa mère, le marmot, s'il n'a pas été à demi écorché par les fers de la sage-femme, voit souvent celle-ci lui « remodeler » le visage ? Que la tête du bébé ne lui revienne pas, la matrone d'autrefois, qui n'a pas reçu la moindre formation, met un point d'honneur à parfaire l'œuvre de la nature. Sans économiser ses forces, elle arrondit le visage d'un garçon ou allonge les tétons d'une fille afin de la préparer à être, plus tard, une bonne nourrice.

Gare aux mères et aux poules : la sage-femme arrive !

Appelée *bonne mère* ou *matrone*, la sage-femme inspirait plus volontiers de la crainte que du réconfort à la future mère. Choisie – voire élue – parmi les femmes âgées et mères de familles nombreuses, elle avait simplement appris son métier sous la houlette d'une consœur. Une des seules conditions à l'exercice de la profession était d'avoir prêté serment sur les Évangiles.

Dès qu'elle débarquait dans une maison, elle choisissait le lieu d'accouchement, faisait asseoir la parturiente et lui faisait réciter ses prières – un préliminaire obligatoire, puisqu'en ces temps-là nombre d'entre elles mouraient en couches. Elle vérifiait ensuite les linges, faisait remplir des bassins d'eau chaude et apporter le lit ou la paillasse devant la cheminée, afin de garantir à l'accouchée à la fois lumière et chaleur.

Après quoi, notre matrone, à la campagne, se précipitait dans la cour de la ferme. Elle y saisssait la première poule passant à sa portée pour lui tordre vaillamment le cou, et préparait un bon bol de bouillon à sa cliente, tout en se versant, pour elle, un grand verre de gnaule. Alors, elle rejoignait le groupe des femmes, parentes et voisines, réunies près du lit, pour caqueter avec elles, se réservant, dans les cas où le « travail » n'avancerait pas assez vite, d'envoyer un homme atteler une charrette, pour y faire monter la future mère et la faire promener par les chemins cahoteux, histoire d'accélérer les choses...

On ose à peine décrire sa panoplie de crochets et d'outils en tout genre, ni le matériel qu'elle apportait avec elle (pelles à feu, tisonniers, crochets de balances romaines), panoplie inquiétante et qui en dit long sur ses techniques. Elle n'hésitera, en effet, ni à « parfaire » le visage du nourrisson, ni à user de chantage et du harcèlement, afin de s'acquitter pour le mieux du rôle d'inquisiteur impitoyable qu'elle se voit reconnaître par les prêtres ou les juges face aux mères célibataires qui avaient « fauté ». À celles-ci, notre *bonne mère* saura toujours arracher, au moment le plus critique, le nom de leur séducteur pour mieux pouvoir le faire dénoncer et poursuivre. Ces habitudes de notre matrone (qui doit son nom à la *mater* latine, la mère) sont à l'origine du sens courant que ce mot a reçu au fil des siècles.

À la première occasion, le bon et placide sire de Gouberville fouette son valet, bat son intendant et son demi-frère – un bâtard – qui vivent sous son toit.

La violence est partout, dans la rue, sur la place du village, au cabaret, à la sortie du bal, à la foire (où l'affront aura toujours été porté devant témoins), comme à la maison, et jusque dans l'église.

Sans oublier nos hooligans des parties de soule ou les batailles rangées entre gars de paroisses ennemies, entre conscrits éméchés, entre brigades rivales de scieurs de long, on en verra aussi entre artisans de métiers différents ou entre compagnons du Tour de France de devoirs opposés. On se souvient, à la fin du XVIIe siècle, du pugilat de deux habitants de Rumegies, et du sang répandu alors au cimetière (on nota un semblable incident à la même époque à Sartrouville, près de Versailles). On se rappelle le traitement infligé au collecteur de taille de Cormeilles-en-Vexin et la gifle donnée en pleine rue par un bourgeois de Lons-le-Saulnier à son fils prêtre, au XVIIIe siècle. Voici, à la même époque, un maître d'école qui « se retirant chez lui après minuit après avoir été à la pesche et soupé en ville (...) trouva sa femme couchée ». La situation lui déplaît : la coquine ne devait-elle pas l'attendre, pour le servir à son arrivée ? « Il lui porta deux coups de poing à la tête et un sur la figure, ce qui lui fit rendre beaucoup de sang par le nès, il la prit par les cheveux et l'arracha de son lit. » En 1376, Jehan Galoisy, en peine forêt de Planoise, met pareillement sa femme « camuse », autrement dit lui aplatit le nez. Le coup dut être fort !

Autour de Gouberville, après les injures, on en vient aux mains, aux pieds, chaussés de sabots de bois parfois ferrés, comme le sont ceux d'Antoine Sevestre, dans l'affaire de Cormeilles, puis au bâton et au couteau. À Aurillac, deux bourgeois s'attaquent à coups de bûches et les sœurs Cambrefort se battent à coups de pelle à feu...

En famille, la violence peut être extrême. Entre frères ou beaux-frères, entre enfants et parents ou beaux-parents, la loi du plus fort, la colère incontrôlée conduit parfois au crime. Les injures sont fréquentes, et comme elles sont presque toujours publiques, on en vient vite aux voies de fait. Dans le Gévaudan, où la violence est quotidienne, le meurtre n'est pas rare. Un matin de l'été 1877, c'est un gendre qui veut interdire à son beau-père, âgé de soixante-quinze ans – mais qui n'en part pas moins dès cinq heures du matin pour la foire de Mende –, d'y emporter du miel à vendre. La discussion est vive. Le ton monte. Le gendre saisit un énorme pilon à écraser les pommes de terre cuites destinées aux cochons et, au troisième coup, le crâne du vieillard est ouvert « sur quatorze centimètres ». En 1844, le curé de Lajo dénonce au procureur du roi la mort de Jeanne Barthélémy, veuve Brosseau, âgée de soixante-dix ans, femme « d'assez bonne constitution », qui fut victime d'une banale *serrade*, que lui ont infligée ses fils. Ce traitement, apparemment classique dans la région comme mode de résolution des différends familiaux, consiste à serrer une personne entre un mur et une porte, porte de maison ou plus souvent de grange.

Honneur et vengeance, accusations ou simples soupçons, honte et susceptibilité... Si le moindre larçin, la moindre injure et le moindre coup peut conduire nos ancêtres au procès, les honoraires des hommes de loi leur font généralement préférer les solutions plus brutales, la violence finissant par entraîner elle-même la violence.

Dans cette société hypersusceptible et fière, brutalité et violence rendent le crime très présent, particulièrement à l'égard de ceux qui excercent des professions ingrates. Au nombre de celles-ci, après le collecteur, le sergent ou l'huissier, il y a le douanier, comme celui que l'on voit, en 1605, lynché en pleine foire de Beaucaire par un groupe de femmes furieuses. Il y a le marchand, plus ou moins régisseur et usurier, tel Pierre Bidaut, marchand-fermier retrouvé noyé dans l'étang de Brandon, en Saône-et-Loire, en 1775. Ou le garde forestier, qui fait parfois chanter le miséreux qu'il a pris en flagrant délit de vol de bois, et que l'on retrouve, tel celui de Picareau, dans le Jura, bastonné et massacré en 1751.

À cette violence, personne ne saurait échapper, et aussi étonnant que cela puisse paraître, les curés en sont fréquemment les victimes. Si les paroissiens de Gretz-sur-Loing, furieux contre leur curé, se contentent de boycotter ses messes, certains prêtres seront carrément assaillis dans leur église, alors même qu'ils se préparent à célébrer leur office.

D'autres reçoivent des coups, comme, en 1662, Maurice Jac, prêtre de Trégourez, dans le Finistère, ou bien sont sauvagement assassinés, tel Gabriel Las Poussas, prêtre de Saint-Martin-Sepert, en Corrèze, retrouvé dans un bois un matin de décembre 1636, « occis de sept à huit coups de pierre sur la teste et de coups qui lui transperçaient le flanc et un dans le gozier et dans le ventre ». Citons encore le cas de Michel Abram, chanoine septuagénaire de l'église collégiale Saint-Martin de Bourges, assassiné et dépouillé de ses biens en 1592, par... Henri de Brancolis, autre prêtre et chanoine de la même église, âgé d'à peine vingt-cinq ans !

Le meurtrier ne prend même pas la peine de se cacher. Le Morvandiau Claude Moncharmont, que le garde champêtre Gauthey ne cesse de surveiller et, selon lui, d'importuner, fait un soir de novembre 1849 irruption dans la chaumière de son ennemi – qui est évidemment un peu son parent –, et alors que ce dernier lève à peine la tête de son bol de soupe, il le tue d'un coup de fusil à bout portant, devant sa femme et ses cinq enfants.

Non contents d'être violents, beaucoup le sont avec cruauté ou sadisme. À Foulletourte, dans le Maine, le maître de poste Louis Froger saisit en 1759 un tisonnier pour retirer du foyer des charbons ardents et en brûler un maçon du village voisin qu'il soupçonne d'avoir jeté un mauvais sort à sa femme. Plus horrible encore sera l'acte de ce cultivateur de Voie, près de Commercy, qui, au XIXe siècle, se vengera d'un affront en tendant un guet-apens à son adversaire, qu'il finira par castrer...

Mais si la société est violente, cruelle et impitoyable, la justice l'est tout autant. On l'a vue, au Moyen Âge et encore parfois à la Renaissance, pratiquer volontiers la loi du talion, punissant le criminel par là où il avait péché, coupant une main au voleur, un pied au serf qui avait déguerpi, la langue au blasphémateur. Et si le sang se lave dans le sang, le satanisme conduit les sorciers dans les flammes. Notre jeune curé de Bourges, qui, sous la torture pratiquée à grand renfort de crics et de cordes, a avoué être l'assassin du vieux chanoine Abram, périra brûlé vif, en 1592, après avoir subi une dégradation publique, dont la sentence semble préférer taire les détails.

De la même façon, les violences des dragons envoyés par Louis XIV pour éradiquer l'hérésie et bouter les parpaillots hors de France sont de nature, plus de quatre siècles après, à nous donner encore froid dans le dos. Les gens d'armes du petit-fils d'Henri IV, qui logent chez les huguenots, s'acquittent à la perfection de la mission qui leur a été confiée : ils brisent le mobilier, soumettent les habitants de la maison à la torture, violent les femmes, jusqu'à ce que ces « chiens » abjurent leur hérésie. Il est vrai qu'en parallèle, les soldats qui débarquent chez l'habitant munis d'un billet de logement n'hésitent pas à lui soustraire ses hardes et à le rançonner, le plus souvent par la violence...

Les comportements observés sous la Révolution ne sauraient dès lors surprendre, aussi bien les têtes que la guillotine fait tomber par milliers que ces centaines de partisans du roi jetés à Nantes dans les eaux de la Loire sur l'ordre de Carrier. Aucune de ces scènes ne doit nous étonner, pas plus qu'elle n'a étonné nos ancêtres. Omniprésente, la violence est banalisée. Si Antoine Chrétien, en pleine Révolution, n'hésite pas à sauter le pas pour (chose inconcevable quelques années plus tôt) profaner les saintes huiles de l'église de Saint-Sernin-du-Bois, comment s'en étonner, lorsque l'on a vu des paroissiens administrer en toute conscience une punition ou une bastonnade à la statue d'un saint qui avait déçu leurs espérances... La Révolution – comme plus tard d'autres époques troublées – offrira évidemment aux plus lâches l'occasion de vider rancœurs, jalousies et différends.

Terminons ce catalogue par un épisode corrézien, qui montrera combien ces violences ne sont nullement l'apanage des pauvres ou des gens modestes. Un beau jour de 1607, Pierre de Fénis, seigneur de Bach, du Teil et de la Prade,

Urlan et Soularue, conseiller du roi et lieutenant général au sénéchal de Tulle, et de surcroît beau-frère d'un évêque de Carcassonne, est appelé par sa charge à instruire un procès contre un sieur Loyac de la Bachellerie, lequel s'était réfugié au château de Saint-Chamans, près d'Argentat. Pour s'acquitter de cette mission, Fénis se rend en ce château, où le maître et baron des lieux, François d'Hautefort, lui réserve un accueil à sa façon. Notre lieutenant général s'y voit insulté, bafoué, enfermé au salon, « rasé mi-partie », tandis que, devant lui, on coupe les quatre pieds de chacun des chevaux de son équipage, que l'on introduit à tour de rôle dans la pièce, tout en déclarant qu'on lui réservait un sort identique. On ne sait trop comment cela se serait terminé si des habitants de Tulle, informés de l'affaire, n'avaient décidé de marcher en nombre, de nuit, sur le château « dont, après bien du sang répandu, ils forcèrent les portes et délivrèrent » ledit conseiller. Celui-ci s'en fut immédiatement rendre compte de cet incident et de l'insulte au roi, qui donna à l'affaire la suite qu'elle méritait. Le baron d'Hautefort fut condamné à avoir la tête tranchée, et tous ses complices à être pendus. Le même arrêt ordonna que le château et les maisons lui appartenant « seroient razées et les bois dégradés », autrement dit étêtés à hauteur d'homme, en signe de déshonneur. Pierre de Fénis, remis de ses émotions, mourra quasi centenaire vers 1662, après avoir légué, par son testament de 1651, cent livres à l'hôtel-Dieu de Tulle et soixante livres pour la paille ou le charbon des détenus de la geôle de cette ville, geôle qu'il avait sans doute, soit dit en passant, largement contribué à remplir. De son côté, Antoine Chrétien – juste punition divine – agonisera dans d'atroces douleurs aux pieds, pieds qui avaient scandaleusement foulé les saintes huiles répandues à terre.

Une sanction acceptée et impitoyable : le charivari

Mais la violence est non seulement subie, elle est souvent acceptée, en ce qu'elle est l'expression normale et consacrée de la désapprobation publique, la sanction inéluctable des comportements bafouant l'ordre établi, et dont ce « bizutage » qu'est le *charivari* est la forme la plus frappante.

Qu'un vieillard épouse une jeunesse, ou qu'un gars aille prendre une fille dans la paroisse voisine, c'est un sacré charivari. Car « mariage de jeune homme et de jeune fille est de bien, mariage de jeune homme et de vieille est de rien, et mariage de vieil homme et de jeune fille est du diable ». Qu'un mari se laisse battre ou tromper par sa femme – ce qui est pire –, c'est un terrible charivari.

« Mauvais cheval veut l'éperon, mauvaise femme veut le bâton », répète-t-on au mari qui a oublié que « le chapeau doit commander la coiffe ». À l'homme de se faire respecter. Dans la région de Bergerac, on lui permet même d'aller « jusqu'à effusion de sang », pourvu que ce soit *bono zelo*, c'est-à-dire dans la bonne intention de corriger l'épouse.

La communauté, la justice, l'Église : l'univers tout entier approuvera. La femme est par définition l'instrument du diable, elle n'a que ce qu'elle mérite, et le traitement n'a pas à être clément. « Qui bat sa femme avec un coussin croit lui faire du mal et ne lui fait rien. » Et un autre adage ajoute que « battre sa femme avec un sac de farine ; tout le bon s'en va et le mauvais reste ». On ne plaisante pas sur ce sujet, et cela d'autant moins, évidemment, que le comportement est toujours public...

La sanction de l'adultère procède du même principe. À Saint-André-des-Alpes, le soir de Pentecôte 1759, lorsqu'une femme reçoit son amant au domicile conjugal, c'est la communauté villageoise qui en informe le cocu, et qui s'arrange pour qu'il prenne les amants en flagrant délit. La femme parviendra à s'échapper par le toit, mais le mari trompé laissera l'amant sur le carreau.

La sanction ne saurait se faire attendre. Si le mari n'agit pas, la communauté se chargera de rétablir l'ordre à sa place. Mais ce n'est jamais à l'épouse « portant la culotte » que l'on s'en prend, pas plus, en fait, que l'on ne jette la pierre à la femme adultère. Dans toutes ces affaires c'est le mari qui est montré du doigt, c'est lui qui, parce qu'il n'a pas su se faire respecter et faire ainsi respecter l'ordre établi, doit être sanctionné. Il le sera publiquement par le charivari, aux formes diverses et variées, adaptées aux différents cas rencontrés en fonction de leur gravité.

Un couple mal assorti s'en tire avec un bon tapage nocturne assez folklorique. On choque des poêles à frire représentant les âmes des mariés. On brandit des tuyaux et des hérissons de ramoneur, en allusion évidente et crue au fait que la femme se fait indûment ramoner par un homme qui n'est pas le sien, à quoi l'on ajoute des bruits des clochettes évocateurs des testicules. Ce genre de vacarme s'arrête généralement lorsque le mari a payé à boire, façon comme une autre d'acquitter sa dette envers la société.

La farce est beaucoup moins drôle lorsqu'elle est destinée à l'homme battu ou trompé, en tous ces cas déshonoré. Dans les Pyrénées, du XVIe au XVIIIe siècle, « on faict le charibari *(sic)* ordinairement de nuict, un bruit et tintamare d'instruments d'étain, sons éclatant de poêles, cimbales, trompètes, cornemuses, cornes, chauderons, quesses (casseroles). Et à la lueur des flambeaux allumés et haussés, hurlements de personnes et autres désordres et confusions, jointe des harangues à hautes voix... ». « On y déclame, ajoute un autre, mille iniquités, calomnies, paroles indécentes, choquantes et atroces (...) et que la pudeur même empêche de nommer. » À Clermont-Dessus, dans le Lot-et-Garonne, les époux doivent parcourir la ville « à corps nus », la femme tirant son mari par une corde attachée à ses testicules, et en Languedoc, cette « course à corps nu » se ponctue d'étapes au cours desquelles les femmes arrêtent le mari trompé pour le fouetter sans ménagement.

Mais le scénario peut être encore beaucoup plus violent et impitoyable. Souvent, c'est l'*azouade*, la « promenade sur l'âne », où l'on oblige l'homme à chevaucher un âne à rebours, c'est-à-dire la tête tournée vers sa queue, pour le promener en cortège infamant par les rues du village. En 1661, à La Couronne, en Charente, un ouvrier papetier battu par sa femme devra, deux jours durant, subir cette farce cruelle. À Verteuil, dans le même département, les femmes aspergent en outre le malheureux avec des seaux d'eau bouillante.

C'est alors l'escalade de la violence. D'aucuns, bien sûr, essaient de s'y soustraire en tentant de se rebiffer. On échange des coups. On s'envoie des objets à la tête, à commencer par les chaudrons que l'on a à la main, et si le groupe, excité, arrive à pénétrer dans la maison du couple chahuté, c'est souvent le pillage, la mise à sac, les bouteilles de vin vidées, et la violence pure.

En 1708, à Ruffec, en Charente, un charivari donné à l'encontre de Jacques Charpentier, un commerçant veuf qui s'est remarié, se terminera mal. Commencé avec le classique tintamarre des chaudrons et poêlons, le groupe s'énerve du fait que le marié se terre et ne réagit pas. Pour l'obliger à se montrer, on envoie des pierres contre sa boutique et ses fenêtres. Charpentier, pour faire peur, sort un pistolet qu'il ignore, dira-t-il, être chargé. Il tire et tue sur le coup un des meneurs, qui se trouve être le fils du cousin germain de sa première épouse. Dans ce cas précis, le commerçant bénificiera cependant de lettres de grâces...

« Aveugle et sans oreilles » : la mort est familière

Nos ancêtres ne sont pas tendres : qui effraie ou dérange est montré du doigt, sanctionné et éventuellement brutalisé, au physique comme au moral, qu'il s'agisse du chemineau « estranger » ou du bâtard né hors mariage, fruit du péché de chair et de la faiblesse humaine. Mieux vaudrait pour lui ne pas avoir été conçu et ne pas être né. La société le rejette, comme elle rejette les suicidés. Honte à qui se donne soi-même cette mort, qui frappe d'autres si brutalement. C'est à tout instant un homme ou un adolescent qui se tue en tombant de l'arbre où il était monté cueillir des pommes, en tombant dans une mare ou un lavoir alors qu'il ne sait pas nager, un autre qui succombe encorné par un animal ou écrasé sous une roue de char. C'est ce sonneur de Vacqueyras, dans le Vaucluse, foudroyé en août 1778 alors qu'il agite frénétiquement la cloche de l'église pour éloigner l'orage. C'est Cécile Tallon, âgée de vingt-deux ans, retrouvée sous les ruines de la maison de son beau-père détruite par un incendie, en 1788. Les registres paroissiaux de Carrières-sur-Seine sont pleins d'actes de sépulture de malheureux carriers, qui périssent régulièrement, comme Pierre Marque en 1756, écrasés par la chute d'un bloc rocheux...

Précédée ou non de la maladie contre laquelle on est totalement démuni, au point de ne plus savoir « à quel saint se vouer » ni à quel sorcier s'adresser, la mort est omniprésente. « Il n'y a point de préservatifs, ni de provisions contre la mort, lit-on sous la plume du père Yvan, célèbre prédicateur du XVIIe siècle. Elle a des ailes qui la portent partout et une faux qui tranche tout. Elle est aveugle et n'a point d'égard à âge, condition, qualité, et état des personnes. Elle est sans oreilles, elle n'écoute ni les prières, ni les plaintes d'aucun pour avancer et reculer. »

Le deuil, au cours d'une année, n'épargne par conséquent guère de famille ni de foyer, et cela d'autant plus que l'on vit nombreux sous le même toit, et que la promiscuité et le manque d'hygiène offrent des terrains de prédilection à la contagion. Il n'est pas rare, dans les archives paroissiales, de voir, au cours d'un même mois, les mêmes personnes porter au cimetière les corps de plusieurs de leurs parents défunts : un grand-père et plusieurs de ses petits-enfants.

C'est aussi, très souvent, le bébé dont on vient de lire l'acte de baptême, suivi parfois dès le lendemain par sa pauvre mère.

La mortalité infantile est terrifiante. Elle fauche 25 % des enfants avant leur premier anniversaire, 40 % avant leur quatrième. À peine un enfant sur deux atteint l'âge de cinq ans... Et cela, quel que soit le milieu. L'air de la campagne et la contagion à la ferme ne réussiront pas toujours à l'enfant que le bourgeois a placé en nourrice chez des paysans. À la fin du XVIIIe siècle, Gabrielle Pomiers, épouse de Jean Bondet, perdra jeunes six de ses quatorze enfants, et Catherine Longayrou, femme du négociant Lamouroux, en perdra huit sur dix-sept. Marie Lesage, femme de l'avocat Fiacre-Antoine Venot, en perd huit sur dix-huit et sa voisine, Marguerite Prost, femme de François de La Chaise, seigneur-engagiste de Montcenis, neuf sur vingt. Dès lors, une grande question se pose : l'amour maternel existait-il ? Les parents, les mères, éprouvent-ils de l'amour pour ces bébés qui leur naissent et dont le tiers leur est fauché avant l'âge d'un an ? Nos ancêtres s'attachent-ils à ces petits êtres que Dieu leur confie pour les leur retirer ensuite si brutalement ? Vaste débat, allumé voilà vingt ans et faisant parler certains de « l'amour en moins », d'autres leur répondant qu'il était bel et bien là.

Cet amour, comment le mesurer ? De façon générale, la mort apparaît comme une réalité avant tout familière, que ce soit dans « l'univers goubervilien » ou chez les humbles. Des gens de tous âges « passent » et « rendent leur esprict à Dieu ». C'est ici l'ordre des choses et c'est celui de Dieu... Se révolte-t-on ? Désespère-t-on ? Ou bien se résigne-t-on à accepter la fatalité ?

Si l'on se hâte parfois d'emmener le bébé mort-né à une chapelle miraculeuse, en un de ces lieux que les historiens appellent des « sanctuaires à répit », où l'on prétendra, évidemment de bonne foi, l'avoir vu tressaillir et en avoir profité pour le baptiser – ce que peut faire tout chrétien devant un enfant en danger de mort –, ce n'est que pour assurer le salut du petit être et lui éviter les limbes. Imaginer la chair de leur chair y errant éternellement traumatise assurément les parents. Si Dieu doit reprendre ces enfants qu'il vient de donner, autant qu'il le fasse dans les meilleures conditions pour eux.

Pour se forger une opinion, les témoignages sont rares. Celui rédigé en l'an IX (1801) par Charles-Nicolas Dognon, notaire à Charny-sur-Meuse, est-il représentatif des réactions des pères de son époque et de son milieu ? Sa façon de raconter ces moments émeut, dans le récit qu'il a intitulé *Mort de mon fils, de mon petit ami, de mon gros, de mon Nonon, de mon petit Nicolas-Luc*.

Un matin, l'enfant, qui a déjeuné de pain, de beurre et de sel, vomit. « Il avait la fièvre. (...) Il ne se plaignait nullement. J'avais comme un pressentiment de sa perte. Je l'embrassai si cordialement. Il me rendait si bien mes baisers. (...) Jamais ce moment ne passera. Il se présente si souvent à ma mémoire. » Après avoir dormi une partie de l'après-midi, l'enfant s'affaiblit à vue d'œil et sera recouché pour être découvert mort par son père après le dîner. « Je suis hors de moi-même, je descends en criant, hurlant. (...) Je courais, je criais, je pensais à la douleur que ma femme éprouverait. Je désirais l'anéantissement. Rien au monde ne me faisait aimer la vie. On ne peut aimer un enfant comme j'étais attaché à ce petit. (...) Je l'embrasse, le rembrasse, lui parle sans qu'il m'entende. »

Détresse, désespoir, amour paternel sont incontestablement là. Mais il faut bien noter que ce drame se passe au début du XIXe siècle, et que Nonon « mourut âgé de trois ans moins neuf jours », dans un milieu bourgeois, et dans une famille nucléaire. Ce dernier détail, si anormal à l'époque, est révélateur d'une mentalité évoluée, celle qui va justement peu à peu s'affirmer et se généraliser. La régression de la mortalité infantile dans la première moitié de ce siècle va conduire les milieux bourgeois et urbains, dès lors que la technique de la photographie se répandra, à faire prendre d'émouvants clichés d'enfants sur leur lit de mort.

L'amour maternel n'est-il pas pourtant, forcément, naturellement, et depuis toujours, réel ? N'est-ce pas lui qui dicte à la femme en détresse abandonnant son enfant de choisir de le déposer en un lieu où il aura davantage de chances d'être recueilli ? N'est-ce pas lui qui la pousse à accomplir parfois le véritable exploit de trouver un papier et d'écrire, ou de faire écrire, quelques lignes de recommandation ?

Il y a amitié vraie et concupiscence : libéraux mais vertueux ?

L'amour a-t-il sa place ? Peut-il avoir une place dans cette société à la fois crue et brutale ?

On ne peut que penser aux nombreux remariages et aux si fréquents cas de marâtres, si abondants dans la littérature populaire. Dans tous les récits authentiques, chez tous nos témoins privilégiés, la marâtre est présente, aussi bien chez Rétif de La Bretonne, dont la mère se heurte aux enfants du premier lit de son mari, que chez Louis Simon, dont la première amoureuse, fille d'un marchand, s'était vue chassée de chez son père par la jeune seconde femme de celui-ci, ou encore chez Jacques-Louis Ménétra, dans le Paris de 1750, écrivant : « J'avais une assez bonne belle-mère », mais « comme elle avait plusieurs enfants, elle cherchait tous les moyens de m'expatrier de la maison. »

Une autre remarque s'impose : l'amour filial ne peut qu'être conditionné par le fait que l'enfant ne voit jamais son père seul, mais au milieu du groupe des hommes. De ce fait, le fils semble longtemps vouer essentiellement à son père un sentiment de respect et de soumission. Tel est en tous les cas le modèle que nos témoins illustrent sans ambiguïté, et que plusieurs des situations décrites ont confirmé.

Mais comment savoir la part de l'inclination et celle du devoir ? Dieu ne commande-t-il pas de vénérer son père et sa mère ? Chassez le naturel, la religion revient au galop...

Mais la grande question est évidemment celle de l'amour conjugal. Les époux s'aiment-ils, et surtout se sont-ils mariés par amour ? Celui-ci intervient-il dans le choix matrimonial ?

« L'amour humain, explique l'Église, est divisé en amour de concupiscence et amour d'amitié. Nous appelons amour de concupiscence celui par lequel nous aimons le prochain principalement pour notre bien, non pour le sien propre ; au contraire, l'amour d'amitié est celui par lequel nous l'aimons principalement pour son bien ou son plaisir. » Il y a donc l'amour physique et l'amour d'amitié, terme alors consacré et utilisé par les curés et les notaires, et que Louis Simon lui-même emploie, en 1763, lorsqu'il déclare, après avoir vécu un amour malheureux : « Je ne voudrais pas me marier sans amitié. » Si, au début du XVIIIe siècle, Edme Rétif avait encore accepté, sans résistance, que son père lui choisisse et lui impose sa femme, il semble que, peu à peu, « l'amitié » ait été considérée comme nécessaire au mariage. C'est cette amitié qui conduit, en 1774, Louis André, garçon maréchal-ferrant à Cérans, à se contenter « de l'état actuel en lequel se trouve la future », et à épouser sans la moindre dot Catherine Froger, la fille de notre irrascible et violent maître de postes déjà rencontré, « à cause de la longue recherche qu'il a fait de sa personne depuis environ quatre ans ». Les interventions du curé du lieu ont été vaines : le père s'obstine, la fille aussi, car elle aime et elle est aimée...

Mais si l'amour s'installe, il est automatiquement connu et public, et va par la même occasion s'inscrire dans le contexte social et, ce faisant, rencontrer parfois les susceptibilités.

Une rupture des fiancailles prendra facilement une dimension d'affaire d'État, du fait que les familles estiment leur honneur engagé. La fréquentation, lorsqu'elle n'est pas sanctionnée par un mariage, deviendra également vite scandaleuse. Marie-Madeleine Millet, âgée de dix-huit ans, fille d'un laboureur de la région de Meaux, n'hésite pas à poursuivre en justice un de ses cousins du fait que « les marques d'amitié qu'ils se donnaient lung lautre ont fait beaucoup parler le public, en sorte qu'il n'y a pas lieu de croire qu'elle trouvera facilement à s'établir par mariage avec autre que lui ».

La virginité n'est jamais qu'un détail. Si dans certaines régions, comme en pays chartrain, la coutume veut que l'on inspecte les draps au lendemain de la nuit de noces (et parfois, qu'on les expose), on accepte assez facilement, un peu partout, le mariage à l'essai ou le concubinage prénuptial, comme en Corse ou au Pays Basque, et il n'est guère que les curés pour s'en indigner. En 1850, celui de Notre-Dame-de-Boisset, dans la Loire, fulmine contre les scènes qu'il peut apercevoir chaque dimanche, après vêpres, du haut de son clocher, où les gars du pays s'affichent avec les bergères dans un commerce sans équivoque. Des scènes que les jeunes vendéens dissimulent plus pudiquement derrière d'énormes parapluies violets...

Plus curieusement, dans certaines régions, comme en Franche-Comté ou en Piémont, il n'est pas rare que la fille courtisée garde son amant dans son lit durant la nuit, pour la passer à ses côtés « en tout bien tout honneur ». Tout dépend ici si la fille saura être sage, résister à la tentation de « prendre un pain sur la fournée », et empêcher « le chat d'aller au fromage ». On a beau conserver par principe la chemise, les élans naturels sont souvent trop violents. Il s'ensuit que les conceptions prénuptiales sont fréquentes, et cela un peu dans tous les milieux, et que les amants doivent souvent demander une dispense de bans à Monsieur le Curé pour accélérer la célébration de leurs noces. L'essentiel est de régulariser les choses, faute de quoi le « bâtard » cristalliserait la honte et l'opprobre sur la famille tout entière.

Nos ancêtres étaient-il vertueux ? Pas toujours, donc, et il s'en faut !

Libéraux, ou plutôt « libérés », ils semblent souvent ne reconnaître pour limites que celles imposées par l'honneur et la susceptibilité populaires, et celles défendues en principe par l'Église, laquelle invite par ailleurs les gens mariés à « croître et à multiplier », sauf, comme on le sait, durant l'Avent et le Carême... La troisième rosière à laquelle les paroissiens d'Aubry, dans le Nord, décernèrent en 1780 un prix de vertu ne concevra-t-elle pas elle-même avant de se marier ?

Les déclarations de grossesse, imposées par Henri II aux futures mères célibataires pour battre en brèche les tentations d'infanticide, racontent mille histoires de filles séduites et abandonnées. Des filles que personne, cependant, ne s'aviserait de plaindre. Les proverbes qui les mettent en garde, elles et leurs parents, sont nombreux : « Filles et vignes sont difficiles à garder : il est toujours quelqu'un qui passe et qui voudrait tâter », « Rentre tes poules, j'ai lâché mes coqs ». À elles donc de se débrouiller : en octobre 1790, Anne Perchet, fille majeure d'un manouvrier, déclare devant un notaire d'Is-sur-Tille qu'elle est grosse de trois mois des œuvres de Laurent Lechenet, fils d'un aubergiste du village voisin. Le lendemain, chez le même notaire, elle revient sur sa déclaration et dépose contre Noël Mugneret, laboureur de sa paroisse et vraisemblablement employeur occasionnel de son père, ajoutant que c'est par erreur qu'elle a dit autrement la veille. Car il n'est pas rare que ces malheureuses multiplient les déclarations. Le 25 février 1783, Françoise Villemot, fille de manouvrier, servante âgée de dix-sept ans et enceinte de six mois, déclarera avoir été violée par un inconnu, alors qu'elle revenait d'Is, où elle était allée chercher du sel pour son maître, le laboureur Didier Couturier. Un mois plus tard, le 26 mars, elle se présente chez un autre notaire pour déclarer être enceinte... des œuvres de ce maître, âgé de soixante-douze ans. Ce sont quatre déclarations successives que fera ainsi, en 1698, Marguerite Mestrier, lingère de trente ans, qui ayant commencé à accuser le sieur Thirson, religieux, reviendra sur ses dires « pour éviter les conséquences fâcheuses pour elle des faux bruits qu'elle a fait courir sur lui », et finira par désigner un maître chirurgien...

Si toutes ces déclarations sont faites sous serment, il n'empêche que de l'une à l'autre on gravit souvent les degrés de l'échelle sociale, à moins que l'on ne doive penser que c'est la peur, bien souvent, qui les aura dictées... Peur des représailles, dans ce monde de violence où le viol est aussi courant que la simple paillardise.

Quand les galéjades faisaient faire des bâtards

Célèbre pour sa poule au pot ou pour son juron favori (Ventre-saint-gris !), le bon roi Henri IV l'est sans doute plus encore pour sa réputation de « Vert Galant ».

Un *galant*, au Moyen Âge, était un homme enjoué. Le nom vient de l'ancien verbe *galer*, signifiant s'amuser, qui nous a laissé plusieurs termes encore employés aujourd'hui. Qui *galait* faisait des *galéjades* ou *gaulejades* et donc aussi des *gauloiseries*, ce qui revient à dire que notre fameux esprit « gaulois » ne doit en réalité pas grand-chose aux Gaulois... Le mot connut ensuite une longue et lente dérive, pour désigner rapidement un individu vif, hardi et rusé, et il semble que les premiers *verts galants* aient été des bandits qui se cachaient dans les bois.

Mais ce « galant » partit ensuite pour l'Italie, où il reçut, sans doute en hommage à la réputation proverbiale des Français, son sens d'empressé auprès des femmes, pour nous revenir au XVIe siècle à la manière d'un boomerang et continuer à évoluer vers les sens que nous lui connaissons. Le Vert-Galant était devenu le surnom d'un redoutable tombeur et c'est en ce sens qu'il fut donné à Henri IV.

Ce roi l'assuma d'autant mieux qu'à son époque les amours extra-conjugales étaient parfaitement admises, et courantes dans la haute société. Les amours avec Corisande, la belle Gabrielle, Henriette d'Entragues, comme avec d'autres, étaient publiques, et personne n'en était choqué. La plupart de ses prédécesseurs avaient eu des maîtresses, plus ou moins stables et attitrées, qui leur avaient régulièrement donné des bâtards. Et ces bâtards, avoués, avaient leur place dans l'entourage de leur père, que ce soit, au XVe siècle, Dunois, le fils naturel du duc d'Orléans, ou Antoine, dit « le Grand bâtard de Bourgogne », fils du duc Philippe le Bon, ou au XVIIe, le fils du bon roi Henri, que celui-ci fera duc de Vendôme...

Dans la noblesse de cette époque, le mariage est une affaire de familles, d'argent et de politique. Dans les familles de très hautes lignées, ces intérêts conduisaient les enfants à se voir marier très jeunes, souvent avant quinze ans... Hors de ce mariage, le grand seigneur parcourant ses terres aimait à conquérir les paysannes de sa seigneurie. Personne n'aurait su l'en dissuader, ni aucune lui résister.

Les bâtards qui naissaient de ces amours ancillaires étaient donc élevés au château. Mieux, ils l'étaient souvent par l'épouse légitime. Ainsi, en Auvergne, dans des familles comme les Lastic, les Fontanges, les Tournemire, on en trouva quasiment à chaque génération. Au milieu du XVIe siècle, trois frères de Lastic en ont ainsi engendré, y compris le plus jeune d'entre eux, qui en eut huit, tout en étant... prieur de son état !

En Gévaudan, les bergères sont des victimes toutes désignées, même les plus jeunes, comme Marie-Jeanne Gaignac, onze ans, la fille Hermon, neuf ans, et Rosalie Gaillon, sept ans, que Jean-Pierre Ricord, de La Fage, violera successivement en 1884. Les violeurs sont souvent des cadets célibataires sans espoir de mariage, mais surtout des marginaux, bergers et vagabonds... D'autres fois, c'est le beau-père qui assaillera sa belle-fille, ou parfois encore le curé !

Les prêtres ne donnent-ils pas en effet couramment d'abominables et scandaleux exemples, tel, en 1592, Pierre Boyer, vicaire perpétuel de Bourges, qui s'est laissé entraîner par sa maîtresse à être le complice du jeune prêtre assassin d'un vieux chanoine. Au début du même siècle, Sanson Caignon, chapelain et vicaire de Neuvy, dans la Marne, « entretient des relations coupables avec plusieurs filles et femmes », et son contemporain et voisin Ponthus Montgrenier, curé de Pleurs, sera, quant à lui, accusé « d'avoir défloré et rendu enceintes deux sœurs », âgées de seize et vingt-deux ans, habitant sa paroisse. Comment s'étonner, dès lors, de voir, en 1659, un sacrilège commis au pied même de la chaire du prédicateur, dans l'église Saint-Étienne de Bourges, où sont surpris « un jeune homme tailleur d'habits et une fille qui commettaient le péché de fornication, accompagnés d'une autre fille qui faisait le guet » ?

Mais nous sommes en ville, et la ville, évidemment, s'affirme depuis longtemps comme un lieu de perdition.

Au Moyen Âge, déjà, on y trouvait force *ribaudes* et *putaines filles*, ces filles *peutes*, c'est-à-dire sales, du moins sous l'angle de leur âme, qui, dans les grandes villes, avaient d'abord attendu les hommes à l'étuve, ancêtre de nos anciens bains publics et de nos saunas. Là, on pouvait prendre des bains « mixtes » dans de grands cuveaux de bois, tout en s'y faisant servir son repas sur une planche, avant de passer dans une chambre, où une chambrière vous proposait des massages en tout genre. Ces établissements étaient nombreux (une trentaine dans le Paris du XIVe siècle) et l'on raconte que qui passait à proximité pouvait ouïr « crier, hutiner, saulter, tellement qu'on était étonné que les voisins le souffrissent et la justice le dissimulât ». On dit aussi que la reine Isabeau de Bavière avait l'habitude de récompenser ses serviteurs en leur offrant des abonnements pour aller *s'estuver*.

Peu à peu, on verra apparaître et se multiplier *bourdeaux* et *maisons de fillettes*, appelés encore *châteaux-gaillards*, qui contribuèrent beaucoup à répandre la syphilis, ramenée des guerres d'Italie... Mais le péché le plus réprouvé, même s'il reçoit au XVIIe siècle les faveurs des plus snobs, reste celui des *Bulgares*, à l'origine de nos *bougres* et de nos *bougresses*, depuis qu'une bande d'homosexuels s'était réfugiée dans leur pays. Le Roi-Soleil n'hésitera pas à faire fouetter en public son fils naturel, le comte de Vermandois, qui osera en afficher les mœurs, mais n'osera cependant faire châtier tous ses nombreux complices, tels le prince de Conti, fils du Grand Condé, et autres grands prieurs.

Au village comme à la cour, le scandale est vite dénoncé et violemment réprimé. La violence n'est-elle pas inscrite partout en toile de fond, de la serrade lozérienne à l'infanticide contre lequel s'insurge Henri II, le plus souvent en vain, comme le prouve la condamnation de Marguerite Mengant, « atteinte et accusée d'avoir recelé sa grossesse, d'avoir accouché la nuit (...) dans sa maison, porte fermée sur elle, au village de Kerlannou, paroisse de Ploudalmézeau, d'un enfant mâle, et d'avoir estouffé ledit enfant, iceluy caché dans la paille de son lit, pour réparation de quoi l'avons condamnée à estre pendue et estranglée jusqu'à ce que mort s'ensuive ». La potence sera érigée sur la place publique de Brest, où l'affaire sera jugée. À mœurs impitoyables châtiments impitoyables et exemplaires – publics, donc –, et parfaitement acceptés, dès lors que l'Église et la société ont décidé de réagir et de punir.

Bordel, Putin, Catin et les autres

Au palmarès des noms de famille jugés handicapants, et dont on cherche à se débarrasser en suivant le « parcours du combattant légal » conduisant au Conseil d'État, on trouve, juste derrière Cocu, nombre de patronymes d'apparence injurieuse : Bordel, Putin, Crétin, ou encore, moins nombreux : Catin, Garce, Salaud, Conard ou Lebougre.

Tous, pratiquement, ne se trouvent ici que par « accident ».

Les Salaud et les Conard proviennent d'anciens noms de baptême d'origine germanique depuis longtemps tombés aux oubliettes, le premier de *Salawald* (signifiant « chef », « gouverneur ») et le second de *Conhard* (signifiant originellement « hardi et fort »).

Crétin, de son côté, n'est qu'une déformation de Chrétien, la forme ancienne de notre Christian.

Garce n'était que le féminin de *gars*, et ne prendra qu'au XVIe siècle son sens péjoratif, tout comme Catin n'était qu'un inoffensif diminutif de Catherine, qui évolua dans le même sens à peu près à la même époque, pour avoir été un prénom fréquemment porté dans les milieux modestes et marginaux.

Lebougre est plus délicat. À l'origine, le *bogre* était le nom du « Bulgare », qui souffrait, au Moyen Âge, d'une réputation doublement abominable, à la fois comme « hérétique et sodomite ». De ce fait, *bougre* et son féminin *bougresse* désignaient des hommes et des femmes roués et sans morale. Ils devinrent une injure que l'on préféra adoucir en *bigre*, comme on déclina *bougrement* en *bigrement*.

Putin, avant d'évoquer notre moderne « pute », venait tout comme elle du vieil adjectif *put* ou *peut*, issu du latin *putere* signifiant *puer*. Était *peut* non seulement ce qui « puait » (témoin encore aujourd'hui notre *putois*), mais aussi tout ce qui était sale, au propre comme au figuré, et souvent, par extension, ce qui était laid. Comme le diable, le sorcier se voyait volontiers appelé le *peut* et avait le *peut œil*. La *putée* ou la *puterie* était la débauche..., et la *putaine fille* l'ancêtre de notre putain...

Bordel doit, comme on l'a vu, son étymologie à la *borde*, nom d'une simple cabane de planches, puis d'une maison habitée par un *bordier*. Le *bordeau* ou *bordel* désignait donc à l'origine une petite maison isolée, avant que de glisser vers son acception moderne, attestée dès la fin du Moyen Âge, même si ce lieu est alors volontiers nommé le *château gaillard*.

Que penser de tout cela ?

Nos ancêtres sont-ils naïfs ou sages, illettrés ou ignorants, laborieux ou passifs, insensibles ou timides, vertueux ou débauchés ?

La réponse est délicate, car dans ce monde où les hommes calquent leur attitude sur la nature insensible, tout est à la fois ambigu et logique, contraste et contradiction. Si tout homme sociable et bon chrétien se doit de faire asseoir à sa table et d'offrir l'abri de son toit, le même chrétien en chassera l'étranger de passage, et plus encore le bâtard et sa fille ou sa servante qui lui aura donné le jour. Dans le viol, ce sera moins l'atteinte à l'intégrité corporelle qui indignera que celle à l'honneur familial.

Tout est lourd et compliqué : le fameux coup de poing avec effusion de sang au cimetière de Rumegies obligera le curé à des appels publics en chaire, et surtout, pour « réconcilier » le cimetière estimé profané, à se rendre à Tournai, chez son évêque, et à accueillir le doyen que ce dernier déléguera sur place, et qu'il faudra aller chercher à Saint-Amand, avec une chaise et des chevaux, sans oublier de lui offrir un dîner digne de lui.

Passifs mais passionnés, nos ancêtres semblent surtout, à tous niveaux et en toute occasion, conditionnés par leur vie en groupe et en public, qui exacerbe sans cesse leur sens de l'honneur et leur susceptibilité. Voici une mère, une bourgeoise de Salins, qui n'hésite pas, au XVIIIe siècle, à faire enfermer au château d'If son fils qui s'est livré au libertinage. En voici une autre, l'infortunée épouse du Meusien condamné à l'échafaud pour castration, qui dira à ses enfants qu'il leur faut se décider à mourir, leur fera calmement détacher, désharnacher leurs chevaux et leur donner à manger, pour ensuite leur faire successivement placer leur tête sur un billot, où elle la leur tranchera à coups de hache, avant de retourner ensuite son arme contre soi.

Au XVIIIe siècle, à propos des habitants du Bugey, un observateur note « qu'ils ne rient pas autour des berceaux ni ne pleurent pas celui qui meurt »...

Susceptibles et dépendants, nos ancêtres n'en sont pas moins passifs et soumis à la fatalité, sans doute parce que justement tout à la fois naïfs et sages, illettrés et ignorants, laborieux et passifs, insensibles et timides, vertueux et débauchés, mais surtout parce que croyants. Ils sont croyants et résignés. « Heureux les pauvres et les affligés... »

IV.

COMMENT ÉTAIENT-ILS ?

DES MODES DÉCALÉES

1

Laids ou beaux ?

Mais comment sont donc nos ancêtres ? À quoi ressemblent-ils ? Sont-ils grands ou petits ? Gros ou maigres ? Chétifs ou ventripotents ? Élégants ou en haillons ? Sales ou parfumés ? Gais ou tristes ? Autant de questions capitales, mais dont la réponse sera parfois difficile à trouver.

Si le visage de nos rois et de nos cardinaux, comme ceux de nombre de grands seigneurs, nous sont connus, c'est qu'ils avaient eu les moyens de faire peindre leur portrait, ce qui était évidemment un luxe hors de portée des humbles, même si, un peu partout, de petits artistes sans grand talent pouvaient en réaliser pour les petits châtelains et les bourgeois. Il faudra attendre les portraits « tirés » par les photographes pour que chacun puisse avoir son image, après que Nicéphore Niepce, en 1822, eut réussi, après de très longues heures de pose, à fixer la première.

Mais le portrait photographique lui-même sera très long à se démocratiser. Les professionnels et les matériels qu'ils utilisent maintiennent les prix à des tarifs longtemps élevés. Vers 1850, le daguerréotype, ancêtre de notre « photo », coûte 50 francs, soit environ vingt jours du travail d'un ouvrier mineur. La géniale invention qui permettra alors à Disdéri, à partir d'une émulsion coulée sur une plaque de verre, de proposer une douzaine de clichés restera longtemps réservée à l'élite, puisque obligeant encore notre mineur à dépenser 20 francs, soit le salaire d'une semaine. Les photographes, évidemment, ne peuvent travailler que dans leur studio, équipé d'appareils et de décors sophistiqués, destinés notamment à dissimuler sous d'amples drapés les curieux instruments. Des instruments assez proches du carcan, que l'on a longtemps dû utiliser pour immobiliser les corps et les visages de nos arrière-grands-parents pendant les temps de pose, qui durent encore plusieurs minutes, et qui leur donnent ces allures figées et hiératiques, les suggérant généralement plus sinistres qu'ils ne l'étaient sans doute. Ce ne sera qu'avec l'apparition de la photographie au format « carte de visite », vers 1860, que la technique se répandra, bien que longtemps réservée, de fait, aux citadins, jusqu'à ce que le perfectionnement et la réduction des appareils avec des temps de pose réduits permettent aux professionnels de sillonner les campagnes. Dès le début du XXe siècle ils iront y proposer les traditionnelles photographies de mariage, montrant les invités superposés sur des chaises et des bancs, devant portes de grange ou devantures d'auberge... L'âge d'or de la photographie a commencé, et l'on voit bientôt se répandre chez les employés et les ouvriers ces beaux albums de cuir à fermoirs de cuivre ou d'argent, dans lesquels on rassemble aussi bien les portraits des membres de la famille, portraits devenus objets d'échanges, que souvent ceux des « stars » de l'époque : le duc de Morny ou le général Boulanger, Sarah Bernhardt ou Mgr Dupanloup. Si l'une de ces personnes figure dans votre album de famille, n'allez donc pas en conclure qu'elle est de votre parenté ; c'est seulement que votre arrière-grand-mère comptait parmi ses fans.

Mais le plus important n'est-il pas en fait de savoir comment était cette arrière-grand-mère elle-même ?

En réalité, pour elle comme pour tous nos ancêtres les plus récents, cela ne pose guère de problème. Leurs photographies nous les montrent, gros ou maigres, grands ou petits, évidemment très disparates, mais somme toute, au vêtement près, assez proches de nous.

Les difficultés commencent lorsqu'on veut passer à

leurs propres arrière-grands-parents, ces ancêtres majoritairement ruraux, « petits et sans grades », qui n'ont évidemment laissé d'eux aucun portrait ni aucune image. Qui n'ont d'ailleurs sans doute jamais vu la leur propre. Les miroirs, dans leur monde, sont, comme on l'a noté, un luxe rarissime. Il y a bien le reflet dans l'eau des sources et des lavoirs, qui ne donne de leur visage qu'une image imprécise. Et sans doute, d'ailleurs, en est-il mieux ainsi.

Grands ou petits ? Des variations régionales et sociales

Rares sont les documents qui nous renseignent sur le physique de nos ancêtres, du moins avant que ne soit instauré le service militaire, dont les archives ne concerneront évidemment que les hommes...

Le conseil de révision les fait en effet régulièrement passer sous la toise, une formalité des plus importantes puisqu'une taille minimum a été fixée pour les garçons destinés à porter les armes. En 1701, une ordonnance de Louis XIV l'avait arrêtée à cinq pieds et deux pouces (soit 1,67 m) pour un fantassin et cinq pieds et quatre pouces (1,73 m) pour un cavalier. Mais la taille du fantassin avait été abaissée à 1,59 m en 1799, pour les besoins de la défense nationale, époque où le futur capitaine Coignet, sur les conseils du général Davout, n'avait pas hésité à glisser un jeu de cartes dans ses bas afin de mieux tromper. La Restauration la portera à 1,57 m en 1818 et même à 1,54 m en 1830. C'est l'époque où les recrues, qui doivent désormais se présenter en tenue d'Adam, pour mieux éviter les tricheries à la Coignet, sont souvent mesurées couchées à terre, posture que le ministre de la Guerre déclare « inconvenante et non propice à la rigueur de la mesure ». On imposera alors la toise debout, et la taille minima ne cessera de remonter.

Ces formalités obligatoires pour tout homme de vingt ans ont fourni aux historiens un matériau de choix pour étudier aussi bien le degré d'instruction que le physique de nos grands-pères, leur permettant ainsi de formuler différents constats.

La même ligne Saint-Malo/Genève, que l'on a vu séparer les deux France plus ou moins alphabétisées de l'Ancien Régime, se retrouve à peu près, au XIXe, pour séparer celle des grands, au Nord-Est, de celle des plus petits (1,57 m à 1,62 m), dans l'Ouest, notamment en Bretagne, Vendée, dans les Charentes et dans les Landes, ainsi que dans le Centre et le Midi. Les plus petites tailles se rencontrant en plein cœur du massif Armoricain, mais aussi en Sologne, en Forez, en Vivarais, dans le Larzac et le Queyras. La moyenne nationale oscille autour de 1,60 m et les gars atteignant 1,70 m passent pour très grands. Une enquête réalisée, dans l'Oise, sur les hommes ayant fait, au milieu du XIXe siècle, l'objet de demandes de « recherches dans l'intérêt des familles » auprès des services de la préfecture (individus qui étaient donc le plus souvent partis sans laisser d'adresses) fait apparaître la même moyenne, avec une majorité supérieure ou égale à 1,60 m pour plus de 30 % ne dépassant pas ce seuil, ne dépassant même pas, pour certains d'entre eux, 1,53 m.

Sous l'Ancien Régime, les dépouillements des séries d'archives du contrôle des troupes, conservées aux archives de l'armée de terre, confirmeront une différence de près de deux centimètres entre les recrues alsaciennes, lorraines, flamandes et picardes et celles des provinces du Sud. En 1757, une enquête ponctuelle montre que tous n'atteignaient pas les cinq pieds requis, soit, rappelons-le, 1,62 m.

Avant cette date, les chiffres sont rares. Pour imaginer la taille de nos ancêtres des XVIIe, XVIe ou XVe siècles, on ne peut que se reporter à l'archéologie. La longueur des lits et des pierres tombales, la hauteur des armures et des chambranles de portes des anciens châteaux : tout nous confirme cependant cette impression générale de petite taille. L'ancêtre de M. Legrand, ainsi surnommé au Moyen Âge parce qu'il était le plus grand de son village, n'atteignait pas forcément 1,70 m !

Mais si les travaux cités précédemment ont pu montrer que la taille moyenne du conscrit était passée de 1,65 m en 1880 à 1,76 m en 1992, on ne saurait en conclure que l'homme a pu ainsi régulièrement grandir de dix centimètres par siècle. Cette irrésistible ascension fut à coup sûr accélérée et augmentée par les progrès de la médecine et de l'hygiène...

Il semble en effet que cette croissance soit un phénomène récent. Les hommes et les femmes du mésolithique, qui ont vécu voilà environ 10 000 ans, et ont été découverts à Trévoiec, en Bretagne, faisaient respectivement 1,59 m et 1,51 m. Il aurait donc fallu plus de huit mille ans pour que leurs descendants – ces Gaulois que Jules César décrivait comme grands – aient gagné quelques centimètres, avec des tailles moyennes pourtant estimées à 1,64 m et 1,53 m. Selon une autre statistique, les Parisiens du Moyen Âge auraient en moyenne mesuré 1,65 m chez les hommes et 1,55 m chez les femmes. Des siècles durant, la taille serait donc restée stable...

Mais pourquoi ces différences régionales, avec ces Picards et ces Lorrains plus grands que les Bretons et les Foréziens, ou que les Landais, même une fois descendus de leurs échasses ? On a évoqué l'héritage des guerriers francs, réputés de très haute stature, et qui, s'étant davantage fixés dans les provinces de l'Est, auraient influencé les patrimoines génétiques de leurs habitants... En fait, il semble que cette taille ait été essentiellement liée à la nature des sols et à la variété des aliments qu'ils offraient. Les sols pauvres des régions de montagnes, le manque de lait et de protéines animales suffiraient à expliquer les petites tailles rencontrées dans ces régions. Ajoutons à cela que des facteurs génétiques ou climatiques, tout comme certaines habitudes alimentaires, provoquaient souvent des infirmités particulières. Sous l'Ancien Régime, les recrues originaires de Picardie et d'Ile-de-France, régions dont les eaux sont plus pauvres en fluor, étaient celles ayant perdu le plus de dents, suivies par les Normands, peut-être à cause de leur consommation excessive de cidre. Les zones montagneuses, pauvres en iode, comme le Massif Central et ses pourtours, les Vosges, les Pyrénées, fournissaient les plus grandes proportions de goitreux, avec une fréquente hypertrophie de la glande thyroïde, affectant sans doute indifféremment tous les sexes et tous les âges.

Partout, les maladies de poitrine sont courantes, comme le sont en Champagne, en Bourbonnais et en Forez, les *écrouelles*, que les rois de France avaient le miraculeux pouvoir de guérir le jour de leur sacre. Partout, lépreux et galeux, sourds-muets, myopes et boiteux sont légion, comme partout dominent les organismes faibles, souffrant presque toujours de déséquilibres et d'insuffisances alimentaires, notamment en viandes et en laitages.

Dès lors, la nutrition et le physique varient aussi en fonction du milieu, et André Corvisier, qui a minutieusement étudié ces archives, montre que les recrues issues des classes supérieures mesurent en moyenne près de trois centimètres de plus que les paysans et trois centimètres et demi que les artisans...

Maigres ou gros ? Les « abdos Kronenbourg » de la princesse palatine

Sans aller jusqu'à évoquer les pauvres êtres décharnés que l'on a vu brouter de l'herbe au printemps de 1709, disons qu'une bonne nutrition est évidemment exceptionnelle. C'est elle qui, en plus d'une taille supérieure, donne aux catégories aisées, moins actives et plus sédentaires, une rondeur qui va s'accentuant au fil des âges de la vie. « Gras comme un moine » ou « comme un chanoine », « gros comme un muid » (ancienne mesure de capacité, le muid de vin faisant plus de 250 litres), « gros souffleur de boudin », « avoir la maladie de saint Bondon et les joues plates comme des boules », sont autant d'expressions synonymes de nos actuels « abdos Kronenbourg », mais qui sont presque toujours réservées aux nantis et aux privilégiés, à ceux auxquels les jours de jeûne ne pèsent pas trop. « Mangez un bœuf et soyez chrétien », tel est le slogan que mettent alors en pratique religieux et bourgeois, chez lesquels brioche et bedaine symbolisent à la fois l'opulence, la richesse et la réussite.

N'oublions pas que les grandes fêtes donnent toutes lieu à de véritables débauches alimentaires. Que ce soit à Carnaval ou les jours de mariage, le plaisir passe d'abord par la table, dont l'abondance dépend de la taille de la bourse. Le Giton de La Bruyère a « le teint frais, le visage plein et les joues pendantes (...), les épaules larges, l'estomac haut, la démarche ferme et assurée. (...) Il est riche ».

Nombre de grands affichent donc un embonpoint et des rondeurs d'obèses, les femmes plus encore que les hommes : « La grosseur, je m'en moque, je préfère la bonne table à la rigueur », disait à qui voulait l'entendre la gourmande Catherine de Médicis, à qui l'on servait coup sur coup paons, faisans, cygnes, grues, chevreaux et poulets, et qui se goinfrait sans retenue de « culs d'artichauds et de crêtes de coq ». Henriette d'Entragues, la maîtresse d'Henri IV, « n'étoit fine que d'esprit qu'elle avoit fort futé, et non poinct du corps qu'elle avoit énorme ». La princesse palatine, belle-sœur de Louis XIV, écrivant à sa tante, lui avouait : « Ma graisse s'est mal placée, j'ai un derrière effroyable, des hanches et des épaules énormes. (...) Ma taille est monstrueuse d'épaisseur, je suis carrée comme un dé à jouer (...), mais j'ai le bonheur de ne pas m'en soucier. »

Cela dit, les hommes les imitent volontiers : Haendel, Mirabeau (que l'on surnommera Mirabeau-Tonneau), Barras, Rossini, Balzac, Théophile Gautier, Courbet,

M. Thiers, Alexandre Dumas, Gambetta... le « club des gros » a toujours compté des recrues de choix...

Pif, pouf, la pouffiasse !

Les expressions populaires destinées à dépeindre la maigreur ont depuis longtemps pris pour référence ce que l'on trouvait de plus fin. On était maigre *comme un fil* ou *comme un clou.* On parlait même de personnes *maigres comme un cent de clou*, le centième du clou.

Mais si ce « cent de clou » est clair, d'où viennent tout ces mots plus ou moins imagés et liés au physique, comme *patapouf* ou *pif* ?

Avant d'être le siège bas et rembourré que nous connaissons, le *pouf* avait désigné un bonnet de femme fait de plumes et de rubans et comme « pouffé », c'est-à-dire « soufflé ». Le nom avait ensuite été donné à un coussin de crin que les femmes employaient pour faire bouffer l'arrière de leurs jupes, et derrière lequel pointe évidemment l'origine de notre *pouffiasse.* En fait, pouffé signifiait donc tout simplement « soufflé », « enflé », « plein de vent », d'où, par croisement avec le « gros pataud », notre *gros patapouf,* qui semble faire son entrée dans notre langue au début de la Restauration, lorsque les bourgeois commencent justement à se distinguer par leur bedaine. L'origine des gros *bouffis* est quasiment la même, avec l'ancien verbe *bouffer* désignant le fait de gonfler les joues pour souffler, au point que c'était le terme employé pour désigner le gros soufflet de forge. Qui mangeait gloutonnement, gonflant les joues, fut donc bientôt celui qui *bouffait.*

Du *pouf* au *pif,* il n'y a qu'un pas. Il passe par le vieux verbe *piffrer,* ancêtre de « s'empiffrer », d'où le mot *piffard* désignant l'homme ventru. L'expression « manger comme un piffre », c'est-à-dire le nez dans son assiette, fera sans doute finalement du nez notre *pif.* De là est venu « ne pas pouvoir piffrer quelqu'un », qui n'est que l'adaption du « ne pas pouvoir blairer », déjà tiré quant à lui de la référence au museau allongé du blaireau. Les références aux animaux sont d'ailleurs fréquentes, même si *rabougri* ne doit rien au rat en ce qu'il provient d'un ancien adjectif *bougre,* signifiant « chétif », qui n'avait rien à voir non plus avec le *boulgre,* venu de notre *Bulgare,* de si abominable réputation (cf p. 315).

Au contraire, l'homme modeste, constamment occupé par un travail physique éprouvant et mal ou parcimonieusement nourri, est maigre. Maigre et courbé, par la force de l'habitude, penché qu'il est sur son établi, la charrue ou la terre. C'est ici que le personnage de Giton offre un contraste saisissant avec les paysans qu'a décrits le même La Bruyère, « noirs, livides et tout brûlés de soleil, attachés à la terre qu'ils fouillent et qu'ils remuent ». Et les progrès de la médecine et de l'hygiène ne sauront guère les relever de façon réelle avant le XXe siècle. Jusqu'à une époque récente, la silhouette et l'allure générale de nos ancêtres ne sont donc guère enviables.

Solognots ou Biafrais ? Quand le kwashiorkor africain semblait sévir en France

Rares sont les témoins qui ont pris la peine de décrire le peuple. De décrire d'ailleurs qui que ce soit. Dans ses Mémoires, Louis Simon ne décrit personne. Nicolas Rétif, lorsqu'il raconte, en 1779, la vie de son père, ne décrit pas davantage ce père, le personnage principal de son livre, qu'il ne décrit ses grands-parents, sa mère ou ses frères et sœurs. L'idée ne semble pas même lui en venir... Pourquoi ? Parce que l'homme est à l'image de Dieu, et que le décrire est tabou ? Non, sans doute, mais lorsqu'il vante les mérite du vieux maître d'école de son village et s'apprête à en faire le portrait, Rétif choisit de ne « peindre le vénérable maître que par ses actions ». N'est-ce pas par elles que l'homme se rapproche de Dieu ? La seule description physique de son récit concernera un personnage secondaire, le premier garçon de charrue de la ferme paternelle, Germain, dont il nous dit qu'« il avait l'air véritablement tudesque : c'était un gros homme, dont la face, sans être grasse, était haute et large d'un demi-pied ; il avait une force incroyable, et malgré cela on voyait répandue sur sa physionomie une certaine bonté qui rassurait ».

Voilà certes un homme de basse condition, mais qui – manque de chance – semble faire exception à la règle... Germain est loin, en tous les cas, de ressembler aux habitants de Sennely-en-Sologne que le prieur du lieu, Christophe Sauvageon, décrit ainsi au début du XVIIe siècle : « Un chétif peuple (...). De basse stature, tout courbés, ventrus, jaunes et safranés, infirmes et de petite complexion, ne vieillissant point (...), sujets aux ulcères aux jambes, n'ayant ni poitrine ni poumon (...). Ils n'ont pas plutôt atteint l'âge de dix ou douze ans qu'ils deviennent bruns et plombés, ont tous de grandes et larges dents claires et mal rangées, qui leur font souvent mal et leur tombent, tant aux hommes qu'aux femmes, avant la vieillesse. Leur taille est courte et courbée, leur voix frêle et mal propre au chant. » Un physique pitoyable, qui va se maintenir, puisque confirmé par deux témoignages postérieurs : un premier, en 1776, à l'époque même où Rétif rédige ses écrits, insiste sur « une figure pâle et jaunâtre, une voix faible, des yeux languissants, un gros ventre, une taille au-dessous de cinq pieds, une démarche lente ». Un second, en 1822, reprend cette description en insistant sur les membres grêles et les corps prématurément voûtés, et sur les enfants, remarquables « par la grosseur de leur ventre, parfois accompagnée de la bouffissure de la face et presque toujours d'un état de langueur ».

La Sologne était-elle un cas extrême ? Il faut reconnaître que sa population conservera longtemps sa réputation de « race chétive », peut-être en raison du côté insalubre et malsain du pays, son mauvais climat, ses cultures et ses productions médiocres exposant ses habitants à une sous-alimentation chronique. Il n'empêche que lorsque Louis-Sébastien Mercier décrit les portefaix parisiens de 1790, prêts à porter les plus lourds fardeaux pour les commerçants et à effectuer les déménagements des habitants de la capitale, il en fait une description assez voisine : « Vous croiriez que ces hommes ont une taille au-dessus de la commune, des couleurs vermeilles, des jambes fortes et de l'embonpoint ; non, ils sont pâles, trapus, plutôt maigres que gras ; ils boivent beaucoup plus qu'ils ne mangent », ajoutant plus loin que, de façon générale, « le peuple est mou, pâle, petit, rabougri ». À la même époque, les paysans du Bugey sont dépeints avec « un teint pâle et livide, un œil terne, des épaules et le thorax étroits, une démarche traînante », notre observateur soulignant que les rides sont nombreuses sur le visage des jeunes, qu'ils sont vieux à trente ans et décrépits à quarante. Les populations des massifs alpins, décrites par Balzac sous la Restauration comme « faibles, pâles et maladives », offrent presque trait pour trait ceux de nos Solognots, et les paysans qu'il met en scène dans son œuvre présentent tous les traits caractéristiques que nous leur connaissons.

Une chose frappe à la lecture de ces portraits : l'aspect à la fois maigre et ventru – un contraste de plus – qui ne va pas sans rappeler le petit Biafrais des années 70, et nous conduit à diagnostiquer le kwashiorkor, maladie fréquente dans certains pays sous-développés d'Afrique, due à une grave malnutrition protéino-calorique.

Nos ancêtres avaient-ils la frite, avec ou sans remède de bonne « fame » ?

Nos ancêtres avaient-ils la frite ? Certainement pas ! Cette expression est récente, née dans le langage des sportifs et se situe dans le sillage d'*avoir la pêche*, à la différence que si cette *pêche* est un coup « violent et lourd », la *frite* est, elle, un coup « rapide et soudain ». *Faire une frite* à un copain, c'est lui cingler prestement la fesse de haut en bas. À tout prendre, nos ancêtres, ignorant les *frites* en tout genre, préféraient se dire « solides comme le pont-Neuf ».

Au contraire, qui n'était pas en forme se disait volontiers *mal à cheval* ou *mal dans son assiette*, l'assiette ne désignant pas ici la pièce de vaisselle, mais l'« assise », selon le sens qu'elle a conservé en matière d'impôt, venu du verbe *seoir*, faisant dire qu'une ferme était « sise » sur le territoire de telle commune. Était donc *mal dans son assiette* qui n'avait pas *bonne assise*, autrement dit pas bon équilibre, celui-là même qui risquait, éventuellement, de *tomber dans les pommes*, sans que l'on ait d'ailleurs, avec cette nouvelle expression, davantage de pommes que tout à l'heure de frites. À l'origine, on tombait en fait *dans les pâmes*, ou encore en *pâmoison*, se *pâmant* sous l'effet d'un spasme convulsif, sans le moindre sac de pommes pour amortir la chute...

Il ne restait dès lors qu'à *reprendre du poil de la bête*, en référence au fait que pour guérir les morsures d'animaux, on avait l'habitude de *prendre* des poils de la bête ayant mordu pour les appliquer sur la plaie. C'était là, disait-on, un remède souverain, un de ces *remèdes de bonnes femmes* qui n'étaient à l'origine que *de bonne fame*, d'après un vieux mot forgé sur le latin *fama*, désignant la réputation. Un remède littéralement *fameux*, même s'il avait parfois un goût « infâme »... Car *fameux*, à l'origine, n'avait nullement le sens de « savoureux », mais uniquement celui de « célèbre, réputé », d'où nos lieux *mal famés* et notre *diffamation*. Ce qui était bon à manger, comme ce qui était agréable à toucher, à sentir ou à regarder était autrefois dit *savoureux*, terme que l'on employait aussi bien pour un plat que pour un tissu ou un charmant minois.

Revue de détail : quand le Roi-Soleil ouvrait la bouche...

Ce qui a le plus frappé nos témoins, tous issus des classes dominantes, semble cependant avoir d'abord été le teint : un teint plombé et « livide », ce mot étant ici pris dans son sens originel. Tous le remarquent : lorsque Rétif rend visite, à Paris, aux anciens amis qu'il y fréquentait lorsqu'il avait une vingtaine d'années, ceux-ci ne peuvent le reconnaître sous ses traits de paysan : « Edmond, jeune et frais douze années auparavant, avait le visage et les mains brûlées par le soleil. » Un siècle plus tard, la fermière du *Médecin de campagne* est « parcheminée comme une Esquimaude, du fait d'un genre de vie harassant qui sénilise avant l'âge ».

Détaillons le visage : la bouche – même des jeunes –, est, quand elle a encore des dents, un conservatoire de chicots qui pourrissent et tombent vite. Le tartre qui s'y accumule donne une haleine souvent fétide. On sait que tout auguste qu'elle ait été, celle de Louis XIV était irrespirable à qui s'en approchait. Le dentiste n'existe pas. La brosse à dents non plus. Les dents cariées pourrissent inexorablement, jusqu'à ce que le barbier-chirurgien se charge d'extraire des chicots verdâtres, évidemment sans anesthésie ni désinfectant, avec une simple « clé de Garangeot ». Au début du XXe siècle, l'arracheur de dents passait encore dans les foires bressannes pour y opérer en public, accompagné du garde champêtre couvrant les cris du patient par des roulements de tambour... Le prieur solognot qualifie les voix sortant de ces bouches « d'articulées et impropres au chant », ce qui ne saurait être autrement chez ces pauvres êtres édentés et goitreux.

Les yeux sont petits et souvent très rentrés. Colporteurs et marchands ambulants proposent des lunettes qu'ils vont fourguer aux mal-voyants, sans que ceux-ci aient au préalable subi le moindre examen ophtalmologique. Dans un étonnant bric-à-brac, chacun choisit donc des montures et des verres, qu'il partagera parfois avec sa femme, son frère et son domestique.

Les cheveux : ceux des hommes sont plutôt longs. Ce n'est qu'en 1796 que Bonaparte fera couper les siens, pendant la campagne d'Italie, et deviendra de ce fait le « petit tondu ». À la campagne, cette mode ne sera guère suivie avant la guerre de 1870 et la fin du XIXe siècle. Longtemps, les anciennes générations continueront à porter barbe, favoris et cheveux longs. Côté femmes, les cheveux sont longs, sauf à les avoir fait couper pour les vendre, comme on l'a vu, aux perruquiers. La décence, enfin, veut que ces cheveux soient cachés, par une coiffe ou un chapeau, la seule expression de « femme en cheveux », contenant encore, au début du XXe siècle, le plus profond mépris pour celle ayant osé se montrer ainsi en public.

Quand les perruques enlevaient la farine de la bouche des pauvres !

Pourquoi diable n'y a-t-il « qu'un cheveu sur la tête à Mathieu » ? Sans doute parce que Mathieu est une déformation, par contraction, de Mathusalem, mort si vieux et donc si chenu (blanc à la fois de barbe, de poils et... de cheveux) qu'il ne devait pas lui en rester beaucoup.

Le peu de cheveux a toujours été ressenti comme un signe d'indigence générale, au propre comme au figuré : il n'est qu'à penser à l'expression « un pelé et trois tondus », où le pelé était le chauve, et les tondus les moines... Qui n'avait plus de cheveux en souffrait souvent, même s'il était autrefois « né coiffé ».

Les cheveux ont toujours beaucoup compté, comme en témoignent encore de nombreux patronymes, non seulement les Blond, Leblond, Blondin, Blondet et Blondeau, non seulement les Brun, Lebrun, Brunet ou Bruneau, les Roux ou Leroux, Lerouge, Rousseau ou Rousselet, mais encore les Blancs et les Leblanc, Blandin ou Bianco, leurs homologues Chenu, Canut ou Weiss (alsacien), comme les Chauvin, Chauvet, Calvet, Cauvet, Cauvin ou les Le Moal bretons...

Les cheveux comptèrent parmi les premiers soucis de nos ancêtres. Au XVIe siècle, hommes et femmes prirent d'abord l'habitude de les poudrer, selon la mode lancée par les mignons d'Henri III, alors même que le clergé tonnait contre ces gens arrivant à l'église « poudrés comme des meuniers ». Les plus riches usaient de poudre d'Argentine, les plus pauvres se contentant d'en fabriquer à partir de bois pourris. Les aristocrates passèrent bientôt à la farine, en consommant autant pour leurs cheveux que pour leur estomac, ce qui fera dire que la farine utilisée à cette fin sous Louis XVI aurait suffi à nourrir dix mille pauvres ! Les coiffeurs proposaient alors aux gens chic des *accomodages*, opérations au cours desquelles ils aspergeaient leur crâne de farine, lors de désagréables séances que l'on subissait protégé par un peignoir et la tête cachée dans un cône en carton. La mode des perruques se répandit dès 1660 dans tous les milieux aisés ; certaines pesaient parfois jusqu'à un kilo ! Une manne pour les jeunes filles qui, comme en Limousin décidèrent de laisser pousser leurs cheveux afin de les vendre pour se constituer une dot. Une source de profit à peine tirée par les cheveux...

La barbe, dès le XVIIe siècle, est en principe rasée, plus ou moins régulièrement et plus ou moins complètement. La conserver est souvent un signe de deuil, et la moustache connaîtra surtout du succès chez les soldats de l'an II et dans les armées impériales. En ville, le rasage est assuré par les barbiers. À la campagne, on se débrouille comme on peut, sans savon et pratiquement sans eau... Le rasage de près est un élément de la tenue « du dimanche » et des jours de fête.

Les 212 lavements de Louis XIII et autres remèdes curieux

Il n'est pas question d'écrire ici l'histoire de la médecine et de sa longue et lente évolution, qui a longtemps laissé nos ancêtres à la fois si démunis et dépendants, ne pouvant guère que s'en remettre soit aux doctes Diafoirus caricaturés par Molière, soit aux sorcières et rebouteux soit enfin à Monsieur le Curé et à ses saints. Les premiers les soignent en latin, les deuxièmes avec des tisanes de plantes cueillies la nuit de la Saint-Jean d'été en marchant à reculons pendant que la cloche de l'église égrène les douze coups de minuit ; les curés notent des recettes dans les pages de leurs registres baptismaux et les saints, enfin, se montrent évidemment toujours prêts (si Dieu veut bien les entendre) à intervenir pour le prix du cierge que le malade leur aura fait brûler...

Parler de la médecine, c'est évoquer une fois de plus la foi et la naïveté qui se conjuguent alors avec la méconnaissance totale des maladies et l'impossibilité d'émettre des diagnostics corrects et fiables. Nombre de nos ancêtres sont d'abord victimes d'accidents, à commencer par les coups de sabots de leur bétail. Beaucoup ont la *coulique*, et plus encore souffrent de « fièvres » volontiers qualifiées de « malignes » ou « intermittentes » et dites « tierces » ou « quartes », selon qu'elles connaissent une recrudescence tous les trois ou quatre jours. Ces fièvres sont le plus souvent de nature paludéenne, dues à l'humidité du climat ou des intérieurs ou aux lieux marécageux où l'on travaille (les chantiers de Versailles provoqueront des hécatombes, comme plus tard, en certaines régions, ceux ouverts pour la construction des chemins de fer). Appelée en Champagne l'*éberluche*, cette fièvre des marais s'attrape souvent en été, à la suite d'un banal chaud et froid.

Parler de la médecine, c'est aussi rappeler les maladies qui terrorisent nos ancêtres : la lèpre, qui fut pour les hommes du Moyen Âge l'équivalent de notre cancer ; la peste, qui a ravagé tant de villages, et dont on redoute la contagion. En 1598, « noble et spectable » Jacques Vincent, conseiller du duc de Genevois-Nemours, dicte son testament à son notaire « estant aux fenestres de sa mayson située en cette ville d'Annessy, en la rue du Pasquier Mossière, malade de son corps, soubsoné de maladie contagieuse » et lègue justement à la ville la belle somme de 240 florins, « pour fere un bastiment a loger les pestiférés ».

Parler de la médecine, c'est évoquer de nouveau les figures du chirurgien et de l'apothicaire. Si contre la *coulique*, la *resette* du curé de Vacqueyras, dans le Vaucluse, dit qu'il « faut avoir six grains d'olives de laurier et les piller avec lescorse d'orange, avec du girofle (...), muscade et canelle singimbre et le tout bouillir a demi avec du bon vin », on soigne les otites en mettant des orties dans ses souliers, on calme les brûlures avec des feuilles de noyer confites dans de l'huile, on combat les rages de dents en buvant des tisanes de pavot.

Dépendants de la nature et familiers des animaux, nos ancêtres y puisent par ailleurs souvent directement leurs remèdes, soignant la coqueluche avec du sirop d'escargot, ou cherchant, toujours selon leur bonne logique, à transmettre à l'enfant malingre un peu de la force du taureau en le plongeant dans un bon bain de sang de bœuf.

Les excréments d'origine animale ont également longtemps passé pour fournir des médecines efficaces. Comme l'antique Galien, pour diminuer tumeurs et furoncles, avait recommandé des cataplasmes de crottes de chèvre, mélangées à de la farine d'orge, la fiente de bœuf ou de vache, enveloppée dans des feuilles de vigne ou de chou et chauffée dans la cendre, est réputée guérir certaines plaies, soulager des piqûres d'abeilles et de frelons et apaiser la sciatique. Celle des porcs guérit des crachements de sang et on la fait parfois ingurgiter au malade, fricassée avec autant de crachat et une noix de beurre frais. Contre la jaunisse, on ne connaît rien de mieux que cinq petites crottes de chèvre, bues chaque matin, huit jours durant, dans du vin blanc... Quant aux fientes des animaux sauvages, elles sont, elles aussi, pleines de vertus. Celle du corbeau est utilisée pour guérir les caries et est donnée aux enfants pour les délivrer de la toux. Celle du chameau, bien réduite en poudre et imprégnée d'huile, passe pour faire friser les cheveux. Jusqu'à celle de l'éléphant, que l'on applique sur le crâne pour soulager les migraines, alors que celle de l'hippopotame est réputée efficace contre certaines fièvres, comme l'est encore celle du crocodile pour les troubles des yeux.

Outre les interventions des saints dont on n'hésite pas à gratter le socle de la statue pour en avaler quelques fragments réduits en poudre dans un gobelet d'eau, les médecines de nos ancêtres ne nous sont que trop connues. En un an, le médecin de Louis XIII lui a fait administrer 215 purgations et 212 lavements : c'est l'âge d'or du clystère, et le roi ne saurait aller contre cette thérapie moderne, « bien persuadé que le moyen le plus assuré de défendre le cerveau est celui de vider le plus souvent le bas-ventre ». En 1764, les Grassois s'évertuent à purger et saigner les malades, tout en leur donnant aussi des rafraîchissements, lorsque la petite vérole – qui n'est autre que la variole – ravage leurs familles et leur ville.

On n'hésite pas, pour les cas les plus délicats, à recourir au renfort de la religion. En 1685, lorsque Louis XIV dut se faire opérer d'une fistule très mal placée, le pays tout entier pria. La Cour, dans la chapelle royale de Versailles, chantait en chœur un petit refrain mis en musique pour l'occasion par Lully : *Dieu sauve le roi.* Refrain qui, exporté outre-Manche, est devenu... l'hymne britannique.

Aux grands maux les saints remèdes

Plus forts que tous les remèdes, les guérisseurs considérés comme les plus efficaces restaient évidemment les saints. Tout malade les invoquait et les priait, plus particulièrement ceux que leur nom, leur vie, leur légende ou leur martyre désignait tout naturellement comme spécialistes de telle ou telle maladie. Dès lors, la maladie même, dans sa dénomination, leur était couramment associée, d'où toute une liste d'appellations aujourd'hui oubliées.

En référence au supplice qu'elle avait subi, le *mal sainte Apolline* était ainsi celui du mal de dents, et le *mal sainte Claire* désignait la rougeur des yeux. La lèpre était le *mal saint Ladre Lazare* (qui en était mort), et comme la peste le *mal saint Antoine, saint Sébastien ou saint Roch,* que l'on représentait souvent avec un bubon sur la cuisse. L'érysipèle, souvent confondue avec la peste, était dit *mal des Ardents, mal d'Amiens* mais aussi *mal sainte Geneviève, mal Notre-Dame, mal saint Main* ou *mal saint Messent.* Voici donc un petit catalogue des différentes associations de saints à une maladie :

— *mal saint Julien* : l'abcès,

— *mal saint Martin* : le mal de gorge et d'amygdales,

— *mal saint Eloi* : la fistule et la gangrène,

— *mal saint Jean, mal saint Leu* ou *mal saint Valentin* : l'épilepsie, appelée aussi *haut mal* ou *mal caduc,*

— *mal saint Eutrope* : l'hydropisie,

— *mal saint Mathelin* et *mal saint Victor* : la folie,

— *mal saint Vitus* : érotomanie (délire érotique), à cause du *vit*, désignant le membre viril,

— *mal saint Mammert :* le cancer du sein (à cause du mot *mamelle*),

— *mal saint Josse* : mal dû à morsure de serpent,

— *mal saint Fiacre* : la dyarrhée (à cause de son voisinage avec le mot *fiente*) et les hémorroïdes (comparées aux bourgeons que soigne ce patron des jardiniers),

— *mal saint Guy* : la maladie nerveuse dite aussi « danse de saint Guy ».

Notons encore que le *feu saint Antoine* avait désigné une maladie due à l'ergot de seigle et provoquant une affreuse gangrène, que la rougeole était dite *mal des Roses Notre-Dame*, que la syphilis, ramenée des guerres d'Italie, était le *mal de Naples* (et en Italie... le *mal français*), que les écrouelles des scrofuleux que le roi avait le pouvoir miraculeux de guérir le jour de son sacre s'étaient bien sûr appelées le *mal le roy*. Jusqu'à la pauvreté qui avait son patron, en la personne de saint François d'Assise, et que l'on nommait donc le *mal saint François*...

Les tardifs progrès de la médecine et de l'hygiène seront lents à porter leurs fruits. Une des grandes victoires fut obtenue par la vaccination contre la variole, responsable de ce que l'on appelait la « mort rouge » et qui faisait chaque année plusieurs dizaines de milliers de morts dans la France du XVIIIe siècle, et dont Louis XV fut la victime la plus célèbre. Introduite par Jenner dès 1798, ses bienfaits se feront sentir dès le début du XIXe siècle, bien que les progrès de l'alimentation aient été certainement, sur ce plan, plus décisifs encore.

2

Gros mangeurs et gros buveurs ?

La gastronomie française est aujourd'hui fortement liée à l'idée de terroir et on s'est plu, à la fin du XXe siècle, à redécouvrir les fondues savoyarde ou bourguignonne, la potée auvergnate, la choucroute alsacienne, le cassoulet toulousain, le far et les crêpes bretonnes ou la quiche lorraine, les livres de cuisine s'enrichissant de sauces rendues normande par un verre de cidre, limousine à grand renfort de châtaignes, ou provençale avec un filet d'huile d'olive. Dites-vous cependant que la plupart de ces recettes étaient parfaitement inconnues, ou du moins n'avaient guère été goûtées par ceux de nos modestes ancêtres vivant dans ces régions. Leurs menus, même considérablement allongés au fil des « noces et banquets » du XXe siècle, étaient beaucoup plus sommaires et beaucoup moins variés.

Beurre fondu et lait caillé : les régals de l'ère préréfrigérante

La grande différence entre le monde culinaire de nos ancêtres et le nôtre tient d'abord aux réseaux de distribution et aux conditions de conservation. Produisant sur place tout ce qu'ils consomment – aussi bien le pain que l'huile, et les légumes que la viande –, nos ancêtres ruraux ne se procurent, on l'a dit, quasiment rien à l'extérieur, à l'exception des épices, du sucre et du sel, que l'on sait aussi rares que chers. Pour offrir un repas de noces, il faudra parfois s'endetter, comme ce paysan du Maine que l'on voit, au XVIIIe siècle, se hâter d'acheter du lard, mis aux enchères dans la succession du sacristain de son village.

Par ailleurs, faute de réfrigérateur et de congélateur, seules les habitations dotées d'une bonne cave permettent de conserver les aliments – et pour un temps très limité – mais pas d'espérer boire frais en été. Tout est conservé dans des pots de terre : la graisse de porc (notre saindoux), le beurre, fondu, et le lait, caillé.

Le beurre est largement consommé, mais n'est jamais salé en régions de grande gabelle. On en fait des beurrées, que l'on sert notamment à la femme qui vient d'accoucher. Quant au lait, il est toujours consommé caillé, puisque c'est avec le fromage la seule façon de le conserver. Et tout cela a son prix. Ainsi, chez le notaire Brugère, en Corrèze, chez qui, lors de l'inventaire, on ne prise aucun livre, on prend soin de noter et d'évaluer « un petit pot de beurre fondu et un petit de seing doux ».

Les sœurs Tatin et le camembert

Comme il existe de nombreux patronymes liés à la boisson (Boivin, Sacavin, Pissevin...), on en trouve quelques-uns se rapportant au régime alimentaire, tels Maunoury (mal nourri), Rondet ou Reboul (gros et gras), de même qu'on a des Piffard qui s'empiffraient et des Briffaud qui *briffaient*, autrement dit mangeaient voracement.

Parallèlement, nombre de noms sont liés à l'alimentation pour avoir été ceux d'auteurs de recettes. On sait que c'est parce que son maître ne voulait pas quitter sa table de jeu pour se nourrir que le maître d'hôtel de Lord Sandwich lui avait servi le premier en-cas de ce nom, faisant de lui un de ces très aristocratiques inventeurs malgré eux, comme l'ont d'ailleurs été la plupart des grands gastronomes qui ont laissé leur nom à un produit culinaire.

C'est ainsi que Louis de Béchameil, marquis de Nointel,

ancien maître d'hôtel de Louis XIV, fut à l'origine de la sauce *Béchamel*, que le signore Berlingosi, confiseur particulier de Sa Sainteté le pape Clément V, inventa, au début du XIVe siècle, le *berlingot*, qu'un autre Italien, le marquis Frangipani, créa en 1558 un parfum à l'amande, et que c'est un cuisinier du duc de Choiseul-Praslin qui conçut la praline au XVIIe siècle. Ce n'est que plus récemment que des noms roturiers ont fait leur entrée en cuisine, comme Brillat-Savarin donnant le sien à un baba, comme on a la sauce Mornay, alors que Caroline et Stéphanie, les sœurs Tatin, laissèrent en 1898 leur nom à la tarte qu'elles croyaient avoir ratée, dans leur restaurant de Lamotte-Beuvron.

D'autres mets portent quant à eux les noms de leurs dédicataires : les pêches Melba, celui d'une cantatrice australienne, ainsi surnommée parce qu'elle était née à Melbourne ; les crêpes Suzette, celui d'une danseuse cannoise à qui Edouard VII, alors qu'il n'était encore que prince de Galles, décida de les offrir.

D'autres fois, ce sont des noms de lieux qui se sont imposés, donnant ainsi la crème Chantilly ou les entremets Bourdaloue, fabriqués à l'origine par un pâtissier de la rue parisienne du même nom. Citons enfin le camembert, dû à Marie Harel, épouse d'un laboureur du village de ce nom, dans l'actuel département de l'Orne, femme courageuse qui aurait caché sous la Révolution un prêtre réfractaire originaire de la Brie, arrivé chez elle avec une recette dont elle s'était inspirée. *Camember* fut aussi le nom que l'imaginatif Christophe choisit de donner à son fameux sapeur, pourtant nullement originaire de Normandie, puisque ce héros est dit né en 1844 à Gleux-les-Lure, dans la Saône-Supérieure, fils d'Anatole Camember et de Polymnie Cancoyotte. Un couple sûrement bourré de cholestérol...

Pour les viandes, la seule technique connue de conservation est la salaison, dont on use largement pour le porc, sachant que le saloir étant malgré tout de contenance limitée, tout ne peut y être entreposé : une autre bonne raison – en plus de celle tenant à la solidarité – d'écouler une partie de la viande obtenue en l'offrant immédiatement aux parents et voisins qui, leur tour venu, ne manqueront pas d'en rendre l'équivalent, tout aussi frais. Ce n'est qu'au XIXe siècle qu'apparaîtra l'habitude de fumer le jambon.

Cela dit, voyons de plus près ce qui arrivait sur la table, ou plutôt sur les tables de nos ancêtres, en fonction des milieux et des époques.

Une constante saute aux yeux : le peu de viande. Le bétail, maigre, n'en fournit guère et est plutôt utilisé à d'autres fins : instrument de trait pour les bœufs et les chevaux, production de laine pour les moutons... Si la viande est abondante sur la table des seigneurs du Moyen Âge et des hobereaux et bourgeois propriétaires d'Ancien Régime, il ne s'agit guère de notre viande « de boucherie ». En ces temps où les vaches ne sont pas folles, elles sont d'abord réservées aux attelages. Exceptionnellement, les malades de milieu aisé se verront éventuellement offrir du bœuf bouilli, et le veau restera longtemps réservé aux festins de noces...

En fait de viandes, il s'agit essentiellement de venaisons et de volailles. Longtemps, les forêts ont regorgé de cerfs et de sangliers, voire d'ours, à quoi s'ajoutait le petit gibier à poil et à plume, avec force oisillons rôtis à la broche et relevés d'herbes aromatiques comme le thym, le romarin ou le laurier. Les oiseaux de tout genre étaient préparés de la sorte, aussi bien faisans, perdrix, alouettes que tourterelles cygnes, grues et paons, et toutes les volailles, enfin, qui arrivaient massivement par le jeu du troc et des redevances en nature, avec les fameux chapons, gélines, oies, canards, poulardes et autres poulailles en tout genre, apportés vivants et qu'on engraissait quelques mois encore en basse-cour. La volaille, pourtant, n'est pas souvent servie à la table des modestes, même campagnards, comme en témoigne le fameux slogan hautement démagogique de la poule au pot du bon roi Henri. De même, le vin, tiré des vignes locales, reste longtemps une boisson de luxe.

S'ajoutent à ces menus les classiques légumes qui, au fil des siècles, ont constitué l'ordinaire du manant et de ses descendants.

Nos ancêtres, en effet, trouvent l'essentiel de leur nourriture dans leur *cortil* : choux, mais surtout des fèves et des pois, plus tard des laitues, à quoi ils ajouteront quelques fromages fabriqués essentiellement avec le lait des chèvres errant en forêt. Faute d'avoir les moyens d'aller faire cuire leur pain au four banal, dont la taxe était élevée, ils se sont longtemps contentés d'une bouillie, plus couramment faite de seigle ou d'orge que de froment, et évidemment de soupe. Ajoutez quelques fruits secs ou sauvages ramassés en forêt, ou plus exactement « tapés » sur un arbre, comme merises, nèfles ou noix, et le repas est terminé.

Les plus aisés enrichiront parfois leur soupe avec des œufs, et serviront à l'occasion quelque petit gibier adroitement braconné. Le lapin n'apparaît dans les clapiers que tardivement : les forêts en sont infestées, et la chasse en est libre, il suffit de tendre des pièges... Avec les oisillons et les grenouilles, il sert à confectionner ces pâtés dont on est friand.

Quand on dînait au déjeuner : de la soupe à tous les repas

Ce tableau sera long a évoluer. Au XVIIIe siècle, dans la Bourgogne de Nicolas Rétif, si les plus opulents ont une alimentation plus riche et variée, les autres, tous les autres, se contentent encore de pain d'orge ou de seigle et de soupes faites à l'huile de noix ou de chènevis, c'est-à-dire de chanvre.

À la campagne, le nombre des repas varie selon la saison, entre trois en hiver et quatre ou cinq durant les très longues journées d'été. Chez les Rétif, le premier est pris au lever du soleil, vers cinq à six heures du matin. C'est le *déjeuner*, car il « rompt le jeûne » de la nuit. Il fait figure du breakfast ou du brunch anglais et consiste en une soupe au bouillon de porc salé, cuit avec des choux et des pois, accompagnée d'un morceau de salé et d'une assiettée de pois et de choux. Vient ensuite le *dîner*, dont l'horaire glissera au fil des siècles pour finir par être pris sur le coup de midi. Jadis, il s'agissait plutôt d'une sorte de casse-croûte, à base de pain, de noix, de fromage séché, souvent pris à l'extérieur, dans les prés ou les champs. Après d'éventuels autres casse-croûte pour couper, en été, la journée de labeur, on termine enfin par un *souper*, pris au coucher du soleil, et constitué à nouveau de soupe, mais souvent d'œufs, de noix et de pain.

Mais la ferme des Rétif, à la Bretonne, reste exceptionnelle par sa consommation de viande : quatre porcs de soixante kilos par an, une vingtaine de kilos de viande de mouton, et – luxe suprême – cinq livres de viande de bœuf par semaine ! Ces menus, qui sont donc tout à fait enviables, mirent plusieurs décennies à arriver sur les tables plus modestes.

Sur ces dernières, le pain reste largement composé de seigle, et la soupe elle-même est parfois remplacée par une *millasse* – bouillie de mil ou de millet – surtout mangée dans le Sud-Ouest, trouvant son équivalent ailleurs, notamment en Limousin, dans une mixture assez voisine, à base de châtaignes bouillies et écrasées. Au moins jusqu'à la fin du XVIIe siècle, ces plats constituent l'alimentation de base, tout en intégrant parfois de la soupe, sans poule ni salé, faite avec l'eau puisée à la mare ou à la rivière, heureusement bouillie dans le pot accroché à la crémaillère, rempli des diverses herbes et racines que l'on a pu récolter au jardin ou en forêt.

À côté de ces bases viennent des aliments secondaires. Si l'on ne consomme pas encore de pommes de terre, on mange en revanche beaucoup de raves, des *porrées* (nos poireaux), des choux et surtout énormément de farineux : pois et fèves de toutes sortes.

Les jours de fête, et ces jours-là seulement, on ajoute un morceau de lard ou de cochon, de l'huile (selon les régions, de noix ou d'olive), et diverses herbes aromatiques. C'est ce bouillon, plus ou moins riche selon les maisons et selon les saisons, qui est versé avec une « cuiller de fert à tramper la soupe » sur les tranches de pain taillées par le père et déposées dans les écuelles – et non dans des assiettes –, tranches toujours proportionnées aussi bien aux âges qu'aux travaux fournis.

Quand l'assiette était un plat : les Anglais auraient-ils raison ?

La maison de Pierrot Pierot, paysan lorrain du milieu du XVIIe siècle, dont Guy Cabourdin analyse l'inventaire notarié, offre un équipement parfaitement représentatif. On y trouve pour table un « dressoir à quatre pieds de bois de chêne », ce plateau que l'on dresse et recouvre éventuellement d'un drap, ajoutant à la formule « dresser la table » celle de « mettre le couvert », couvert alors réduit à son minimum, puisque, toujours selon l'inventaire, les coffres de Pierrot ne renferment aucune assiette. Seul y est signalé un plat en *moytange* (alliage métallique), accompagné de cinq *escuelles* et d'un unique *goubelet.*

Dans les châteaux forts – et a fortiori chez les manants –, on mangeait avec les doigts. La part de chaque convive était découpée et déposée sur une épaisse tranche de pain, par un *écuyer tranchoir,* serviteur qui se maintiendra souvent, officiant ensuite avec son grand *couteau crochu* sur des buffets et des crédences. Les plats eux-mêmes ne passaient jamais sur la table. Avant d'être de terre, la vaisselle resta longtemps de bois (l'évolution, en Savoie, semble pouvoir être datée du milieu du XVIIe siècle). Pour les boissons, enfin, on ne connaissait que des gobelets de bois ou de terre, plus tard d'étain.

Les couverts furent lents à apparaître. La fourchette, d'abord à deux dents, apparue chez les riches au XVe siècle (Charlotte d'Albret en possédait trois en 1514 !), est loin d'être démocratisée avant le XVIIIe, et si les riches commençaient à avoir des assiettes, des moustardiers, des oviers (nos coquetiers) et surtout des légions de salières, les humbles semblent longtemps s'être contentés d'écuelles, spécifiquement destinées à recevoir la soupe.

En revanche, quelque quarante ans plus tôt, en 1613, à quelques kilomètres de chez Pierrot, les coffres du tabellion Bastien Didier, greffier en la justice de Thélod, contenaient de la vaisselle d'étain, comme on en verra mentionner de plus en plus fréquemment dans les trousseaux du siècle suivant. Ainsi, en 1708, celui de Léonarde Dumay, servante à Saint-Firmin, en Bourgogne, fait bien état de « sept livres d'estain, tant en plats qu'écuelles ». On semble continuer à ignorer les assiettes, à moins qu'en tant que pièces de vaisselle plates, elles ne soient destinées à *asseoir* les plats cuisinés sur la table, et aient donc été longtemps désignées sous le seul nom de *plat*. On retrouve ici le mot anglais *plate* qui justement la désigne, comme on peut encore deviner leur *knife*, à l'origine de notre canif...

Avec « onze fourchettes de fer, dix-neuf cuillères d'étain, onze assiettes de faïence, seize en étain et sept gobelets de même », on voit que le ménage cossu du marchand-laboureur Pierre Bordier ne pouvait ouvrir sa table à des invités que du fait que la vaisselle n'y était pas changée à chaque repas.

Cette soupe compose la majeure partie de l'ordinaire, quelquefois complétée par une tartine frottée d'ail ou d'oignon, un de nos bons fromages bien sec ou quelques fruits sauvages, frais en été, telles mûres ou merises, ou secs en hiver, comme noix ou noisettes. Navets, carottes, poulets, œufs et fruits du verger sont rares : la majeure partie va, le plus souvent gratuitement, sur la table des propriétaires ou est emportée en ville pour y être vendue au marché.

La soupe, souvent présente aux trois repas, reste le plat incontournable et, avec elle, le pain – le plus souvent noir, de seigle, d'orge ou de méteil – représente la principale dépense alimentaire. Ne dit-on pas gagner son pain pour travailler, comme pour dire que l'on prend quelqu'un à sa charge, on dit qu'on lui *fournit son pain* ? Le journalier sera dit *trempé* ou *nourri*, selon qu'on ne lui donne que le bouillon, ou que l'on y ajoute le pain. Vers 1699, un pain de six kilos vaut cinquante sols, alors que le salaire quotidien du journalier est de trois sols. Heureusement que ce pain se conserve longtemps et se consomme dur et rassis : une miche peut coûter jusqu'à dix-sept jours de travail !

Noir, rassis, mais sacré : le pain de nos ancêtres

Dans le monde de nos ancêtres, l'importance du pain était aussi forte que le symbolisme qui s'y attachait. Les vastes duchés ou comtés que donnait le roi à ses fils cadets n'étaient-ils pas des *apanages*, et nos ancêtres vivant nombreux sous un même toit n'étaient-ils pas réputés vivre en *companage*, en référence au pain partagé et mangé entre *copains* ? Et l'on en mangeait effectivement beaucoup : le pain était la base de l'alimentation, et non, comme aujourd'hui, son accompagnement. Le Français qui en avait les moyens en consommait volontiers 800 grammes par jour, contre seulement 100 à 150 aujourd'hui...

Mais ce pain, en fait, ressemblait peu au nôtre : il n'était pratiquement jamais blanc, ni jamais frais.

Jusqu'à la fin du XIXe siècle, à la campagne, il était en effet cuit au four – four banal, puis privé –, chacun s'étant dépêché d'avoir le sien dès qu'avait cessé le monopole seigneurial. Longtemps fait à partir de céréales secondaires (surtout du seigle, mais parfois de l'orge, du sarrasin, voire de l'avoine), il était toujours sombre, et l'était même de plus en plus au fur et à mesure que l'on descendait les degrés de l'échelle sociale, pour devenir noir chez les plus pauvres. N'étant pas cuit tous les jours, mais une fois par semaine (ou par quinzaine), il se présentait sous forme de miches ou de tourtes de très grande taille et était par conséquent en permanence rassis et sec. Les petits pains blancs, consommés parfois seuls et comme des gâteaux, étaient réservés aux tables des riches et aux jours de fête.

Étroitement lié à toute une symbolique d'essence religieuse, il était avant tout le *pain quotidien* du *Notre Père*, que l'on devait à la fois apprécier et mériter pour l'avoir « gagné à la sueur de son front ». De ce fait, comme beaucoup de repas étaient précédés du benedicite, celui qui l'entamait se devait de rendre grâces au Père céleste en traçant sur sa croûte un signe de croix à la pointe du couteau.

Le pain était d'autant plus sacré que, chaque dimanche, lors de l'office divin, le prêtre, en public, le transmuait en corps du Christ, et que l'hostie en était directement tirée. On devait donc le respecter et éviter tout geste jugé profanateur. Le poser à l'envers entraînait les pires catastrophes : le diable entrait dans la maison, l'argent s'enfuyait, la Sainte Vierge se mettait à pleurer et les filles ne trouvaient plus de maris... La femme n'aurait su en pétrir la pâte lorsqu'elle avait ses règles ; s'asseoir sur un pétrin portait malheur... On était *bon comme le pain*, et ce qui ne finissait pas était *long comme un jour sans pain*...

Contrastes et déséquilibres : jours gras et jours maigres

Non seulement nos ancêtres ont souvent faim mais lorsqu'ils mangent leur alimentation offre à tous niveaux des déséquilibres et des contrastes. Déséquilibres diététiques d'abord, avec des carences en calcium, en zinc et en minéraux et vitamines B2, C et D, un manque de protides et de lipides et une trop forte prédominance de glucides. Excès, également de protéines végétales et insuffisance de protéines animales. Les tourtes aux épinards, bourrées d'oligo-éléments, que sert Barbe Rétif à sa maisonnée sont évidemment exceptionnellement riches... Ces contrastes s'observent aussi bien entre les tables des riches et celles des pauvres qu'entre les menus d'hiver et ceux d'été, où les gros travaux multiplient le nombre des en-cas entre les repas (entre les périodes de disette) avec la consommation plus fréquente encore qu'à l'ordinaire d'aliments avariés provoquant des maladies en tout genre, mais surtout entre les jours gras ou « carnés » et les jours maigres.

Vous avez la « dalle » ?
Mangez de la vache enragée plutôt que de la « vache folle »

Avoir *la dalle en pente*, « dalle » que, selon les expressions, l'on rince ou l'on casse, vient de vieux mots français et normands désignant à l'origine l'évier, alors simple dalle de pierre plus ou moins polie, creusée d'une rigole pour en faciliter l'évacuation.

Si vous avez la dalle, voyez donc le *maître queux*, qui tire son nom du bas latin *coquere* (cuire), qui sera peut-être un vrai *cordon-bleu*, ainsi nommé depuis que l'on avait nommé *repas de cordons bleus* ceux qui réunissaient, au XVIIIe siècle, une assemblée de gourmets, tous chevaliers du Saint-Esprit, dont la décoration était une croix d'or à huit pointes suspendue à un large cordon bleu.

Nos ancêtres consommant fort peu de viande et moins encore de viande de bœuf, il fallait peu de chose pour produire sur eux *un effet bœuf*. Cette expression est en fait due aux Saint-Cyriens qui, les premiers, auraient utilisé le terme de *bœuf* dans le sens d'énorme, sans doute en référence au *bœuf gras*, autrefois spécialement engraissé par les compagnons bouchers pour être promené, tout paré et enrubanné, comme la vedette du défilé du Carnaval, dont le nom signifiait quant à lui *avale carne*, autrement dit « avale-chair ».

Après avoir en effet « avalé chair », on entrait dans le temps de Carême, que l'on pouvait comparer aux si nombreux temps de *vache maigre*, où nos ancêtres ne mangeaient pas davantage de viande, si ce n'était de la *vache enragée*, bien avant que l'on ne parle de « vaches folles ».

Si la viande était rare, on en servait pourtant aux soldats, notamment des morceaux de « semelle » si peu tendre qu'en argot militaire on avait nommée *bidoche*, pour la comparer à de la viande de « bidet », autrement dit d'âne. On la leur servait accompagnée des fameux *fayots*, nom dérivé de celui du « flageolet », appellation donnée à l'origine, et pour l'analogie que chacun devine, en référence au flageolet du musicien. Le *haricot* de mouton doit quant à lui son nom à l'ancien verbe *harigoter*, signifiant couper en morceau (on avait eu, sur cette même idée, le terme de *haricotier*, utilisé en Île-de-France au XIXe siècle, pour désigner un petit paysan ne cultivant justement que quelques morceaux de terre).

N'oublions pas que l'Église impose des jeûnes nombreux : le vendredi, en mémoire de la mort du Christ, auquel on avait autrefois ajouté le samedi, jour où il avait été placé dans son tombeau, et le mercredi, jour où Judas l'avait vendu. On doit leur ajouter les quarante longs jours du Carême, précédant la fête de Pâques, et les vingt-six jours de l'Avent, précédant Noël. Au total, cela donne largement plus de cent jours (près d'un sur trois !), au cours desquels personne n'oserait transgresser l'interdit de la viande et où l'on se contente d'œufs, de lait caillé ou de soupe (soupe où l'oignon remplace le lard) et de poisson lorsque l'on peut en avoir. Ni la justice de Dieu ni celle des hommes ne plaisantent sur ce point : en 1629, à Saint-Claude, Claude Guyon sera condamné à avoir la tête tranchée pour avoir mangé de la chair en Carême, et en 1675, le mayeur de la ville voisine de Dôle condamnera un habitant de sa ville à être pendu et étranglé « pour avoir mangé une épaule de mouton fricassée » le samedi, fête de la Nativité Notre-Dame. Hôteliers, cabaretiers et bouchers sont étroitement contrôlés en période de jeûne. Le poisson se maintiendra longtemps, comme on sait, au menu du vendredi, au point notamment qu'à Tulle, au siècle dernier, le tambour de ville crie chaque jeudi soir par les rues, au son de son instrument, que « Mme Roux fait savoir à sa nombreuse clientèle qu'elle a reçu un lot de poisson FRAIS ».

Quels poissons mange-t-on ? Des carpes et des perches, pêchés les jeudis soir dans les viviers et les étangs, surtout réservés aux tables des propriétaires et des bourgeois, mais aussi des poissons de rivière, comme brochets, barbeaux et truites, et surtout des anguilles, des écrevisses et des grenouilles, en quantité foisonnante et dont nos ancêtres raffolent. Anguilles, écrevisses et grenouilles, une trilogie qui régale les riches comme les pauvres, lesquels sont encore plus friands de morues, qu'ils achètent dans les foires, où on les vend séchées, sous le nom de « stoquefiches », avec divers autres poissons salés, tels les sorets (harengs saurs) qu'achètent par chars entiers les monastères et les abbayes.

Contraste de ces jours de jeûne, longs et tristes, avec les jours de ripaille et de débauche, Mardi gras et cette Saint-Dégobillard au nom évocateur, et autres jours de fête où une véritable fureur compensatrice jette nos ancêtres sur les aliments, comme cela se produit aussi aux grandes fêtes de la Saint-Jean, de la Saint-Michel ou de la Saint-Martin, sans oublier les repas de noces : soit plus de cent jours de jeûne, pour au moins autant de jours gras – mais où la seule graisse est souvent le lard rance mêlé à la soupe –, contre quinze bons jours de bombance sans retenue !

La semaine des quatre jeudis et ses balthazars

Cette semaine ne sert plus aujourd'hui qu'à évoquer un terme qui n'échoira jamais. Elle rejoint le « temps où les poules auront des dents », celui « où tout le monde sera content » ou encore les fameuses « calendes grecques », qui n'arriveront jamais, elles non plus, puisque les Calendes, qui correspondaient chez les Romains aux premiers jours de chaque mois, étaient parfaitement ignorées des Grecs.

Mais pourquoi des jeudis ? Et pourquoi quatre ?

On pense bien sûr à l'ancien calendrier scolaire, donnant le jeudi pour jour de congé aux écoliers, et au rêve que pouvait représenter pour ceux-ci une semaine qui en aurait quatre.

Pourtant l'expression est beaucoup plus ancienne, même si au XVIe siècle ces jeudis n'étaient que trois, et si au Moyen Âge on ne parlait que de « semaine des deux jeudis ». Le jeudi, alors, était traditionnellement un jour gras, un jour très gras, puisque placé entre deux jours de jeûne absolu imposés par l'Église, le « vendredi », déclaré « maigre » en commémoration de celui où le Christ était mort sur la croix, et le mercredi, qui l'était également parce que c'était le jour où Judas l'avait vendu.

Coincé entre ces deux journées de privations, le jeudi était rapidement devenu un grand jour de bombance, de quoi faire rêver nos ancêtres, si souvent mal nourris, à des semaines qui en auraient compté plusieurs.

N'oublions pas, cependant, que ces ancêtres, si souvent réduits à des régimes amaigrissants forcés, ne manquaient aucune occasion de bâfrer, se faisant alors surnommer « paroissiens de Saint-Pierre-aux-Bœufs » ou, s'ils avaient trop bu, « de Saint-Jean-le-Rond ». On se souvient des menus pantagruéliques de nos grands-parents, capables de réunir des dizaines de plats. Un des plus longs fut celui offert sur le Champ-de-Mars par le président Loubet, le 14 juillet 1900, aux 20 777 maires ayant répondu à son invitation pour fêter le millénaire, un véritable « balthazar », comme on disait volontiers au temps de la famille Fenouillard, en référence au nom du dernier roi de Babylone, qui aurait été tué après une orgie.

En 1910, les menus d'un mariage bourgeois donnent :

à déjeuner :	*à dîner :*
Hors-d'œuvre	Potage aux perles
Bouquet de Cherbourg	Saumon de la Loire, sauce rémoulade
Turbot, sauce Joinville	Poularde de Bresse demi-deuil
Filet de bœuf Périgueux	Galantine de faisans truffée
Salmis de bécasses	Petits pois à la française
Aspics de foie gras	Dinde truffée
Asperges sauce mousseline	Salade russe
Poularde du Mans truffée	Entremets
Entremets	Pièces montées
Glace moscovite	Petits fours
Petits fours	Corbeille de fruits
Corbeille de fruits	

Les repas de fête sont généralement l'occasion de véritables débauches gastronomiques. Ceux des noces, à la préparation desquels participent toute la parenté et le voisinage, durent plusieurs jours, et les banquets de conscrits, d'anciens combattants, de « classes » (pour les gens nés une même année), se multiplieront peu à peu avant que n'apparaissent ceux des noces d'or et d'argent. Mais les temps, déjà, ont changé...

L'eau et le vin : d'une évolution à l'autre

Longtemps rare, le vin est lui aussi un signe d'aisance : « Bon chantre, bon entonneur », a-t-on dit... Le paysan d'antan mange du pain noir et boit de l'eau – une eau pas toujours potable, que nos laboratoires d'analyses condamneraient à coup sûr, puisée à la mare ou à la fontaine où s'abreuve le bétail, ou bien tirée du puits, souvent voisin du tas de fumier.

Le vin, dans la plupart des régions, est réservé aux gens aisés, et n'est consommé, chez les humbles, qu'aux jours de fêtes. Il est aussi réputé pour mille vertus, notamment médicales, servi chaud, additionné, pour qui le peut, d'épices, de cannelle, de gingembre, de girofle ou de muscade, et chez les autres simplement sucré, ce qui est déjà un luxe...

Le vin est réputé donner force et santé. En 1698, l'intendant de Bourgogne note que les Mâconnais et les gens de la Côte sont plus grands et plus robustes que ceux des montagnes et des plaines non viticoles. Mais quel vin boivent-ils ? Le bon étant gardé pour être vendu, ils se contentent d'une piquette souvent aussi aigre que claire, obtenue en faisant simplement passer de l'eau sur le moût et les bois des grappes, une fois celles-ci égrappées. En Bretagne, le cidre est, de la même façon, la boisson des grands jours et des échanges de politesse. C'est à coup de verres de cidre que l'on trinque et que l'on conclut les marchés.

Longtemps donc, nos ancêtres boivent peu, et se contentent de piquette, de cervoise, cette vieille bière fabriquée sans houblon, à simple base d'orge, ou tout simplement de verjus, boisson des plus âcres, généralement obtenue avec des feuilles et des baies de frêne. C'est par l'eau-de-vie, qui connaît un véritable triomphe à compter du XVIIe siècle, que l'alcool va se répandre, en ville et à Paris, bien sûr, où l'on a vu les portefaix en consommer immodérément. L'armée, avec les guerres napoléoniennes, lui fera faire d'irréversibles progrès dans le peuple. Les hommes boivent de l'eau-de-vie, du vin – plus tard, de l'absinthe – et fument du tabac... Avec le XIXe siècle, s'ouvre l'âge d'or de nos cafés.

Au fil des années, les habitudes se maintiennent tout en évoluant lentement. La soupe, tout d'abord, s'enrichit.

Celle que prend le paysan breton à son lever est aux choux, au lard ou au lait et au beurre et, après une bouillie d'avoine et des pommes de terre à midi, il retrouve le soir une soupe copieuse accompagnant crêpes ou galettes. Dans la région de Mantes, on consomme à midi une soupe grasse suivie de charcuterie, de légumes et de fromage. Celle que l'on prend encore deux fois par jour, dans le Tarn, est désormais cuite à la graisse d'oie, avec pommes de terre, haricots, choux et os de porc, voire encore saucisses ou côtes de porc.

Le XIXe siècle connaîtra un peu partout le triomphe de la pomme de terre entraînant une relativisation du pain et permettant le progrès du pain blanc, bien que le froment ait été longtemps gardé pour payer l'impôt et les redevances.

L'extraordinaire aventure de la pomme de terre

D'abord appelée la « plante du diable », il ne fallut pas moins de trois siècles à la pomme de terre pour s'imposer sur les tables.

Rapportée à titre de curiosité de la cordillère des Andes par les conquistadores espagnols et appelée alors « artichaut des Indes », il faudra attendre que des moines italiens aient l'idée de la cultiver dans le potager de leur couvent pour songer à la servir, cuite, aux animaux.

Longtemps, les hommes s'en sont méfiés. Elle est réputée causer des fièvres, et comme toute nouveauté se voit de nos jours soupçonnée de favoriser le cancer, on l'a alors accusée de donner la lèpre... Il faudra la guerre de Trente Ans pour qu'elle soit servie aux armées séjournant en Alsace et que le peuple y goûte à son tour, les classes dominantes se contentant dans un premier temps d'essayer d'en extraire de la poudre pour leurs perruques... Au XVIIIe siècle, aux yeux d'Arthur Young, elle ne saurait avoir aucun avenir, car « les quatre-vingt-dix-neuf centièmes de l'humanité n'y voudront pas toucher ».

Pourtant, au cours du même siècle, les paysans ont été de plus en plus nombreux à l'inscrire à leurs menus, cela donc bien avant la fameuse intervention de M. Parmentier qui, pour en avoir mangé lors d'un séjour en prison consécutif à des erreurs de jeunesse, s'emploiera à lui donner la place qui, à ses yeux, doit être la sienne.

Établi comme pharmacien, il veut imposer « cette racine fade et farineuse » comme solution aux menaces régulières de disette. On sait qu'après avoir remporté le premier prix d'un concours organisé par l'Académie de Besançon sur ce sujet, il demandera à Louis XVI de l'aider à faire une ultime démonstration, en lui confiant un terrain en bordure de Seine, aux portes de Paris, dans la plaine des Sablons, où il aurait fait monter la garde pour aiguiser la curiosité publique. En 1785, le jour de la Saint-Louis, il fit livrer à Versailles une corbeille de tubercules et un bouquet de fanes, dont le roi cueillit deux fleurs, une qu'il mit à sa boutonnière et l'autre qu'il glissa dans la coiffure de la reine, avant de faire servir les tubercules à table.

De « plante du diable » devenue « plante du roi », la pomme de terre se vit attribuer autant de qualités qu'autrefois de défauts. Un boulanger de Marmande réussit même, en 1847, à en faire du pain, une façon éclatante et définitive de prouver sa valeur.

Il verra surtout le progrès de la consommation de viande, avec, à la campagne, la présence plus abondante de volailles sur les tables, peut-être encouragée par la disparition des anciennes redevances, et aussi la croissance en ville de la viande de bœuf. Bientôt, les bourgs un peu importants voient tous s'installer un épicier, un boulanger et un boucher, dont les affaires vont prospérer, grâce d'une part à une population artisanale et tertiaire (forgerons, instituteurs...) qui perd ses habitudes rurales, et d'autre part à l'imitation des comportements urbains. Le vin, également, arrive dans les verres.

Tout change... À Paris, depuis l'époque révolutionnaire, les gens chic ont opté pour un dîner de midi particulièrement copieux, qu'ils appellent le « déjeuner à la fourchette ». Mais avant que sonne l'heure des surgelés et des plats préparés, nos arrière-grands-parents et nos grands-parents devaient à leur tour connaître de durs régimes alimentaires, avec l'heure des rats ou des rutabagas.

Beignets de rutabagas et ragoûts de jeunes rats

Redécouvrez les plats de vos ancêtres !

Pensez aux fèves, qu'ils prisaient tant, et qui ne sont plus guère cultivées dans les jardins actuels que pour attirer les pucerons et en débarrasser les planches de haricots environnantes. Consommées depuis l'Antiquité à l'état de farines et de bouillies, elles ont connu au Moyen Âge, avec les pois chiches, les vesces et les gesses, ou encore les lentilles et les fameuses *ers* de nos mots croisés, un succès considérable sur les tables des manants. Chez leurs descendants, elles entreront volontiers dans les soupes, comme dans cette recette de « soupe de printemps aux fèves fraîches » : choisies très jeunes, avec leur peau encore tendre, qui grisera légèrement le bouillon, elles seront cuites avec quelques queues d'oignons ou des blancs de poireaux émincés, de fines tranches de pommes de terre, avant d'être enrichies de crème fraîche, juste au moment de servir.

Pourquoi oublier les rutabagas ? Gageons qu'un jour prochain quelque restaurateur parisien branché saura faire courir le Tout-Paris pour en redécouvrir le goût, dès lors que les générations qui en mangèrent durant les années noires de l'Occupation auront disparu, et que ce légume aura effectué le temps de purgatoire auquel ces dernières l'avaient condamné... Sorte de gros navet à chair jaunâtre, le rutabaga figure sans nul doute au nombre des aliments mis autrefois à bien des sauces et un peu injustement oublié aujourd'hui après avoir connu son triste succès, durant la dernière guerre, grâce à la rapidité de son cycle et à son exceptionnelle résistance au gel. Il entrait alors en concurrence avec le topinambour, qui, des décennies durant, avait été consommé aussi bien en salade, cuit à l'eau, que rissolé dans du beurre ou en beignets. Arrivé du Brésil à peu près en même temps que la pomme de terre, le topinambour avait bénéficié d'un petit goût rappelant celui de l'artichaut, autre légume autrefois très à la mode et passant pour avoir des vertus aphrodisiaques.

Gageons cependant que si le rutabaga revient un jour sur nos tables, il n'y accompagnera pas les articles de boucherie que les Parisiens achetaient à prix d'or sous l'occupation prussienne de 1870, payant 1 franc le moineau ou 20 francs le demi-kilo d'éléphant du Jardin des Plantes. Le 27 décembre, le prix du chat étant monté à 8 francs, on ne pouvait que lui préférer le rat, vendu 75 centimes pièce. Et certains de proposer des recettes de chien en sauce ou de fricassée de rats qui, comme les jeunes chats, préparés en ragoûts ou cuits à l'étouffée, avec de petits oignons, avaient, paraît-il, un goût excellent.

3

Élégants ou en haillons ?

Vous imaginez vos aïeules alsaciennes ou bretonnes en grande tenue folklorique du matin au soir ? Vous vous trompez ! Coiffes et costumes régionaux sont presque toujours d'invention récente, et nos ancêtres n'ont jamais possédé cette garde-robe chamarrée, qui aurait d'ailleurs été par trop incommode pour vaquer à leurs occupations. Leurs vêtements sont très différents de ceux que vous leur prêtez, et pas toujours très élégants. Ils sont pourtant très importants, puisque l'habit fait alors si souvent le moine.

Étamine, mulquin et fils d'or : comment nos ancêtres étaient-ils vêtus ?

Dans le monde de nos ancêtres, le vêtement doit avant tout préserver des rigueurs du climat, d'abord du froid, éventuellement de la pluie. Disons tout de suite que la seule chose réellement efficace à cet égard est de multiplier les épaisseurs et le nombre des vêtements, que l'on diminuera par temps chauds. Les tenues d'été sont inconnues, hormis les chapeaux qui protégeaient du soleil. À cela s'ajoute le fait que nos ancêtres doivent également se protéger des contacts avec différents éléments naturels : les arbres, les animaux, les rochers – d'où, par exemple, des bonnets de laine fréquemment portés sous les chapeaux.

De plus, le vêtement coûte cher. Une fortune. On peut dire, en gros, qu'un lot de douze chemises a à peu près la valeur d'une armoire... Lorsqu'en 1724, on évalue les biens de Jacques Liégeois, décédé à Blénod-les-Toul, en Lorraine, on trouve une garde-robe d'une valeur de soixante-dix-sept livres et douze sols : un vrai trésor, que ses héritiers se partagent, y compris les bas – les bons comme les moins bons. Car alors, comme on l'a vu, même usé jusqu'à la corde, la moindre pièce de vêtement conserve une valeur marchande jusqu'à son usure totale.

Ces vêtements, qui s'usent d'autant plus lentement qu'ils sont résistants, sont par ailleurs fabriqués de façon grossière et le plus souvent directement par ceux qui les portent. Parmi les trésors enfouis dans les coffres, on trouve fréquemment des « fusées » de fils de chanvre, de lin ou encore de « fils retors » (plusieurs fois retordus pour les affiner). Ce sont là les matières premières avec lesquelles les femmes travaillant à la veillée produisent la « toile de ménage », lorsqu'elles ne cardent pas la laine.

C'est ainsi que sont approvisionnés les dots et les trousseaux qui équipent nos ancêtres en vêtements nombreux, destinés en principe à les vêtir leur vie durant, et parfois même leurs descendants après eux. Les gens un peu aisés arrivent à en amasser suffisamment pour *s'approprier* chaque dimanche.

Le vêtement est si cher et important qu'il devient un enjeu économique. Nombre de maîtres embauchant des apprentis s'engagent non seulement à les nourrir, mais à les vêtir. Lorsqu'en 1493 Antoine Berrin entre en apprentissage, pour trois ans et demi, chez un serrurier, il y sera « nourri, logé, fourni de souliers et recevra un chapeau de laine ». Jean Naudin, en 1609, recevra deux habillements complets « avec haut et bas de chausses, deux paires de souliers, deux chapeaux, trois chemises » et sera entretenu de sabots. L'apprenti couvreur Jean Guillebert reçoit, en 1667, « un hault de chausse et une biaude de thoille commune et en outre une paire de souliers, une paire de bas de serge et deux chausses de toile commune ».

Le vêtement, d'autre part, est un signe de reconnaissance permettant de distinguer les riches des pauvres, les citadins des ruraux, et chacun selon sa position. Les vêtements du peuple resteront longtemps faits de laine et surtout de toile de chanvre, de ce chanvre abondant que toute maison cultive dans sa chènevière. Il s'agit d'un tissu rêche dont nous aurions aujourd'hui sans doute beaucoup de mal à supporter le contact sur la peau.

D'autres sont taillés dans diverses étoffes, comme le *bureau*, gros drap de laine à l'origine de notre « bure », la *serge*, laine plus légère travaillée par les *sergiers*, ou encore le *treillis*, grosse toile de chanvre, qui a fourni nos tenues militaires, camouflées ou non. Beaucoup mêlent la laine et le fil, comme l'*estame*, *étamine* ou *étamette*, fabriquée par les *étaminiers* (tel, dans le Maine, ce Louis Simon que nous connaissons bien) ou comme le *mulquin*, sorte de batiste fabriquée dans le Nord par les *mulquiniers*. On n'en finirait pas d'énumérer les tissus, du *cadis* à la *carpette* et au *coutil*, du *capiton* à la *filoselle*, de la *lustrine* à la *ratine*, du *taffetas* à la *tiretaine*, jusqu'au *droguet* ou à la *futaine*, associant, eux, le *chanvre* et le *lin*.

Matière déjà plus noble, le lin est réservé aux vêtements des riches ou des jours de fête, et ce n'est que dans la deuxième moitié du XVIIIe siècle qu'arriveront les cotonnades, basin, boucassin, mousseline, sans oublier les indiennes et les siamoises, faites de soie et de coton, et à la faveur desquelles se répandront les rayures et les carreaux. Jusqu'alors, en effet, les costumes de nos ancêtres restent ternes, unis et sombres, se contentant de camaïeux de bruns, de gris, de marrons et de grèges, de couleurs « cannelle » ou « feuille morte », seules variantes permises par les matières premières rustiques. Force est donc de se cantonner aux couleurs naturelles des peaux de bêtes, et au blanc sale des toiles artisanales, avec toutefois quelques couleurs régionales comme le vert dans les Vosges, le gris dans le Centre et un « bleu de terre » dans l'Ouest. Les couleurs vives, pourtant très prisées dès le Moyen Âge et obtenues par les plantes tinctoriales comme l'indigo et la garance, restent l'apanage des puissants. Elles feront une timide apparition par les petites pièces vestimentaires féminines, comme mouchoirs et fichus, achetées à la foire ou au marchand ambulant, et resteront longtemps, là encore, utilisées pour les habits de fêtes. C'est ainsi que les premières vraies robes de mariées seront rouge garance, après avoir été longtemps noires.

Autre particularité : les vêtements protégeant de la pluie et des intempéries sont rares. Les manteaux sont exceptionnels à la campagne, ne serait-ce parce qu'ils sont hors de prix : en 1724, un gros manteau de bouracan (sorte d'étoffe faite de laine et de poil de chèvre), est prisé seize livres dans un inventaire breton, alors qu'une paire de chaussures est évaluée une livre. On a vu que le parapluie sera longtemps réservé à l'élite, et l'on ne saurait donc parler d'imperméable...

Pour se garantir des averses et des frimas, nos ancêtres se contentent, on l'a vu, d'empiler des épaisseurs, ceux qui en ont les moyens portant des pelissons de peaux de bêtes, de lapin, de bique, de martre, ou de loutre, ou cet épais manteau de bouracan, qui reste donc onéreux. En voyage, ces vêtements seront roulés dans un sac de peau de chèvre, pour être préservés de la pluie.

Si, à tous niveaux, l'habit fait donc le moine en signalant toute personne d'exception, nos ancêtres restent longtemps vêtus de façon similiaire, et d'évidence très nettement décalée par rapport aux classes supérieures. Les gardes-robes du noble aisé vivant en ville, du notaire, du laboureur ou du marchand rural, du manouvrier ou du journalier, diffèrent autant par le nombre que par la variété des vêtements qui les composent. Personne ne s'y trompe, au point que le réflexe de l'ambitieux sera toujours de chercher à copier d'abord au plan vestimentaire le milieu auquel il aspire à s'intégrer. Les classes dominantes ne le savent que trop, et elles ont plusieurs fois inspiré au roi ce que l'on a appelé des « édits somptuaires ». Dès 1294, Philippe le Bel interdit ainsi aux bourgeois et aux bourgeoises de porter or ou pierres précieuses, ainsi que les fourrures de vair, de petit-gris et d'hermine, et entre 1485 et 1660, on dénombrera plus de dix-huit ordonnances visant à restreindre les dépenses de luxe pour surtout, semble-t-il, permettre à la noblesse de conserver une prééminence visuelle au plan vestimentaire, en lui réservant l'usage de la soie ainsi que celui des tissus lamés d'or et d'argent.

« Comme l'as de pique » ou « sur son 31 » ?

Qu'est-ce donc que cette histoire d'as de pique, qui, au fil des générations, semble avoir su s'adapter à tous les termes utilisés pour l'habillement ? Si l'on est aujourd'hui *sapé* comme tel, on était, il y a peu, pareillement *fringué*, depuis que l'adjectif *fringant*, signifiant à l'origine « gambadant, sautillant » en était venu à signifier « élégant », au milieu du XVIIe siècle, pour ne pas tarder à engendrer nos *fringues*.

Mais avant d'être dit « fringué » comme cet as de pique, on en avait été *attifé*, selon un mot lié aux cheveux, et plus avant encore *ficelé*. Et c'est là que tout s'éclaircit...

L'as de pique dont il s'agit n'est en fait nullement celui des cartes. L'expression se rapporte en fait au croupion de volailles, qui en rappelle exactement la forme. L'image retenue est donc celle de la volaille ficelée et plumée, à laquelle le volailler a seulement laissé trois plumes dans le derrière pour les besoins de la présentation à son étal. Lorsque chez Molière, on entend un personnage se faire traiter d'« as de pique », personne ne s'y méprend : on le traite de « trou du cul ! » Était donc ficelé comme tel qui était mal peigné et drôlement présenté...

Rien à voir avec les « habits du dimanche », arborés par nos grands-parents à la messe ou à la promenade bourgeoise. Au XVIIe siècle, on disait que l'on se mettait « sur le bon bout », le bon bout du banc, là où, à la cour comme dans bien d'autres endroits, se tenaient les gens « de condition ». Il semble que ce soit ce « bon bout » qu'a remplacé le fameux « trente et un », peut-être en référence au nombre à obtenir pour gagner la partie d'un jeu de cartes ainsi nommé, et qui fut très en vogue durant un temps.

Tout au bas de l'échelle, il y avait enfin le *clochard* dans ses loques. Son nom lui venait du fait que bien souvent il boitait et allait à cloche-pied. On disait qu'il était *à la cloche* et l'on se méfiait, de la part de qui s'approchait de cet état, de la tendance à déménager « à la cloche de bois », selon une autre expression, sans rapport avec ce qui précède. On pensait ici en effet aux locataires des meublés qui, pour ne pas payer leur loyer, s'arrangeaient pour quitter les lieux de nuit, en évitant que sonnât la cloche métallique que déclenchait l'ouverture de la porte. La sonnerie de la cloche de bois, bien sûr, était plus discrète...

De pied en cap : du haut-de-chausses à la culotte

Au début du règne de Louis XI, l'Anglais John Fortescue, traversant le nord du pays pour aller à Paris, note que les Français « ne portent pas de laine, sauf une pauvre cote, sous leur vêtement de dessus, lequel est fait de toile grossière et appelé blouse. Leurs housseaux sont en toile pareille et ne dépassent pas les genoux, où ils sont attachés par une jarretière ; les cuisses restent nues. Leurs femmes et leurs enfants vont nu-pieds ». Ajoutant que ces pauvres gens « ne peuvent pas vivre d'une autre façon », faute de moyens, il a donné ici les grands traits du costume de nos ancêtres et les raisons qui feront qu'il n'évoluera que très lentement.

Mais offrons-nous donc une petite revue de détail.

Curieusement, l'homme du Moyen Âge n'a pas cessé de porter les vêtements d'Obélix : les braies et la saie de ses ancêtres gaulois.

La saie est devenue une sorte de cotte ou de tunique, de longueur variable. Robe longue chez le bourgeois, éventuellement agrémentée de ceinture à boucle de métal, de fourrure ou de passementerie, elle est nettement plus courte chez le paysan, pour des raisons à la fois économiques et pratiques, afin de moins l'entraver dans ses mouvements. Lui arrivant à mi-jambes, c'est cette robe que Fortescue appelle une blouse, et que d'autres nomment un bliaud ou une biaude. Sous ce vêtement, l'homme qui en a les moyens portera en hiver un pelisson de fourrure, sinon une chemise de chanvre, sans le moindre sous-vêtement.

En dessous de la ceinture, les braies, héritées à l'origine des costumes des soldats romains, sont devenues au Moyen Âge des *chausses*, parce qu'enfilées par les pieds. Tricotées en laine grossière, rarement en fourrure, et le plus souvent découpées elles aussi dans des draps de chanvre, elles sont parfois serrées autour de la jambe par des bandelettes, pour finalement la coller complètement et s'allonger, à la fin de cette période. Elles deviennent alors des *hauts-de-chausses*, faisant de plus en plus fonction de pantalons et de culotte, comme en témoignent encore des expressions tel que *faire dans ses chausses*, signifiant avoir peur, ou *porter des chausses*, équivalent, en parlant d'une femme, de l'actuel *porter la culotte*. « *Y laisser ses chausses* » signifiait perdre la vie et *n'avoir pas de chausses* être très pauvre. Ces chausses allant de la ceinture aux genoux, notre bliaud en profite pour raccourcir et laisser la place aux *bas-de-chausses*, bientôt nommés des bas tout court, bas ou guêtres faits de laine ou souvent de fil d'estame – et dès lors fabriqués par des *badestamiers*. Les plus pauvres, naturellement, vont jambes nues.

Braguette et « sous-tifs » :
des siècles de mise au point

Jusqu'à une période récente, le sous-vêtement a été totalement ignoré. En témoigne encore l'expression *comme cul et chemise*, utilisée pour qualifier l'intimité, à l'image de celle unissant directement la peau des fesses et la toile de la chemise.

De son côté, la braguette n'avait longtemps été qu'un accessoire que l'on ajoutait à la *braie*, d'où son nom original de *brayette*, désignant une partie amovible du haut-de-chausses. Il s'agissait d'un triangle d'étoffe, retenu entre les cuisses et se fixant sur les aines, auquel on aimait donner une bonne taille, pour en faire une véritable coquille proéminente et remarquable. Certains n'hésitaient pas à la rembourrer afin de la rendre flatteuse, en y introduisant parfois carrément une pomme ou une poire. N'hésitant pas à en user comme d'une poche, on en extrayait couramment un de ces fruits pour l'offrir aux dames. La *braguette* d'origine ne cachait rien : elle était au contraire destinée à mettre son contenu en valeur...

Ce n'est qu'avec l'apparition des cotonnades, à la fin du XVIIIe siècle, que les sous-vêtements vont très lentement apparaître pour ne guère conquérir le monde paysan avant le début du XXe siècle.

Ce sera d'abord, chez les hommes, le caleçon (qui n'est, étymologiquement, qu'une petite chausse), puis le slip, qui désignait en anglais un petit morceau d'étoffe, comme l'avait fait notre braguette.

Chez les femmes, camisoles, bustiers et caracos seront, au XXe siècle, doublés du soutien-gorge, avant que bas de laine et de coton ne cèdent la place aux premiers bas nylon, au lendemain de la Libération, introduisant en fait toute une révolution. Depuis le Moyen Âge, la femme, en effet, cachait le galbe de sa jambe, alors que la culotte masculine, au contraire, dessinait celle de l'homme. La décence et l'Église avaient des siècles durant veillé à tout cela. Cette censure se relâchant, les femmes allaient montrer non seulement leurs jambes, mais encore leurs genoux. Sans parler des tenues de bain qui allaient terriblement raccourcir. Les premières baigneuses, qui n'étaient allées aux bains de mer que pour cautériser les plaies dues à des morsures d'animaux enragés ou pour rétablir un bon flux sanguin, avaient imité l'intrépide reine Hortense en entrant dans les flots recouvertes d'une longue robe de laine couleur chocolat. Un siècle et demi plus tard, on en arriva à exposer son corps au soleil et à porter des monokinis, dont les premiers, en 1964, firent largement scandale.

Avec la Renaissance, on rapportera d'Italie la mode des chausses hautes et des vêtements cousus au point, ces fameux *pourpoints*, sortes de tuniques courtes piquées et rembourrées de laine sur la poitrine et les épaules, qui s'imposeront dans les classes aisées. Ils seront à leur tour remplacés, au XVIIIe siècle, par les *justaucorps*, plus ajustés comme leur nom l'indique, pourvus de basques flottantes agrémentées de poches, et accompagnés d'une culotte et d'une veste *à basques*, qui vont avec eux composer le *costume*. Le paysan, par-dessus sa chemise, garde sa biaude, sa blouse ou son sarrau, et commence à ajouter des *mouchoirs de col*, parallèlement aux cravates que prennent l'habitude de porter les notables (jabots ou cravates, nœuds de mousseline, etc).

Si l'homme porte un chapeau dont les bords ont tendance à s'élargir au fil des siècles, que porte-t-il aux pieds ? Le sabot, curieusement n'est apparu que tard. Nombreux sont ceux qui vont pieds nus – et ils vont si souvent ainsi que l'on parle volontiers de « va-nu-pieds » –, que ce soit chez eux, sur le sol en terre battue de leur maison, ou à l'extérieur. Certains, au Moyen Âge, semblent pourtant avoir porté ces sortes d'escarpins pointus, dits aussi parfois *à la poulaine* (parce qu'originaires de Pologne), assez vite remplacés par ces guêtres que Fortescue appelle des *heuses* ou des *housseaux*, ou bien par des chausses munies des semelles incorporées, ou des bottes ou brodequins chez les plus aisés. Mais bientôt auront cours, aux pieds des notables, bourgeois et citadins, les savates de cuir, achetées à prix d'or chez les savetiers, et chez les pauvres, les sabots de bois, qui faciliteront la marche en terre humide, et qu'on peut aisément quitter avant d'entrer à la maison. Sabots ouvragés et vernis les jours de fêtes et de cérémonies, qui peuvent alors atteindre des prix assez élevés.

L'homme moyen se contente donc souvent, pour toutes « hardes et nippes », d'un certain nombre de chemises de chanvre, de chausses et de paires de bas. La garde-robe de Jacques Liégeois le dénonce-t-elle comme de condition supérieure, avec « six chemises de grosse toile de ménage et une de toile fine, un sarrot de toile de ménage, deux paires de culottes, trois paires de bas, “tant bons que moindre” », et surtout « trois justaucorps en serge et étamette, des camisoles (chemises courtes et sans manches, portées sous le justaucorps), quatre cravates de toiles fines et une paire de souliers » ? On remarquera toutefois le petit nombre d'exemplaires de chaque article : il n'est guère que les chemises, dont on change souvent, parce qu'imprégnées de sueur, qui y soient un peu nombreuses. Mais ne voit-on pas le curé Touraine, à Margency, tout pauvre qu'il soit, posséder pas moins de dix-huit chemises de chanvre, cinq paires de chaussures, cinq perruques et cinq calottes ? La garde-robe de notre notaire corrézien, Léonard Brugère (chez qui l'on note un « petit miroir »), comporte « un chapeau, deux mauvaises perruques, un habit de ratine, une veste de flanelle, un autre habit de ras de marot, un habit d'étoffe de pays, le tout à demy-usé », ainsi qu'« une paire de bottes molles et une paire de guettres d'étoffe de pays », et « un mauvais habit vert et culotte de cadis ».

Il est vrai que les inventaires après décès, qui nous renseignent sur ce plan, n'énumèrent souvent que des vêtements « mauvais » ou « à demy usés » comme ceux de Maître Brugère, et qu'ils peuvent également avoir été faits après que certains d'entre eux aient déjà été donnés et partagés ou que l'aîné des fils ait récupéré le précieux manteau paternel, sans oublier que le défunt emportait en général sur lui un change complet dans la tombe. Notons aussi que ces inventaires ouvrent des coffres encore bourrés d'aunes de toile, et surtout de dizaines de draps – beaucoup plus chez les gens aisés, comme ces soixante draps de lit entassés au XVIIIe siècle dans les armoires du manoir auvergnat de La Tissonnière.

Peu à peu, on va pourtant voir émerger, à travers le vêtement, un souci de paraître, imité des classes supérieures, et se répandre un costume « du dimanche », inspiré du costume bourgeois et composé d'une veste et de bas de fil, en attendant de voir adopter, dans la seconde moitié du XIXe siècle, notre traditionnel costume, coupé à domicile par le tailleur les jours précédant le mariage, et destiné à être revêtu à chaque grande occasion, jusqu'à terminer sa carrière en habillant le cadavre exposé sur son lit de mort. S'y ajoutera le chapeau de feutre, acheté à la ville ou au colporteur de passage, et chargé de donner le change à la coiffe de la femme.

Quarante-deux coiffes et des kilos de jupons : quand les strip-teases duraient des heures

L'émancipation de la femme du peuple, longtemps vêtue d'une simple robe, va nous la montrer multipliant ses dessous. Sous sa cotte, qui ressemblait fort à l'origine à celle de l'homme, elle a tout d'abord ajouté un *cotillon*, sorte de jupe de dessous, que l'on nomme dans certaines régions un *blanchet*, en référence à sa couleur, avant que de varier les pièces de vêtements, avec de vraies jupes (que l'on continue souvent à nommer cotillons), des chemises, en tous points similaires et tout aussi rêches que celles de son mari, chemises que la citadine et la paysanne endimanchées remplaceront par des « corps » – sortes de corsages-bustiers assez rigides, qui deviendront nos corsages –, parfois réduits à un *corselet* ou à un *casaquin*. Elles auront encore des *brassières* leur couvrant à la fois le buste et les bras, un *devantier* (notre tablier, nommé aussi parfois *garde-robe*), qui existe à la fois en version de travail et en version habillée, et évidemment des bas.

En 1772, le trousseau de la paysanne Françoise Hudry-Cristoux, de La Clusaz, en Savoie, énumère ainsi « six habits complets dont deux de satin, un de flanelle, un de serge dite "à la Dauphine", un de droguet neuf, un de serge (à la façon) "de Londres", moitié usé, une jupe et une paire de manches de toile à drap, une serre (sorte de corsage) de ratine et une jupe de toile à drap, deux jupes de toile de ritte, une serre de toile de ritte neuve et une autre de ratine moitié usée, six mouchoirs dont deux de soye, deux de mousseline et deux d'indienne, huit tabliers dont deux de cotton double, un d'indienne, un de cotton et quatre de toile commune, six coiffes de cotton logue et six cornettes neuves à dentelles, douze coiffes rondes à dentelles dont six neuves et six mi-usées, deux paires de bas de laine du pays à l'éguille neufs, deux paires de souliers, un chapeau, quatre couvre-chef, dont deux de toile blanche et deux de toile de ritte, six chemises neuves de toile de ritte » outre, précise enfin le contrat de mariage, « ses habits et linges quotidiens ».

C'est en effet au XVIIIe siècle que les petites pièces de lingerie féminine se multiplient et se diversifient. Cela est si net que la *bonneterie* va devenir un des premiers biens de consommation, notamment avec des fichus, des « mouchoirs de cou », et surtout des bonnets de toile – bonnets ou coiffes que l'on va parfois trouver par centaines, dès la fin du XVIIIe siècle, chez certaines citadines de condition pourtant modeste. On les compte volontiers par dix, par vingt, voire davantage. Si la veuve Le Moal, décédée à Saint-Nicolas-de-Pélem, dans les Côtes-d'Armor, en 1768, possède pour toute garde-robe « un habit de tous les jours, de berlingue (grosse étoffe tissée de fil et laine), et l'autre aux festes et dimanches, avec ses tabliers et bas », elle a en outre « dix-huit grandes coiffes et douze petites ». Un record battu par Françoise Gruet, fille d'un maréchal-ferrant d'Amange, dans le Jura, qui, à son mariage, en 1746, compte dans son trousseau « deux douzaines et demies de coiffes de toille fine (et) une douzaine de coiffes de toile de ménages », et aussi, il est vrai, « deux douzaines de chemises », d'une valeur sensiblement équivalente aux quarante-deux coiffes énumérées... On ne saurait enfin oublier toute une panoplie d'épingles en tout genre, indispensables pour ajuster tout cela...

À l'extérieur comme à l'intérieur, la femme, puisqu'elle ne saurait aller « en cheveux », est en effet coiffée d'un bonnet de toile de chanvre, de facture voisine de celui que l'homme porte au lit, surtout par temps froid. Ce bonnet, agrémenté de dentelles lorsqu'il est réservé aux jours de fêtes, est comme la préfiguration de ces coiffes dont s'empareront tardivement les folklores, développant des vêtements régionaux qui correspondent bien peu à ceux réellement portés, et ne sont apparus en fait que récemment (dans le courant du XIXe siècle), à la faveur des modes et des tissus nouveaux. Chaque ville voulut ainsi avoir sa coiffe à elle, rivalisant de dentelles et de tuyaux, la Bretagne et surtout l'Alsace affirmant fortement leur identité au travers des costumes. Après avoir été un marqueur social, le vêtement devient marqueur géographique : l'accoutrement du montagnard, comme celui de l'Auvergnat que l'on a vu débarquer en ville, sert avant tout à signaler son origine.

Côté enfants : maillots et robes unisexes

Dès sa naissance, le bébé était solidement emmailloté, et ce maillot, constitué de linges, était à l'origine rangé dans une petite *laie*, autrement dit une boîte ou un coffre, appellé une *layette*. Linges de chanvre chez les paysans, linges de lin ou de laine chez les plus riches, tous les bébés sont longtemps emmaillotés de la même façon, avec ces bandelettes de linge, croisées et recroisées, en deux épaisseurs, la première tenant lieu de *couche*. Leurs bras collés au corps, leurs jambes sont réunies et emprisonnées dans de véritables « carapaces » qui ont pour but « de donner à son petit corps la figure droite qui est la plus convenable à l'homme et pour l'accoutumer à se tenir sur ses pieds ». Car, sans cela, ajoute-t-on très sérieusement, « l'enfant marcherait à quatre pattes, comme la plupart des autres animaux ».

Cet emmaillotement est encore celui que décrit l'écrivain breton Pierre Jakez Hélias comme ayant été le sien dans le pays bigouden du début du XXe siècle, se souvenant d'avoir ainsi été emballé, telle « une botte de paille égalisée ».

Aux bandelettes de linge entrecroisées s'en ajoutaient d'autres, destinées à maintenir la tête, elle-même évidemment coiffée d'un bonnet, appelé *béguin*, que le marmot allait porter jour et nuit et durant ses huit premiers mois. Pendant tout ce temps, il n'aura pas été beaucoup baigné ni nettoyé. La crasse avait ses vertus, au premier chef celle qui s'accumule sous le bonnet, et qu'on laissera partir naturellement, comme tombent les dents de lait. Les poux ne sont-ils pas longtemps considérés comme bénéfiques aux nourrissons, parce qu'ils sont censés les soulager de leurs humeurs viciées ?

Ajoutons que l'on prêtait alors à l'urine des vertus désinfectantes et qu'aucun lange trempé, s'il était mis à sécher, n'était pour autant lavé. Le petit Louis XIII ne fut ainsi peigné pour la première fois que le jour de son premier anniversaire, et ne prit son premier bain qu'à l'âge de sept ans, après avoir été, il est vrai, plusieurs fois lavé au front et au visage avec du beurre frais. Ne disait-on pas, en définitive, que « plus les enfants sont sales, mieux ils se portent » ?

Après ces « babygros » préhistoriques, l'enfant, garçon comme fille, allait attendre uniformément, dans une tunique à manches ressemblant à une robe « unisexe », sans jamais rien en dessous, que vienne le fameux âge de raison... qui était dit être aussi celui « des culottes ».

Des modes et des couleurs...

Lentement, souvent par le biais des ventes après décès, qui donnent lieu, en ville, à de grandes friperies, et à la campagne par celui du colportage, les modes se sont répandues, comme on l'a noté pour les cotonnades d'Amérique à partir de la fin du XVIIIe siècle. Louis Simon note avoir « vu le commencement des cotons et des cotonnades. Les dames les plus riches s'en paraient d'abord, puis les femmes du commun et enfin les domestiques et même les pauvres, ensuite les toiles d'Orange et les Indiennes sont aussi venues à la mode chez les grandes dames et puis chez les autres femmes ».

Au XIXe siècle, cette mode introduira le port d'un grand châle, à l'imitation de ceux en laine de chèvre du Cachemire, qui ont fait fureur quelque temps plus tôt en Angleterre, suite à la conquête des Indes. Chez les hommes, ce sera la mode du pantalon, remplaçant la fameuse culotte, pantalon que l'on sait avoir été lancé par les révolutionnaires de 89, surnommés de ce fait « sans-culottes ». Il mettra cependant près d'un demi-siècle à s'imposer, se heurtant longtemps aux réticences des générations nées sous l'Ancien Régime.

Il n'en reste pas moins que la mode obéit à des rythmes bien différents selon les milieux. Les crinolines du Second Empire, comme les chapeaux cloches de 1930, resteront évidemment absents des garde-robes des femmes de Français moyens. Mais on ne saurait arrêter la mode, dont la vitesse ira croissant, les jupes allant tantôt descendant et remontant au-dessus du genou, au gré des mentalités, qui elles-mêmes évoluent.

« Frou-frou, frou-frou » :
hennins et vertugadins

Le titre de cette chanson composée à la fin du XIXe siècle et promise à un succès prodigieux ne faisait en fait que reprendre un terme déjà centenaire, par lequel on évoquait le bruissement soyeux des étoffes et des volants des costumes féminins. Depuis des siècles, en effet, nos aïeules aimaient à se parer de vêtements et de tissus propres à troubler les âmes des hommes.

Un des points culminants de ces modes avait sans nul doute été atteint, au Moyen Âge, avec celle des fameux *hennins,* venus d'Orient, qui ont beaucoup fait rêver, et dont on a dit que la longueur était proportionnée au rang occupé par leur propriétaire dans la société. Certains ne dépassaient-ils pas les 60 cm ? Pourtant, ils n'étaient en fait, pas toujours aussi pointus que l'ont montré certaines images de l'époque, et n'ont guère été portés qu'un demi-siècle, à la toute fin du Moyen Âge, entre 1440 et 1490. Ils se présentaient davantage comme une coiffure haute à deux cornes que comme ce cône que l'on trouve au nombre des actuelles panoplies de fées et de princesses.

Le XVIe siècle connaîtra une longue bataille : celle opposant la traditionnelle robe « à la française », aux manches amples, à celle rapportée des guerres d'Italie et dite « à l'italienne », aux manches collantes. Cette dernière, en remportant la victoire, va préparer le terrain à la mode du fameux *vertugade*, aussi appelé *vertugadin*, mot qui venait d'un terme espagnol signifiant « baguette » et n'avait donc en fait rien à voir avec la vertu.

Souvent raidi par une baguette, ce jupon empesé destiné à faire bouffer la jupe à la manière d'une cloche et à mettre la taille en valeur va trois siècles durant livrer la taille des femmes à des paniers en tout genre et à de complexes armatures, dont les crinolines du Second Empire seront la dernière et sans doute la plus impressionnante expression. Pourtant, la masse de ces étoffes, aussi amples que lourdes, entrave considérablement la marche et les déplacements. Nos grandes dames ne sortent donc pas autrefois sans leur *troussoir*, sorte de canne-crochet leur permettant de soulever le tout lorsqu'elles montent un escalier, et plus encore lorsqu'elles doivent « slalomer » entre les saletés dont est jonché le pavé des villes.

Ces modes s'accompagneront surtout de couleurs, qui avaient si longtemps fait défaut au décor quotidien de nos ancêtres. Si, au Moyen Âge, les facades des cathédrales comme celles des maisons étaient peintes dans les teintes les plus vives, la couleur n'avait pas eu sa place dans les intérieurs modestes. Sauf, peut-être, au XVIIIe siècle, pour les rideaux que l'on ajouta aux lits, et qui apportèrent une touche « jaune citron », « rouge cramoisi » ou « vert grenouille » à cet univers à la fois sombre et terne. Quelques uniformes – ceux des soldats ou des maîtres de postes – venaient donner un éclat presque incongru à cet univers triste et incolore. Incolore, certes, mais pas toujours inodore...

4

Sales ou parfumés ?

Deux derniers traits caractérisent le monde d'autrefois et le différencient profondément du nôtre : l'univers de nos ancêtres est à la fois sombre et malpropre. En sont absentes la lumière électrique et l'eau courante, aussi bien chaude que froide. Ces deux constatations, que l'on a aujourd'hui du mal à apprécier, expliquent notre tableau particulièrement terne, mais qui ne nous en réserve pas moins quelques dernières surprises.

Villes et fermes au même régime : noir de nuit ou noir de crasse ?

Il nous est difficile d'imaginer un monde sans électricité, et plus encore sans lumière ! Pourtant, de façon générale, le décor est obscur.

Nos aïeux sont mal équipés pour percer les ténèbres de la nuit. Les rues des villes sont sombres. Celles de Lille ne seront équipées de becs de gaz qu'en 1837. Celles des bourgs et des villages ruraux attendront la seconde moitié du XXe siècle pour profiter des bienfaits de l'électrification. Les chandelles étant chères et les chats « ne pissant pas d'huile », à la maison, on économise au maximum les sources d'éclairage. Les intérieurs campagnards sont sombres, y compris en plein jour : les ouvertures sont peu nombreuses, pour limiter les déperditions de chaleur, et les vitres, chères, restent longtemps remplacées par du papier huilé. De nuit, le flamboiement des bûches dans l'âtre suffit pour partie à fournir le minimum d'éclairage nécessaire, nulle occupation ne nécessitant de forte lumière, pas plus l'émondage des noix que la consommation de la soupe.

Quand les chats ne pissaient pas d'huile

Longtemps, l'éclairage coûta très cher à nos ancêtres, comme le prouvent encore nos « économies de bouts de chandelles », expression née lorsque ces dernières étaient utilisées concurremment aux lampes à huile, tout aussi onéreuses. Qui oubliait d'éteindre une lampe s'entendait généralement rappeler que « les chats ne pissaient pas d'huile », autrement dit que cette huile d'éclairage n'était pas gratuite... Une expression qui se maintint parfois plusieurs décennies après l'apparition de l'électricité...

La fée électricité fut sans nul doute une des révolutions techniques qui eut le plus de conséquences sur la vie quotidienne de nos ancêtres, auxquels elle fit une impression que l'on a aujourd'hui du mal à imaginer, et que je vous laisse le soin de découvrir sous la plume d'Annette Blain. Ancienne « pupille de l'État » élevée dans un village reculé du Morvan, elle a raconté dans ses Mémoires comment l'électricité y était arrivée, un soir de novembre 1924.

« L'annonce était officielle, la "lumière" devait arriver ce soir. On avait invité un voisin d'un hameau voisin, hameau qui ne serait alimenté que plus tard, et dès la tombée du jour, on s'était donc réunis dans la cuisine pour l'attendre. L'Adine (la fille des fermiers, âgée d'une quinzaine d'années) vérifia tous les boutons, écurie comprise, puis elle se planta derrière le tuyau du poêle, bien trop énervée pour s'asseoir. Maintenant, il faisait tout à fait nuit, on n'osait plus ouvrir la bouche, on ne bougeait ni pied ni patte, c'était tout juste si l'on respirait. On sursauta tous quand l'horloge asséna son heure... Elle lâchait son dernier coup quand la suspension se transforma en soleil, ce qui nous ferma les yeux brutalement. On fit "Oh ! Hou ! Ah !" ; on se mit les mains sur les paupières, on ouvrit les yeux derrière les paumes, on tourna le dos à la lumière, enfin on la regarda bien en face. L'Adine bondit sur le bouton et "crac", ce fut la nuit. On hurla ! "Cric", ce fut de nouveau plein jour. [Le fermier] souleva les franges du globe et l'on admira le petit soleil. L'araignée noire était devenue dentelle de feu. (...). On fit "Hé, hééééé". "Faut pt'ête pas s'user les yeux, dit-il. Allons, arrêtez !" « Et pour le reste de la soirée, on ressortit la lampe à pétrole... »

Mais plus encore que l'obscurité, la malpropreté règne partout. De la ville à la campagne, de la rue à la cour de ferme, du château à la chaumière, l'univers de nos ancêtres n'a rien de commun avec le nôtre, si aseptisé.

La ville d'antan n'est ni riante, ni pimpante, ni fleurie. Si elle n'est pas polluée par les échappements d'essence et de gaz oil, les ânes et les chevaux tirant charrettes et carrosses, puis diligences et fiacres, parsèment ses pavés de crottin, précieusement récupéré. Ajoutez-y les chèvres du chevrier, et autrefois les poules et les cochons qui y vaquent en liberté : à Paris, ils ne seront interdits que par Louis VI le Gros, en 1131, à la suite de la chute de cheval mortelle qu'avait fait son fils, en heurtant un cochon errant. Ce règlement avait été rappelé sous François Ier, en 1539, et assorti cette fois-ci de sanctions contre la possession de « pourceaux, truyes, cochons, oisons (oies), connils (lapins) et pigeons ». Un siècle plus tard, à Nancy, les ducs de Lorraine devront pareillement intervenir, pour empêcher, en 1654, d'élever des poules dans les appartements.

Toute cette faune, évidemment, laisse des traces, qui se mêlent, dans le ruisseau, aux eaux usées rejetées par les maisons, aux immondices en tout genre, et notamment aux flots de sang déversés par les bouchers ou les rôtisseurs saignant leurs animaux. Longtemps, les voies n'étant pas pavées, le sol devient boueux dès la première pluie, et les bourgeois affublés de pelisses de fourrure, comme les dames apprêtées dans leurs belles robes aux teintes vives, se voient sans cesse contraints à relever leurs vêtements, comme les curés leurs soutanes, tous devant faire de grands pas pour ménager leurs savates. Le pavage des rues de Paris, entrepris par Philippe Auguste, est longtemps resté circonscrit à certains quartiers et à certaines voies, recouvertes de grandes dalles appelées des carreaux, d'où nous avons d'ailleurs gardé notre « carreau des Halles » et l'expression « rester sur le carreau ».

À Paris, l'air est constamment vicié. Il l'est par les relents du cimetière des Innocents, immense charnier occupant notre ancien « trou des Halles », et où, en 1776, on finira par interdire les inhumations, en raison, justement, de ces exhalaisons et pestilences « vitrioliques, sulfureuses, salines et arsenicales ». Une atmosphère que l'on retrouve dans nombre de villes, souvent aggravée par les relents dégagés par les tanneries ou les teintureries.

Comme toutes les villes, Paris exhale donc cette puanteur qui a tant choqué Arthur Young à Pamiers, à Clermont, à Bordeaux ou à Rouen, toutes cités dont les murs et les porches sont autant d'urinoirs publics, où chacun se soulage.

Mais l'air parisien est également vicié par les latrines, dont les « Maîtres Fifi », souvent appelés « compagnons des basses œuvres », ancêtres de nos vidangeurs et institués par le bon roi Henri IV, ont bien du mal à venir à bout. À la belle saison, les Parisiennes qui doivent mettre le nez dans la rue préfèrent se munir d'un bouquet de fleurs à respirer, et l'on dit que c'est pour échapper à cette pestilence que la duchesse d'Angoulême, mère de François Ier, décida de quitter l'hôtel des Tournelles pour gagner un quartier excentré et y fixer sa résidence dans une nouvelle demeure, qui deviendra le palais des Tuileries.

Les rues de la capitale sont de véritables cloaques où, faute d'égoût, on pratique le « tout à la rue », n'hésitant pas à jeter par une fenêtre, à toute heure et sans le moindre scrupule, ordures et excréments. On se contente, pour prévenir, de crier « à l'eau ! » avant de déverser son pot de chambre. Et quiconque va par les rues risque de faire cette fâcheuse expérience qui n'épargne personne. Nombre de hauts personnages en ont été victimes, à commencer par Saint Louis, qui reçut, en se rendant à mâtines à l'église des Cordeliers, le pot d'un « estudiant » sur le crâne. Dans sa mansuétude, le saint roi fit accorder une prébende au fautif, pour qu'il ne soit plus obligé « de se relever à cette heure pour estudier ».

Mais n'oublions pas non plus qu'à Carcassonne, comme à Reims et à Sedan, l'urine est aussi précieusement recueillie, dans des tonneaux disposés dans les rues, pour être ensuite utilisée dans certains ateliers où l'on travaille la laine...

M. Lapisse et Mlle Lacrotte : mais comment peut-on se nommer ainsi ?

« Mlle de Lacrotte vient d'épouser M. le comte de Montcuq, elle s'appelle donc Lacrotte-de Montcuq. On dit que le jeune époux à l'intention de demander au roi de changer son nom en Cumont, faveur qu'une autre branche de sa famille a déjà obtenue de la Cour... », tel est le texte qu'a pu relever, dans un journal de son époque, le chroniqueur Rodolphe Apponyi, tout comme on pouvait trouver, dans les années 30, et dans les pages du très chic et aristocratique Bottin Mondain, l'adresse d'une dame Cosnard des Closets, née de Vathaire, domiciliée à Paris, rue de la Planche...

Autant de patronymes qui jouent aujourd'hui des tours, après avoir été, le plus souvent, parfaitement inoffensifs à leur origine, comme la plupart des noms de ce type, le patronyme vosgien Hanus n'étant par exemple qu'un diminutif de Johannus, forme savante et latine de Jehan et Jean.

Lacrotte, avec ou sans particule, était en fait un nom de lieu bien classique où l'on avait une grotte (à l'origine une *cropte*, selon le latin *crypta*). Montcuq (d'où des Demoncul[d]) et Cuq étaient les noms de fermes construites sur ou près de sommets pointus.

À un tout autre niveau, des noms de famille comme Vachier, Fauchier ou Pourchier, ne sont que les équivalents provencaux des Vacher, Faucher (= faucheurs) et Porcher d'ailleurs. D'autres comme Chigros, Chirouge ou Chibois avaient été construits autour de l'ancienne racine prélatine, désignant un rocher, une pierre, ici grosse, là rouge et ailleurs près d'un bois... Même Lapisse tirait son nom de celui d'un domaine, arrosé, il est vrai, par une *pisse*, autrement dit un petit ruisseau, un ru, à l'étymologie clairement allusive.

La liste de tels noms serait longue, et plutôt que de la dresser, je proposerai ce curieux mais tout à fait authentique enchaînement d'alliances entre familles : « Vers 1480, Catherine Grosseix, dame de Beaudéduit, épousa Léonet de Royère, baron de Brignac. Leur arrière-petit-fils, Jean de Villelune, épousa en 1588 Jeanne Boyol, dame de Montcocut (à Ambazac, en Haute-Vienne). L'un de leurs descendants, Marc-Antoine de Cumont, seigneur de Charmelœil et de Pansacré, se trouvait quant à lui le petit-fils d'une Suzanne Beaupoil, ce qui ne l'empêchera pas, en 1820, d'épouser Mlle de La Taste. »

Caca, pipi, popo : « tout à la rue » ou « tout à la Seine »

Le décor d'autrefois est universellement sale. Les ruelles des villages sont tout aussi peu ragoûtantes que celles des villes, et dans les cours des fermes, le fumier avoisine souvent le puits et le seuil de la porte. Au décès, vers 1750, d'un laboureur de Nonhigny, en Lorraine, l'inventaire dressé par le notaire fait état d'un tas de fumier, représentant une cinquantaine de voitures et qui constitue à n'en pas douter une vraie richesse.

Et ce n'est pas mieux à l'intérieur : chiens, chats et poules – quand ce ne sont pas les cochons – entrent et sortent à tout moment, imbibés et maculés de leur passage par l'écurie ou le tas de fumier. Tous s'y soulagent, sur le sol de terre battue, voire pour les poules, sur la table, où elles sont montées picorer quelques miettes.

Tout est empuanti, mais en fait ni plus ni moins qu'à Versailles, dont « les corridors sont remplis d'urine et de matière fécale ». Il faut dire que rares étaient les édifices pourvus de lieux d'aisance, seules les abbayes les plus importantes s'en étant dotées dès le Moyen Âge. Ne voit-on pas l'amiral de Bonnivet, frigorifié et sans doute se mouchant dans ses doigts, se faire inonder, alors qu'il se chauffe dans la cheminée d'une comtesse, par la royale urine de François Ier qui, venu se soulager après avoir « besogné la dame », ne l'a point remarqué dans son recoin obscur ?

Derrière les tapisseries de Versailles

Si l'on risquait, en ville, de recevoir un pot de chambre sur la tête, il ne faut pas croire que la vie de cour en ait préservé. Thévenot de Morande raconte comment, sous Louis XV, la Dauphine en fit elle-même les frais lorsqu'on « a jeté d'une fenêtre du second étage du grand commun un pot d'excréments sur sa chaise à porteurs, qui éclaboussa ses aumôniers et sa suite et les obligea à l'abandonner pour aller changer d'habits ».

Comment s'en étonner ? Les architectes des palais ont souvent négligé les latrines à l'intention des visiteurs, au point que, sous Henri III, on devait, chaque matin, balayer les excréments répandus dans les cours et les escaliers du Louvre.

Versailles, construit selon les mêmes principes, ne proposait guère d'endroits discrets au public de passage, et les quelque deux à trois cents chaises percées que l'on y dénombrait n'auraient pu suffire aux milliers de courtisans qui s'y pressaient. Le long d'une terrasse, peut-être avait-on songé à aménager à cet effet de vastes « cabinets de verdure », où l'on avait grand-peine, dit-on, à trouver une place où poser les pieds, ce qui incitait celui qui voulait se soulager à leur préférer le bosquet de la Reine ou l'allée de Bacchus. Mais par mauvais temps, on faisait souvent comme le comte de Brancas qui, un jour où il accompagnait la reine, n'hésita pas à l'abandonner un instant pour aller pisser contre une tapisserie. L'odeur, évidemment, valait largement celle des salles communes des intérieurs les plus rustiques.

Pourtant, nul ne s'en choquait, et le roi lui-même ne donnait-il pas l'exemple ? Chaque matin, après la messe, le gentilhomme « porte-chaise d'affaires » installait le monarque sur ce trône singulier dont il avait la garde, avec pour principale fonction de vider le bassin royal (fonction alors extrêmement enviée). Ainsi occupé, Louis XIV recevait les quelques privilégiés ayant obtenu un « brevet d'affaires » pour lui tenir compagnie durant ce temps d'intimité, jugé particulièrement favorable aux conversations privées. L'habitude était ancienne, puisque son bouffon disait déjà à Louis XIII : « Il y a deux choses dans vostre mestier dont je ne me pourrois accomoder, c'est de manger seul et de chier en compagnie. »

En son château d'Anet, le duc de Vendôme passait un temps infini sur cette même chaise. Dès son lever, il s'y installait pour donner ses ordres et faire son courrier, et Saint-Simon précise qu'il « rendait beaucoup » et que « quand le bassin était plein, on le tirait et on le passait sous le nez de toute la compagnie pour l'aller vuider, et souvent plus d'une fois ». C'est sur ce siège qu'il reçut un jour un évêque, que le duc de Parme lui avait envoyé comme ambassadeur, et qui repartira outré d'avoir vu le duc « se lever au milieu de la conférence et se torcher le cul devant lui ».

Cette question des excréments ressort constamment. Des corridors empuantis des palais aux tables de fermes maculées de fientes de poule, leur gestion et leur pollution est sans nul doute un de gros points noirs du monde d'hier.

Si le Moyen Âge avait à peu près bien géré les latrines, *longaignes* et *retraits* en leur réservant dans les châteaux des logettes placées au-dessus des fossés ou des cours d'eau, on en avait ensuite installé dans les greniers des maisons urbaines, équipées de conduits emportant leur contenu dans des fosses, que l'on assainissait régulièrement avec des cendres de bois. En 1531, une ordonnance royale obligea tout propriétaire d'immeuble parisien à munir sa maison d'une « fosse a retraict », cela sans trop se choquer, il est vrai, quelque temps plus tard de voir nos maîtres Fifi s'en aller directement jeter le fruit de leur collecte dans les eaux de la Seine.

Il n'empêche qu'à la veille de la Révolution, le Parisien Louis-Sébastien Mercier envie les paysans qui se soulagent à l'air libre, derrière une haie ou un mur, quand il fait beau, sinon à l'étable ou à l'écurie. La chasse d'eau n'arrivera qu'avec l'eau courante.

De la « chaise d'affaires » au Jules

Connu dès l'Antiquité, le *vas necessarium* avait souvent été un objet de snobisme. Jean Feixas rapporte que Cicéron se moquait des nouveaux riches ne voulant se servir que de vases en bronze de Corinthe, que celui de la belle Gabrielle d'Estrées était en argent massif, et que Mazarin en possédait plusieurs, dont un en verre...

Au fil des siècles, le nom de ce « pot à pisser » va beaucoup varier : surnommé au XVIIe siècle, sans que l'on sache très bien pourquoi, un *Bourdaloue*, nom du fameux jésuite qui prêchait à la cour du Roi-Soleil (on a dit que ses sermons étaient trop longs !), il sera ensuite baptisé Thomas au temps de Vidocq, avant que les soldats du Second Empire ne l'appellent à leur tour Jules. Mais on en arriva bientôt aux cabinets « clos » à l'origine du *closet* anglais, qui selon un effet boomerang classique dans l'histoire des langues, nous étaient, dès la Restauration, revenus d'outre-Manche sous notre moderne appellation de *water-closet*.

Cependant, dès l'époque de Louis XI, on avait connu une installation plus sophistiquée, que l'on avait nommée *chaise de retrait* ou *chaise d'affaires*. Garnie de velours de Damas et parfois rehaussée d'armoiries ou de décors peints, elle n'en était pas moins « percée » et cachait un bassin d'aisances, parfois émaillé.

Si ces « garde-robes » ont trouvé leur place dans les grandes maisons, les *voyages aux Pays-Bas* – comme on appelait volontiers ces passages aux « petits coins » ou à ce qui en tenait lieu – se faisaient néanmoins encore essentiellement en plein air ou dans les endroits retirés, ruelles et impasses, souvent baptisées « rue des Basses-Fesses », et ce n'est que très lentement qu'apparaîtront des installations publiques, Paris voyant des « barils d'aisance », disposés aux coins de ses rues à partir de 1771.

Et le PQ ? Selon Jean Feixas, les Grecs se seraient torchés avec des cailloux, de préférence bien raboteux plutôt que trop lisses. Louis XI faisait acheter à cette fin de l'étoupe de lin. Si Richelieu avait préféré la rudesse du chanvre, le poète Scarron, premier mari de Mme de Maintenon, utilisait le son. La même Mme de Maintenon se servait, elle, de coupons de laine de mérinos, alors que Mme du Barry donnait dans la dentelle. Le papier hygiénique, lorsqu'il sera inventé aux États-Unis en 1857, mettra une bonne trentaine d'années à arriver en France...

Quand on courait après l'eau non-courante, et que l'on se parfumait à « l'eau de pucelle »

Faute d'être courante, l'eau que l'on consomme est rare et, sinon chère, lourde lorsque l'on doit aller la puiser à la source ou la ramener de la fontaine. Cosette, tout comme les Aveyronnais qui se sont approprié le monopole de sa livraison, à Paris, peut en témoigner.

Cette eau est à ce point lourde qu'elle est, aussi longtemps que faire se peut, conservée dans des baquets et des fontaines, économisée et réutilisée, pour la lessive, la vaisselle et les ablutions. Nos ancêtres ont l'habitude de ne pas en abuser, et lorsqu'elle arrivera sur les éviers, dans le courant du XXe siècle, ils ne risqueront pas de laisser le robinet ouvert !

Mais en fait, en abusait-on ?

Le Moyen Âge avait été, dans une certaine mesure et à l'intérieur d'une certaine sphère, un siècle du beau et du propre. Même si de telles pratiques étaient généralement désapprouvées par la morale religieuse, les femmes des classes dominantes usaient volontiers d'onguents, de graisses, de fards rouges pour le visage et de pâtes épilatoires.

Peu à peu, les traités de médecine avaient ajouté à leurs multiples conseils ceux de peigner les cheveux et de nettoyer les dents, de se saigner et se purger au printemps, de se laver à l'eau froide, et de prendre des bains chauds... Les bourgeois des grandes villes avaient donc volontiers fréquenté les étuves ou utilisé, chez eux, des équipements appropriés, notamment de grands baquets de bois, ancêtres de notre baignoire. Il n'empêche que ces habitudes étaient loin d'être universellement répandues, puisque l'on apprend que les moines de Cluny, pourtant équipés du confort le plus moderne pour l'époque, ne prenaient que deux bains par an. Le seigneur et sa *maisnie* ne se lavaient guère qu'au retour d'un voyage ou d'une chasse. Quant aux plus modestes, ils n'hésitaient pas, en été, à prendre des bains de rivière, compte-tenu du fait que la pudeur de l'époque, différente de la nôtre, n'est nullement un obstacle et qu'aucun homme n'hésite à s'y baigner nu en public. Longtemps, il faut le dire, à la cour comme aux champs, nos ancêtres ignoreront toute réserve à cet égard. On est cru et direct, et pas même une marquise ne trouvera à y redire.

Mais ces belles dispositions ne durèrent pas et les mentalités, dès l'époque de la Renaissance, firent perdre à l'hygiène ce qu'elles donnèrent à la morale. Les étuves ayant succombé à leur réputation licencieuse, il ne resta guère que des cuveaux proposés par les barbiers, dont les eaux n'étaient évidemment pas changées d'un client, parfois scrofuleux, au baigneur suivant. Chacun s'entendit donc à préférer une bonne couche de crasse. Les nobles estimèrent de bon ton d'avoir « un peu l'aisselle surette et les pieds fumants » et le médecin Brieude n'hésita pas à dire, en 1798, que chercher à se nettoyer de la sorte revenait « à anéantir l'odeur mâle... au nom du luxe et de la mollesse, alors que l'homme se portant bien dégage finalement une odeur agréable ».

L'odeur, d'ailleurs, n'ajoute-t-elle pas aux nombreux signes de reconnaissance auxquels on attache tant d'importance ? Comme l'habit pouvait trahir le milieu, ne dit-on pas que l'on peut aisément « distinguer les Quercinois et les Rouergats à l'odeur fétide d'ail et d'oignon qu'ils répandent autour d'eux, tandis que les Auvergnats approchent celle du petit lait aigri tournant à la putréfaction » ou que « les vachers se font suivre par une odeur aigre dont ils infectent l'air ».

Le grand personnage qui s'en trouverait gêné pourra toujours user d'expédients en recourant à divers artifices. À l'instar des « mignons », on fera grande consommation de parfum, puis de poudre, notamment au niveau des gants, qui sont alors fabriqués par les seuls *gantiers-parfumeurs*, lesquels ne produisent alors aucun article qui ne soit copieusement imprégné d'esprit de musc, d'ambre gris, de civette, de bergamote, de girofle, de fleur d'oranger ou de lavande. Ainsi, vit-on la Grande Mademoiselle, cousine de Louis XIV, reculer de trois pas, malgré l'étiquette, lorsque la duchesse d'Aiguillon eut enfilé des gants imbibés d'un savant mélange de parfum qui faisait alors fureur sous le nom de « peau d'Espagne ». « Je me reculai, tenant mon nez, et lui disant qu'à moins de m'évanouir je ne pouvais m'approcher d'elle. » C'est l'époque où les précieuses de Molière ne trouvent pas ridicule d'acheter des gants parfumés « à la négligence », « au lait virginal » ou encore « à l'eau de pucelle », dite aussi, pour elles, plus précieusement « eau de Phylis ».

Si le bain réapparaît, dès le XVIIIe siècle, dans les milieux aisés, il passera, à Paris, par les meubles de toilette, avec le traditionnel bassin et sa cruche, où l'eau est évidemment bien froide en hiver, puis par l'étape des bains livrés à domicile, par des garçons de bain auvergnats, successeurs des anciens porteurs d'eau, avant que le *tub* ne se répande chez les bourgeois, et que ceux-ci ne finissent par aménager des salles de bains.

À la campagne, même avec les leçons d'hygiène propagées par l'école de Jules Ferry, et l'arrivée de l'eau courante permettant de se laver près du robinet de la cuisine (le seul de la maison), à demi dissimulé derrière des chaises, il faudra attendre les aides à l'amélioration de l'habitat, dans les années 60, pour voir se répandre les salles d'eau.

Hygiène au quotidien : « Ça sent la vie ! »

En ce qui concerne l'hygiène, le constat est donc évidemment négatif à tous les niveaux.

Les vêtements, changés à tout le mieux le dimanche, sont souvent en contact direct avec les animaux, lorsque ceux qui les portent ne couchent pas carrément à l'étable ou à l'écurie, comme c'est fréquemment le cas. Tous sont donc fortement imprégnés d'odeurs bestiales, qui s'ajoutent à celles des corps, toilettés plus rarement encore.

Rien n'est désinfecté, pas plus le crochet de la sage-femme que l'eau, puisée au puits voisin du tas de fumier, dans laquelle on trempera le bébé, et cela d'autant plus que l'on estime que la crasse ou la saleté de ses langes lui fourniront ensuite la protection la plus efficace...

Le fait de marcher pieds nus, tant dans la cour qu'à l'étable ou qu'à l'intérieur, n'est pas toujours du meilleur résultat. À l'intérieur, en effet, on a vu que le sol de terre battue, éventuellement jonché de paille, se voit constamment souillé d'excréments et d'urines, animales ou enfantines. Rarement lavé, il dégage évidemment une odeur âcre et fétide.

Nos ancêtres sont donc sans cesse appelés à fabriquer des anticorps. Ajoutons à cela que dans l'évier, étant à l'origine creusé dans une simple pierre plate et muni d'une évacuation qui n'apparaît que tardivement, on ne fait guère la vaisselle, assiettes ou écuelles étant rangées dans le tiroir de table, dans le buffet lorsqu'on en a un, ou sur le rebord de la cheminée, pour être réutilisées au prochain repas. Un grand progrès sera obtenu, au début du XIXe, chez certaines familles vivant en communauté, qui se doteront de grandes tables agrémentées de sortes de cavités destinées à recevoir directement les portions de nourriture, cavités reliées entre elles par de petites rigoles permettant de les nettoyer « à grande eau ».

Mais le pire, sans nul doute, est l'hygiène du linge. Les chemises infestées de poux, de puces et de vermine, et plus encore les paillasses, ces matelas misérables sur lesquels on couche à plusieurs, régulièrement souillées d'immondices et de déjections par les enfants et les malades, et à ce point pourries qu'en ce monde où l'on ne jetait rien, l'inventaire des biens d'une pauvre Lorraine précisera que sa paillasse de fleurs de chardon sera jetée sur le fumier avec les autres loques lui tenant lieu de vêtements.

Ajoutons à cela que les fenêtres ne sont pratiquement jamais ouvertes, que l'atmosphère est horriblement enfumée du fait que les cheminées, contrairement à ce que l'on imagine, tirent presque toujours très mal, que de ce fait, la porte est souvent ouverte à tout instant et en toute saison, que la chaleur, en été, empêche de conserver les aliments, et que le froid, en hiver, gèle l'eau des cruches et parfois même le vin en bouteille : il n'est plus nécessaire d'insister sur les risques de contagion et de propagation des maladies. Le malade, sur son lit, respire un air putride et vit dans une atmosphère totalement viciée. Les grands eux-mêmes n'ont pas à être enviés : Saint-Simon ne rapporte-t-il pas que « les jours de barbe », c'est le bassin dans lequel il vient de se soulager qui va être présenté au duc de Vendôme pour lui faire la barbe ?

Avouons-le enfin : qui pourrait, aujourd'hui, pousser l'huis de la maison de ses ancêtres ne serait accueilli ni par une « fraîcheur lavande » ni par un parfum de fruits exotiques. L'univers de nos ancêtres est un univers sans enzymes, mégaperles ni vizirettes... Un univers rempli de l'odeur des prés et des fraises des bois, peut-être, mais aussi de celle du tas de fumier. Un de mes grands-oncles, artiste et écologiste avant l'heure, ne s'écriait-il pas, débarquant de Paris dans le Morvan : « Ça sent bon le fumier ! Quand ça sent le fumier, ça sent la vache ! Quand ça sent la vache, ça sent le lait ! Et quand ça sent le lait, ça sent la vie ! »

Ça sent la vie, oui !

Si une chose est sûre, c'est bien cela !

Le monde de nos ancêtres était manichéen, rude, fruste, cru, sombre, violent ? Qu'importe, d'une façon ou d'une autre, de mille façons, il sentait la vie.

Une chose est donc certaine : nous serions incapables de vivre dans ce monde, tant il est différent du nôtre. Nos ancêtres étaient certes des hommes et des femmes, mais nous ne vivons plus, en 2002, sur ce qui était leur planète.

C'est mieux aujourd'hui ? Mais, au terme de ce périple, sommes-nous réellement en mesure de comparer ?

Le tableau était noir ? Et si nos ancêtres, si méfiants à l'égard de l'étranger, auxquels ils s'efforçaient de dissimuler leurs économies comme leurs pensées, nous avaient pris, nous aussi pour tels et avaient triché avec nous, comme ils savaient si bien le faire ? S'ils ne nous avaient pas reconnus ? Car comment pourraient-ils nous reconnaître pour leurs descendants, et ne pas nous prendre pour des extra-terrestres ? Et nous, si nous pouvions les rencontrer, sommes-nous sûrs que nous saurions les reconnaître ?

Telle sera ma dernière question, à laquelle je vous laisse répondre, chacun pour soi. Si vous avez besoin d'un coup de potion magique pour achever de vous faire une opinion, je vous propose, à titre de clin d'œil et de mot de la fin, d'essayer simplement de goûter à leur soupe. Je suis sûr que vous trouverez qu'elle sent, elle aussi, diablement la vie... !

Retrouvez et trempez la soupe de vos ancêtres !

Refaire la soupe de vos ancêtres ne sera pas facile, même si la recette est simple, puisqu'elle contient essentiellement de l'eau, du pain, du lard et des légumes.

L'eau : ne prenez pas être n'importe quelle eau ! Il faut de l'eau de source, mais non pas celle achetée en bouteille à Monoprix : celle que nos ancêtres puisaient à leur source, avec un seau douteux, au milieu des herbes, dans les prés émaillés de bouses de vache. Pour essayer de l'obtenir, mettez de l'eau de source « Monoprix » dans un récipient ; ajoutez-y quelques herbes ramassées au square du coin, éventuellement une ou deux araignées d'eau et une sangsue, et laissez-la reposer quelques jours, de préférence à la cave.

La préparation : faites-la chauffer, longtemps, dans une marmite de fonte bien culottée, qui ne doit en aucun cas sortir de votre lave-vaisselle. Pour cela, vous aurez pu, quelques jours durant, y faire séjourner de l'eau de vaisselle (attention, l'eau d'une vaisselle faite sans le moindre produit ménager !).

Les ingrédients : après avoir soigneusement éliminé araignées et sangsues, mettez-y des légumes, non découpés, en évitant évidemment les pommes de terre. Préférez poireaux, fèves, choux, navets, oignons, sans oublier un bon bouquet d'herbes (persil, estragon, thym...). Laissez mijoter longtemps. Ajoutez-y du lard, de préférence maigre, et surtout très rance et fumé, comme celui de nos ancêtres, qui séchait des mois durant, pendu au-dessus de l'âtre. Salez très modérément.

Le pain : faute de mieux, prenez un pain de seigle rassis d'au moins quinze jours et découpez-le en tranches épaisses. Disposez ces tranches dans des écuelles individuelles, que vous aurez préparées de la même façon que la marmite. « Trempez » votre soupe en versant délicatement le bouillon sur ces tranches. Ajoutez-y, selon votre goût, un filet d'huile d'olive ou un œuf entier.

Notre conseil : avant de consommer, bien se réchauffer les mains au contact de l'écuelle. Déguster à la cuiller qui, si la recette a été bien suivie, ne doit pas bouger lorsque vous l'aurez plantée dans votre soupe. Pensez très fort à vos ancêtres et servez avec un Kiravi 9°, allongé d'une cuiller à café de vinaigre vieux.

Bibliographie et sources

Ouvrages généraux :

Histoire de la France rurale, Collectif, Le Seuil, 1976.

Histoire de la France urbaine, Collectif, Le Seuil, 1983.

Histoire de la population française, Collectif, P.U.F., 1988.

Histoire du peuple français, Collectif, Nouvelle Librairie de France, 1999.

Histoire des mentalités, Collectif, Gallimard, 1990.

La Recherche historique en archives, XVIe, XVIIe, XVIIIe siècles, Collectif, Ophrys, 1993.

Almanach de la mémoire et des coutumes..., Collectif, Hachette, 1980.

Un siècle de petits bonheurs au quotidien, 1850-1950, Familles rurales, Stock, 1998.

AUDISIO, Gabriel, *Les Français d'hier, des paysans, XVe-XIXe siècles*, Armand Colin, 1993.

AUDISIO, Gabriel, *Les Français d'hier, des croyants, XVe-XIXe siècles*, Armand Colin, 1996.

BART, Jean, *Histoire du droit privé*, Montchrestien, 1998.

BEAUCARNOT, Jean-Louis, *Ainsi vivaient nos ancêtres*, Robert Laffont, 1989.

BEAUCARNOT, Jean-Louis, *Trésors et secrets de la généalogie*, Jean-Claude Lattès, 1998.

BLOCH, Marc, *Les Caractères originaux de l'histoire rurale française*, Armand Colin, 1999.

BLOCH, Marc, *La Terre et le paysan, agriculture et vie rurale aux XVIIe et XVIIIe siècles*, Armand Colin, 1999.

BLUCHE, François, *La Vie quotidienne au temps de Louis XIV*, Hachette, 1984.

DELORT, Robert, *La Vie au Moyen Âge*, Le Seuil, 1982.

DELESALLE, Paul, *Le Cadre de vie en France aux XVIe, XVIIe, XVIIIe siècles*, Ophrys, 1995.

DELESALLE, Paul, *Les Campagnes en France aux XVIe, XVIIe, XVIIIe siècles*, Ophrys, 1998.

ELLUL, Jacques, *Histoire des institutions*, P.U.F., 1969.

GOUBERT, Pierre, *La Vie quotidienne des paysans français au XVIIe siècle*, Hachette, 1982.

LAGIER, Rosine, *Il y a un siècle... la famille en France*, Ouest-France, 2001.

LENTZ-MAGNEVILLE, Suzanne, *Mieux comprendre vos ancêtres*, 1993.

LE ROY LADURIE, *Histoire des paysans français, de la peste noire à la révolution*, Le Seuil, 2002.

MARION, Marcel, *Dictionnaire des institutions de la France aux XVIIe et XVIIIe siècles*, Picard, 1979.

PITTE, Jean-Robert, *Histoire du paysage français*, Tallandier, 1983.

POGNON, Edmond, *La Vie quotidienne en l'an mil*, Hachette, 1981.

ROCHE, Daniel, *Histoire des choses banales, Naissance de la consommation, XVIIe-XIXe siècle*, Fayard, 1997.

Témoignages et pages de vies :

CORBIN, Alain, *Le Monde retrouvé de Louis-François Pinagot, Sur les traces d'un inconnu (1798-1876)*, Flammarion, 1998.

DÉGUIGNET, Jean-Marie, *Mémoires d'un paysan bas-breton, 1834-1905*, An Here, 2000.

FILLON, Anne, *Louis Simon, villageois de l'ancienne France*, Ouest-France, 1996.

FOISIL, Madeleine, *Le Sire de Gouberville*, Champs Flammarion, 1981.

GUILLAUMIN, Émile, *La Vie d'un simple*, Stock, 1943.

HÉLIAS, Pierre-Jackez, *Le Cheval d'orgueil*, Plon, 1975.

LEBOURDAIS, Louis, *Les Choses qui se donnent*, Cénomane, 1995.

MERCIER, Louis-Sébastien, *Le Tableau de Paris*, Maspéro, 1979.

PLATELLE, Henri, *Journal d'un curé de campagne au* XVIIe *siècle*, Septentrion, 1997.

RÉTIF DE LA BRETONNE, Nicolas, *La Vie de mon père*, Olms, 1979.

ROCHE, Daniel, *Journal de ma vie, Jacques-Louis Ménétra, compagnon vitrier au* XVIIIe *siècle*, Montalba, 1982.

SYLVÈRE, Antoine, *Toinou, Le cri d'un enfant auvergnat*, Plon, 1980.

VASSORT, Jean, *Les Papiers d'un laboureur au siècle des Lumières, Pierre Bordier : une culture paysanne*, Champ Vallon, 1999.

Ouvrages ponctuels régionaux :

La Pratique des documents anciens, Collectif, Archives départementales de la Haute-Savoie, 1978.

Les Baronnies des Pyrénées, Maisons, mode de vie, société, Collectif, École des Hautes Études en Sciences Sociales, 1981.

Voisine, marions-nous ! Le mariage en Revermont, Musée du Revermont, 1998.

BARDET, Jean-Pierre, *Rouen aux* XVIIe *et* XVIIIe *siècles, mutations d'un espace social*, Sédès, 1983.

BARITOU, Louis, *Cheylade, une communauté rurale en Haute-Auvergne à travers les âges*, 1979.

BARTILLAT, Christian de, *Au village de Brie*, Presses du Village, 1984.

BÉZIAN, Jean et Huguette, *Les Grandes Heures des moulins occitans*, Plon, 1994.

BOUCHINET-BRUGÈRE, Françoise, *Des racines et des branches, Histoire et généalogie d'une famille limousoine*, Éditions de la Marquise, 1999.

CABOURDIN, Guy, *La Vie quotidienne en Lorraine aux* XVIIe *et* XVIIIe *siècles*, Hachette, 1984.

CABOURDIN, Guy, *Terres et hommes en Lorraine, Les gens, le temps et l'argent*, Serpenoise, 1984.

CABOURDIN, Guy, *Terres et hommes en Lorraine, Paysans d'autrefois*, Serpenoise, 1984.

CHAMOUX, Simone, *Chroniques villageoises*, Presses des Baronnies, 1993.

CHAMOUX, Simone, *Le Témoin*, Pages, 1989.

CHAUDIEU, Georges, *Au temps des charrues*, Presses du Village, 1983.

CLAVERIE, Élisabeth, LAMAISON, Pierre, *L'Impossible Mariage, Violence et parenté en Gévaudan,* XVIIe*,* XVIIIe *et* XIXe *siècle*, Hachette, 1982.

COLLOMP, Alain, *La Maison du père, Famille et village en Haute-Provence aux* XVIIe *et* XVIIIe *siècles*, P.U.F., 1983.

DUSSOURD, Henriette, *Les Communautés familiales agricoles du centre de la France*, Maisonneuve et Larose, 1978.

GIROUSSENS, René, *Ces paysans, mes ancêtres, ou la vie à Génat (Ariège) sous l'Ancien Régime*, 1978.

GRIMMER, Claude, *Vivre à Aurillac au* XVIIIe *siècle*, 1983.

HERMANN, Anny, *Gaillargues au* XVIe *siècle, Une communauté languedocienne à la veille de la Réforme*, L'Harmattan, 1999.

LAFON, Jacques, *Les Époux bordelais*, SEVPEN, 1972.

LE ROY LADURIE, Emmanuel, *Montaillou, village occitan, de 1294 à 1324*, Gallimard, 1975.

LEYPOLD, Denis, *Le Ban de la Roche, une seigneurie alsacienne au tournant du siècle d'or*, Oberlin, 1989.

MARCEL, Rémi, *Encyclopédie historique et anecdotique de la province de Berri*, Cercle généalogique du Haut-Berry, 1994.

PAUQUET, Alain, *La Société et les relations sociales en Berry au milieu du XIXe siècle*, L'Harmattan, 1998.

POLLET, Michelle, *Grasse, à la veille de la Révolution*, 1979.

SÉGALEN, Martine, *Quinze générations de Bas-Bretons*, P.U.F., 1985.

TASSIN, Guy, *Avoir des enfants au XVIIIe siècle, Natalité, fécondité et mentalités à Haveluy*, L'Harmattan, 1997.

TASSIN, Guy, *Anthroponymie dans une société villageoise, Les noms de personne à Haveluy au XVIIIe siècle*, L'Harmattan, 1997.

TASSIN, Guy, *Vieillir et mourir au XVIIIe siècle, Longévité et vie sociale à Haveluy*, L'Harmattan, 1998.

TASSIN, Guy, *Mariages, ménages au XVIIIe siècle, Alliances et parentés à Haveluy*, L'Harmattan, 2001.

VERNUS, Michel, *La Vie comtoise au temps de l'Ancien Régime*, Marque-Maillard, 1983.

VINCENOT, Henri, *La Vie quotidienne des paysans bourguignons au temps de Lamartine*, Hachette, 1976.

ZONABEND, Françoise, *La Mémoire longue, temps et histoires au village*, P.U.F., 1980.

Ouvrages ponctuels thématiques :

Entrer dans la vie, Naissances et enfances dans la France traditionnelle, Collectif, Gallimard Archives, 1978.

Dictionnaire des vieux métiers, 1 200 métiers disparus ou oubliés, Brocéliande, 1994.

Histoire de l'alimentation, Collectif, Fayard, 1996.

Une création tourangelle : la poste aux chevaux, histoire

et généalogies du XVe au XIXe siècle, Cercle généalogique de Touraine, 2002.

ARCHASSAL, Pierre-Valéry, *Manuel de paléographie généalogique*, Brocéliande, 2000.

AUDISIO, Gabriel, RAMBAUD, Isabelle, *Lire le français d'hier*, Armand Colin, 1991.

BARRET, P., GURGAND, J.-N., *Ils voyageaient la France, Vie et traditions des Compagnons du Tour de France au XIXe siècle*, Hachette, 1980.

BEAUCARNOT, Jean-Louis, *Quand nos ancêtres partaient pour l'aventure*, Jean-Claude Lattès, 1997.

BLAIN, Annette, *Née de père et mère inconnus*, L'Harmattan, 1995.

BOLOGNE, Jean-Claude, *Histoire morale et culturelle de nos boissons*, Robert Laffont, 1991.

CHANDERNAGOR, André, *Les Maires de France, XIXe-XXe siècle*, Fayard, 1993.

CORBIN, Alain, *Les Cloches de la terre, paysage sonore et culture sensible dans les campagnes au XIXe siècle*, Champs Flammarion, 1994.

DAVID, Martine, DELRIEU, Anne-Marie, *Aux sources des chansons populaires*, Belin, 1984.

DUSSOURD, Henriette, *Les Secrets des fermes au cœur de la France*, Berger-Levrault, 1982.

FEIXAS, Jean, *Tour de taille, La Petite Histoire de l'embonpoint*, Liber, 1996.

FEIXAS, Jean, *Pipi, caca, popo, Histoire anecdotique de la scatologie*, Liber, 1996.

FLANDRIN, Jean-Louis, *Les Amours paysannes, XVIe-XIXe siècle*, Gallimard Archives, 1975.

FONTANEL, Béatrice, HARCOURT, Claire d', *L'Épopée des bébés, Une histoire des petits d'homme*, La Martinière, 1996.

GALÉRANT, Germain, *Médecine de campagne, de la Révolution à la Belle Époque*, Plon, 1988.

GALEY, Bernard C., *De mémoire de marque*, Tallandier, 1997.

GÉLIS, Jacques, *La Sage-femme ou le médecin, une nouvelle conception de la vie*, Fayard, 1988.

GIRAUD, Michel, *Raconte-moi Marianne, les 36 000 jours des 36 000 communes de France*, Jean-Claude Lattès, 1984.

GOUBERT, Jean-Pierre, *La Conquête de l'eau*, Robert Laffont, 1986.

GRIMMER, Claude, *La Femme et le bâtard*, Presses de la Renaissance, 1983.

LACHIVER, Marcel, *Vins, vignes et vignerons du vignoble français*, Fayard, 1988.

MUCHEMBLED, Robert, *La Sorcière au village, XVe-XVIIIe siècle*, Gallimard Archives, 1979.

PIERRARD, Pierre, *La Vie quotidienne du prêtre français au XIXe siècle, 1801-1905*, Hachette, 1986.

POITRINEAU, Abel, *Ils travaillaient la France, Métiers et mentalités du XVIe au XIXe siècle*, Armand Colin, 1992.

POITRINEAU, Abel, *Remues d'hommes, migrations montagnardes en France, XVIIe-XVIIIe siècle*, Aubier, 1983.

PROST, Antoine, *Histoire de l'enseignement en France, 1800-1967*, Armand Colin, 1968.

TEXIER, Alain, *Qu'est-ce que la noblesse ? Histoire et droit*, Tallandier, 1988.

VOVELLE, Michel, *Mourir autrefois, Attitudes collectives devant la mort aux XVIIe et XVIIIe siècle*, Gallimard Archives, 1974.

Ancien français et histoire de la langue et des expressions :

BONNARD, J., SALMON, A., *Lexique de l'ancien français*, Champion, 1978.

FÉDOU, René, *Lexique historique du Moyen Âge*, Armand Colin, 1980.

GREIMAS, A.-J., *Dictionnaire de l'ancien français (jusqu'au milieu du XVIe siècle)*, Larousse, 1969.

LACHIVER, Marcel, *Dictionnaire du monde rural, Les Mots du passé*, Fayard, 1997.

WALTER, Henriette, *Le Français dans tous les sens*, Robert Laffont, 1988.

Noms propres (prénoms, noms de famille, noms de lieux) et saints :

BEAUCARNOT, Jean-Louis, *Les Noms de famille et leurs secrets*, Robert Laffont, 1988.

BEAUCARNOT, Jean-Louis, *Les Prénoms et leurs secrets*, Denoël, 1990.

BEAUCARNOT, Jean-Louis, *Vous et votre nom*, Robert Laffont, 1992.

BEAUCARNOT, Jean-Louis, *Nom de noms*, Calmann-Lévy, 1998.

BRANDY, Daniel, *Motamorphoses, L'histoire des mots*, Casterman.

CLAVAL, Sylvie, DUNETON, Claude, *Le Bouquet des expressions imagées, Encyclopédie thématique des locutions figurées de la langue française*, Le Seuil, 1990.

DAUZAT, A., DUBOIS, J., MITTERAND, H., *Dictionnaire étymologique et historique*, Larousse, 1971.

DAUZAT, Albert, *Les Noms de famille de France*, Guénégaud, 1977.

DEROY, Louis, MULON, Marianne, *Dictionnaire des noms de lieux*, Robert, 1992.

ENGLEBERT, Omer, *La Fleur des saints*, Albin Michel, 1984.

GAGNÈRE, Claude, *Au bonheur des mots*, Robert Laffont, 1989.

GALEY, Bernard C., *Du coq à l'âne*, Tallandier, 1995.

LAGANE, René, *Locutions et proverbes d'autrefois*, Belin, 1983.

LARUE, Jean, *Dictionnaire d'argot*, Flammarion.

RAMEAU, Louise, WEIL, Sylvie, *Trésors des expressions françaises*, Belin, 1981.

ROSTAING, Charles, *Les Noms de lieux*, P.U.F., 1969.

VIAL, Eric, *Les Noms de villes et de villages*, Belin, 1983.

Articles des revues spécialisées :

• Articles parus dans la *Revue française de généalogie* :

AUDISIO, G., « Entrons chez nos ancêtres », n° 108.

AUDISIO, G., « Les Français d'hier », n° 118.

BEAUCARNOT, J.-L., « Quand nos ancêtres payaient la taille », n° 111.

BELOT, V.-R., « Le Coût de la vie, autrefois », n° 98.

BERTRAND, R. « À quoi donc ressemblaient nos ancêtres », n° 131.

BERTRAND, R. « Comment s'habillaient nos ancêtres », n° 136.

CHAMOUX, S., « Le Notaire autrefois », n° 120.

COSNAY, Ch., « Histoire de la famille », n° 100 à 107.

COSNAY, Ch., « Histoire du mariage », n° 126 à 129.

COSNAY, Ch., « Mentalités d'autrefois », n° 126.

DUPÂQUIER, J., « Nos ancêtres, les Gaulois », n° 117.

GARNOT, B., « Ancêtres des villes et ancêtres des champs », n° 135.

MATHIEU, J., « Les Communautés familiales agricoles », n° 113.

REYMOND, P., « Les Métiers de nos ancêtres », n° 115.

TASSIN, G., « Le Poids des parentés », n° 122.

WALTER, H., « Quelles langues parlaient nos ancêtres », n° 117.

• Articles parus dans *Généalogie Magazine* :
« Les Adieux aux enfants », n° 11.
« La Demande en mariage », n° 15.
DUPÂQUIER, J., « Quand nos ancêtres payaient la taille », n° 4.
GILLOT-VOISIN, J., « Les Plus Anciennes Archives paroissiales », n° 24.
LACHIVER, M., « Le Grand Hyver de 1709 », n° 9.
QUÉNIART, J., « Nos ancêtres savaient-ils lire ? », n° 29.
RAVIS-JORDANI, G., « Des cousins à la mode corse », n° 33.

Ont été également consultés de nombreux bulletins généalogiques, comme *Stemma, Généalogie-Lorraine, Nos ancêtres et nous, Compendium, Généalogie 22, Généalogie en Limousin, Provence-Généalogie...*

Index des thèmes et des mots-clés

(les mots composés en italique sont ceux dont on donne l'étymologie)

Index des expressions

Table des encadrés

Table des matières

6925

Achevé d'imprimer en France (Manchecourt)
par Maury-Eurolivres
le 15 avril 2005.
Dépôt légal avril 2005. ISBN 2-290-33363-8
1er dépôt légal dans la collection : mars 2004

Éditions J'ai lu
84, rue de Grenelle, 75007 Paris
Diffusion France et étranger : Flammarion